TARA DUNCAN
L'Ultime Combat

타라 덩컨

최후의 전투

TARA DUNCAN, L'Ultime Combat
by SOPHIE AUDOUIN-MAMIKONIAN

Copyright©XO EDITIONS (Paris), 2014
Korean Translation Copyright©SODAM&TAEIL Publishing Co., Ltd., 2015
All rights reserved.

This Korean edition was published by arrangement with XO EDITIONS (Paris)
through Bestun Korea Agency Co., Seoul

TARA DUNCAN
L'Ultime Combat

타라 덩컨

최후의 전투 ⑫

펴 낸 날 | 2015년 7월 30일 초판 1쇄
        | 2017년 1월 31일 초판 2쇄

지 은 이 | 소피 오두인 마미코니안
옮 긴 이 | 이원희
펴 낸 이 | 이태권
책임편집 | 김은경
책임미술 | 양보은
펴 낸 곳 | (주)태일소담
          서울특별시 성북구 성북로8길29 (우)136—825
          전화 | 745—8566~7 팩스 | 747—3238
          e—mail | sodam@dreamsodam.co.kr
          등록번호 | 제2—42호(1979년 11월 14일)

ISBN 978—89—7381—065—9 04860
      978—89—7381—857—0 (세트)

www.dreamsodam.co.kr

TARA DUNCAN
L'Ultime Combat

타라 덩컨

최후의 전투

소피 오두인 마미코니안 지음 | 이원희 옮김

소담출판사

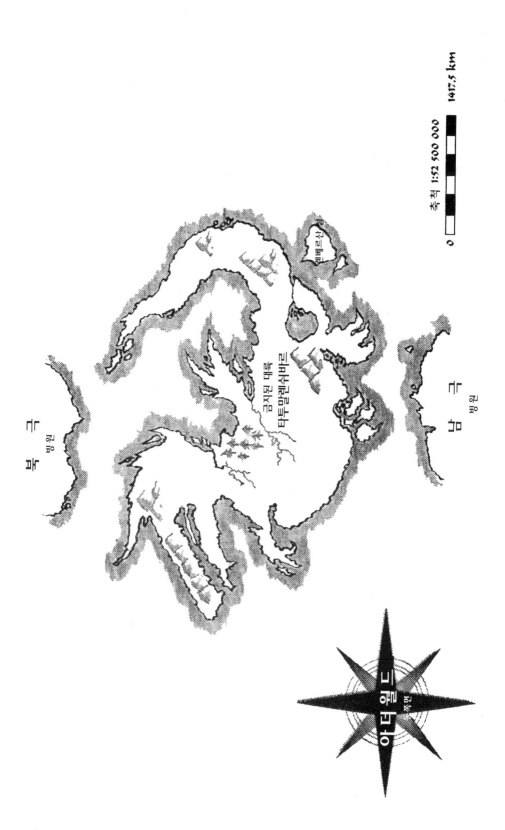

축척 1:52 500 000

0   1417.5 km

북 극
방위원

남 극
방위원

금지된 대륙
타투말렌쉬바르

레베르산줄기

TARA DUNCAN
L'Ultime Combat

타라 덩컨

최후의 전투 하 | 차례

최후의 전투 하

17
사라진 엘프들

인사도 하기 전에
온 가족의 악감을 사게 되면 어쩌려고

＊

우주복마다 서로의 위치를 알 수 있는 신호기가 있어서 타라와 로빈, 모우르무르는 왼쪽 손등에 박힌 화면을 통해 발라의 있는 정확한 위치를 알 수 있었다.

하지만 이상하게도 우주복을 착용한 이들을 표시하는 작은 점들 중에 발라를 나타내는 점이 빠져 있었다.

"찾았다!" 과학보다는 야수의 후각을 믿고 헬멧을 벗던 무아노가 외쳤다.

그들이 달려갔다. 무아노가 바이올렛 엘프의 우주복을 흔들고 있었다.

텅 빈 우주복.

위치 신호기가 달려 있던 자리에 구멍이 뚫려 우주복 소매가 늘어져 있었다.

"슬루르크!" 칼이 욕설을 내뱉었다. "나는 발라가 다쳐서 어딘가에 쓰러져 있더라도 우주복의 보호를 받고 있기를 바랐건만. 이젠 의심의 여지가 없어. 이 행성에는 우리만 있는 게 아니야. 그게 엘프들이든, 아니든 호의적이지 않은 누군가가 있는 거야."

"발라는 납치당한 거야!" 로빈이 주먹을 불끈 쥐며 말했다. "바로 내 코앞에서! 발라와 떨어져 있지 말았어야 했는데! 내가 멍청했어. 여기는 아무도 없다고 생각하고 방심한 거야."

칼이 허리를 숙이고 흔적이 있는지 살폈다.

"눈 깜짝할 사이에 당한 게 틀림없어. 겨우 비명밖에 지르지 못했다는 건……. 로빈, 여기까지 오는 데 얼마나 걸렸어?"

"글쎄, 30초쯤."

"우주복에 탄 자국이나 찢어진 데도 없어. 위치 신호기를 떼어낸 구멍 말고는. 발라는 뭔가에 얻어맞은 게 틀림없어. 헬멧 안 쓰고 있었지?"

"응. 이제는 조심해야 할 곤충과 식물을 알기 때문에 우리도 너희들처럼 헬멧을 벗고 있었어."

로빈이 욕설을 내뱉으며 땅을 유심히 살폈다.

"슬루르크! 네 말이 맞아, 칼. 싸운 흔적도 없어. 하지만 발라는 뛰어난 전사야. 발라가 피습당했다는 것이 이해가 안 돼. 저 위에서(로빈이 주변의 나무들을 올려다봤다) 기습적으로 이뤄진 공격이 틀림없어."

보초를 서는 위베른족 병사들이 누구든 나타나기만 하면 태워 죽일 기세로 나무들을 향해 레이저를 휘둘렀다.

으르렁거리는 소리, 포효하는 소리, 깍깍거리는 소리, 바스락거리는 소리, 휙휙 날아가는 소리, 새 울음소리, 동물들이 내는 온갖 소리가 들리지만 금빛 파충류 위베른족이 둘러선 빈터에는 다가오지 않고 있었다. 그 주위에는 아무도 얼씬거리지 않았다. 위베른족 병사들이 일단 저질러놓고 통보하는 타입인 것 같아 다행이었다.

저질러놓고도 아예 통보도 하지 않는 경우가 있는데…….

로빈의 말이 맞았다. 그들은 나무에서 단서를 찾기 위해 공중부양을 하고 나뭇가지가 꺾이거나 긁힌 데가 있는지 살폈다. 무언가가 숨어 있었던 흔적이 여러 개 발견되었다.

이 행성의 나무들은 곤충과 동물들에 대한 방어가 상당히 발달되어 있는 것이 분명했다. 초록색, 빨간색, 회색의 부식성 액체가 흘러나오거나 드래곤의 송곳니처럼 긴 가시로 덮여 있고, 미끌미끌한 데다 자칫 비볐다가는 살점이 떨어져나갈 정도로 껍질이 날카로웠다. 요컨대 발라를 공격한 이들이 숨어 있던 자리에 가시들이 제거되어 있는 것으로 보아 몇 명이 가시나무에 매복해 있었던 것이 틀림없었다.

타라 일행은 빈터 주위를 샅샅이 훑었다. 하지만 동물의 발자국이든 다른 존재의 발자국이든 깨끗이 지워져 있어 발라를 공격해서 납치했다는 증거를 찾을 수 없었다. 그저 심증만 있을 뿐이었다.

"아무튼 하나는 확실해." 투명한 헬멧을 통해 칼이 눈살을 찌푸리는 것이 보였다.

"그게 뭔데?" 경계하는 눈으로 주변을 살피던 파브리스가 물었다.

"이 행성의 동물들이 인식력을 지니고 있지 않는 한 5000년 동안 무슨 일이 있었는지 전혀 예측할 수는 없어. 하지만 사라진 엘프들인지, 이 외계 행성 다오보르족인지 모를 누군가가 발라를 납치한 건 확실하다는 거야. 우리는 이제 그들이 발라를 돌려보내 주길 기다리는 수밖에 없어. 온존한 상태로 돌아오길 희망하면서."

타라는 인상을 썼지만 아더월드인들이 지구인들보다 훨씬 잔혹한 건 사실이 아닌가. 그런 의미에서는 칼의 말도 일리가 있었다.

타라 일행은 우주복을 발견한 빈터에 캠프를 치기로 했다. 엘프의 관습을 잘 아는 로빈은 언제 돌아올지 모를 엘프들에게 빨리 대응하려면 현장을 벗어나지 말아야 한다고 주장했다.

우주선의 사령관은 탐탁해하지 않았다. 하지만 선택의 여지가 없었다. 경계하는 모습을 보이는 것은 다오보르 행성의 엘프들을 불안하게 해서 오히려 발라를 해칠 우려가 있었다. 캠프를 치고 야영을 하면 엘프들이 진짜 존재하는지 확인할 수 있을 뿐만 아니라 그중 한 명을 납치할 가능성도 있었다.

그래서 타라는 위베른족 병사들을 우주선으로 돌아가게 했다. 더욱이 드래곤들이 위베른족을 이용하고 있다는 타스스스크의 말이 머릿속을 떠나지 않아 위베른족과 엘프족이 전투를 벌이는 걸 원치 않았다. 아무튼 타라의 마법이라면 아무도 죽이지 않고 무력화시킬 수 있었다. 모우르무르와 히글 5 역시 기함 우주선으로 돌아갔다. 한 사람은 전사가 아니고, 히글 5는 숙련된 전사지만 모우르무르는 자기가 없는데 사랑하는 여인만 행성에 남는 걸 거부했기 때문이다. 패밀리어들도 떨어지지 않으려고 난리를 쳤지만 벨제부트를 포함해 모두 우주선으로 돌려보냈다. 마법사들은 영혼의 동반자들까지 위험해지는 걸 원치 않았다.

데미데루스도 우주선으로 돌아가야 했다. 최고 마구스는 거부했지만 사령관이 굽히지 않았다. 모든 마법사들의 조상인 데미데루스가 시신이 되어 돌아갔을 경우 무슨 화를 당할지 상상조차 하기 싫었던 것이다.

사실 사령관은 마법사들이 어떻게 할지 잘 알고 있었다. 드래곤의 가죽을 벗겨서 가방과 구두를 만들 게 틀림없는데.

드래곤 사령관은 그래도 밤에는 왕복선의 금빛 특수 금속의 보호를 받으며 자야 안전하다고 주장했다. 하지만 타라를 비롯한 매직갱은 보호를 원치 않았다. 그들의 목적은 발라를 찾는 것이었다. 사령관의 불호령에도 불구하고 그들은 화살에 뚫리지 않는 텐트 여러 개정도만 치고 가급적 모든 장비를 갖춘 정교한 야영 진지로 보이지 않도록 신경을 썼다.

그리고 로빈은 텐트를 흰색으로 칠해야 한다고 주장했다. 분홍색이나 노란색 풀, 밝은 파란색, 형광을 내는 초록색, 오렌지색, 보라색 나무들에 에워싸여 있으니 흰색이어야 엘프들의 눈에 띌 수 있는 것이다. 파브리스는 흰색 텐트에다 빨간색 십자가만 하나 그리면 딱이라고 농담을 했다. 물론 아더월드에서는 아무도 적십자 마크를 모르기 때문에 파브리스의 농담은 타라를 제외한 아무에게도 통하지 않았다.

그렇게 해서 소수 정예만 다오보르 행성에 남았다.

셀렌바는 수색 작업이 금지된 상태였다. 뱀파이어가 항의했지만 타라는 고집을 꺾지 않았다. 임신한 뱀파이어에게 자칫 위험할 수도 있는 고된 일이었다.

그렇지만 셀렌바는 다오보르 행성에서 몇 명이 공격을 받았다는 사실과 텐트를 쳤지만 아주 허술한 캠프라는 걸 알고는 타라 못지않게 고집을 부렸다. 뱀파이어는 밤에 기어코 왕복선을 타고 내려왔고, 우주선으로 돌아가길 거부했다.

빨간색 스팔렌디탈 가죽 옷차림(안티박테리아 우주복을 거부하며 그 차림으로 싸울 수 없다는 핑계를 댔다)의 셀렌바가 핏빛 눈으로 타라를 뚫어져라 쳐다봤다. 이제는 불룩한 배가 확연해 보였다.

"돌아가지 않겠어." 셀렌바가 대답했다.

"하지만……."

"돌아가지 않는다니까!" 뱀파이어는 차갑게 말을 잘랐다. "나는 우주선으로 돌아가지 않아. 발라를 공격했다는 건 이 행성에 뭔가가 있다는 거잖아. 발라가 싸우는 걸 본 적이 있는데 그렇게 호락호락하게 당할 전사가 절대 아니야. 그리고 나와 내 아기의 형질을 전환시켜줄 유일한 사람이 위험을 무릅쓰게 내버려둘 수 없어."

셀렌바는 팔짱을 끼고 타라에게 맞섰다.

결국 타라는 항복했다. 지구보다 훨씬 별들이 밀집되어 있어 해가 졌을 때도 다오보르 행성은 약간 밝지만 그래도 뱀파이어는 밤눈이 아주 밝다는 장점이 있기 때문이었다.

그리고 격앙되어 있는 뱀파이어를 보며 타라는 셀렌바가 얼마나 이기적인지를 새삼 깨달을 수 있었다. 셀렌바가 보디가드라는 직업적인 이유 외의 다른 이유 때문에 타라의 목숨을 걱정한다는 생각을 전혀 하지 않았는데, 뱀파이어가 그 정도로 자신에게 의존하고 있다는 것이 마음에 들지 않았다.

그래서 타라는 이왕 다오보르 행성에서 뱀파이어와 함께 처음으로 밤을 보내게 된 김에 셀렌바와 아기를 인피뱀파에서 평범한 뱀파이어로 형질전환하는 방법을 칼에게 알려주기로 했다.

칼은 내키지 않는 얼굴을 했다. 타라가 정신적인 부담을 느낄 정도로 책임이 따르는 일이었다.

만약 타라가 셀렌바의 아기를 죽일 경우 뱀파이어가 무슨 짓을 할지 모를 일이었다. 그걸 잘 알기에 칼은 타라가 인피뱀파를 마주하고 있을 때 마음이 썩 편치 않았다.

"왜 나야?"

칼은 약간 불평하는 투로 말했다.

"그거야 네가 여러 번 뱀파이어와 인피뱀파**38**로 변신한 적이 있기 때문이지." 타라는 단호하게 대답했다. "따라서 너는 이미 절차를 알고 있잖아. 우리 매직갱 중에서 셀렌바와 아기의 생명을 위험에 빠뜨리지 않고 전환시키는 방법을 금방 이해할 수 있는 사람은 네가 유일해."

타라의 논리에 꼼짝 못하게 된 칼은 뱀파이어의 불룩한 배를 쳐다보며 말했다.

"셀렌바, 다른 사람들 생각도 해야지 너무 이기적인 거 아니에요?"

빨간 눈의 뱀파이어가 미소를 지었다. 아니, 송곳니를 드러냈다.

• • • • • • • • • • • • •

38. 유령들이 습격했을 때 칼은 인피뱀파로 변신했다가 그 특성상 절식해야 했기 때문에 정말 마지못해 트라둑 갈비구이를 거부했던 경험이 있었다.

16

"나는 아이를 갖고 싶은 거야. 그리고 난 너보다 훨씬 많이 살았어. 그러니까 충고든 지적이든 그만두지. 넌 그냥 타라가 알려주는 대로 하면 되는 거야. 타라의 말이 맞아. 내 아기와 나를 전환시킬 수 있는 사람은 타라 말고는 아무도 없다고 생각했는데 내가 멍청했어. 나 혼자서는 생각도 못했을 텐데."

셀렌바가 안팎으로 하얀 텐트 바닥에 깔아놓은 빨간색 양탄자 위에 길게 눕는 사이, 타라가 칼에게 말했다.

"지금 당장 전환시키겠다는 게 아니라 너에게 그 과정을 보여주려는 거야. 둘 다 전환시키려면 아기가 태어나길 기다려야 하니까. 태아 상태에서는 할 수 없어. 셀렌바가 아기의 발육을 두려워하기 때문에."

칼은 이맛살을 찌푸리지 않을 수 없었다. 하지만 순순히 타라 옆에 안정된 자세로 앉았고, 타라에게 정신을 열어준 다음 그녀와 함께 셀렌바의 정신에 이어 세포핵에 이르기까지 깊이 들어갔다.

칼은 타라가 이끄는 대로 힘들이지 않고 따라갈 수 있다는 사실이 그저 놀랍기만 했다. 타라는 이제 아주 숙달되어 있는지 형질전환을 위한 과정을 여러 번 보여주었다.

그렇지만 칼은 불안했다. 형질전환이 되는 동안 뱀파이어가 얼마나 고통스러워했는지 이미 본 적이 있었다. 그런 고통을 아기의 심장이 견뎌낼 수 있을까?

타라와 셀렌바는 그 점에 대해 말하지 않았지만 칼은 두 여자의 머릿속에서 같은 걱정을 하고 있음을 읽을 수 있었다. 칼은 집중해서 노력한 지 한 시간 후, 두 뱀파이어를 맡을 수 있게 되었다. 셀렌바가 출산하고 나면 훨씬 쉬울 것이었다.

칼이 흡족한 얼굴로 타라의 정신을 따라 빠져나가는 순간 갑자기 뱀파이어가 격렬하게 몸을 떨었다.

"왜? 왜 이러는데?" 질겁한 칼이 말했다. "나 아무 짓도 안 했어!"

하지만 이미 용수철처럼 몸을 일으킨 뱀파이어는 벌떡 일어나 텐트 밖으로 튀어나갔다.

칼은 눈을 떴고, 타라의 놀란 눈과 마주쳤다.

"나 아무 짓도 안 했어!" 칼이 방어적으로 반복했다. "진짜 아무 짓도 안 했다고!"

그 순간 고함소리가 들렸다. 둘은 뛰어가 텐트의 문을 열었다.

칼이 아무 짓도 하지 않은 건 사실이었다.

그들은 공격을 받았다.

검은 옷차림에 시커먼 스카프로 머리털을 감춘 엘프들이 캠프를 포위하고 있었다. 칼과 타라는 셀렌바를 형질전환하는 것에 집중하고 있어서 전혀 모르고 있었지만, 야수와 늑대로 변신해 정찰을 돌던 무아노와 파브리스는 공격자들이 있음을 감지하고 어둠 속에 숨어 신호를 보냈다. 셀렌바가 그 소리를 들은 것이었다. 그리하여 쏜살같이 질주한 뱀파이어와 늑대, 야수가 엘프들을 가능한 한 죽지 않게 때려눕히고 있었다. 머리 위 상공에 있는 기함 우주선에서 패밀리어들이 불안해하는 게 느껴졌지만 데리고 있지 않아서 천만다행이었다. 패밀리어들까지 보호할 여력이 없었다.

화가 난 로빈도 화살 끝을 무디게 만든 다음 무아노와 파브리스, 셀렌바와 합세해 엘프들을 쓰러뜨리고 있었다.

칼과 함께 나타나자마자 타라는 엘프들의 표적이 되었다. 뒤이어 달려온 셈 선생님과 파프니르, 실버도 마찬가지였다. 하프드래곤은 파프니르를 보호하기 위해 방패를 불러냈고, 드래곤의 모습으로 돌아온 셈 선생님은 긴 꼬리로 공격자들을 소탕했다.

타라는 상황을 살피기 위해 공중으로 날아올랐다. 빗발치는 화살들이 타라가 주위에 만든 방벽을 맞고 떨어졌다. 타라는 빈터가 엘프들에게 포위되었을 뿐만 아니라 또 다른 엘프 무리도 뒤에서 대기하고 있음을 알았다.

엘프들의 대장이 군대를 어떻게 지휘해야 하는지 잘 모르는 걸까? 전술치고는 너무 허술해서 오히려 이상할 정도였다. 타라는 공격 작전이 아주 서툴다는 걸 간파했다.

엘프들은 뛰어난 전사라 전술 또한 뛰어나기로 이름나 있는데 혹시 의도적인 걸까?

이건 분명히 정상이 아니었다. 타라는 망설였다.

엘프들이 상당히 많았다. 하지만 타고난 전사적 기질은커녕 릴란드릴의 활이나 아더월드의 엘프들이 쏘는 활과 비교하면 화살의 정확도가 많이 떨어졌다.

그럼에도 불구하고 캠프는 수세에 몰려 있었다. 타라는 아더월드의 엘프들이 공격할 때의 기상천외한 고문을 생각하면 소름이 끼쳤지만 여기서는 그런 일이 일어날 것 같지 않았다. 타라는 다오보르 행성의 마법 에너지를 사용해 주위를 후려쳤다.

이렇게 강력한 힘을 전혀 예상하지 못하고 있어서였을까. 엘프들은 아주 쉽게 제압되었다. 눈 깜짝할 사이에 화살들이 힘없이 떨어졌고, 엘프들은 마비가 되어 옴짝달싹하지 못했다.

타라는 칼 옆에 착지했다. 칼의 눈이 휘둥그레졌다.

"내가 같은 말 반복하는 거 아는데." 칼이 열렬하게 타라를 포옹하며 말했다. "이럴 때마다 네가 우리 편이라는 게 정말 기뻐."

타라는 순식간에 엄청난 마법을 사용했기 때문에 약간 몸을 떨면서 눈살을 찌푸렸다.

"나는 이럴 때마다 잘못될까 봐 불안해. 마비시키거나 쓰러뜨리는 대신 다 죽이게 될까 봐."

파프니르가 도끼를 휘두르며 다가왔고, 실버도 뒤따라왔다.

"타라, 네가 나서지 않아도 될 만큼 싱거운 전투였어." 난쟁이가 말했다. "이럴 때는 우리한테 맡기고 좀 즐길 수 있게 해주지 그랬어? 전투를 전혀 못하는 엘프들이라 소꿉놀이 수준이었는데!"

타라와 실버, 칼이 동시에 하늘을 쳐다봤다. 그들을 향해 달려오던 파브리스와 무아노는 동물의 청각 덕분에 대화를 듣고 빵 터졌다.

"파프니르의 말이 맞아." 파브리스가 말했다. "한참 재미있었는데. (파브리스는 털가죽에서 화살 하나를 뽑으며 인상을 썼다.) 엉덩이에 화살이 꽂히기 전까지는. 에이, 나를 향해 겨눈 것도 아니었는데."

"뭐? 파브리스!" 무아노가 외쳤다. "다쳤어? 어디 봐!"

파브리스가 돌아섰다. 털가죽에 빨간 피가 얼룩져 있었지만 상처는 이미 아물고 있었다. 무아노는 안도의 숨을 내쉬었다.

셀렌바가 쿵쿵거려서 파브리스는 흠칫 놀랐다. 동물의 청각인데도 뱀파이어가 다가오는 소리를 못 들었으니.

"너는 인간일 때의 냄새가 훨씬 좋은데." 뱀파이어가 두 팔로 불룩한 배를 감싸며 말했다. "지금은 부상당한 개 냄새가 나잖아."

"듣던 중 반가운 소리네요." 파브리스는 점잖게 대꾸했다. "당신이 내 냄새를 좋아하지 않는다니."

파브리스는 셀렌바가 고문하던 순간들이 생생히 떠올랐다. 차가운 미소를 짓는 걸 보면 셀렌바도 기억하고 있는 것이었다.

"다들 괜찮아?" 타라가 물었다.

"그런 것 같구나." 다시 인간 모습으로 변신해 파란색과 은색 마법복을 입은 셈 선생님이 말했다. "근데 이 엘프들은 너무 어설프단 말이야! 이상해. 타라?"

"네, 셈 선생님."

"심문을 해야겠는데 엘프 한 명만 풀어주겠니?"

타라는 고개를 끄덕였다.

"네, 해볼게요. 마법을 조절하는 게 좀 나아지긴 했지만 아직은 완전하지 않으니까 만일의 경우를 대비해주세요."

그들은 조각상처럼 굳어 있는 엘프들 중 한 명을 골라 왕복선으로 데리고 들어갔다. 타라는 이곳의 곤충들이 맛있어 보이는 것이면 뭐든 갉아먹으려는 경향이 있다는 걸 알고 아무도 엘프들에게 얼씬거리지 못하게 마법을 강화했다.

셈 선생님과 무아노, 파브리스는 기함 우주선과 통신을 했다. 전투가 너무 빨리 끝나는 바람에 드래곤 사령관에게 미처 알릴 겨를이 없었는데, 흥분해 날뛰는 패밀리어들 때문에 드래곤들이 경계 태세에 들어가 있었다. 셈 선생님이 연락했을 때 사령관은 깨어 있었다.

얼마 후, 드래곤 사령관은 왕복선으로 잡혀온 엘프를 홀로그램 상태로 살필 수 있었다. 엘프는 여전히 마비된 상태였다.

사실 엘프들의 대장을 찾을 때 로빈의 지시를 따랐었다. 대장 계급장을 알아본 것도 로빈이었다.

그들은 이 행성에 있는 엘프들이 모두 여성이라는 사실에 깜짝 놀랐다. 그리고 아더월드의 엘프 전사들과는 달리 전술이 없다는 것도 확인할 수 있었다.

그중 대부분이 늙은 여성이었다. 임무를 마치고 왕복선으로 들어간 타라는 엘프들을 가까이에서 볼 수 있었다.

엘프 대장은 늙은 여성이었다. 희끄무레한 파란색 눈의 엘프는 타라가 마비를 풀어주었지만 적응하지 못했다.

늙은 엘프가 어찌나 공포에 사로잡혀 있는지 보기가 딱할 정도였다.

셈 선생님은 온화한 늙은이의 모습을 이용해 부드럽게 말했다.

"걱정하지 마요." 셈 선생님이 엘프어로 말했다. "우리는 당신을 해칠 생각이 전혀 없습니다. 그저 얘기를 나누고 싶은 것뿐이에요."

그들은 엘프 대장에게서 무기를 압수했지만 팔다리를 묶지 않았다. 비공식 회담이라는 인상을 주기 위해 늙은 엘프를 왕복선의 식당에 데려다 놓았고, 금속 탁자에는 음식과 음료수가 잔뜩 차려져 있었다. 드래곤 사령관의 홀로그램이 탁자 옆에 조그맣게 나타났다.

늙은 엘프는 경계하는 얼굴로 모두를 쳐다봤다. 특히 인간으로 다시 변신해 있는 무아노와 파브리스를 가리키며 옛날 엘프어로 말했다.

"악마들이다. 우리의 영혼을 빼앗기 위해 야수로 변신해서 우리를 잡아먹으려고 한다!"

파브리스는 눈살을 찌푸렸다.

"아, 아니에요. 나는 잡아먹을 생각이 전혀 없어요. 나를 믿으세요! 그리고 우리는 악마가 아니라 인간입니다!"

늙은 엘프가 모르는 단어를 듣고 의아해했다.

"인간?"

"네, 인간이면서 늑대인간이기도 합니다." 셈 선생님이 차분하게 설명했다. "우리 종족 중 붉은 여왕이라 불리던 레드 드래곤이 만들어낸 혼혈족으로, 현재 늑대라 불리는 개과 동물과 인간이 합성된 모습으로 변신할 수 있지요. 요컨대 레드 드래곤이 아더월드를 침략하기 위해 정예군으로 양성한 종족이었는데 우리가 못하게 막고 늑대인간들을 해방시켜주었지요. 그리고 또 한 명은 500년 전 저주받은 주문에 걸려 야수가 된, 랑코비트 왕국의 다미엥과 야수의 후손 글로리아 다아빌입니다. 글로리아는 그 저주의 일부를 물려받아 마음대로 야수로 변신할 수 있는 겁니다. 악마와는 아무 상관이 없다고 단언합니다. 파프니르는 또 다른 종족인 난쟁이고, 실버는 하프드래곤이자 하프인간이지요."

늙은 엘프는 주위를 둘러보다 갑자기 우주 왕복선 안에 있음을 알아차렸다.

"내 동지들을 죽인 거요?"

타라 일행은 늙은 엘프가 이 질문을 하리라 예상하고 있었다.

"아니에요. 그들은 마비되어 있을 뿐입니다." 타라가 대답하며 버튼을 눌러 식당에 설치된 전광판 다섯 개에 바깥의 영상을 나타나게 했다. "하지만 곧 풀어줄 겁니다. 이 행성에는 아주 공격직인 동물이 많은 데다 곤충들도 공격할 수 있으니까요."

타라는 몸서리치는 시늉을 했다.

"무방비 상태에서 잡아먹히는 건 아주 끔찍한 죽음이니까요."

타라는 바깥의 엘프들을 보호하기 위해 필요한 조치를 취해놨다는 말을 하지 않았다.

"죽이지 않았다?" 늙은 엘프가 생각에 잠긴 얼굴로 말했다. "나를 놓아주지 않으면 바이올렛 엘프가 죽게 되는데 그래도 이렇게 관대하게 나올 수 있을까?"

아! 타라와 모든 이들이 걱정하던 것이었다. 협박! 타라는 늙은 엘프의 관심을 끌기 위해 한숨을 크게 내쉬었다.

"어떡할 텐가?" 늙은 엘프가 도전적으로 내뱉었다.

"이성적으로 판단하기 바랍니다. 좀 전에 내 마법의 힘을 보셨잖습니까?"

늙은 엘프의 얼굴이 굳어졌다. 물론 타라의 마법이 얼마나 강력한지 똑똑히 봤다.

"나는 당신의 머릿속을 아주 쉽게 들여다볼 수 있습니다." 타라가 설명했다. "그래서 거짓말이라는 거 알고 있습니다. 내가 발라를 숨겨놓은 곳을 찾아 풀어준 다음 여기 있는 모든 엘프를 죽일 수도 있습니다. 이 행성을 파괴하거나 폭발시킬 수도 있습니다."

늙은 엘프는 '행성을 폭발시키려면 그럴 만한 이유가 있어야 하는데, 뭐 그리 대단한 일이 있었다고!' 하고 말하는 듯한 얼굴로 타라를 쳐다봤다.

물론 타라는 그럴 수 없었다. 하지만 상황에 따라 어쩔 수 없는 경우도 있었다. 타라는 최근에 아더월드의 달을 파괴하는 상상도 할 수 없는 일에 가담했었다. 어쨌든 자료 정리가 아주 잘되어 있는 드래곤들의 매직컴 파일을 뒤져서 늙은 엘프를 회유하는 데 필요한 것들을 미리 준비해놓았었다.

타라는 전광판을 가리키며 말했다.

"내 능력에는 한계가 없습니다. 보시죠."

다행히 아더월드의 달 타딕스를 폭발, 아니 폭파했을 때 드래곤 우주선들과 악마 우주선들이 그 장면을 촬영해놓았었다. 타라와 제레미가 어떻게 타딕스가 블랙홀이 되지 않게 막았는지도 담겨 있었다.

그들이 가리키는 크리스털레오를 응시하던 늙은 엘프의 얼굴이 파랗게 질렸다.

"있을 수 없는 일이야." 늙은 엘프가 힘없이 내뱉었다. "저건 가짜야. 환영일 뿐이다."

타라가 윙윙거리기 시작했다.

주위에 있는 이들이 슬금슬금 물러섰다. 늙은 엘프는 친구들조차 타라의 엄청난 마법을 경계하고 있음을 확인할 수 있었다. 아, 물론 여간해선 눈 하나 깜짝하지 않는 파프니르와 타라를 너무 사랑하기 때문에 경계할 수가 없는 칼을 제외하고.

경계하는 친구들을 보고 슬픈 미소를 짓던 타라는 드래곤 왕복선의 천장 높이가 수 미터에 이르는 것에 만족하며 붕 날아올랐다. 타라의 눈빛이 시퍼레졌고, 손가락 끝에서 마법이 찌지직거리기 시작했다. 타라는 강도를 높이기 시작했다.

타라는 타딕스를 폭파했을 때 하던 그대로를 재연했다.

영상으로 보는 모습은 분명히 멋지고 인상적이었다. 타라는 마법이 얼마나 강력한지 눈앞에서 보여주는 것으로 늙은 엘프를 납득시켜야 했다. 마법 에너지로 가득 채워진 타라는 흡사 호리병박……음, 아니 예쁜 물병 같았다. 그래도 에너지가 꽉 차 있는 것으로 보여서 나쁠 거 있나.

타라의 몸에서 빛이 사방으로 퍼지기 시작하는데 새로운 별 같았다. 어찌나 눈이 부신지 모두들 눈을 보호해야 할 정도였다.

"대체 당신 누구야?" 늙은 엘프가 마침내 깜짝 놀라 뒷걸음치며 물었다. "괴물인가? 드래곤들의 마법도 이 정도는 아닌데!"

"아무도 이 정도는 아니라고 말씀하셔야지요." 칼이 깐죽거렸다.

타라는 마법을 중단하고 천천히 내려왔다. 눈빛이 정상으로 돌아와 마법을 껐지만 몸속에서는 여전히 뜨겁고 강한 마법 에너지가 흐르는 것 같았다.

"나는 괴물이 아닙니다. 우리는 인간이고 당신 편입니다. 우리는 수천 년 동안 엘프족과 평화롭게 살고 있습니다. 엘프족의 행성을 파괴한 악마족을 상대로 싸웠지요. 엘프족, 뱀파이어족, 드래곤족, 에프리트족이 모두 힘을 합해 악마족을 물리쳤고, 악마족은 이제 우리와 동맹을 맺었습니다."

이러는 사이 밖에 마비되어 있는 엘프들이 동물의 공격을 받을 수도 있어서 타라와 친구들은 시간을 단축하기 위해 5000년의 역사를 축약하며 늙은 엘프에게 컴퓨터 메모리에 담긴 영상을 가능한 한 많이 보여주었다.

악마의 사물들에 대해 아예 아무 말도 안 할 수는 없었다. 악마들과의 평화 협상은 데미데루스가 빼앗아간 악마의 사물들이 있었기에 가능한 것이었기 때문이다. 하지만 그들은 늙은 엘프가 너무 많이 쏟아지는 정보 때문에 정신을 못 차리는 틈에 최대한 간추려 말할 수 있었다.

늙은 엘프는 믿기지 않는 영상들을 보며 멍하니 입을 벌리고 있었다. 드래곤족이 인간 마법사들을 발견하면서부터 일어난 엄청난 변화, 인간 모습으로 바뀐 악마들, 바쉬와 가브리엘의 죽음, 수천 년 동안 계속되던 전쟁의 종식…….

늙은 엘프는 눈물을 흘리기 시작했다.

당당하게 버티던 늙은 엘프가 하염없이 눈물을 쏟았다.

모두들 안타까운 마음과 연민에 찬 눈빛으로 잠자코 지켜봤다. 셈 선생님이 손수건을 건네자 늙은 엘프는 눈물을 닦았다.

이윽고 늙은 엘프가 몸을 숙이더니 타라의 손을 덥석 잡았다.

"고맙소, 인간. 고마워요, 정말 고마워요. 우리는 다시 살 수 있게 됐어요. 여러분은 몰라요. 여러분은 생각도 못할…….

얼마나 감동했는지 늙은 엘프가 횡설수설하고 있었다. 아무도 무슨 말인지 모르겠다는 말을 차마 하지 못했다.

"이해합니다." 타라는 부드럽게 말했다. "가서 동족에게 이 소식을 전하세요. 내가 그들을 풀어줄 겁니다. (타라는 잘못 말했다는 걸 깨닫고 눈을 찡그리며 다시 말했다.) 아니, 내가 마비된 엘프들을 풀어줄 테니 그들에게 말씀하세요. 그다음 발라를 풀어주세요. 그리고 앞으로 어떻게 하고 싶은지 들어보고 같이 의논해봅시다. 아더월드의 엘프들을 맞아들여 이 행성을 새로운 엘프족의 세상으로 만들 건지, 아니면 아더월드로 모두 돌아와 함께 살 건지 결정합시다."

그들이 다오보르 행성에 있는 악마의 사물들에 대해 말하지 않은 것은 지금은 때가 아니기 때문이었다. 타라는 먼저 발라부터 찾은 다음 미션에 대해 말하기로 했다. 아, 혜성에 대해서도. 어떤 점에서는 수천 년 동안 엘프들이 피해온 악마들보다 훨씬 최악이 될 혜성이 곧 이 행성에 들이닥칠 거란 말을 차마 할 수가 없었다.

"내 이름은 마제 도브릴이오." 늙은 엘프가 마침내 그들 앞에 허리를 숙이며 말했다. "내가 에레를 알기 때문에 발라를 죽이지 않았던 것이오. 바이올렛 엘프가 주장하는 대로 에레의 딸이 맞는지, 아니면 악마들의 함정인지 확인하고 싶었지요. 내 엘프들을 풀어주면 발라가 있는 곳으로 안내하겠소."

합의를 끝낸 뒤(드래곤 사령관은 동의하지 않았지만) 타라와 친구들은 마제를 왕복선에서 내려가게 했다.

마비되어 있던 엘프들은 풀려나자마자 대장을 에워쌌고, 왕복선을 공격하려고 하지 않았다.

마제가 뭐라고 명을 내리자 엘프들의 태도가 돌변했다. 무질서하게 허둥대던 엘프들이 갑자기 질서정연해졌다. 마제의 손가락과 눈짓에 따라 일사불란하게 움직이는 모습을 보고 타라 일행은 어리둥절했다.

"내가 이럴 줄 알았다니까!" 로빈이 말했다. "어쩐지 그렇게 어설픈 엘프를 본 적이 없거든. 일부러 그랬던 거야."

"우리가 적인지 아닌지 확인하려고 일부러 잡혔다는 뜻이야? 하지만 너무 위험한 작전이잖아." 놀란 파브리스가 지적했다.

"그렇긴 하지. 하지만 성공하면 아주 효과적인 작전이지. 지금 저런 모습을 보인다는 건 엘프들이 우리가 복수를 하러 온 것이 아님을 확실히 알았다는 거야."

"그럴까……." 파브리스는 반신반의했다. "그래도 나는 왕복선 안에 있어서 다행이라고 생각해. 늙은 엘프들이 갑자기 위험한 적으로 돌변할지도 모르니까."

타라 일행은 조심스럽게 갑실을 닫고 카메라와 캠프 주위를 날아다니는 스쿠프들, 탈루디들이 전하는 바깥의 상황을 지켜보고 있었다. 밤이지만 그들이 설치해놓은 강력한 탐조등 덕분에 밖이 훤했다.

엘프들은 한밤중에 그들을 공격했었다. 별빛에도 불구하고 엘프들이 시커먼 차림이었기 때문에 잘 보이지 않았다. 따라서 타라 일행은 만일을 대비해 엘프들의 움직임을 주의 깊게 살피고 있었다.

통신 수단이라고 할 만한 것을 찾지 못했지만 엘프들끼리 통하는 뭔가가 있을 게 틀림없었다. 어둠 속에서 몰래 움직이는 킬러들을 시켜 바이올렛 엘프를 제거하는 것은 그리 어려운 일이 아닐 터였다.

드래곤 사령관의 지시를 무시한 것이 마음에 걸린 셈 선생님은 눈치를 보고 있었다. 심기가 몹시 불편한 블랙 드래곤은 이러다 누군가 죽기라도 하면 마법사들을 가만두지 않겠다며 필요 이상으로 노발대발했다. 폭언을 듣던 블루 드래곤은 침을 잘못 삼켜 딸꾹질이 나왔다. 그 바람에 불을 토해내게 되어 커뮤니케이션 콘솔이 파손되었다(물론 순전히 우연이었고, 몇 분 후 콘솔은 복구되었다). 그사이 셈 선생님은 욕설을 퍼붓는 블랙 드래곤의 영상이 다시 나타나기 전에 피할 수 있었다.

왕복선 조종사지만 지금처럼 왕복선이 지상에 착륙해 있을 때는 통신을 담당하는 옐로우 드래곤은 아무 말도 하지 않았다. 하지만 셈이 감히 사령관을 무시했다고 느낀 블랙 드래곤은 옐로우 드래곤이 웃지 않으려고 참고 있음을 알아차렸다. 기함 우주선에 있는 사령관은 통신을 끊어버리고 격앙된 어조로 중얼거렸다. '위베른족 병사에게 휴대용 영상 통신기를 들려서 보내면 셈이 또 태우지는 못하겠지.'

밖에서는 늙은 엘프 마제가 다른 엘프들에게 그동안 일어난 일을 설명하고 있었다. 마제에게 내어준 휴대용 영상 통신기 덕분에 머리 위에 나타나는 아더월드와 지구의 역사를 영상으로 보며 엘프들은 입을 다물지 못했다.

왕복선 안에서 타라를 비롯해 매직갱과 함께 전광판을 지켜보던 칼은 생각에 잠겨 있었다.

"이상해." 칼이 전광판을 응시하며 말했다. "진짜 이상해."

"뭐가?" 타라가 물었다. "뭐가 이상한데?"

"넌 알아채지 못했어?"

타라는 칼이 이렇게 말할 때가 싫었다. 즉시 대답해주기보다 알아맞혀 보라는 식으로 말하는 것. 타라는 짜증이 났다.

"칼!"

칼이 돌아보며 일부를 털어놓았다.

"엘프들이 마법을 사용하지 않았어, 타라. 한순간도. 활, 화살, 단도 같은 무기는 갖고 있었지. 하지만 마법을 사용해 너와 우리의 방패를 뚫어볼 생각도 하지 않았잖아. 수적으로 우세했기 때문에 마법을 사용했다면 얼마든지 우리에게 치명상을 입힐 수도 있었는데."

타라는 눈살을 치켜떴다.

"하지만 엘프들은 우리를 공격하는 게 목적이 아니라 시험한 것뿐이라고 했잖아. 그래서 그랬겠지?"

"글쎄."

그들은 전광판을 응시했다. 늙은 엘프는 설명을 끝냈고, 둘러선 엘프들이 고개를 끄덕이고 있었다.

엘프들은 마치 왕복선이 자신들을 공격하기 위해 전진할 거라고 예상한 듯 일제히 왕복선을 올려다봤다. 엘프들의 태도에서 경외심이 느껴졌다.

이윽고 늙은 엘프가 왕복선 앞에 와서 할 말이 있다는 표시를 했다. 셈 선생님의 지시에 따라 옐로우 드래곤이 트랩을 내려주고 곤충과 세균, 혹시 모를 공격적인 엘프들이 달려들지 못하게 보이지 않는 장막으로 주위를 봉쇄했다.

"발라에게 안내할 준비가 되었소." 마제가 숲에 울려 퍼질 정도로 우렁찬 목소리로 알렸다. "하지만 그 전에 한 가지 묻겠소."

셈 선생님이 마이크에 대고 대답했다.

"네, 기꺼이 대답해드리지요, 마제 대장."

마제는 옛날을 떠올리며 정중하게 허리를 굽혔는데 닌자**39**의 검은색 복장인데도 우아했다.

· · · · · · · · · · · · · ·

39. 지구의 무술영화와 자신의 직업을 연상시키는 미스터리한 실종 사건 영화를 특히 좋아하는 칼은 닌자의 복장 같다고 설명했다. PS: 칼은 면허 받은 도둑들에 비해 닌자들은 복장이 너무 요란하고 기술도 형편없다고 비아냥거렸다.

"드래곤 경." 마제는 옛날에나 쓰던 칭호를 쓰며 말했다. "이곳은 반역이 무시무시한 독처럼 번지고 있습니다. 여러분, 아니 바이올렛 엘프가 나타나는 바람에 주춤하지만 곧 다시 시작될 겁니다. 아더월드의 우리 동족을 되찾아 한 민족으로 평화롭게 살 수 있게 도와주십시오."

셈 선생님이 무엇을 도와주면 좋을지 묻기도 전에 늙은 엘프가 구체적으로 밝혔다.

"이 싸움에서 우리가 이길 수 있게 도와주시겠습니까? 반역하는 엘프들을 굴복시켜 광명을 찾을 수 있게 도와주십시오."

리스베스

역겨워서라도 절대로 결혼을 포기하지 않겠다는 연인에게
결혼식을 미뤄야 한다는 걸 뭐라고 설명하나
한 번도 아니고 벌써 세 번째인데

*

다오보르 행성에서 아주, 아주, 아주 멀리 떨어진 아더월드에서는
리스베스 여제가 격분해 있었다.

여제가 기분이 나쁠 때는 궁인들의 움직임을 보면 알 수 있었다.
여제의 기분이 나쁠수록 궁인들은 마치 주의를 끌었다가는 불똥이
튈까 봐 눈에 띄지 않으려고 노력했다.

모두 발꿈치를 들고 살금살금 걸어 다녀서 궁전에는 움직이는 그
림자들과 유령이 득실거리는 것 같았다.

리스베스는 기분이 나쁘면**40** 접견을 거부하고 평소에 드나들기 쉬

---

40. 리스베스는 자신의 불같은 성격을 악용하는 멍청한 자들을 스파슌으로 둔갑시키는 경
향이 있기 때문이다. 그래서 리스베스는 기분이 풀어지고 나면 사과해야 하는 경우가
종종 있다. PS: 황궁의 요리사들 역시 진짜 스파슌의 털을 벗기는 건지, 아니면 서툰

운 데에 있는 접견실을 황궁의 측면, 수천 헥타르에 이르는 공원 깊숙한 곳으로 이동시켰다. 그런 데다 황궁 안에서는 위험한 침입을 막기 위해 트란스미투스 이동이 금지되어 있고, 황궁 내 공간이동의 문 출입이 엄격히 제한되어 있어서 여제를 만나려면 한 시간은 족히 걸어야 했다. 수많은 복도와 정원 여러 개를 지나야 하는 거리가 적어도 10킬로미터는 되기 때문이다.

한 영악한 인간[41]이 정원을 돌아다니는 켄타우로스들을 보며 말과 비슷하다는 사실에 주목하고 유료로 사람들을 수송해주라고 제안했다. 요금은 자기가 70퍼센트, 켄타우로스들이 30퍼센트 갖는 것으로 공평한 분배라고 주장했다.

착한 켄타우로스들은 교활하지 않기 때문에(켄타우로스들은 말이 '공평한 분배'지 사실은 한쪽에 이익이 많이 가는 분배라는 걸 알아차리지 못했다) 기꺼이 수락했다.

그렇게 해서 켄타우로스를 이용한 가마 운송 사업이 시작되었는데 반응이 좋아 황궁 내에서 하는 새로운 운송 사업의 전례를 만들었다.

리스베스 여제는 황궁 깊숙한 곳에 숨는 전략이 평소와 같은 효과가 없다는 걸 이내 알아차렸지만 별로 신경 쓰지 않고 있었다.

"나는 당신과 헤어지지 않아요!" 바리우스가 분노의 눈빛을 이글거리며 소리쳤다. "솔직히 말해 결혼이 중요한 건 아니오. 나는 오무

처신으로 스파슌으로 둔갑한 대사의 털을 벗기는 건지 알 길이 없어 난감할 때가 있다.

41. 영악한 인간인 데리아[한때 상그라브였던 데리아는 세네 센스사스와 협정을 맺고 국외 영토 수사기관(CIA에 해당하는)의 요원으로 활동하고 있었다]는 브래드포드 메델루스와 함께 우연히 황궁에 왔다가 돈을 벌 기회를 잡은 것이었다.

아의 여제가 아니라 당신을 사랑하는 거요! 이렇게 당신 곁에서 사는 것으로도 충분히 행복하니까!"

두 사람은 리스베스의 집무실에 있었다. 화려한 꽃과 나비들이 아름다운 조화를 이루고 있었다. 리스베스는 또 성질을 참지 못하고 하마터면 경제부 장관 달로르를 스파슝으로 둔갑시킬 뻔한 뒤 피신해 있는 것이었다. 장관이 감히 결혼식을 올릴 때마다 너무 막대한 비용이 든다며 상황이 좋아지길 희망하며 결혼식 날짜를 다시 잡기보다는 일단 포기하든가, 아니면 작은 예배당을 찾아 은밀히 결혼식을 올리는 것이 훨씬 현명하다고 말했기 때문이었다.

그렇지 않아도 기분이 좋지 않던 여제는 격분했다.

"하지만 나는 바리우스와 결혼합니다! 그리고 어디 가서 몰래 결혼식을 올리지 않을 것이오! 나는 오무아의 여제요! 내 결혼은 역사에 기록될 것이오."

"폐하의 결혼은 지난번에 하신 것으로 이미 역사에 기록되어 있습니다." 통통한 어깨에 둘러 묶은 흰색 토가 차림의 경제부 장관은 땀을 뻘뻘 흘리며 말했다. "그러니 이번에는 간소한 결혼식을 올려도 되지 않겠습니까?"

여제의 입에서 나오는 소리는 아름다운 여인이 아니라 성난 호랑이가 포효하는 소리 같았다. 질겁한 경제부 장관은 재빨리 물러갔다. 얼른 피하는 게 상책이라고 판단한 것이었다.

"장관이 지금 전남편 다릴 크라투스와의 결혼을 들먹이는 거요? 내 결혼식을 망치려고 작심한 듯 느닷없이 나타난 다릴 크라투스는 나를 불임으로 만든 마지스터와 다를 바 없는 작자란 말이오! 장관까지

내 결혼식에 대해 왈가왈부하다니!" 여제는 멀어져가는 장관의 뒤통수를 향해 분통을 터뜨렸다.

화가 머리끝까지 치민 리스베스는 괜한 사람들까지 희생양으로 삼을까 봐 접견실을 나와버렸던 것이다.

바리우스는 지난번에 말다툼을 하고 빌랭 왕국으로 돌아갔다가 엄청나게 큰 케빌리아[42]를 갖고 돌아왔었다. 리스베스는 궁정에 소문이 나는 걸 원치 않았기 때문에 케빌리아를 엥카드나수스 금고에 고이 넣어두었다.

"뭐가 어째?" 리스베스가 소리치면서 우리 안의 야수처럼 책상 앞을 성큼성큼 걸어 다녔다. 흰색 드레스 자락이 블루 다이아몬드가 촘촘히 박힌 샌들까지 흘러내리고 있었다. "바보 멍청이가 감히 다릴 크라투스와의 결혼을 상기시키다니! 경박하기는! 나는 만인이 보는 앞에서 당신과 결혼할 거예요! 하지만 계속 이런 식이면 당신도 결국 기다리다 지쳐 당신의 용병 나라에서 금발의 가슴이 풍만한 여자와 결혼하겠죠!"

바리우스는 방금 사랑한다고 분명히 고백했는데 그 말을 듣고도 이런 말을 하느냐고 물으려는 순간 이미지가 떠올랐다.

바리우스는 참을 수가 없었다. 분노가 순간적으로 사라지고 웃음이 새어 나왔다.

작은 웃음소리에 리스베스는 말을 중단하고 눈살을 찌푸렸다. 바

• • • • • • • • • • • • •

42. 리스베스와 바리우스, 단둘이 있을 때 바리우스가 선물을 했는데도 이상하게 케빌리아에 대한 소문이 자자하게 퍼져 있었다.

리우스는 속으로 말했다. '아, 웃으면 안 되는데……. 위험해!'

"내가 웃기는 말을 했나요?" 리스베스가 너무 차분해서 위험하게 느껴지는 어조로 물었다.

바리우스는 까만 눈으로 리스베스의 쪽빛 눈을 뚫어져라 쳐다보며 말했다.

"내가 방금 오무아의 여제가 아니라 당신을 사랑하기 때문에 헤어지지 않겠다고 분명히 말했잖아요. 그런데 당신이 금발의 가슴이 풍만한 여자라고 말하는 바람에 그 이미지가 떠올라 나도 모르게 웃음이 나온 거요. 미안해요."

바리우스는 치아가 다 드러나는 함박미소를 지었다. 리스베스는 참으려고 했지만 전염된 듯 미소를 지었다. 잠시 후, 둘은 웃음이 빵 터졌다.

"그래도 웃으니까 조금 후련하네요!" 리스베스는 킥킥거리며 말했다.

"이리 와요." 바리우스는 자신의 무릎을 톡톡 치며 명령조로 들리지 않도록 조심하며 부드럽게 말했다. "흥분한 뒤에는 이게 최고니까. 불쌍한 달로르는 살아서 접견실을 나간 걸 행운이라고 생각하며 살아갈 거요!"

리스베스는 머뭇거리지 않았다. 바리우스의 무릎 쪽으로 기울어지며 용병의 근육질 어깨에 금발을 기댔다. 그러고는 바리우스의 은은한 나무 냄새를 맡자 긴장이 풀렸다. 바리우스가 다정하게 안아줄 때마다 리스베스는 여제라는 것도, 냉철한 통치자라는 것도 잊고 사랑받는 여자로 돌아갔다.

바리우스는 리스베스의 금발과 부드러운 목덜미를 다정하게 어루만졌다. 리스베스는 연약한 여인이 아니라 아름다운 여전사이기 때문에 자신이 큰 키로 태어난 것에 감사했다.

"근데 오늘은 왜 이렇게 화가 난 거예요?" 바리우스는 그녀의 귀에 뜨거운 숨결을 불어넣으며 속삭였다. "첫 번째 미션의 사물들을 회수했다는 메시지를 전한 뒤로 타라에게서 추가 소식이 없지만, 다음 미션을 위한 행성의 거리를 생각하면 며칠 더 기다려야 하니까 정상이잖아요. 혜성은 조용하고, 이제 혜성이 떠났으니 빨리 자기들 행성으로 돌아가자고 악마들끼리 싸우는 것도 아니고, 피난민들에게 내어준 우리의 영공이 뚫린 것도 아니고, 악마들이 우리를 침략하려는 의도가 있다는 데미데루스의 불길한 예언도 지금으로 봐서는 완전히 빗나간 상태이고…… 어제까지의 상황은 이랬는데 뭐 달라진 게 있어요, 없잖아요?"

리스베스는 행복한 신음소리를 내며 대답했다.

"맞아요. 실은 그런 문제가 아니라 다릴의 동생인 젠릴-메투스를 만났어요. 다릴 크라투스가 사망한 것으로 알려진 후 형을 대신해 북부 국경지대를 다스리는 백작이지요. 젠릴은 형이 살아서 돌아온 걸 기뻐하면서도 두려워하고 있어요. 형에게 자리를 도로 내놓아야 할지 모르니까요. 다릴 크라투스가 무죄라고 주장하며 황궁을 나가기 전에 이미 형을 만났던 젠릴-메투스가 오늘 아침에 뭔가를 찾았다며 궁전에 왔거든요. 우리가 확보한 형의 DNA는 최고 마구스라면 위조할 수 있기 때문에 그거 이외에 형의 신원을 명백하게 확인할 만한 것을 찾아야 했지요. 30년이란 세월이 흘렀기 때문에 그는 자칫 요새의 절반을 파괴할 뻔했지만 결국은 도움이 될 만한 걸 찾아왔지요."

바리우스는 젠릴-메투스가 왜 요새를 파괴할 뻔했다는 건지 이해가 되지 않았다.

"아, 그래요? 그게 뭔데?" 바리우스는 짧게 물었다.

"대들보. 불행히도 대들보 중 하나라서 잘못 건드리면 집이 무너질 테니 잘라내기가 쉽지 않았겠죠. 다릴 크라투스가 그 대들보에 부딪쳐 넘어지면서 부상을 당한 적이 있는데 나무 속으로 피가 스며들었거든요. 젠릴-메투스는 늙은 집사들끼리 다릴에 대해 나누는 대화를 듣게 되었지요. 어린 시절 다릴에게 일어났던 몇 가지 사고 중 특히 대들보에 묻은 핏자국을 깨끗이 지우기 위해 온갖 마법을 사용했는데도 원상 복구할 수 없었다는 말이었어요. 멀리 떨어진 국경지대 사람들은 우리보다 마법이 강하지 않아서 다행이라고 할까. 아무튼 그래서 젠릴-메투스가 그 대들보 조각을 가져온 거죠. 우리에게 다릴 크라투스의 혈액과 비교해보라고. 크산디아르가 다릴의 혈액을 채취해놨거든요. 계속 연락을 취했지만 다릴을 못 찾는 중이었는데. 이제 우리 학자들이 대들보 조각에서 채취한 혈액을 분석해보면 다릴이 사기꾼인지 아닌지 입증할 수 있어요."

리스베스는 바리우스의 얼굴이 굳어지는 걸 봤다.

"크산디아르와 당신이 다릴에게 연락했단 말이오? 그래서 다릴이 뭘 하려는 건지 구체적으로 밝혔소?"

"그래서 내가 이렇게 화가 나 있는 거예요." 리스베스가 또다시 흥분했다. "그가 우리에게 알려준 주소와 크산디아르가 그를 찾아냈던 마을, 그리고 그가 일했다는 곳으로 여러 번 사람을 보냈지만……."

"짐작이 가는군." 바리우스는 한숨을 내쉬며 말했다. "전남편이 사라진 거요?"

"네, 맞아요. 크산디아르가 돌아와 아주 이상한 보고를 했어요. 아더월드에서 출발하는 우주선, 공간이동의 문을 모두 확인한 결과 떠난 흔적이 없는데, 다릴 크라투스는 아더월드에 없는 것 같다는 거예요."

크산디아르

아무도 입을 열려고 하지 않는 곳에서
어떻게 수사를 하나

*

친위대장 크산디아르는 기분이 좋지 않았다.

"돌아버리겠어!" 크산디아르는 불만을 터뜨리면서도 마치 아름다운 아내의 부드러운 머리카락을 만져야 제정신으로 돌아온다는 듯 세네의 머리를 어루만지고 있었다.

크산디아르와 세네는 팅가푸르에 있는 관사에 누워 있었다.

친위대장은 북부 국경지대와 셀렌다에서 수사를 마치고 돌아와 있었다.

적어도 말할 수 있는 건 고집스러운 인간들과 의심 많은 엘프들이 그가 임무를 수행할 수 있게 협조해주지 않았다는 것이다.

"엘프들! 타빌라 여왕이 피살된 뒤로 엘프들은 아더월드 전체가 음모를 꾸민다고 의심하며 보통 경계하는 게 아니야. 아주 편집증 환자들이 되었다니까. 오, 흉측한 벤드룩의 창자들이여! 새 여왕 에레는 아예 도와주질 않고!"

남편을 사랑하는 세네는 크산디아르의 짧게 깎은 머리를 만졌다. 이 짧은 머리털의 부드러운 촉감이 좋았다. 티그족의 까무잡잡하고 보드라운 피부는 그의 불같은 성격과 아주 대조적이었다.

"진정해, 여보." 세네는 다정하게 말했다. "방법을 찾아야지. 당신은 늘 방법을 찾았잖아."

세네는 남편을 돌아눕게 하고 근육이 단단히 뭉친 등을 주물러주었다.

크산디아르는 세네가 뭉친 데를 누를 때 신음소리를 냈다.

"음, 좋아. 아, 시원해!"

크산디아르는 베개에 얼굴을 묻고 "음, 좋아"를 연발했고, 세네는 네 개의 손으로 남편의 등을 점점 더 세게 주물렀다.

"테러가 일어난 때부터 돌이켜보자고. 그러면 당신도 생각이 정리가 될 거야. 하나하나 되짚어가며 둘이 같이 생각하면 혼자보다는 낫겠지."

크산디아르는 입이 베개에 눌리지 않게 고개를 옆으로 돌리고 정신을 집중했다.

"우리는 숲을 샅샅이 수색했어. 킬러는 타라의 접견실에서 멀리 떨어진 어딘가에 숨어 드론을 조종해서 타빌라를 죽인 것이기 때문에. 우리 정찰병들의 군화 자국 외에 여성인지 남성인지, 인간의 것인지도 전혀 알 수가 없는 발자국들을 발견했지. 그래서 머리털이나 동물의 털이라도 발견하길 바랐지만 아무것도 없는 걸 보면 킬러는 특수 작업복을 입고 있었던 게 분명해. 따라서 DNA 채취는 불가능했어."

"그렇다면 전문 킬러가 틀림없어." 세네는 남편의 말에 대꾸하면서도 균형 잡힌 등에 감탄했다. 하지만 너무 근육질이라 뭉친 데가 쉽게 풀리지 않는 거라고 생각했다.

억지로라도 근육이 풀리게 좀 세게 때리면 화를 내려나?

"킬러 길드를 찾아가 봤어?"

"타빌라를 죽인 솜씨를 보며 당연히 킬러 길드를 생각했지. 당신도 알잖아, 정치적 문제를 야기하는 사건에 대해서는 그들이 절대로 입을 열지 않는다는 거."

크산디아르의 어조가 너무 침울해서 세네는 웃음이 나오려는 걸 꾹 참았다.

"그래서?" 세네는 남편을 독려하며 네 손으로 삼각근을 눌렀다. 크산디아르의 척추에서 으드득 소리가 났다.

"전문 킬러의 솜씨로 보이기는 하지만 내 생각에는 아닌 것 같아."

세네는 의아한 얼굴로 물었다.

"그래? 이유는?"

"내 직감으로는 전문 킬러가 개입한 것이 아니야. 전문 킬러들은 아주 치밀하고, 태도를 보면 감이 오는데 전혀 아니었어. 그들은 이번 사건과는 관련이 없어."

"길드에 소속되지 않은 킬러라면?"

혼자 활동하는 킬러가 가장 골치 아팠다. 돈과 쾌락 때문에 신념도 법칙도 없이 죽이기 때문이었다. 반면 길드에 소속된 킬러들은 법칙이라는 게 있고, 직업에 대한 프로 의식이 있었다.

크산디아르는 세네의 손이 척추 아래쪽으로 내려오자 움찔했다. 아내가 마사지해줄 때 기분이 아주 좋았다. 꼭 아파서가 아니라 아내의 손길을 느끼고 싶어서 등이 아프다고 호소할 때도 있었다. 그럴 때마다 세네는 속은 체하며 한번도 거절하지 않고 받아주었다.

"모르겠어." 크산디아르는 막연하게 느껴지는 뭔가에 집중하며 대답했다. "들어맞지 않는 것들이 있단 말이야. 타빌라가 공격을 받은 장소가 타라의 집무실이라는 것에 주목할 필요가 있어. 소속된 킬러든 단독 킬러든, 타라를 건드렸단 말이야. 타라가 마음만 먹으면 공원 전체에 파랄리수스 주문을 날려 범인을 잡을 수 있어서 감히 그럴수가 없는데……. 타라가 불안정한 마법 때문에 사용하길 주저하는 것은 측근들만 아는 사실이란 말이야. 그런데 킬러가 불확실한 것에 기대를 걸었다? 나는 그렇게 생각하지 않아."

이런! 세네는 크산디아르의 근육이 다시 뻣뻣해지는 걸 느꼈다. 그래서 근육질 엉덩이를 한 대 찰싹 때렸다.

"쯧쯧, 여보, 긴장을 풀라니까. 제발 흥분 좀 하지 말고."

크산디아르는 심호흡을 하고 순순히 말을 들었다.

"당신 지금 내 엉덩이 때렸어? 내가 꿈을 꿨나?"

"아니, 꿈꾼 거 아니야." 세네는 아주 세게 등을 주무르면서 으름장을 냈다. "여보, 나 카무플레 국장이야. 이렇게 자꾸 방해하면 당신 어떻게 되는지 알 텐데!"

크산디아르는 무슨 말인지 알아차리고 얌전히 있다가 말을 이었다.

"일단 여기서 수사를 마친 다음 셀렌다에 갔지. 타빌라를 원망할 가능성이 있는 엘프들을 수사하러 간 건데 에레 여왕 때문에 잘 안 됐어."

세네는 에레를 좋아하지 않았다. 사실 대다수 사람들이 에레를 좋아하지 않았다. 타빌라는 냉정하고 매정하기 때문에 사랑받지는 못했지만 그래도 공평하기 때문에 여왕으로서 존중을 받았다.

반면에 에레는 여왕의 진정한 역할이 뭔지 모르고 있었다. 통치자는 국민이 무슨 생각을 하는지 개의치 않고 그저 명령만 내리면 된다고 생각하는 것 같았다. 크게 잘못된 생각이었다. 그리고 부드러움과 카리스마를 겸비한 외교술이라는 것이 없고 무력으로 밀어붙일 생각밖에 없었다. 여왕이 된 지 얼마 되지도 않은 사이에 거의 모든 통치자들이 등을 돌리게 만들었다.

"가서 보니까 엘프들이 에레를 여왕으로 뽑은 걸 약간 후회하는 것 같더라고. 타빌라 여왕이 갑자기 죽을 경우 부통치자인 블랙 엘프가 자동적으로 여왕이 되는 건데 에레가 몇 달 전 블랙 엘프를 몰아내고 부통치자 자리를 차지하고 있었다는군. 내가 타빌라에 대한 수사를 시작하자마자 엘프들은 나를 거부했어. 이방인을 몹시 싫어한다는 이유로."

세네가 엘프들이 했을 법한 말을 흉내 냈다.

"'타빌라 여왕에게는 적이 없었어요. 가장 아름답고 가장 현명한 여왕이었지요. 이방인에게 살해된 것이 틀림없는데 우리 아름다운 여왕을 죽인 게 분명한 비열한 인간들의 나라로 가지 않고 왜 우리나라에 와서 수사를 하는 겁니까?'라고 따졌겠지."

크산디아르는 냉소적으로 말했다.

"정확해! 나와는 아예 말하는 거 자체를 거부했으니 그런 말을 한 건 아니지만 입을 열었다면 딱 그렇게 말했을 거야. 보디랭귀지는 그렇게 말하고 있었으니까. 셀렌다 궁정에서 국성을 지키는 드론들에게 무슨 지시를 내렸다는 걸 알았을 때도 그랬지. 일련번호를 매긴 드론들과 후계자의 정원에서 폭발한 드론의 수가 정확하게 일치했어. 폭발로 인해 번호가 거의 지워졌는데도 불구하고 우리는 확인할 수 있었지. 하지만 그 이상은 수사할 수 없었어. 드론들이 어디를 정찰하던 중이었는지 나한테 말해주지 않았기 때문에. 얼마나 화가 나는지 두들겨 패서라도 엘프들의 입을 열게 하고 싶었어."

"다릴 크라투스는?" 세네는 남편이 또 흥분할까 봐 화제를 바꾸기 위해 달래주는 어조로 물었다.

이런! 크산디아르가 또 긴장했다. 세네는 한숨을 내쉬었다. 그러고는 아무 말도 하지 않는 게 낫겠다고 생각하며 다시 남편을 누르고 굴리고 만지며 마사지를 시작했다.

"다릴 크라투스는 완전 유령이야." 크산디아르가 구시렁거렸다. "어쩌면 그렇게 감쪽같이 사라졌다 나타났다 하는지 알 수가 없어. 그에 대한 수사를 했는데 진짜 미스터리한 인물이야. 나무꾼이라는 건 사실이었어. 수년 동안 그가 기거했다는 집을 찾았고, 주인 여자가 죽은 것도 사실로 확인됐지. 그가 다스렸던 북부 국경지대에서도 수사를 했어. 그곳 사람들 역시 경찰에 대해 폭언을 서슴지 않고 제국을 비난하더군. 통합하려면 아주 문제가 많은 거친 사람들이었어. 셀렌다에서와 마찬가지로 거기서도 내가 환영받지 못했다는 건 굳이 말할 필요 없겠지."

등의 근육으로 보아 크산디아르는 신경이 극도로 날카로워져 있었다. 직종이 같아서 그런지 크산디아르와 세네는 비슷했다. 미스터리한 일이 있으면 반드시 풀어야 하는 성격이라 수사가 막히면 크게 낙담했다.

"동생이라는 백작은 다릴 크라투스가 자기 형이 맞다고 인정했어?"

"외모로는 인정했지. 다릴과 대질시켰을 때 젠릴-메투스는 몹시 감격했지. 하지만 남자가 몇 살 연상인 형과 닮은 것은 분명한데 기억상실이라 확인할 수가 없으니 자신 없다고 했어. 그리고 이해가 안 되는 게 또 있어."

"뭔데?"

"다릴 크라투스 사건에 마지스터 얘기가 왜 나오지?"

세네가 피식 웃었다.

"아, 여제가 장관한테 소리쳤거든. 결혼식을 망치려고 작심한 다릴 크라투스는 자기를 불임으로 만든 마지스터와 다를 바 없는 작자라고."

깜짝 놀란 크산디아르가 몸을 반쯤 일으키는 바람에 세네는 뒷걸음치는 말처럼 몸을 젖혔다. 크림색 실크 잠옷 차림의 아름다운 세네가 남편의 얼굴 쪽으로 미끄러지듯 내려왔는데 보라색 머리가 헝클어져 있었다. 장난꾸러기 꼬마도깨비처럼 씨익 웃었다.

"당신이 그걸 어떻게 알아?" 크산디아르는 아내의 허리에 손을 얹으며 물었다.

"여제가 하는 말을 들었으니까."

크산디아르의 손이 멈췄다.

"당신이 오무아 제국의 여제를 염탐했단 말인가?"

세네는 태연하게 미소를 지었다.

"당연하지! 누구를 막론하고 뭐든 다 알아내는 것이 내 직업인데! 그리고 이번에는 나만 들은 것도 아니야. 여제가 접견실에서 달로르 경제부 장관을 향해 그라옥스처럼 소리를 질러대서 주위에 있는 궁인들은 다 들었을 텐데, 뭐. 나는 여제가 달로르를 스파슌으로 둔갑시킬 줄 알았다니. 진짜 크라투스가 맞는지 모르겠지만 30년 동안이나 행방불명되어 있던 사람이 기적처럼 여제가 결혼하려는 순간에 다시 나타난다는 게 말이 된다고 생각해? 나는 도저히 믿을 수가 없어. 마지스터가 오랜 세월 여제에게 독을 먹여 불임으로 만든 것도 그렇고. 아무튼 마지스터는 리스베스가 후계자를 낳지 못하도록 주도면밀하게 준비했다는 거잖아. 게다가 타라도 여러 번 죽이려고 했는데……. 그게 다 우연이라고 할 수 있을까?"

크산디아르는 불법적인 염탐을 하다 걸리면 감옥행이라고 지적하면서 말했다.

"타빌라 피살 사건, 다시 나타난 다릴 크라투스. 그렇지만 마지스터에 대한 여제의 생각은 옳다고 생각해. 나는 그 점을 고려해서 수사할 것이고, 그러다 보면 단서를 찾을지도 모르지. 그건 그렇고……."

크산디아르는 이글거리는 눈빛으로 세네를 응시했다.

"이번에는 내가 당신을 마사지해줄 차례인가?" 크산디아르가 금빛 어깨를 드러내며 속삭였다.

세네는 장난기 있는 미소를 지었다.

"진짜? 진짜 마사지하려는 거 맞아?"

20

동굴 마을

누가 누군지도 모르고 누가 맞는지도 모르는데
어떻게 반역인지 아닌지를 결정하나

*

아더월드에서 수십억 타트롤 떨어진 다오보르 행성의 왕복선 안에서는 모두 어안이 벙벙했다. 늙은 엘프가 방금 부탁한 것은 이해하기가 힘든 말이었다.

파브리스는 금발을 쓸어 넘기며 눈살을 찌푸렸다.

"얘들아, 저 엘프들이 누구와…… 싸우고 있다는 거잖아? '반역하는 엘프들'이라고 한 거 맞아? 뭘 반역했다는 거야?"

타라는 유감스러운 얼굴로 말했다.

"잘 모르겠지만 우리가 또 싸움에 휘말릴 것 같아. 슬루르크! 내 인생에서 이번만은 평화로운 종족을 만나길 바랐는데. 토마토를 경작하며 살아가는 것 이외의 다른 야망이라곤 없는 종족이었으면 했는데!"

"왜 토마토야?" 칼이 재미있다는 듯 물었다.

"별 뜻 없어. 그냥 내가 토마토를 좋아하니까. 빨갛고 수분도 많고 달콤한 게 맛있잖아. 아무튼 이번에는 이 모든 일의 배후에 미친 붉은 여왕이나 반역하는 드래곤, 마법의 반지 같은 건 제발 없기를 바라야지."

"육체나 물질에 대응하는 의미의 단어, 정신 의식 장애를 일으킨다는 뜻의 단어, 이걸 합하면 정신착란! 정신착란에 빠진 존재는 없어야 할 텐데." 또 문자 수수께끼 병이 도진 파브리스가 혼자 문제 내고 답을 말했다. "근데 언제부터 엘프들이 서로 치고받고 싸웠지?"

"오래전부터, 왜?" 로빈은 자기가 싸웠던 걸 떠올리며 대답했다. "엘프족은 싸움을 좋아해. 악마들이 쳐들어오는 걸 보고 기뻐했을 정도로. 물론 악마들이 우리 행성을 파괴하기 전까지였지만. 전쟁이 시작된 초기만 해도 한바탕 신명나게 싸울 수 있는 기회라고 아주 좋아했거든."

"아, 그렇구나." 파브리스가 말했다. "근데 엘프들끼리 싸운다면 바이올렛 엘프 대 블랙 엘프, 뭐 그런 식인가?"

로빈은 황당한 시선으로 파브리스를 쳐다봤다.

"그건 아니야. 서로 적대적인 파벌이 있는 거지 정치적 견해와 색깔은 아무 상관 없어."

파브리스는 이맛살을 찌푸렸다. 아더월드인들은 지구인들과 완전히 다르다는 걸 늘 잊었다. 파브리스의 눈에는 분명히 바이올렛 엘프와 실버 엘프가 다른데 실상은 그렇지 않은 것이었다.

"요컨대 저 엘프들이 우리한테 반역하는 엘프들을 이길 수 있게 도와달라는 거잖아." 파프니르가 나섰다. "난 오케이. 근데 어느 쪽이 정당한지 어떻게 알지?"

타라는 고개를 설레설레 저었다.

"우리가 엘프들을 타스스스크의 표현처럼 총알받이로 이용한다는 건 말도 안 돼."

이건 또 무슨 소리야? 하는 얼굴로 친구들이 서로를 쳐다봤다.

"이 대목에서 타스스스크 얘기가 왜 나오는지는 모르겠지만……." 실버가 미소를 지으며 말했다. "나는 네 말에 동의해, 타라. 우리는 어느 편도 들지 말아야 해. 발라부터 찾고, 악마의 사물들을 찾아야 해. 그다음 누가 옳고 그른지는 엘프들끼리 결정하게 내버려두자."

파프니르는 오랜만에 몸 풀 기회를 막는 실버가 못마땅해 오만상을 찌푸렸다.

타라 일행은 엘프들이 공격할 생각이 없으며, 함정이 아니라는 걸 확인한 뒤 왕복선에서 내렸다.

셈 선생님이 드래곤으로 변신한 뒤에 늙은 엘프 마제에게 말했다.

"이제 준비되었으니 발라가 있는 데까지 안내해주시지요."

블루 드래곤이 왕복선을 나갔을 때 엘프들이 뒷걸음치더니 놀란 얼굴로 몸을 숙였다. 싸움이 벌어졌을 때 그중 일부만 드래곤을 봤기에, 매복하고 있던 나머지 엘프들은 경악하는 얼굴로 드래곤을 쳐다보고 있었다.

"오, 내 할머니의 수염이여!" 허리가 구부정해 무기를 지팡이로 사용하는 엘프가 탄성을 질렀다. "세상에 블루 드래곤이잖아! 얼마 만에 보는 블루 드래곤이야! 내가 젊었을 때 블루 드래곤과 사귄 적이 있는데. 아주 단단하고 아름다운 비늘, 멋진 꼬리……."

"에헴." 셈 선생님이 헛기침을 했다. "그렇게 말씀해주셔서 고맙습니다, 부인."

어조로 보아 드래곤도 낯이 빨개질 수 있다면 셈 선생님의 파란 낯이 빨갛게 변했을 것이다.

늙은 엘프는 안 들린다는 듯 뾰족한 귀에 양손을 갖다 댔다.

"드래곤이 뭐래?"

"아무 말도 아니에요, 할머니." 조금 나이를 덜 먹은 엘프가 귀가 먹은 늙은 엘프에게 반복해줄 생각도 않고 대답했다.

유심히 뜯어보던 칼은 완전히 노쇠한 엘프들이라는 걸 알아차렸다.

"이해가 안 돼." 칼은 눈살을 찌푸리면서 타라 쪽으로 몸을 숙이고 말했다. "어떻게 저토록 늙었을까? 타빌라도 나이가 아주 많았지만 30대 이상으로 보이지 않았는데!"

타라는 마제가 하는 말에 주의를 기울이느라 대답할 겨를이 없었다.

"하지만 내 질문에 대답하지 않았소." 마제가 말했다. "반역하는 엘프들을 제압할 수 있게 우리를 도와주겠소? 당신들이라면 수천 년 동안 골머리를 썩어온 문제를 몇 분이면 해결할 수 있을 텐데!"

"물론 그렇지요." 블루 드래곤이 대답했다. "그 얘기는 발라부터 데려온 다음에 하지요. 어린 엘프는 지금 이 시간에도 두려움에 떨고 있을 텐데."

마제는 어이없다는 표정으로 블루 드래곤을 쳐다봤다.

"두려워해요?" 마제가 숲으로 들어가며 말하자 블루 드래곤과 일행이 따라갔다. "바이올렛 엘프는 두려움이라는 단어의 뜻을 모른다고 생각하는데. 발라는 함정에 빠져 납치된 것에 화가 나 탈출하기 위해 자기에게나 간수들에게나 가장 복잡하고 위험한 작전을 짜고 있을 게 틀림없소. 그리고 우리를 죽이려고 달려들 텐데 발라가 두려움에 떨고 있다니요. 하지만 여러분의 걱정은 이해합니다. 동지가 생포되었는데 당연히 구해내고 싶겠지요. 자, 갑시다, 따라오시오."

타라 일행은 왕복선을 타고 갈 수 없었다. 그들이 이해한 바로는 엘프들이 동굴에서 살고 있는데 울창한 숲이 동굴 마을을 에워싸고 있어 착륙할 데가 없기 때문이었다. 따라서 걸어가야 했다.

엘프들은 다리가 여섯 개 달린 동물을 키우고 있었다. 여섯 개의 발에 파란색 원 무늬(천연적으로 보이는)가 있는 초록색 털의 민첩한 동물이었다. 엘프들이 한참 떨어진 울타리까지 걸어가더니 그 동물들에 올라타고 길을 가리켰다.

타라는 페가수스를 타기 때문에 등이 넓고 편안한 동물에 올라타는 것이 그리 낯설지 않았다. 파브리스는 어릴 적부터 아버지의 말을 많이 타고 달려봐서 거리낌이 없었고, 히플리아에서 많이 살아본 무아노는 마법을 싫어하는 난쟁이들이 주로 조랑말을 타고 이동하기 때문에 동물을 타는 것이 익숙했다. 난쟁이 양부모에게서 자란 실버도 그렇고, 파프니르는 물론 아무 문제가 없었다.

반면 셀렌바는 여태껏 동물이든 인간이든 누군가의 등에 올라탄 적이 없는데 이제 와서 탄다는 건 말도 안 된다며 거부했다. 그리고 이런 뚱뚱한 동물을 타고 가는 것보다 자기가 훨씬 빠르다고 강조했다. 로빈은 말을 탈 줄 알지만 별로 좋아하지 않기 때문에 셀렌바 옆에서 달리기로 했다. 칼은 도둑 교육을 받았기 때문에 어떤 동물이든 타고 달리는 것에 자신이 있었나.

위베른족 병사는 신경질적으로 휘파람을 불며 혼자 이동하겠다고 말했고, 셈 선생님도 알아서 가겠다고 말했다.

하지만 파브리스에게서 포식동물의 냄새가 날 줄은 아무도 생각하지 못했다. 파브리스가 타라에게 카우보이처럼 타는 방법을 설명하며 여섯 다리의 짐승의 등자에 발을 올리고 앉으려는 순간이었다. 동물이 거칠게 뒷발을 찼다.

파브리스는 몸을 숙인 자세로 붕 떴다가 다행히 우거진 수풀에 떨어지면서 빨간색과 파란색 꽃가루 범벅이 되었다. 파브리스는 얼떨떨한 얼굴로 몸을 흔들며 수풀에서 나왔다.

무아노는 부리나케 뛰어가서 다친 데가 없는지 확인한 다음 웃음을 참으며 파브리스를 안아주었다. 칼은 기어코 파브리스를 놀렸다.

"카우보이처럼 한다며? 카우보이가 뭔데? 서커스단에서 재주 부리는 사람이야? 그건 피에로인 줄 알았는데?"

"하하, 웃긴다, 칼." 파브리스가 말했다. "근데 저 멍청한 동물이 왜 이런 거지?"

아직 동물에 오르지 않고 있던 무아노는 야수로 변신했다. 파브리스의 동물이 겁을 먹었는지 다시 뒷발을 차더니 달아났다. 무아노는 안도의 숨을 내쉬었다.

"파브리스, 우리는 두 발로 가야겠다. 초식동물이 어떻게 포식동물을 태우겠어? 당연한 반응이야. 우리에게서 동물 냄새를 맡은 거야."

파브리스는 인상을 쓰면서 흙을 털었다.

"내가 그렇게 나가동그라지기 전에 누가 미리 좀 알려줬으면 좋았잖아!"

"무슨 일입니까? 다들 괜찮습니까?" 그들의 이어폰에서 질겁한 목소리가 외쳤다. "누가 왜 비명을 지른 겁니까? 분명히 들었는데……!"

왕복선의 조종사 옐로우 드래곤이었다. 타라 일행은 몹시 예민해져 있는 옐로우 드래곤에게 왕복선을 지키게 했었다. 옐로우 드래곤은 그들에게 무슨 일이 생기면 즉시 연락하라고 적어도 열 번은 강조했다. 걸어서 가야 한다는 엘프의 설명이 미덥지 않기 때문에 옐로우 드래곤은 왕복선에 장착한 대포로 숲을 초토화시킬 작정을 하고 있었다. 함정이라는 의심이 들면 당장 날아올 기세였다. 타라 일행은 우주복을 착용하지 않았지만 이어폰과 마이크를 지니고 있었다.

파브리스는 놀라게 해서 미안하다며 아무 일도 없다고 옐로우 드래곤을 안심시켰다. 이윽고 그들은 출발했다.

별빛이 닿지 않을 정도로 울창한 숲속이 너무 어두웠다. 타라는 동물에게 뒷발을 차게 해서 날아오른 다음 탐조등처럼 밝은 마법의 빛으로 길을 밝혀주었다. 엘프들은 타라의 마법에 홀린 것 같았다.

칼과 타라는 엘프들이 전혀 마법을 사용하지 않는 것이 사실임을 확인하고 깜짝 놀랐다.

다오보르의 동물들은 아더월드의 동물 못지않게 공격적이었다. 지구의 공룡 시대와 약간 비슷했다. 타라 일행은 여러 번 포식동물의 공격을 받았지만 동물이 달려들려는 순간 나무를 쓰러뜨리는 것으로 해결했다. 엘프들은 동물이 달려들기 전에 나름의 방식으로 대처하고 있었다. 그렇게 양쪽에서 혼쭐이 난 포식동물들은 더 이상 얼씬도

하시 않았다.

오히려 작은 곤충류가 물리치기가 좀 더 힘들었다. 마제는 가장 공격적인 곤충들을 향해 냄새 나는 식물을 흔들어서 쫓아버렸다. 그렇지 않았다면 그들은 어쩔 수 없이 마법의 장막을 만들어야 했을 터였다.

노란색 풍뎅이과 벌레가 떼를 지어 길을 가로지를 때는 모두 멈춰서야 했다. 풍뎅이 떼가 지나가고 나자 마제는 독을 내뱉어 먹이를 마비시킨 다음 산 채로 잡아먹는 벌레라고 설명했다. 엘프들은 겁 없이 덤벼드는 공격적인 곤충들 때문에 고생을 많이 한 것 같았다.

타라는 시간이 흐를수록 소모되는 에너지를 절약하기 위해 빛의 세기를 약간 낮추고 마제 옆으로 날아갔다. 빨간 가죽 안장을 얹은 동물에 올라탄 마제는 걸어가는 블루 드래곤에게 엘프족의 역사를 얘기하는 중이었다.

"엘프 전사들이 우리를 버린 겁니다." 마제는 쓸쓸한 어조로 말하고 있었다. "오만한 엘프 전사들이 이 전쟁은 '재미있는 놀이'에 불과하다고 큰소리치면서 떠났지요. 늙은이들과 아이들, 불구자들, 싸우고 싶지 않거나 싸울 수가 없는 이들이 동족에게 배신을 당한 거지요. 악마들이 들이닥쳐 학살했을 때 우리도 필사적으로 싸웠고 악마들을 쓰러뜨렸어요. 우리는 지원군이 와서 구조해주길 기다리고 또 기다리면서 할 수 있는 한 오래 버텼어요. 하지만 압박이 너무 심해 선택의 여지가 없었지요. 결국 우리는 우주선들을 이륙시켰고 도망쳤어요."

마제가 블루 드래곤을 쳐다봤는데 당시의 공포가 희끄무레한 눈빛에 나타나 있었다.

"악마들이 우리 행성을 완전히 파괴할 정도로 흉악한 괴물이라고 는 생각하지 않았어요. 악마들이 그런 극악무도한 짓을 할 수 있을 정도로 강력한지도 몰랐고요. (마제가 타라를 힐끔 쳐다봤다.) 그런데 인간들을 보니 얼마든지 가능하다는 걸 알겠소. 우리는 행성이 폭발하는 걸 똑똑히 봤으니까요. 아무튼 끝내 오지 않는 지원군을 너무 오래 기다렸던 것이 불행이었지요. 행성이 폭발하는 순간이 되어서야 이륙했는데 우주선들의 절반이 파괴된 상태였지요."

그들은 초록색 동물들의 속도에 맞춰 전진하고 있었다. 다오보르 행성의 새들과 동물 울음소리, 가죽 안장 삐걱거리는 소리, 드래곤의 비늘이 마찰하는 소리가 간간이 들렸다. 늙은 엘프는 5000년 전에 일어난 일이지만 기억 속에 생생히 남아 있는 끔찍한 비극을 울먹거리며 이야기하고 있었다. 타라는 꾹 참고 들었다.

"아, 바로 그래서 우리는 여러분이 모두 죽었다고 생각한 겁니다." 셈 선생님이 아주 유감스러운 목소리로 말했다. "우주 공간에서 우주선 잔해들을 발견했기 때문에 이륙할 시간이 없었을 것으로 결론 짓고 행성과 함께 파괴되었다고 생각했지요."

"공황 상태에 빠져 있었소. 우리는 어디로 가야 할지 모른 채 무작정 도망쳤지요. 악마들이 사방에 있었기 때문에. 몇 달 동안 우주를 돌아다니며 악마 우주선들과 마주칠까 두려워 숨어 있었어요. 그러다 드래곤 우주선 한 대를 발견했지요. 은밀히 작전 수행을 하는 우주선으로 보였어요. 어쩌면 드래곤 우주선이 생명체가 살 수 있는 행성으로 안내해줄지 모른다고 생각하고 우리의 존재를 알아채지 못하게 우주선 한 대만 몰래 따라가게 했어요. 그리고 나머지 우주선들은 숨어서 연료를 소모하지 않기 위해 정지하고 있었지요."

셈 선생님이 갑자기 걸음을 멈추는 바람에 뒤따르던 이들이 넘어지지 않으려고 묘기를 부려야 했다.

"뭐라고요?" 셈 선생님이 외쳤다. "드래곤 우주선을 따라 여기까지 왔는데 연락하지 않았단 말입니까? 왜 그랬습니까?"

늙은 엘프는 키를 맞춰주느라 머리를 숙인 드래곤의 주둥이를 향해 삿대질하며 말했다.

"당신들, 드래곤족도 우리를 버렸잖소! 당시 드래곤족은 악마들과의 전쟁에서 패하는 중이었어요. 때문에 악마들이 뱀파이어족의 행성을 파괴한 뒤 우리 행성을 파괴하러 온 거니까요. 우리는 여러 행성을 찾아다녔지만 전혀 호의적이지 않았어요. 그래서 드래곤 우주선의 동태를 살피며 뒤따라갔던 겁니다. 우리의 미행 우주선으로부터 드래곤 우주선이 이 행성에 착륙했는데 식물상과 동물상이 풍부해 우리가 사는 데 문제가 없어 보인다는 보고를 받았지요. 그래서 드래곤 우주선이 떠나기를 기다렸다가 우리는 이 행성에 정착하게 된 겁니다. 하지만 언제고 드래곤 우주선이 돌아오리라는 걸 알기 때문에 숨어서 조심하며 살았지요."

"여러분이 살아 있다는 걸 누군가에게 알리려고 한 적이 전혀 없었단 말씀이세요?" 칼이 놀란 얼굴로 물었다.

"누구한테 알린단 말인가?" 마제는 신랄한 어조로 대꾸했다. "우리는 악마들이 승리했다고 생각하고 있었는데. 그리고 악마들이 드래곤족을 전멸시켰기 때문에 드래곤 우주선이 돌아오지 않는 거라고 생각했지. 그래서 우리는 마법도 기계도 사용하지 않기로 결정하고 숨어 살기로 한 것이다. 숲 속에 숨어 사냥이나 물고기를 잡으며 살았지. 거대한 행성에 비해 우리는 수가 너무 적었어. 아이들은 거의 없었고. 정착한 초기에는 동물에게 잡아먹히거나 병에 걸려 죽었고, 나중에는 늙음과 절망, 과로에 지쳐 죽는 이들이 늘어났으니 살아남은 엘프는 아마도 100만에서 300만 사이로 추정하고 있다.”

아! 행성 상공을 돌면서 관찰했을 때 엘프들을 볼 수 없었던 이유가 설명이 되었다. 기계도 마법도 사용하지 않고 수렵시대 같은 생활을 하며 살았으니…… 로빈의 크리스털 눈이 휘둥그레졌다.

“하지만 엘프의 수가 너무 적습니다. 우주선들에 500만 명은 타고 있었을 텐데 오늘날은 훨씬 많아야 하잖아요! 적어도 세 배는 늘어났어야 합니다.”

“내가 알고 싶은 것은 당신들이 내 팀을 공격한 이유입니다.” 또다시 홀로그램 형태로 동행하고 있는 블랙 드래곤 사령관(영상 통신기를 작동해야 하기 때문에 사령관은 일부러 위베른족 병사 한 명을 파견한 것이었다)이 말했다.

칼은 인상을 썼다. 언제부터 우리가 블랙 드래곤의 ‘팀’이 되었지?

늙은 엘프 마제는 칼처럼 인상을 쓰지 않았지만 불쾌한 표정을 짓고 싶은 것이 역력했다.

“당신들이 반역자들인지, 악마들인지 몰랐으니까요. 당신들의 정체를 전혀 모르는데 당연한 것 아니오. 당신들의 우주선이 우리 행성에 다가오는 순간부터 작전을 짜기 시작했지요. 처박아놨던 낡은 센서들을 꺼내 사용해봤는데 경보가 울려서 심장마비를 일으킬 뻔했단 말이오! 그런데 허공에 나타난 발라가 악마들과의 전쟁에서 승리했다고 말했을 때 우리가 그 말을 믿을 수 있었겠소? 우리를 유인해 죽이려는 술책이라고 생각해서 발라의 입을 열게 하려고 생포한 겁니다."

로빈이 냉소적인 미소를 지었다. 너무 노골적이라 칼은 놀란 얼굴로 친구를 쳐다봤다.

"발라가 입을 열긴 열었겠죠." 로빈이 말했다. "내 생각에는 악을 썼을 게 틀림없는데 맞습니까? 단언컨대 들어보지도 못한 엄청난 욕설을 쏟아냈을 거예요."

마제는 재미있다는 듯이 미소를 지었다.

"정확하네. 몹시 화가 나 있었지. 특히 자네들의 반응을 떠보기 위해 우리가 공격하기로 결정했을 때는 아주 길길이 날뛰었으니까."

"네?" 무아노가 물었다. "그게 다 일종의 테스트였다는 말씀이세요?"

마제는 고개를 끄덕였다.

"자네들이 악마나 반역자들이었다면 우리를 죽였겠지. 우리에게 부상을 입히기보다는 기절시키는 걸 보고 죽이려는 것이 아님을 알아차렸다. 마법으로 쓰러뜨리는 걸 보고 내가 휴전을 결정한 것이다."

"진작 말씀해주셨으면 겁먹지 않았을 텐데요." 칼이 말했다.

"인간이라고 하는 자네들은 우리가 전혀 모르는 종족인 데다 드래곤 우주선을 타고 도착했어. 악마 세계에 여러 종족이 있다는 걸 알고 있었고, 우리가 아직 싸워본 적이 없는 악마 종족일 수도 있는데 위험을 무릅쓸 필요가 없었다."

마제가 솔직하게 덧붙였다.

"하지만 자네들이 평화적이라서 기쁘다. 어차피 우리는 자네들과

정면 승부할 힘이 없었는데."

그렇게 계속 얘기하며 전진하는 사이 엘프들이 사는 동굴 부근에 도착했다.

어느새 어둠이 걷히고 있었다. 마법을 사용하지 않기 때문에 초록색 동물이 아무리 빨라도 시간이 오래 걸렸다. 아더월드의 새벽 4시에 해당하는 시간에 해가 떴다. 이내 훨씬 따뜻해졌고, 1시간 후, 체인지라인은 타라의 두건 달린 재킷을 얇은 옷으로 바꿔주었다. 그러자 타라는 달려드는 벌레로부터 보호할 수 있게 피부를 노출시키지 말라고 부탁했다.

빗발치는 화살에 타라 일행이 바늘꽂이가 되지 않도록 마제는 정찰병 둘을 보내 동굴을 지키는 파수병들에게 알렸다. 파수병들이 조금이라도 의심스러우면 화살을 날릴 기세로 시위를 매긴 채 타라 일행이 지나가는 걸 지켜봤다.

마침내 동굴 앞에 도착했다. 아더월드에서는 가장 자유분방하게 사는 종족이 엘프이건만, 두려움 때문에 어둡고 습기가 많은 동굴 속에 숨어 사는 것을 보니 타라는 가슴이 아팠다.

낯선 행성의 엘프들이 동굴에서 나왔다. 그리고 경계를 늦추지 않은 채 적의에 찬 시선으로 그들을 에워쌌다.

모두 늙은 엘프들이었다.

타라 일행은 다시 한 번 놀랐다. 아더월드에서는 마법 덕분에 엘프들이 거의 영원히 젊음을 유지하고 있었다. 다오보르 행성에서는 마법을 거부하는 탓에 엘프들은 세포의 노화를 막을 수가 없었다. 더욱이 타라는 아이들이 없는 걸 보며 가슴이 먹먹했다.

아더월드의 엘프들은 패밀리어나 가축을 키우지 않는 반면 동굴 마을에는 고양이와 개들이 뛰놀고 있었다. 그래서 타라는 엘프족의 세계와 비슷한 게 뭐가 있는지 궁금했다. 드론들이 촬영한 영상 중에는 이 행성에 있는 정글의 동물들이 개와 고양이와 전혀 닮지 않았기 때문이다. 지구와 비슷한 건가?

"죽으면 죽는 대로 방치한 겁니까?" 블루 드래곤이 엘프들을 찬찬히 뜯어보다 갑자기 물었다. "추적을 피하고 악마들을 피한다는 핑계로 죽어갔군요. 이건 정말 비극입니다."

"어쩌면." 마제는 의연하게 응수했다. "하지만 악마들은 우리를 찾지 못했고, 우리는 이렇게 살아 있지요. 늙고 지쳤지만 이렇게 살아 있습니다. 이제 마법을 사용해도 된다는 걸 알았으니 마법으로 갱생할 겁니다. 누구의 눈에 띄는 것을 두려워할 필요가 없게 되었다니 이렇게 경이로울 수가!"

"시간이 좀 걸릴 겁니다." 사라졌던 종족의 고뇌에 충격을 받아 가슴이 뭉클해진 무아노가 말했다. "안타깝지만 며칠 사이에 젊음을 되찾지는 못할 겁니다."

마제는 은빛 머리를 끄덕였다.

"그래, 안다. 괜찮아. 마법을 사용하지 않은 지 수천 년이 지났으니 천천히 해야겠지."

마제는 로빈을 쳐다보며 말했다.

"그래서 말인데 아더월드에는 엘프들이 몇 명이나 되는가? 우리보다는 훨씬 많이 살아남았겠지?"

로빈은 고개를 저었다.

"여기는 최대 300만 명이라고 하셨지요? 모든 역경에도 불구하고 여러분은 우리보다 전쟁의 대가를 덜 치르셨습니다. 아더월드에 있는 엘프는 200만 명쯤 됩니다. 악마들과의 전쟁, 또 다른 전쟁에서 많은 엘프가 전사했습니다."

마제 도브릴이 약간 비틀거렸다.

"5000년 전에 악마들을 물리치러 원정을 떠난 1100만 명 중 현재 200만 명만 남았단 말인가? 그럴 수가! 대부분 남성인가, 여성인가?"

"남성 엘프들입니다. 아시다시피 원정 당시 대부분 여성 엘프들이 우리 행성에 남아 있다 행성이 파괴될 때 사라졌으니까요. 그리고 거의 모든 마법 행성들과 마찬가지로 아더월드에서는 임신이 어렵습니다. 발라와 나는 예외입니다. (로빈은 심호흡을 했다.) 그리고 나는 혼혈입니다. 하프인간, 하프엘프입니다."

마제는 깜짝 놀랐지만 부정적인 반응을 보이지 않았다.

"음, 좋은 일이군. 두 종족을 결합시킨 것은 아주 훌륭한 생각이다. 무엇보다 인간의 마법 능력이 아주 강력하다는 걸 생각하면. 게다가 자식까지 가질 수 있다면 더더욱 나무랄 데가 없다. 내 앞에 있는 자네가 인간이 아니라 엘프라니 정말 놀랍군."

로빈은 검은 여왕이 인간적인 부분을 없애주었기 때문이라는 걸 설명하지 않기로 했다.

하지만 다오보르 행성의 엘프는 아더월드의 엘프들과 달리 순혈주의자가 아닌 것에 감동했다.

마제의 지시에 따라 늙은 엘프들이 발라를 내보냈다.

발라는 햇빛 때문에 아무것도 보이지 않아 눈을 깜박였다. 이윽고 앞에 있는 이들이 눈에 들어오기 시작했다. 블루 드래곤, 블랙 드래곤의 홀로그램이 나타나 있는 통신기를 들고 있는 위베른족 병사, 매직갱, 셀렌바와 타라.

발라는 피와 땀이 묻은 턱을 쳐들고 초록빛 눈을 깜빡이다 로빈을 발견하고 쏘아붙였다.

"참 빨리도 찾아왔다! 여기가 어떤지 알아? 화장실도 옛날식이고, 샤워기도 없는 원시시대야. 꿈인지 알았어!"

로빈은 공격적인 어조에 개의치 않고 다가가 발라를 부드럽게 안고 머리에 난 상처를 살펴봤다.

"*레파루스의 이름으로 상처는 사라지고 통증은 멈춰라!*" 로빈이 주문을 읊었다.

로빈의 마법에 피가 사라지자 발라는 긴장이 풀렸다. 몹시 고통스러웠던 게 틀림없었다.

"자, 이제 우리는 발라를 돌려주었소." 마제 도브릴이 거만하게 말했다. "이제 반역하는 엘프들을 제압하게 도와주겠소?"

셈 선생님이 길게 누워 편안한 자세를 취했다. 아무리 드래곤이라도 드래곤들은 주로 마법이나 기구, 날개를 이용하여 이동하기 때문이었다. 울창한 정글을 몇 시간 동안 계속 걷는다는 것은 힘든 일이었다.

블루 드래곤은 녹초가 되어 있었다.

하지만 블루 드래곤이 드러눕는 모습에 엘프들은 참지 못하고 흥분했다.

"네, 좋습니다. 무슨 짓을 했기에 반역이라고 하는 건지 설명해주세요." 블루 드래곤은 애써 하품을 참으며 말했다. "그리고 말씀하신 대로 왜 그들을 굴복시켜 광명을 찾게 하려는 겁니까?"

"우리는 그들을 구해야 하니까요!" 마제가 소리쳤다. "설명할 테니 앉으세요. 세라! 편히 앉을 수 있게 뭐 좀 내오게."

방금 호명받은 엘프가 고개를 끄덕이고 동굴로 들어갔다가 이내 나왔다. 엘프들은 소박하게 살지만 모든 이들처럼 편안한 걸 좋아했다. 엘프들이 푹신해 보이는 방석을 가져왔는데 여러 식물로 색색가지 물을 들이고 새털을 채워 만든 것들이었다.

그런데 이상하게도 엘프들이 새끼 고양이와 강아지를 한 마리씩 내밀었다. 타라 일행은 동물을 받아 들고 어찌할 바를 모르다 품에 안아주었다. 이내 어린 동물들이 천연덕스럽게 하품을 하고는 잠이 들었다.

"음, 친절도 하셔라. 간식인가요?" 셀렌바는 고양이를 내미는 엘프에게 말했다.

엘프는 눈이 동그래져서 셀렌바에게서 고양이를 도로 빼앗았다.

타라와 다른 친구들도 모두 앉았다. 타라는 엘프들의 시선이 셀렌바에게 쏠려 있음을 알아차렸다. 엘프들은 부러워하는 눈으로 뱀파이어의 불룩한 배를 쳐다보다 하얀 머리에 이어 새빨간 눈에서 시선이 멈췄다.

엘프들은 소곤거린다고 한 거지만 대부분이 귀가 먹었기 때문에 소리가 클 수밖에 없었다.

"뱀파이어야! 임신한 뱀파이어!"

"임신했는데 안색이 왜 저래?"

"눈 색깔이 이상해. 아기를 가져서 그런가?"

"뱀파이어들은 동물의 피를 먹고 사니까 철분이 부족하진 않을 텐데 이상하네."

더는 듣고 있을 수 없는지 셀렌바가 말했다.

"미안하지만 태아가 방광을 누르고 있어서 소변을 참을 수가 없네요. 화장실을 알려주시겠어요?"

엘프들이 동굴 안쪽을 가리켰다. 몇 분 후 셀렌바가 나왔을 때 엘프들이 더는 관심을 보이지 않자 뱀파이어는 안도의 숨을 내쉬었다. 그래서 주위를 유심히 살필 수 있었다. 눈에 보이는 것만 가지고 판단할 수는 없었다. 이 모든 것이 속이기 위한 계략일 수도 있기 때문에 보이지 않는 것을 확인하고 싶었다. 하지만 속임수 때문에 일부러 옛날식 화장실을 만들어 사용했을 가능성은 희박했다.

셀렌바는 가장 소중한 아기의 탄생을 앞두고 심적으로 많이 흔들려 있었다. 다오보르 행성의 엘프들에 대해 코끝이 찡해질 정도로 일종의 동정심이 느껴졌는데 뱀파이어 세계에서는 전혀 나타나지 않은 감정이라 적응이 되지 않았다.

얼마 후, 이번에는 남성 엘프들이 머뭇거리며 동굴에서 나왔다. 함정이 아니라는 걸 확인했기 때문에 모습을 드러내는 것 같았다.

셀렌바는 남성 엘프들을 보며 양쪽 다 서로에게 의심의 끈을 놓지 않고 있는 거라고 생각했다.

여성 엘프들과 마찬가지로 남성 엘프들 역시 늙은 모습이었다. 몇몇 건강 상태가 양호한 이들도 있지만 대부분 관절염 때문에 신음소리를 내며 방석이나 바닥에 앉았다. 남성 엘프들은 이가 없는 이들을 위한 유동식 아침을 먹으며 셈 선생님과 마제가 나누는 얘기에 귀를 기울였다.

마제는 드래곤이나 악마들에게 알려지지 않은 행성을 찾을 거란 희망 속에 우주 공간을 배회하다 이 다오보르 행성을 발견한 이후를 설명하는 중이었다.

"이 행성에 착륙했을 때 우리는 뿔뿔이 흩어졌지요. 우리 행성에서도 이미 악마들을 당해내지 못했는데 이곳에서 공격을 받으면 결과는 불 보듯 뻔하니까요. 그래서 1000명 미만으로 나눠 각각 작은 마을을 만들고 산을 중심으로 흩어져 살기로 결정한 겁니다."

셈 선생님이 의아하다는 표시로 머리를 들었다.

"왜 산을 중심으로 흩어졌습니까?"

"드래곤 우주선이 착륙한 곳이 산이었으니까요. 우리는 드래곤족이 악마들을 물리치면 언젠가 그 드래곤 우주선이 돌아올 거라고 생각했지요. 그때는 우리의 존재를 알려도 되니까요."

마제는 블루 드래곤을 쳐다보며 말했다.

"물론 5000년이란 세월이 흐를 줄은 몰랐지요."

블루 드래곤은 갈라진 눈을 찡그리며 하고 싶은 말이 있는 것 같지만 잠자코 있었다.

"각 마을들은 심부름꾼을 통해 서로 소통하며 관계를 유지했어요. 초기에는 힘들었지요. 아주 야생적인 행성이라 식물과 동물들이 끊임없이 우리를 공격했지요. 치료법을 알 수 없는 병에 걸려 목숨을 잃은 경우는 말할 것도 없고요. 차츰 우리가 차지한 지역 내에 있는 공격적인 성향의 식물이나 동물을 방어하면서 평화를 찾게 되었고,

마법을 사용하지 않고 숨어 사는 것에 익숙해졌지요. 2000년이 그렇게 흘렀고, 우리는 평화와 평온을 되찾았어요. 온갖 역경을 극복하며 모두들 싸움이나 전투를 하고 싶은 욕망을 버리게 되었지요."

"그런데 1000년 전쯤 화산이 폭발했어요." 훨씬 젊은 목소리가 말했다. "내 어머니는 엄청난 위험에 직면해야 했지요."

그들은 깜짝 놀라 새로 등장한 엘프를 향해 고개를 돌렸다.

젊은 엘프였다. 그런데 이상하게도 이 여성 엘프는 젊음을 유지하고 있었다. 밝은 잿빛 눈과 잘 어울리는 은발의 엘프. 그 옆에서 손을 잡고 있는 남성 엘프도 은발에, 로빈처럼 크리스털 눈이었다. 둘은 빨간색 즙이 나오는 식물로 물들인 것이 틀림없는 면 소재의 얇은 튜닉을 걸치고 있었다.

"어머니." 여성 엘프가 다정하게 마제를 포옹하면서 말했다. "내가 올 때까지 기다리라고 했잖아요. 어머니보다 더 고집 센 여왕이 또 있을까요? 이러다 목숨을 잃으면 어쩌시려고!"

마제는 딸을 꼭 끌어안고 자랑스럽게 말했다.

"내 딸 사엘을 소개하지요. 내 딸은 이 행성에서 태어났고, 나보다 훨씬 이해가 빠르지요."

사엘이 정중하게 허리를 숙였다. 발라가 멍하니 쳐다보는 로빈의 옆구리를 팔꿈치로 쳤다.

"제법 예쁘네. 그러면 뭐해, 사엘의 나이가 장난 아닌데." 바이올렛 엘프가 이죽거렸다.

"발라." 로빈은 옆구리를 문지르며 말했다. "사엘이 아름다워서 쳐다보는 게 아니라, 사실 아름답긴 하지만 이 행성에 도착한 다음 태어났다면 4999살인데 어떻게 다른 엘프들과는 전혀 다른지 궁금해서 쳐다보는 거야."

마제는 로빈이 하는 말을 들은 게 틀림없었다.

"내 배 속에 있던 사엘을 포함해, 행성 주위에 있는 다른 우주선들과 멀리 떨어진 곳에 숨겨놓은 우주선 세 대 안에 일종의 '자궁기'를 만들어 그곳에 아기들을 혈액순환 정지 상태로 재워놓았지. 우리는 1000년마다 몇 명씩 깨웠고, 아이들이 성장하면 임신할 수 있도록 갖은 노력을 했어. 하지만 아이들은 극소수에 불과했지. 우리는 20년 전에야 사엘과 갈바엘, 다른 몇 명과 함께 깨웠어. 따라서 사엘과 약혼자 갈바엘은 자네들과 비슷한 나이라고 할 수 있지. 하지만 에너지 원이 고갈되는 중이라 안전을 생각해서 우리는 이제 아이들을 재우기 위해 우주선에 보내는 걸 단념했지. 그래서 경보기 작동을 제외하고는 우주선 운행을 완전히 중단했어."

어머니가 말하는 동안 사엘은 잿빛 눈으로 로빈을 응시하며 미소를 지었다. 로빈도 미소를 지어 보였다. 발라는 눈살을 찌푸렸다. 갈바엘도 사엘의 미소를 보고 눈살을 찌푸렸다.

다오보르의 젊은 엘프 둘이 자리에 앉았는데 사엘은 매료된 얼굴로 로빈에게서 시선을 떼지 않고 있었다.

하프엘프도 매료된 얼굴이었다. 로빈은 혐오감 없는 시선으로 하프엘프를 쳐다보는 엘프를 만난 것이 처음이었다. 좋다고 쫓아다니는 발라조차 이따금 반쪽 엘프로 바라보는데 로빈은 사엘의 노골적인 잿빛 시선에 마음이 흔들렸다.

"마제 부인, 화산에 대해 계속 말씀해주시겠습니까?" 이런 상황을 전혀 알아채지 못한 블루 드래곤이 물었다.

"아, 네. 사엘이 말한 대로 화산이 폭발했지요. 전혀 예상하지 못한 엄청난 용암이 분출됐어요. 그래서 또 많은 엘프가 죽었지만 그보다 훨씬 끔찍한 일이 일어났지요."

타라는 눈살을 찌푸렸다. 뭐지? 화산 폭발로 죽는 것보다 더 끔찍한 일이 뭔지 짐작조차 할 수 없었다.

"우리는 폭발로 인해 분화구가 뚫린 쪽에 살지 않았어요. 그래서 다른 마을들보다는 피해를 덜 받았지요. 화산 폭발 후에 도움이 필요한지, 생존자가 있는지 보기 위해 분화구 쪽으로 가봤는데 그곳의 마을 전체가 멀쩡한 겁니다. 사흘이 지난 뒤에도 우리 마을에 화산재가 비 오듯 쏟아졌는데 믿을 수 없는 일이었지요. 정작 화산 분출이 일어난 곳의 식물은 깨끗했고, 그 마을의 엘프들은 건강한 상태였어요. 도저히 이해가 안 됐지요. 그 엘프들이 찾아냈다는 것을 우리에게 보여주기 전까지는."

타라는 숨을 죽였다. 이유는 모르겠지만 느낌이 불길했다.

그러면 그렇지. 역시 예감은 빗나가지 않았다.

"이중 도끼와 방패. 검은색 금속으로 만든 것들인데 유해한 블랙 에너지를 뿜어내고 있었지요. 그 사물들이 지면에 노출되어 있었거든요."

타라 일행은 충격을 받고 얼어붙었다. 엘프들이 악마의 사물들을 찾은 것이었다.

21

방패와 이중 도끼

차가운 금속 조각이
따뜻한 육신을 가졌다고
뭐가 달라질까

*

"오, 내 조상들의 송곳니들이여!" 셈 선생님이 탄식하며 모두의 생각을 대변했다. "악마의 사물들을 찾으셨군요! 그래서 우리가 못 찾은 거였어!"

늙은 엘프가 놀란 얼굴로 블루 드래곤을 쳐다봤다.

"그 사물들을 아시오?"

"그 사물들을 회수하기 위해 이 행성에 온 겁니다." 블루 드래곤이 설명했다.

마제가 벌떡 일어나는 사이 엘프들이 분노의 눈빛으로 뻣뻣해졌다.

"안 돼! 안 돼!" 마제가 외쳤다.

"진정하십시오!" 블루 드래곤이 차분한 어조로 말했다. "진정하세요. 다 잘될 겁니다. 여러분의 도움과 호의적인 보호 없이 우리는 아무

것도 하지 않을 테니 걱정 마십시오. 어떻게 된 건지 설명해주세요."

마제는 앉을 생각을 않고 타라 일행을 유심히 살폈다. 그들이 꼼짝도 않고 호기심이 가득한 얼굴로 쳐다보자 늙은 엘프는 세라가 가져다 놓은 방석에 털썩 주저앉았다.

"반역자들은 두 가지 사물이 자기들을 구원하기 위해 나타난 거라고 말했어요. 화산 폭발로 생긴 분화구에서 배출된 사물들이 그 마을을 보호해줬다는 거예요. 그 마을의 엘프 중 한 명이 도끼를 움켜잡았을 뿐인데 마법의 장막이 집들을 에워싸고 용암의 방향을 바꿔놨다는 겁니다. 하지만 악마들에게 파괴되기 전 우리 엘프족의 행성에서 사용하던 마법과는 다른 것이었다면서……."

마제는 몸을 부르르 떨었다.

"얼마나 아연실색했는지! 처음에는 그들이 살기 위해 엘프족의 마법을 사용한 거라고 생각했지요. 하지만 우리를 속인 게 아니었소. 화산 폭발에 너무 놀라 그럴 겨를도 없었고, 오랫동안 사용하지 않았던 마법을 불러내는 것이 그리 쉬운 건 아니니까요. 그래도 우리는 그들의 말을 믿지 않았지만 그들이 사물들의 블랙 마법을 사용한 것이 사실이었어요. 부식성이 있는 차가운 블랙 마법의 에너지. 우리는 두려웠소. 그들에게 블랙 마법을 사용하는 건 위험하다고 말했지요. 드래곤이나 악마들을 행성으로 끌어들일 위험이 있다고. 하지만 그들은 우리의 말을 들으려고 하지 않았지요. 오히려 우리도 그 사물들을 만지고 사악한 마법을 사용해야 한다면서……."

마제는 몸을 꼿꼿이 세우고 말을 이었다.

"우리는 거부했고, 그 엘프들은 우리의 말을 들으려고 하지 않았지요. 그래서 우리는 마을로 돌아와 화산 폭발로 더러워지거나 파손된 것들을 깨끗이 치웠지요."

마제는 심호흡을 하고 계속 말했다.

"하지만 그때부터 그들은 서서히 마을을 하나씩 정복하면서 번영과 건강, 젊음을 약속하여 추종 세력을 만들고 차츰 우리 마을을 포위하고 있어요. 그들은 여전히 우리에게도 도끼와 방패를 만지길 원하지만 나는 그 사물들이 엘프들에게 무슨 짓을 했는지 알아요. 내 두 눈으로 봤으니까요!"

마제는 행성이 파괴되던 순간을 떠올릴 때의 공포에 질린 눈빛이 되었다. 그리고 거의 속삭이는 것처럼 말을 맺었다.

"그 사물들이 우리를 점령하고 있는 겁니다!"

타라 일행은 질겁해서 서로를 쳐다봤다. 이때까지 검은색 철 속에 갇힌 타라의 친구인 영혼들은 엘프들이 감지할까 봐 나타나려고 하지 않았었다. 하지만 영혼들은 이제 더는 잠자코 있을 수 없었다.

'타라!' 영혼들이 타라의 머릿속에서 외쳤다. '늙은 엘프가 뭐라는 거야?'

"미안하지만 전혀 이해가 안 됩니다." 타라는 영혼들과 마제가 동시에 들을 수 있게 말했다. "'우리를 점령하고 있다'는 말이 무슨 뜻입니까?"

"사물들이 엘프들의 몸을 점령하고 있다는 말이다. 사물에 손을 댔던 엘프들은 마치 여전히 그 자신인 것처럼 말을 하지만 관찰력이 없는 엘프들을 속이고 있는 거야. 하지만 나는 이내 알아차렸지. 점령된 엘프들을 유심히 관찰하던 중 뭔가 이상한 걸 느꼈으니까. 그 엘프들은 의지대로 생각하는 것이 아니라서 각각 반응이 달랐거든."

칼이 끼어들었다.

"타라! 크라에토비르의 시제품 반지를 갖고 있을 때와 비슷한 것 같아. 이번에는 도끼와 방패가 한 명이 아니라 많은 엘프를 장악한 모양이야. 근데 지킴이들은 어디로 간 거지? 지킴이들이 틀림없이 사물에 접근하는 자를 막았을 텐데!"

그때였다. 위베른족 병사가 들고 있던 영상 통신기에 드래곤 사령관의 홀로그램 대신 모우르무르와 오너러블 456의 얼굴이 나타났다.

엘프들이 즉시 고함을 지르기 시작했다.

"악마들이다!"

엘프들이 벌떡 일어나 아더월드에서 온 이들을 향해 활과 화살, 창, 검을 겨누었다. 보이지 않는 신호에 따라 다른 엘프들이 새끼 고양이와 강아지를 도로 빼앗았다. 싸움이 일어날 경우 동물들이 다칠까 봐 걱정하는 것이 틀림없었다.

모우르무르가 즉시 사과하는데 목소리가 약간 지지직거렸다.

"아, 미안합니다. 나는 우주선에서 여러분이 하는 말을 아주 흥미진진하게 듣고 있는 것이니 걱정 말고 우리 친구들을 공격하지 마세요. 그리고 내 옆에 있는 오너러블 456은 우리 편이며, 경이로운 발명가이자 엔지니어입니다. 우리를 도와 악마의 사물 문제를 해결하기 위해 동행한 겁니다. 그런데 현재의 상황이 너무 놀라워 가만히 듣고만 있을 수 없어 이렇게 개입한 것입니다."

"나는 오너러블 456입니다." 노란색 자이언트 개미는 본의 아니게 엘프들을 공포에 빠뜨린 것을 난감해하며 공손히 인사했다. "우리 종족은 평화를 지지합니다. 사람을 잡아먹기보다는 크셀 꿀을 훨씬 좋아하니까 안심하십시오. 그리고 우리 종족 역시 보울리미-레마라 불리는 악마들에게 정복당했습니다. 하지만 악마들이 여러분의 행성을 파괴했을 때만큼이나 우리 종족을 많이 죽였기 때문에 우리는 옛날이나 지금이나 그 악마들의 적입니다. 보울리미-레마들은 군대의 우월성을 이용해 우리가 발명한 모든 기술을 가로챘습니다. 가공할 만한 정복자들과 평화 협상을 하고 우리를 해방시켜준 인간족과 드래곤족에게 보답하기 위해 나는 친구로서 도와주려고 여기 온 것입니다. 여러분도 우리와 친구가 되기 바랍니다."

오너러블이 안심시키는데도 불구하고 엘프들은 두려워하고 있었다. 자이언트 개미의 노란 머리, 비록 오너러블의 알록달록한 아래턱은 자이언트 병졸 개미의 아래턱보다 훨씬 작지만 모르는 이들에게는 그 모습만으로도 무시무시할 수밖에 없었다.

반면 모우르무르는 위험하기보다 미친 사람으로 보였다(영상 통신기에 비친 홀로그램이나 실제의 모습이나 마찬가지이다). 그때 갑자기 히글 5의 패밀리어인 치타 플루토가 호기심 가득한 머리를 들이밀었다. 자이언트 개미가 머리를 쓰다듬어주자 치타는 고양이 소리를 냈다.

그 즉시 기적처럼 엘프들이 조용해졌다. 셈 선생님이 타라와 칼을 쳐다보는데 '너희 둘이 몰래 개입한 게 아냐?' 의심하는 눈초리였다.

"고양이가 무서워하지 않는다!" 마제는 믿기지 않는 듯 말했다. "고양이가 자이언트 개미에게 다가왔어."

멀리 떨어진 거리로 인해 홀로그램 영상이 약간 흐릿해서 치타와 고양이를 혼농할 가능성은 있었다. 치타의 모습이 마을에 사는 고양이들과 아주 흡사했기 때문이다.

플루토 옆에 칼의 여우 블롱딘, 타라의 페가수스 갈랑이 나타나 영혼의 동반자들에게 신호를 보냈다.

마제는 놀란 눈으로 젊은 마법사들을 쳐다봤다.

"자네들이 키우는 동물인가?"

"아닙니다." 칼이 대답했다. "내 여우는 패밀리어라고 하는 동물이에요. 많은 마법사들이 패밀리어인 동물과 정신적으로 연결되어 있습니다. 그건 왜 물어보시는데요?"

"동물들은 블랙 마법을 견디지 못해. 엘프들이 도끼와 방패의 영혼들에게 점령되었을 때 동물들이 모두 도망쳤어. 스파이 중 한 명이 우리 마을에 와서 살겠다고 할 때마다 우리는 테스트를 하고 있다."

오케이. 엘프들이 왜 어린 동물들을 타라 일행의 품에 안겼는지 이제는 이유가 이해되었다. 혹시 악마의 사물에게 점령된 것이 아닌지 확인하기 위한 것이었다.

벨제부트가 플루토의 머리 위에 올라앉아 체념한 듯 눈을 감은 채 파프니르를 향해 야옹거렸다. 엘프들의 눈이 휘둥그레졌다.

"고양이인데…… 색깔이 장밋빛?"

파프니르는 한숨을 쉬었다.

"얘기하자면 길어요. 내 고양이는 죽지 않는 동물이고, 나의 절친한 친구예요."

약간 안심이 된 마제가 자리에 앉자 엘프들이 무기를 거두었다.

마라와 산헥시아도 얼굴을 내밀고 인사했다. 둘은 사령관실에서 다오보르 행성에서 일어나는 일을 지켜보고 있는 것이 분명했다.

셈 선생님이 홀로그램에 나타난 블랙 드래곤에게 말했다. 사실 사령관은 한발 물러서서 지켜보고 있지만 예민해져 있는 것은 역력했다.

"사령관, 5000년 전의 전쟁에 참전해 악마의 사물들을 화산 속에 감추었던 당신은 이 상황에 대해 할 얘기 없소?"

그들은 늙은 엘프에게 역사 기록을 홀로그램으로 보여줄 때 발라를 구하는 것이 우선이었기 때문에 시간상 많은 부분을 짧게 줄여서 말했었다.

이번에는 홀로그램 영상 속의 블랙 드래곤에 이어서 타라와 친구들이 악마의 사물과 관련된 모든 것을 자세하고 명확하게 설명했다. 악마들의 많은 사물들을 빼앗아 감췄고, 타라가 그중 몇 개를 회수하기에 이르기까지.

엘프들은 타라가 악마의 사물들을 지니고 있다는 걸 알고 또다시 질겁해서 경계했다.

"자네도 점령되었구나!" 마제가 비난했다. "악마의 사물들에게 복종하고 있는 거야!"

타라는 악마의 사물들을 땅바닥에 내려놓고 미소를 지었다.

"잘 보세요. 난 이제 아무것도 지니고 있지 않아요. 그리고 내 의지대로 생각하는 내가 틀림없습니다. 이 사물들의 영혼과 나는 친구가 되었어요. 혜성을 물리치려면 에너지를 다 소모하게 만들어야 합니다. 절대로 사물들에게서 에너지를 빼내지 못하게 막아야 혜성을 이길 수 있습니다. 크라에토비르의 반지 때문에 얻은 경험으로 나는 악마의 사물이 사람들을 장악할 수 있다는 걸 알았지요. 하지만 사물을 오래 접촉했을 때만 가능한 일이었어요. 방패와 도끼는 많은 조각으로 나뉜 게 틀림없어요. 그래서 영혼들이 각각⋯⋯."

"아니, 도끼와 방패는 원래의 형태 그대로였다. 그들을 계속 염탐하고 있었으니까." 마제가 불신하는 조로 말했다. "이중 도끼와 방패의 형태는 전혀 달라지지 않았어. 그 사물들은 단 한 번의 접촉으로 엘프의 몸을 점령했어! 그렇게 점령된 이들의 눈은 어둠 속에서 번쩍거렸지. 우리는 분명히 봤다!"

"있을 수 없는 일이에요!" 타라가 외쳤다.

생각에 잠겨 있던 칼이 고개를 흔들며 말했다.

"잠깐, 잠깐만. 생각나는 게 있다. 유령들이 습격했을 때 유령에 들린 사람의 눈은 어둠 속에서 반짝였어. 어둠 속에서 반짝이는 눈, 정상인들과 구별할 수 있는 유일한 것이었지. 혹시 도끼와 방패가 영혼들을 유령으로 바꿔놓은 건 아닐까? 유령은 사람의 몸을 점령할 수 있으니까."

잠자코 있던 실버가 물었다.

"타라, 지킴이들과 무슨 관계가 있는 건 아닐까? 지킴이들이 의지대로 유형화할 수 있는 유령과 비슷하다고 했잖아?"

타라는 두 손을 벌리고 어깨를 으쓱했다.

"글쎄, 난 전혀 모르겠어."

영상 통신기에 다시 나타난 마라가 파충류는 따뜻한 걸 좋아하는 줄 알았는데 사령관실이 어찌나 추운지 스웨터를 가져오겠다고 불평을 늘어놓았다. 이에 블랙 드래곤이 뭐라고 구시렁거리는 소리가 들렸다.

이번에는 모우르무르가 끼어들었다.

"아하! 영혼들이 도망칠 방법을 찾아낸 것으로 봐야겠다! 영혼들이 독성 있는 철 대신에 엘프들의 몸을 점령했기 때문에 새 마왕 아르칸즈에게 돌아가지 않은 거야! 그건 바쉬도 몰랐기 때문에 말하지 않았던 것이고. 도끼와 방패의 영혼들은 악마들이 영혼을 가두는 시스템의 결함을 알아낸 거지. 엘프들의 몸을 점령한 영혼들에게 이 사실을 알려주고 어떻게 한 건지 방법을 알아야 해! 그 방법을 알려면 영혼들을 도끼와 방패 속으로 돌아가게 해야 하는데……."

"그게 사실이라면 쉽지 않을 거예요." 칼이 부정적으로 말했다. "영혼들은 차가운 철 속에 갇혀 있는 것보다 따뜻한 몸속에 그대로 있는 것이 더 좋을 테니까요."

"영혼들이 엘프들의 자유를 박탈하고 있어요!" 파프니르가 격분했다. "늙은 엘프의 말이 맞아요. 속박된 굴레에서 엘프들을 해방시켜야 합니다!"

파프니르는 영혼 약탈자에게 장악되었을 때 몇날 며칠을 목이 터져라 노래를 불렀지만 끝내는 굴복했었다. 그 뒤로 난쟁이는 누군가가 정신을 침범할 수 있다는 생각만 해도 몸서리를 쳤다. 실버가 손을 쓰다듬어주었지만 파프니르는 예민해져 있었다.

비록 마제는 '늙은 엘프'라고 불린 것이 못마땅하지만 한 명이라도 동의해주는 것이 기뻤다. 하지만 무엇보다 설득해야 하는 인간은 금발의 타라였다. 팔찌를 다시 차는 타라의 얼굴로 보아 이 상황이 엘프족에게 얼마나 심각한지 이해하지 못한 것 같았다.

그때 갑자기 홀로그램이 흔들렸다. 모우르무르와 오너러블 456이 사라지고 블랙 드래곤이 다시 나타났는데 무언가를 두들겨 패고 싶은 낯짝이었다. 드래곤 뒤쪽의 움직임이 심상치 않았다.

모두 벌떡 일어났다.

경보 사이렌이 울리고 있었다.

바로 그 순간 우주 공간에서 믿기지 않을 정도로 밝은 섬광이 번쩍했다.

"공격받고 있다!" 사령관이 외치는데 얼마나 화가 났는지 콧구멍에서 불티가 쏟아지고 있었다. "지금은 이동해야 하므로 다시 연락하겠다!"

그들이 아연실색해서 반응할 겨를도 없이 홀로그램이 꺼졌다.

"마라!" 타라는 파랗게 질려서 외쳤다. "내 동생이 우주선에 있어요! 갈랑도 함께!"

"최고 마구스 데미데루스도 같이 있어." 셈 선생님이 심각하게 말했다.

위베른족 병사가 본능적으로 휴대용 영상 통신기를 흔들었다. 통신이 끊어졌지만 휴대용 영상 통신기는 작동하고 있었다.

"산헥시아와 아르칸즈도 있어." 악마를 아주 싫어하면서도 파프니르가 말했다. "그들이 같은 우주선에 있는 건 아니지만 신경이 쓰이네. 벨제부트 걱정은 안 해. 그 고양이는 죽지 않으니까."

말은 그렇게 했지만 벨제부트 생각에 난쟁이의 초록색 눈빛이 어두워졌다.

마제는 격분해서 타라 일행을 쳐다봤는데 부르르 떨고 있었다.

"악마들을 물리쳤다고 했잖은가? 그런데 악마들이 우주선을 공격해?"

"사령관은 누구의 공격인지 말할 겨를이 없었습니다." 파브리스는 불안한 얼굴로 하늘을 살피며 지적했다. "하지만 나는 악마들이라고 생각하지 않아요. 아무튼 우리와 협상한 악마들은 아닐 겁니다. 좀 전에 엄청난 섬광 보셨지요? 굉장했잖아요!"

그들 모두 하늘을 쳐다봤지만 지금은 낮이라서 특별한 것은 볼 수 없었다. 우주선들은 밤에도 높은 궤도에 있었는데 아무것도 보이지 않았다.

타라가 우주선으로 가기 위해 왕복선을 향해 날아가려고 하자 셈 선생님이 막았다.

"기다려, 타라!"

"하지만 우리가 가서……."

"기다리라니까!"

타라가 멈춰 섰지만 얼굴에서 드래곤을 밀쳐버리고 싶은 걸 간신히 참고 있는 것이 느껴졌다.

"혜성의 공격이라면 우리는 여기 있어야 해." 블루 드래곤이 말했다. "타라, 네가 뭘 걱정하는지 알아. 나도 마찬가지야. 하지만 혜성이 나타난 거면……."

"혜성이 광선을 보내면 다 타 죽는 거예요." 경보 사이렌이 울리자 양손에 도끼를 뽑아 든 파프니르가 말을 잘랐다. "그리고 빌어먹을 광선을 사용하는 데 필요한 영혼들을 다 빨아들일 거라고요!"

"그리고 악마의 영혼들이 장악한 엘프들에게 그 광선이 떨어지면." 무아노도 합세했다. "그 영혼들까지 모조리 빨아들일 거예요. 그러면 혜성의 힘이 어마어마하게 막강해져 우리는 도저히 당해낼 수 없어요. 완전히 끝나는 거예요!"

타라는 결단을 내리지 못하고 우물쭈물하는 자신에게 화가 나 주먹을 불끈 쥐었다. 드래곤은 타라가 행동보다 생각에 잠긴 걸 보며 안도의 숨을 내쉬었다.

"이제는 정말 지긋지긋해요." 타라가 말했다. "사물들이 파괴되면 영혼들이 곧장 마왕에게 돌아갈 것이기 때문에 다른 방법을 찾으려고 했지만 더는 못 참겠어요."

마제가 이해가 안 되는 얼굴로 타라를 뚫어져라 쳐다봤다.

"무슨 말인가?"

"다오보르 행성에 있는 엘프 수천 명이 악마의 영혼들에게 점령되었다고 말씀하셨죠? 어쩌면 그 이상…… 수만, 수십만 명일지도 모릅니다. 악마의 사물들에는 각각 영혼이 천만 명까지 갇혀 있기 때문입니다. 실루르의 옥좌의 경우가 그랬거든요. 하지만 화산 폭발이 일어난 뒤부터라고 해도 그사이에 모든 엘프의 몸을 점령하는 건 불가능하다고 봐요. 그런데 우리는 영혼들을 엘프들의 몸에서 나오게 하는 방법을 아직 모릅니다."

"자네의 강력한 마법이라면……."

"아뇨, 이 행성은 아주 넓습니다. 사물들에게서 나온 영혼들은 어디든 있을 겁니다. 우주 공간에서 무슨 일이 일어났는지 모르지만 우리 우주선들이 공격을 받았어요. 먼저 여기 문제를 해결한 다음 우주선에 합류해야 합니다. 나를 악마의 사물들이 있는 곳으로 데려가주세요."

머릿속의 친구 영혼들은 타라가 뭘 하려는 건지 알아차렸다. 타라는 단호했다.

'혜성이 영혼들을 소모하면 영원히 사라지는 거야. 정말 원하는 게 뭔지 잘 생각해봐. 내가 믿는 아르칸즈의 일시적 노예가 되어 우리가 다른 방법을 찾을 수 있게 시간을 줄래? 아니면 혜성이 휩쓸어버린 은하계가 괴물이 될 경우 영혼들이 결코 해방되지 못할 텐데 이걸 선택할래?'

침묵. 타라의 말이 맞았다. 그들은 이제 조용히 해결할 시간이 없었다.

무아노가 진지한 얼굴로 타라를 쳐다봤다.

"네가 하려는 것이 내가 생각하는 그건가?"

"응, 정확해." 타라는 대답했다.

사엘이 두려움과 호기심이 가득한 눈으로 둘을 쳐다봤다.

"뭘 하려는 거야, 인간?"

타라는 사엘을 쳐다보며 명쾌하게 대답했다.

"악마의 사물들을 파괴할 거야."

사엘의 얼굴이 굳어질 때 타라는 거침없이 덧붙였다.

"그리고 빌어먹을 혜성을 파괴할 거야."

모든 엘프가 일어나 타라를 에워쌌다. 타라는 아드레날린이 급상
승하면서 목이 메고 속이 뒤틀리는 것 같았다. 제발 끔찍한 실수를
저지르는 것이 아니길 간절히 바랐다.

타라는 아르칸즈를 믿고 있었다. 하지만 사물이 파괴될 경우 엄청
나게 많은 악마의 마법을 회수하는 건데 아버지 못지않게 위험한 괴
물로 변하지 않을까? 타라는 의심을 배제하지 않고 있었다. 보울리
미−레마들은 블랙 마법의 유혹에 빠진 것이었다. 타라가 고문서에서
읽은 바에 따르면 보울리미−레마들은 무시무시한 블랙 마법에 빠지
기 전까지는 본래 태평하고, 정복욕이 있고 거칠긴 해도 결코 잔혹하
지 않았었다.

"잘 안 되면?" 발라가 불신하는 표정으로 물었다. "영혼들이 다 빠
져나왔다면 독성 있는 금속은 빈 껍데기일 뿐이잖아. 그런데 도끼와
방패를 파괴해봐야 영혼들이 아르칸즈에게 돌아가겠어?"

타라는 토론할 시간이 없어 딱 잘라 대꾸했다.

"그러면 다른 방법을 찾아야겠지. 이따금 실패를 받아들일 줄도 알
아야 해, 발라. 실패할 때도 있는 거니까. 그렇다고 시도도 해보지 말
아야 하는 건 아니야."

발라의 초록빛 눈이 타라를 뚫어져라 응시했다. 하지만 더는 따져
묻지 않았다. 사엘은 로빈에 이어 어머니 마제를 쳐다보다 다가왔다.

"나도 같이 갈게."

"뭐?" 갈바엘이 소리쳤다. "너는 안 돼! 너무 위험해!"

사엘은 갈바엘에게 눈길도 주지 않고 로빈에게 시선을 고정하고 있었다. 로빈은 아름다운 엘프의 노골적인 관심을 어떻게 받아들여야 할지 몰라 쩔쩔매고 있었다.

발라는 아무 말도 하지 않지만 얼굴은 샐쭉해 있었다. 셈 선생님이 머리를 끄덕였다.

"우리와 함께 누가 가느냐, 그건 중요하지 않아요. 우리는 가능한 한 싸움을 피할 겁니다. 타라의 말이 맞아요. 이제는 빨리 움직여야 합니다. 날아가야겠다. 얘들아, 너희들도 준비해. 마제 부인, 악마의 사물들이 있는 마을이 어디 있는지 알려주세요. 우리에게 길을 안내할 엘프들을 내 등에 태울 겁니다. 빨리 결정하세요. 우리는 지상에서 문제를 해결한 다음 빨리 우주선으로 가야 합니다."

"그럼 나는 어떡합니까? 이 행성을 떠나 사령관에게 돌아가야 합니다!"

갑자기 이어폰에서 옐로우 드래곤의 목소리가 들려서 그들은 깜짝 놀랐다.

"죄송합니다, 부인." 셈 선생님이 마제에게 말했다. "우리 드래곤 조종사가 불안해하니까 내가 대답을 해야겠습니다."

늙은 엘프 마제는 마음대로 하라는 손짓을 했다.

"조종사!" 셈 선생님이 모두가 다 듣게 외쳤다. "당신은 대기하시오. 당신이 없으면 우리는 우주선에 연락할 수가 없어요. 이 통신기를 켜놓을 것이오. 위성 드론들은 여전히 작동하고 있는 것으로 보아 우주선과는 상관없어요. 따라서 우리는 당신과 연락할 수 있어야 해요. 만약 통신이 끊어지면 마법을 사용할 것이오. 크리스딜 볼은 갖고 있소?"

침묵이 흘렀다.

"아뇨." 이어폰을 통해 옐로우 드래곤이 탄식하는 소리가 들렸다. "돌아버리겠네, 그 생각을 왜 안 했을까! 멍청하기는! 나는 조종사지 통신 장교가 아니잖아! 그래도 크리스털 볼 한 개쯤은 갖고 있어야 했는데! 내가 왜 이 모양인지……."

"괜찮소." 조종사의 탄식이 한동안 계속될 거란 느낌에 셈 선생님이 말을 잘랐다. "당신과 연락할 방법을 찾을 테니 기다리고 있어요."

그들은 날아갈 준비를 했다. 밤을 새워서 피곤하지만 불안하기 때문에 빨리 움직였다. 셈 선생님은 위베른족 병사를 왕복선으로 돌려보냈다. 지금으로서는 위베른족 병사가 특별히 도울 일이 없을 터였다.

또 다른 섬광은 일어나지 않았다. 그들은 이제 혜성이 아니라고 확신하고 있었다. 혜성이었다면 즉시 공격했을 텐데 지금까지 가만히 있을 리가 없지 않은가.

15분 후, 목이 뻐근할 정도로 허공을 응시하던 타라 일행은 준비가 되었다.

마제와 사엘이 동행했다. 흰색 실크 바지와 이 행성의 꽃들을 수놓은 튜닉을 걸치고 있었다. 아름답지만 너무 눈에 띄는 차림이었다.

하지만 블루 드래곤도 타라와 친구들도 아무 말도 하지 않았다.

갈바엘은 못 가게 하려고 애를 썼다. 하지만 사엘은 갈바엘이 팔을 잡았을 때 뿌리치고 잿빛 눈으로 노려보며 냉정하게 응수했다.

"나는 통치자의 딸이야. 내가 해야 할 의무를 막으려고 하지 마!"

갈바엘도 지지 않고 사엘을 노려보며 하지 말아야 할 말을 내뱉었다.

"차라리 이 가짜 엘프를 따라가고 싶다고 솔직히 말해! 언제 봤다고 죽을 위험을 무릅쓰면서까지 쫓아가려고 하다니 진짜 웃긴다!"

로빈은 뻣뻣해지다 긴장이 풀렸다. 더 최악의 소리도 듣지 않았던가. 이 정도로는 상처를 받지 않았다.

사엘이 바짝 다가가자 갈바엘이 너무 멀리 갔다고 느껴질 정도로 뒷걸음쳤다.

"좀스럽기는!" 사엘이 집게손가락으로 갈바엘의 가슴을 톡톡 치면서 말했다. "지질하고 옹졸하게 굴지 마. 그리고 로빈을 가짜 엘프라고 말하는 네가 훨씬 웃긴다는 거 알아?"

그러고는 사엘이 홱 돌아섰는데 긴 은발이 흩날리며 갈바엘의 얼굴을 후려쳤다. 갈바엘의 크리스털 눈이 분노로 이글거렸다.

블루 드래곤이 태우려고 몸뚱이를 낮추는 사이 갈바엘이 외쳤다.

"그래, 가! 죽으러 가버려! 너를 위해 눈물 한 방울 흘리지 않을 테니까!"

마제는 하늘을 쳐다보며 "하여튼 사내놈들이란!" 하고 중얼거리며 블루 드래곤의 등에 올라탔다. 이어서 파프니르와 실버, 발라, 로빈, 칼이 차례로 올랐다.

타라는 블루 드래곤 옆에서 날기로 했고, 파브리스와 무아노, 셀렌바는 달려가다 나무에 막힐 때마다 공중부양을 하기로 했다. 그들은 악마의 사물들이 있는 마을을 습격하기 전에 적당한 장소에서 다시 모이기로 했다.

"그리 멀지 않아요." 마제가 말했다. "반역자들이 사물들을 가지고 마을을 정복할수록 우리는 그것을 피하기 위해 조금씩 이동했지요. 이렇게 날아가면 1시간 정도 걸릴 겁니다. 밑에서 달리는 이들은 시간이 좀 더 걸리겠지만."

드래곤은 마제에게 크리스털 볼 하나를 건네주었다. 날아가는 동안 마제는 크리스털 볼로 밑에서 달리는 이들에게 길을 안내했다. 먹잇감이라고 생각하고 달려드는 자이언트 새들 때문에 로빈과 칼이 화살과 마법을 날린 것 말고는 별일 없이 지나갔다.

"활이 범상치 않아. 활이 마치 살아 있는 것 같아." 로빈의 현란한 솜씨에 놀란 사엘이 말했다.

드래곤의 파란색 날개가 펄럭이는 동안 로빈이 대답했다.

"살아 있는 거 맞아. 릴란드릴의 활에는 엘프의 혼령이 깃들어 있거든. 릴란드릴에게 비욘드월드에 가서 편히 쉬라고 제안했지만 나와 함께 다니며 싸우는 쪽을 택했어."

로빈은 미소를 지었다.

"성깔 있는 능력자, 그런 동반자가 항상 지켜준다면 얼마나 든든할까."

사엘이 배시시 웃었다.

"나한테는 모두 신기한 전사들이야. 인간, 늑대인간, 야수, 난쟁이, 하프드래곤, 나는 다 처음 보는 종족들이거든! 다오보르 행성에서의 생활은 조용하고 평온해. 물론 반역하는 엘프들을 피하는 일을 제외하면. 우리는 씨 뿌리고 수확하고 사냥하고 옛날이야기를 하며 살고 있어. 그런데 너희 우주선이 나타나면서부터 정말 많은 일이 일어나고 있어!"

사엘은 사랑스러웠다. 흥분한 사엘의 뺨이 발그레했다. 로빈은 깨물어주고 싶었다. 이런 이상한 생각을 하다니, 로빈은 뻣뻣해졌다. 사엘과 가까워진다는 건 말도 안 되는 일이었다. 아주 순진하고 착한 엘프였다. 인생 경험이 아주 제한적이라 아더월드에 갈 경우 어떤 일을 보게 될지 전혀 모르고 있었다. 권력 투쟁, 냉소주의, 탐욕 등과는 거리가 멀어 보였다. 게다가 외부에 발각될까 봐, 악마의 영혼에게 점령될까 두려워 오랜 세월 작은 마을에서 은둔생활을 하며 자랐다. 어떤 점에서 이들은 엘프가 아니었다. 동족의 피를 끓어오르게 하는 정복과 모험에 대한 욕망을 잃은 이들이었다.

로빈은 두 젊은 여성 엘프를 쳐다봤다. 아더월드에서 엘프식 교육을 받고 자란 발라는 관능적이고 과격하고 무례하다 싶을 정도로 매사를 시니컬하게 바라봤다. 사엘은 유혈을 즐기거나 승부욕 때문이 아니라 이상을 추구하기 위해 싸우고 있었다. 청순하고 순수한 사엘, 로빈을 혼혈이 아니라 엘프로 보는 사엘. 안 지 1시간도 안 돼 가슴의 상처를 치유해주는 사엘.

로빈은 가슴이 뭉클했다.

빛나는 태양에도 불구하고 믿기지 않을 정도로 빛을 번쩍이는 타라를 따라 그들은 얼마 후 도착했다.

"타라―반딧불만 끄면 모두가 발각되는 건 피할 수 있을 텐데." 로빈의 이상한 행동 때문에 예민해진 발라가 투덜거렸다.

"이틀 전 하늘에 띄운 네 영상을 보지 못했으면 여기 엘프들은 다 눈이 멀었다고 비난했을 거면서." 칼이 응수했다. "거대한 블루 드래곤이 날아가는 것만으로도 이미 눈에 띌 수밖에 없어."

발라가 발끈해서 쏘아붙이려고 할 때 밑에서 신호가 울렸다. 파브리스와 무아노보다 훨씬 빠른 셀렌바가 핑크빛 나무로 둘러싸인 빈터를 발견하고 신호를 보낸 것이었다.

얼마 후, 숨을 헐떡이며 도착한 파브리스와 무아노가 화려한 나무숲에서 나타났다. 꽃가루가 털에 알록달록하게 묻어 있었다.

"헉, 헉, 헉." 파브리스는 숨을 몰아쉬며 말했다. "늑대는 장거리에 강점이 있지. 단거리는 우리 취향이 아니거든."

무아노는 너무 숨이 차서 말은 한마디도 못하고 발짓만 하고 있었다.

"우리가 발각됐겠지만 이젠 어쩔 수 없어." 셈 선생님이 말했다. "일단 부딪쳐서 반역하는 엘프들과 얘기를 해봐야지."

마제가 눈살을 찌푸렸다.

"하지만 반역자들이 사물들에 접근하지 못하게 할 겁니다. 따라서 곧장 공격해서 파괴하는 게 나을 거예요!"

블루 드래곤은 이빨이 다 드러날 정도로 미소를 지었다.

"너무 걱정하지 마세요, 마제 부인. 나는 평화적인 접근을 시도할 겁니다. 그리고 그들을 어떻게든 설득할 생각입니다. 타라?"

"네, 셈 선생님?"

"네가 아까 암시했던 대로 해."

"알겠어요."

타라는 눈을 감고 검은 여왕으로 변신했다. 잠시 후, 타라는 축소한 브롱스의 갑옷 차림에 라오르의 창을 잡고 있었다. 그리고 등에 묶인 피리, 허리춤에 매단 멘타르의 볼.

하얀 머리타래가 두드러진 까만 머리와 새까만 눈, 2미터가 넘는 검은 여왕의 모습은 가히 위압적이었다.

속바지와 투구가 빠진 갑옷이기 때문에 영혼들이 체인지라인과 협력해 완전한 갑옷을 만들기로 했다. 신이 난 체인지라인은 기꺼이 응했다. 잠시 후 갑옷에 빠진 부분이 채워졌다. 체인지라인은 빨간색 뿔 네 개가 달린 인상적인 투구를 만들었다.

타라의 친구들은 겉으로는 태연했다. 하지만 속으로는 이제는 검은 여왕에 익숙해 있는데도 타라가 정말로 변한 게 아닌지 조금은 두려웠다.

게다가 악마의 사물들까지 지니고 있지 않은가.

그런데 타라가 몹시 불안해하는 걸 보며 친구들은 안도의 숨을 내쉬었다.

"빌어먹을, 뭐가 이렇게 무거워!" 타라가 불평을 쏟아냈다. "영혼들, 갑옷 좀 가볍게 해줄 수 없겠어? 너무 무거워서 움직일 수가 없잖아!"

영혼들은 타라가 원하는 대로 해주었다.

"음, 훨씬 낫네!"

마제는 아무 말도 못하고 뒷걸음치는 반면 사엘은 눈이 휘둥그레져 있었다. 독성 있는 철 표면에 어른거리는 영혼들은 마제가 도끼와 방패에서 본 영혼들처럼 사나워 보이지 않았다. 그리고 숨이 막힐 것 같은 독성 있는 해로운 마법 에너지를 발산하지도 않았다.

마제는 끝이 뾰족하고 톱니처럼 생긴 무시무시한 창을 쳐다보며 떠는 목소리로 말했다. "저건…… 악마의 사물들이잖아요!"

"네, 맞아요." 셈 선생님이 흡족한 어조로 대답했다. "저 사물들이 본래의 형상을 되찾으면 충격적인 모습이지요. 하지만 저 사물들 속의 영혼들은 우리 편이에요. 그리고 우리는 이미 그중 한 영혼을 해방시키는 데 성공했습니다. 부인이 말한 엘프 반역자들이 보면 두려워하지 않을 겁니다. 같은 악마의 영혼들이기 때문에. 그 영혼들이 아무리 광기에 사로잡혀 있어도 우리 편 영혼들과 소통할 것이고 도끼와 방패가 있는 데까지 우리를 안내할 겁니다. 그다음은 타라의 몫이지요."

타라는 고개를 끄덕이며 창을 움켜잡았다.

"오케이. 준비됐어요. 아르칸즈가 악마의 영혼들을 회수할 수 있게 재빨리 파괴해야 해요. 하지만 그전에 아르칸즈에게 메시지를 보내야 하니까 조금만 기다리세요. 우리가 하려는 일을 아르칸즈가 미리 알고 있어야 해요. 아니면 아르칸즈가 소화불량을 일으킬 위험이 있거든요."

타라는 마법 메시지를 보냈다. 타라는 검은 여왕으로 변신하기 전에 우주선의 드래곤들이 심장마비를 일으키지 않도록 메시지를 입력해놓았었다.

타라는 드래곤 우주선들과 악마 우주선이 행성에서 멀리 떨어져 있거나 어쩌면 전투 중이라는 걸 고려해 마법 메시지를 보낸 것이었다. 때로는 과학보다 마법이 훨씬 효과적이었다. 마법 주문은 아르칸즈가 우주 공간 어디에 있든 찾아낼 터였다.

타라가 메시지를 보낸 뒤, 그들은 마법을 작동한 셈 선생님을 중심으로 다시 집결했다. 파브리스와 무아노는 인간 모습으로 돌아왔다.

상황이 나쁘게 돌아갈 경우 다시 동물로 변신해야 할 텐데 엘프들이 나중에 놀라지 않도록 미리 보여준 것이었다.

그들은 전진했다. 집결하기 전에 이미 발각되었을지도 모르기 때문에 그들은 너무 가까이 접근하지 않았다.

그래서 악마의 사물들이 있는 곳과 연결되는 길에 접어들었을 때 그들은 깜짝 놀랐다.

눈앞에 보이는 것은 작은 마을이 아니었다.

젊은이들이 많고 마법이 풍부한 도시였다.

마법을 장착한 젊은 군대가 에워싸고 있는 도시였다.

22
마왕

싫다고 말할 입장이 아닌데
어떻게 선물을 거절하나

*

기함 우주선은 기습 공격을 받았다. 드래곤 사령관 세바고울리세비쉬부는 경보 사이렌을 울렸을 때 모우르무르와 오너러블 456이 본의 아니게 많은 엘프들을 공포에 떨게 하는 걸 지켜보고 있었다.

번쩍이는 미사일이 빗발치듯 우주선을 향해 날아오고 있었다. 마법과 연료 에너지를 사용하는 엄청난 파괴력의 미사일들이었다. 미사일이 물체에 닿는 순간 폭발하고 있었다. 이 미사일은 마법 주문으로 표적을 추적하기 때문에 더 정확하지만, 마법과 달리 계속 연료를 공급해야 하기 때문에 효율이 떨어졌다.

그리고 미사일은 마법의 행성에서 멀리 떨어진 곳에서는 작동하지 않았다.

블랙 드래곤은 모우르무르와 오너러블 456을 밀치고 더 많은 정보를 얻기 위해 커뮤니케이션 콘솔 키보드를 두드리기 시작했다. 그 순간 자동 방벽들이 펼쳐지며 우주선을 에워싸고 있었다. 그럼에도 불구하고 몇 초 후 엄청난 충돌이 일어났다.

조종사가 방벽의 위치를 조정했지만 한 발 늦었다. 거의 모든 미사일이 폭발하면서 우주 공간을 훤히 밝혔다. 다오보르 행성에 있는 타라와 친구들은 크리스털레오 화면으로 엄청난 섬광을 볼 수 있었다.

"공격받고 있다!" 세바 사령관이 외치는데 얼마나 화가 났는지 콧구멍에서 불티가 쏟아지고 있었다. "지금은 이동해야 하므로 다시 연락하겠다!"

아연실색한 타라 일행이 반응할 겨를도 없이 사령관은 홀로그램을 껐다.

마라는 빨개진 얼굴로 사령관실로 뛰어 들어갔다.

"무슨 일이에요? 스웨터를 가져오느라 3분 자리를 비웠는데 이 폭음은 뭐죠? 폭발한 거예요?"

사령관이 마라에게 간단히 설명하는 사이 조종사는 미사일 공격의 사정거리를 벗어나기 위해 이미 우주선을 돌리고 있었다. 산헥시아는 창백해져 있었다. 혜성의 공격을 받은 경험 때문에 인간들보다 훨씬 공포에 떨고 있었다. 데미데루스가 산헥시아의 손을 잡아주며 혜성은 미사일 공격을 하지 않는다고 안심시켰다.

데미데루스의 말이 맞았다.

투박해 보이는 우주선들이 전광판에 나타났을 때 공격자의 정체를 알아보는 것은 그리 어렵지 않았다.

잿빛 우주선들의 측면에 빨간색 원이 그려져 있었다.

마라와 사령관이 동시에 욕설을 내뱉었다.

"또 마지스터잖아! 빌어먹을 인간! 크론크**43***보다 더 질긴 놈! 아주 끈질기게 쫓아다니는군! 대체 어떻게 알고 우리를 찾아낸 거야?"

"내가 알기로 마지스터는 드래곤족이 악마의 사물들을 숨겨놓은 장소 목록을 가지고 있소." 모우르무르가 대수롭지 않다는 듯 태평하게 지적했다. "지난번에도 매복하고 있었는데 새삼 놀랄 일이 아니지요. 내가 도울 일이 없다면 나는 돌아가서 실험을 계속하겠소. 영혼들을 해방시키는 데 성공하면 더는 싸울 이유도 없을 테니!"

"뭐라고요?" 블랙 드래곤이 말했다. "그건 안 됩니다! 우리는 지금 실험실로 쓰는 왕복선까지 지켜줄 여력이 없어요. 이 우주선 안에 꼼짝 말고 있어요! 발포!"

모우르무르에게 하는 명령이 아니라 우주선 안에서 공격자들을 향해 포문을 열어놓은 위베른족 병사들에게 내린 것이었다.

우주선의 수가 많았다. 마지스터는 우주선 함대를 이끌고 온 모양이었다.

"마지스터가 진짜 당신을 데려가고 싶은 모양이오, 학자." 세바고 울리셰비쉬부가 말하는 순간 대포 발사로 인해 우주선이 크게 흔들렸다. "조종사!"

"네, 사령관님?"

· · · · · · · · · · · · · ·

43. 드란보우글리스펜쉬르에 서식하는 일종의 카멜레온 진드기로, 특히 드래곤의 피를 좋아한다. 드래곤의 발이 닿지 않는 곳에 숨어 피를 빨아 먹는다. 그래서 짜증이 날 정도로 귀찮게 해서 짓이겨버리고 싶은 충동이 일게 하는 드래곤에 대해 '크론크 같은 놈'이라고 한다.

"여길 빠져나가!"

"해보겠지만 어려울 것 같습니다. 우리가 포위된 것으로 보입니다. 다른 우주선들에 알리고 포위망을 뚫을 수 있는지 보겠습니다."

"다른 우주선들이라니?" 블랙 드래곤이 물었다.

"우리 우주선 2대와 악마 우주선이요."

"나는 저놈들이 우리 우주선 2대를 나포했기 때문에 소식이 없는 것이라고 확신한다. 저놈들이 통신을 방해한 것이 틀림없어. 그래서 우리 우주선들에서도, 빌어먹을 악마 우주선에서도 연락이 없는 것이다."

"셰바고울리셰비쉬부 사령관." 한 목소리가 끼어들었다. "문제가 생긴 것 같습니다."

계속되는 미사일 공격에 우주선이 흔들릴 때 아르칸즈의 영상이 블랙 드래곤 앞에 나타났다.

"그쪽은 통신이 되는 겁니까?" 블랙 드래곤이 놀라서 물었다. "어떻게 한 겁니까?"

"우리는 그쪽과 같은 기술을 사용하지 않으니까요." 아르칸즈가 친절하게 대답했다. "도움이 필요합니까?"

"아니오." 곧 죽어도 악마들에게 의존하고 싶지 않은 드래곤이 발끈했다. "우리가……."

우주선이 집중 포화를 받았고 블랙 드래곤이 미끄러질 정도로 심하게 흔들렸다. 영상이 흔들리다 불빛이 깜박거렸다.

"도와주겠소." 아르칸즈가 부드러운 목소리로 제안했다.

잠시 후, 이번에는 악마 우주선에서 대포들이 불을 뿜었다. 드래곤 우주선 뒤에서 포격하던 마지스터의 우주선이 폭발했다. 블랙 드래곤은 멍하니 입을 벌렸다.

"오, 내 어머니의 송곳니여! 저들의 방벽을 뚫은 것이오? 어떻게 한 것이오?"

"표적이 한 곳에서 오래 움직이지 않을 경우 가능한 공격이지요." 아르칸즈는 여전히 친절하게 설명했다. "그렇지만 사령관의 우주선 방탄 장치가 아무리 강력하더라도 여길 빨리 벗어나는 게 좋겠어요. 사령관이 알아차렸는지 모르겠으나 저들은 우주선을 날려버리려는 것이 아닙니다. 저들은 엔진과 방벽을 파괴하려는 것뿐이에요. 모우르무르를 데려가려는 것이 틀림없어요. 그건 아무도 원치 않겠지요? 그럼 빨리 이동하세요!"

아르칸즈의 영상이 사라졌다. 사령관이 욕설을 내뱉었다.

조종사는 이미 도주로를 확보하고 있었다. 뒤에서 공격하던 마지스터의 우주선이 폭발한 덕분에 적들의 포위망에 구멍이 뚫린 것이었다. 마지스터의 우주선들이 반응하기 전에 빠져나온 드래곤 우주선은 악마 우주선의 엄호를 받으며 탁 트인 우주 공간으로 질주했다.

"망할 놈!" 블랙 드래곤이 마라에게 말했다. "악마들이 우리 우주선의 꼬리를 구해줬어. 과열되고 있어서 조금만 늦었어도 폭발했을 거야."

"네, 악마들이 쓸모가 있다니까요." 마라가 재미있어하면서 대꾸했다. "믿기지 않을 만큼 잘생기기도 했지만."

블랙 드래곤이 어이없다는 표정을 지었다.

아르칸즈의 영상이 다시 나타났다. 마왕이 짓는 미소에 블랙 드래곤은 울화통을 터뜨렸다.

"또 뭐요?"

"전술을 논의해야겠어요." 마왕은 평정심을 잃지 않고 대답했다. "마지스터는 두 가지 목적이 있어요. 모우르무르를 납치한 다음 악마의 사물들을 빼앗으려는 겁니다. 마지스터가 우리 통신위성들을 발견하면 도청하는 것쯤은 식은 죽 먹기일 겁니다. 그렇게 되면 우리를 난처한 상황에 빠뜨리기에 충분한 주요 인질들을 잡아둘 겁니다."

블랙 드래곤 옆에서 모우르무르가 고개를 끄덕였다.

"아르칸즈의 말이 맞아요. 마지스터는 금방 찾아낼 거요."

"사실 나는 마지스터 따위는 별로 걱정하지 않아요." 아르칸즈가 말했다. "내가 특별히 애착을 갖는 타라에게 무슨 일이 일어난다면 못 참을 겁니다. 그래서 내 친구를 돕기 위해 행성으로 들어갈 생각이에요. 타라의 마법이 강력하고, 친구가 된 영혼들이 도와준다고 해도 군대가 공격하면 목숨을 잃을 수도 있어요."

마지스터의 우주선들이 추적해오고 있었다. 셰바 사령관이 갈퀴발톱으로 가리켰다.

"어떻게 하겠다는 거요? 우리는 행성 출입이 금지되어 있는데……."

그때였다. 갑자기 타라의 목소리가 들려서 블랙 드래곤과 아르칸즈는 말을 중단했다.

타라가 아르칸즈의 영상 뒤에 나타났다.

마왕이 물러서서 가슴에 손을 얹으며 말했다.

"타라, 깜짝 놀랐잖아."

아르칸즈는 영상 속 타라의 시선이 허공을 응시하고 있음을 알아차렸다.

아르칸즈는 이제야 마법 주문이라는 걸 깨달았다. 타라의 마법이 얼마나 강력한지 볼 때마다 마음이 불편했다.

사령관은 알아차리는 데 몇 초 더 걸렸다. 타라는 상그라브들이 통신을 방해하고 있다는 걸 고려해 영상 통신기가 아니라 마법을 사용한 것이었다. 사령관은 타라의 기지에 혀를 내둘렀다. 기함 우주선과 악마 우주선이 행성에서 이미 멀리 떨어져 있는데도 타라가 마법으로 메시지를 보내는 데 성공한 것이었다. 타라는 검푸른 눈빛으로 간결하게 말했다.

"우리는 이제 악마의 사물들이 있는 곳으로 갑니다. 사물들을 파괴하는 것 말고는 방법이 없어요. 우주선들이 공격받고 있는 상황인데 엘프들을 점령한 영혼들이 너무 흩어져 있어 도끼와 방패 속으로 영혼들을 돌아가게 할 시간이 없기 때문이에요. 나는 이 메시지를 보낼 수는 있지만 당신의 메시지를 받을 수는 없어요. 혜성의 공격이 아니길 바라지만 모든 것을 휩쓸어버리는 광선을 보지 못했기 때문에 마지스터나 또 다른 적이라고 추정하고 있어요. 그래서 차라리 잘 아는 마지스터의 공격이길 바라고 있어요. 아르칸즈, 내가 사물들을 파괴하는 즉시 영혼들이 당신에게 돌아갈 거예요. 엄청나게 많은 영혼이 갈 거니까 잘 받아요."

그리고 타라의 영상이 사라졌다.

아르칸즈는 사령관을 쳐다봤다. 이제는 웃고 싶지 않았다.

"안 돼! 안 돼!" 아르칸즈가 외쳤다.

"무슨 일이오?" 깜짝 놀란 블랙 드래곤이 물었다. "기뻐할 줄 알았는데! 수천 년 동안 회수하려고 학수고대하던 것을 찾는 것인데!"

"모르겠습니까?" 공포에 질린 아르칸즈가 외쳤다. "내 몸은 내 아버지의 몸과는 달라요! 나는 일정한 양의 영혼들만 받을 수 있어요. 아버지가 인간 모습의 악마들이 너무 강력해지는 것을 원치 않았기 때문에 그렇게 만든 것이지요! 그런데 타라가 그 사물들을 파괴하면 수백만의 영혼들이 나에게 돌아올 거란 말입니다!"

"그럼 어떻게 되는데요?"

"나를 파괴하는 겁니다!"

마라가 성난 얼굴로 벌떡 일어났다.

"그건 안 돼요!" 마라는 실물 크기의 아르칸즈 영상 앞에서 주먹을 불끈 쥐고 소리쳤다. "아직 당신을 내 연인으로 만들지도 못했는데! 절대 용납 못해!"

블랙 드래곤 사령관이 어이없다는 듯 마라를 쳐다봤다.

"어린 인간, 지금 우리는 비상사태야. 우리를 나포하려는 마지스터의 저 많은 우주선들, 언제 나타날지 모를 혜성…… 그런데 한가하게 연애 타령을 하다니!"

"지긋지긋해!" 마라가 내뱉었다. "맨날 똑같은 소리! '그럴지 모른다' '그럴 가능성이 크다' 그런 거 때문에 내 고모는 아직도 바리우스와 결혼하지 못했어요. 그런 거 때문에 로빈은 타라를 잃었어요.

'어쩌면' '글쎄' '틀림없이 그럴 거야'……. 이젠 진저리가 난다고요. 어쩌면 그렇게들 이성적인지! 내 동생 자르는 베티에게 사귀자는 말도 꺼내지 못해요. 베티에게 빠져 미칠 지경이면서도 그녀가 마법사가 아니기 때문에. 혜성이고 마지스터의 우주선들이고…… 나는 개의치 않아요. 사랑에 빠지는 기분이 어떤지 난 그걸 알고 싶은 거예요. 아르칸즈가 정말 마음에 든단 말이에요. 당장 깊은 사랑을 하겠다는 것도 아니고."

블랙 드래곤과 아르칸즈는 멍한 표정으로 마라를 쳐다봤다.

"깊은 사랑?" 셰바 사령관이 물었다.

"우리는 그런 거 모르는데……." 아르칸즈는 이상한 상상을 했는지 얼굴이 빨개졌다.

"모르면 그냥 넘어가고요." 마라가 블랙 드래곤에게 설명했다. "아르칸즈, '우리는 그런 거 모른다'고 했지만 당신이 나한테 분명히 말했잖아요. 인간 모습의 악마는 우리와 거의 비슷하다고. 아, 물론 완전히 똑같을 수야 없겠죠. 그리고 좀 전에 악마의 사물들을 파괴하면 돌아올 영혼들에 대해 불안해했어요. 하지만 당신은 평화를 위해 모우르무르가 영혼들을 해방시켜주길 바란다고 말한 적도 있어요. 뭐죠? 너무 상충되는데!"

블랙 드래곤은 격분을 토하며 조목조목 따지는 마라를 쳐다보며 감탄했다. 인간이 아니라 드래곤이었다면 커뮤니케이션 콘솔이 새까맣게 타버렸을 텐데! 콧구멍에서 가상의 불티가 쏟아지는 게 보이는 것 같았다.

아르칸즈는 두 손을 쳐들고 항복하는 표시를 했다.

"워워, 진정해, 마라! 정말 미안해. 그리고 네 말이 맞아."

마라는 항복 표시에 의아해하며 아르칸즈를 쳐다봤다.

"그래요?"

"내가 잘못한 것 같아. 악마의 사물 속에 갇힌 모든 영혼을 회수하고 싶지 않다고, 아니 회수할 수 없다고 타라에게 말했어야 했는데. 하지만 내 약점을 드러내고 싶지 않았어."

갑자기 블랙 드래곤은 아르칸즈가 한 말의 의미를 알아차리고 충격을 받았다.

"오, 내 조상들의 비늘이여! 지금 그 말은 전 마왕 바쉬가 죽은 뒤로는 우리 세계를 위협하는 주요 군대가 없어졌다는 뜻이오?"

"꼭 그런 건 아니고요." 아르칸즈가 고백했다. "가령 현재 부통치자인 다쉬 같은 늙은 악마가 나에게서 왕위를 빼앗고 마왕이 될 경우는 신체적 특성상 악마의 영혼들을 다 받아들일 수 있어요. 다쉬는 영혼들을 장악하고 내 아버지가 그랬던 것처럼 마음대로 사용할 수 있지요. 이것이 내가 타라에게 이 문제에 대해 말하지 않은 두 번째 이유예요. 나는 아직 적이 많아요. 내가 '배신'했던 걸 용서하지 않는 늙은 악마들이 많거든요. 지금이야 혜성을 물리치는 것에 모두 동의하고 있지요. 하지만 혜성이 떠났기 때문에 악마들이 우리 행성으로 돌아가고 있어요. 그들은 이미 나를 몰아내기 위한 쿠데타를 모의하고 있는 게 틀림없어요."

그 순간 마라의 얼굴이 환해졌다.

"그래서 원정대에 합류한 거예요? 혜성을 추적하거나 타라 언니를 도와주러 온 것이 아니라 늙은 악마들에게서 벗어나 악마의 사물들을 해결하기 위해서?"

아르칸즈는 미소를 지었지만 초록빛 눈은 슬펐다.

"일석삼조라고 할 수 있지. 하지만 늙은 악마들은 나를 죽이지는 않을 거야. 이미 승기를 잡았거든. 네 언니가 그들의 소원을 이루게 해줄지도 모르니까. 사물들이 파괴되면 영혼들은 정지 상태로 있다가 새 마왕이 된 다쉬에게 돌아갈 거야. 그러면 다쉬는 역대 최고의 강력한 마왕이 되겠지. 아마 혜성을 물리치고 혜성이 하는 짓을 그대로 따라할 거야. 불타는 혜성 속에 갇힌 반지와 검의 영혼들을 빨아들여서!"

무거운 침묵이 흘렀다.

침묵을 깨고 마라가 내뱉듯 말했다.

"그럼 이제는 타라 언니가 그 빌어먹을 사물들에 가까이 가지 않길 바라는 수밖에 없네요!"

23

보울라 장군

첫 단추를 잘못 끼웠는데
아무리 열정을 갖고 계속한들
참담한 결과를 낳을 텐데

*

다오보르 행성의 두 엘프와 함께 등장하는 아더월드 원정대의 모습은 가히 위압적이었다. 일부는 거대한 블루 드래곤의 등에 앉아 있고, 나머지는 드래곤 옆에서 걸어오고 있었다. 엘프들은 대경실색했다. 너무 놀라 잠시 흐트러졌던 엘프 군대가 정렬하며 블루 드래곤을 에워쌌다.

원정대가 공격적으로 보이지 않는 데다 창이나 화살, 손에서 윙윙거리는 마법에 개의치 않고 조용히 전진하며 완벽한 엘프어로 경쾌하게 "안녕하세요! 안녕하세요!" 인사를 건넸기 때문에, 엘프 군대도 공격하지 않고 원정대를 따라왔다. 하늘에서 영상으로 보았고, 살아남은 엘프들이 아더월드에서 기다리고 있다고 며칠 동안 설명해주었던 바이올렛 엘프가 동행한 덕분이기도 했다.

히지만 엘프들은 그 말을 믿지 않고 악마들의 함정이라고 확신하고 있었다.

드리에스티르**44** 보울라는 텐트 밖이 시끄럽다는 걸 알아차렸다. 서류를 보던 보울라가 화가 난 얼굴을 들었을 때 파란색 군복 차림의 전령이 숨을 헐떡이며 들어왔다.

"드래…… 드래드래!" 전령은 눈이 동그래져서 더듬거렸다.

"드래 뭐?" 엘프 사령관이 퉁명스럽게 내뱉었다.

"드래곤! 진짜 드래곤이 나타났습니다! 살아 있는 드래곤이 바이올렛 엘프와 함께 여기 왔습니다!"

드리에스티르가 벌떡 일어나며 의자가 넘어졌다.

"뭐라고?"

드리에스티르 보울라가 확 밀치는 바람에 전령이 엉덩방아를 찧었지만 개의치 않고 쏜살같이 텐트를 나갔다.

그리고 뚝 멈춰 섰다.

드래곤이 파란색 뚱보 거위처럼 뒤뚱거리며 다가오고 있었다. 잘못 본 게 아니라면 그 옆에는 엘프들, 뱀파이어, 인간(보울라의 머릿속 영혼이 인간이라는 걸 대번에 알아보고 그들이 다오보르 행성에 있게 된 것이 바로 인간들이 악마의 사물들을 훔쳐갔기 때문이라고 설명했다)들이 있었다.

보울라는 뭔가를 보고 멍하니 입을 벌렸다. 드래곤 옆에서 무거운 갑옷(영혼이 대번에 알아봤다)에도 불구하고 가볍게 걸어오는 존재

----

44. 군대의 장군에 해당.

는 까만색 긴 머리에 무시무시한 투구를 쓰고 있었다.

갑옷 말고도 라오르의 창과 멘타르의 볼, 센티르의 피리로 무장한 존재. 보울라의 머릿속 영혼은 악마의 사물들을 대번에 알아봤다.

보울라는 머릿속 영혼이 갑옷과 창, 볼과 피리에 대한 정보를 알려 주자 욕설을 내뱉었다. "슬렌디르45! 방패와 도끼보다 저 사물들이 더 강력하다는 거야?"

'그래.' 공포에 사로잡힌 영혼이 머릿속에서 외쳤다. '훨씬 더. 우리를 회수하러 온 게 틀림없어. 죽도록 마법을 사용해 저들을 파괴해야 해! 악마들이 우주의 모든 종족을 정복했기 때문에 우리를 회수하러 온 거야!'

영혼이 히스테릭해졌고, 보울라는 너무 고통스러워 두 손으로 머리를 감싸 쥐었다.

"그만, 그만해." 보울라가 호소했다. "네가 나를 파괴하고 있어!"

영혼이 이내 흥분을 가라앉혔다.

'미안, 미안. 나는 싫어! 미안해……. 어떻게 되찾은 자유인데…… 우리는 악마들에게 돌아가고 싶지 않아. 어떡하지? 우리는 싸울 수 없어!'

드리에스티르 보울라는 숨을 깊이 들이쉬었다.

"우리가 알아서 해볼게. 급물살처럼 쏟아지는 용암에 휩쓸릴 때 우리가 했던 대로. 그때 네가 해방되어 우리를 구해줬잖아. 한번 더 해보자고. 내가 말할 테니까 너는 흥분하지 말고 가만히 있어, 오케이?"

．．．．．．．．．．．．．

45. 옛 엘프어 욕설로, '브롤크 드 슬루르크'에 해당하며 '믿기지 않아'라는 뜻이다.

신음처럼 약한 내답이었지만 영혼은 복종했다. 영혼은 보울라의 의식 속 깊은 곳에 들어가 그녀가 하는 말을 가만히 듣기로 했다.

보울라는 심호흡을 하고 걸어갔다. 군대의 수장을 의미하는 빨간색과 흰색 군복 차림의 대장 여섯 명이 즉시 보울라 옆에 정렬했다. 장군은 드래곤 일행이 바로 앞에 올 때까지 어두운 얼굴로 쳐다보고 있었다. 엘프들이 거대한 파충류를 향해 일제히 창을 겨누었는데 당장이라도 찌를 기세였다.

보울라가 말하려는 순간 드래곤이 먼저 입을 열었다.

"안녕하십니까? 좋은 소식을 가져왔습니다. 바이올렛 엘프 발라가 홀로그램 영상으로 여러분에게 한 말은 모두 사실입니다. 악마들은 패했습니다!"

바이올렛 엘프가 예쁜 미소를 지으며 고개를 끄덕였다. 엘프들이 얼어붙었다. 이어서 웅성거리는 소리가 났다.

"드래곤이 뭐라는 거야?"

"있을 수 없는 일이야!"

"아니, 악마들이 졌다고 하잖아!"

"함정이야!"

"사흘 동안 밤낮으로 떠들어대던 소리잖아. 그렇다고 사실이라고 할 수는 없어!"

"바이올렛 엘프는 정말 예쁜데 내 아들과……."

"욕심이 너무 심한 거 아냐? 네 아들은 거의 6000살인데 저 아이는 기껏해야 20살일 텐데."

"악마들이 패한 거면 좋은 거잖아. 마침내 우리가 자유로워지는 건데!"

"좋아할 것 없어. 어차피 거짓이니까!"

보울라는 믿기지 않는 얼굴로 고개를 흔들며 손짓으로 엘프들의 온갖 억측을 멈추게 했다.

"드래곤 선생, 미안하지만 그건 바이올렛 엘프가 보낸 메시지와 같은 내용이오. 아무튼 우리는 믿기 어렵소. 셀렌다사프라46에 엘프들이 수백만 명이 있다는데 나는 에레라는 엘프를 만난 적이 없소."

"믿기 어렵다는 거 충분히 이해합니다, 부인의 성함이?"

"보울라 갈렌티르. 드리에스티르 보울라 갈렌티르. 신성한 사물들을 지키는 경비대를 지휘하고 있지요."

블루 드래곤은 드리에스티르가 '경비대'라고 말한 군대를 힐끔 쳐다봤지만 아무 말도 하지 않았다.

블루 드래곤은 송곳니를 드러내지 않으려고 조심하며 호의적인 미소를 지었다.

"갈렌티르 부인, 느닷없이 등장한 걸 용서하십시오. 여러분에게 할 얘기가 있는데 위치를 알 수 없었습니다. 다행히 마제 부인이 여러분이 있는 곳까지 안내해줘서 이렇게 찾아올 수 있었습니다."

보울라가 마제를 흘겨봤다. 하지만 마제는 드래곤의 등에 꼿꼿이 앉은 채로 태연하게 내려다보고 있었다.

"여러분에게 우리 친구들을 소개하기 위해 빨리 만나고 싶었습니

----

46. 엘프족이 예전에 살던 파괴된 행성 이름이 셀렌다사프라이다. 다오보르 행성의 엘프들은 옛 행성을 기리는 뜻에서 아더월드에서 엘프족이 살고 있는 나라 셀렌다를 '셀렌다사프라'라고 부르는 것이다.

다. 여기 있는 타라 덩컨은 인간입니다. 강력한 인간 종족 덕분에 우리는 악마들을 물리칠 수 있었습니다."

보울라도 키가 큰 편인데 눈앞에서 까만 눈으로 뚫어져라 응시하는 인간에 비하면 아주 작아 보였다.

"확실합니까?" 보울라가 회의적인 어조로 물었다. "나는 인간과는 너무 다르게 생겼다고 생각하는데요."

"여러분의 몸을 점령한 악마의 영혼이 인간의 모습이 아니라고 합니까?"

보울라의 머릿속 영혼이 신음소리를 냈다. 악마의 영혼들이 엘프들의 몸을 점령하고 있는 걸 알고 있잖아! 보울라는 영혼에게 입을 다물게 했다.

"그 영혼은 틀림없이 타라 덩컨을 알아볼 겁니다." 블루 드래곤은 차분하게 말했다.

블루 드래곤이 그들 앞에 작은 통신기를 내려놓자 데미데루스의 영상이 나타났다. 머릿속에서 영혼이 어찌나 화들짝 놀라는지 보울라는 본능적으로 뒷걸음쳤다.

"도둑놈, 도둑놈!" 보울라가 말했다.

"네, 맞습니다." 블루 드래곤이 이번에는 이빨을 드러내며 말했다. "악마의 사물들을 훔친 아주 유명한 도둑이지요. 이분이 바로 타라 덩컨의 조상입니다. 거듭 말하지만 데미데루스에 이어 오무아 제국(오무아 제국과 화려한 수도 팅가푸르, 랑코비트 왕국, 드래곤족 행성 드란보우글리스펜쉬르 등의 영상이 나타났다)의 후계자인 타라 덩컨 덕분에 우리는 악마들을 이길 수 있었고, 악마들은 이제 우리와 동맹을 맺었지요. 보시다시피 타라 덩컨이 갑옷과 볼, 피리, 창을 지니고 있기 때문에 우리는 악마의 사물 네 개를 갖고 있습니다. 아울러 우리 과학자들은 현재 독성 있는 철 속에 갇힌 영혼들을 해방시키기 위한 연구에 매진하고 있습니다."

그때 마제가 혐오스러운 얼굴로 끼어들었다.

"하지만 우리 쪽 영혼들은 당신 쪽 영혼들처럼 몸을 점령하기 위해서가 아니다."

"네, 맞습니다." 블루 드래곤이 단호하게 말했다. "우리 쪽 영혼들은 휴식을 원하고 있지요. 그 영혼들이 어떻게 여러분의 몸속으로 들어갔는지 모르지만 그건 정상이 아닙니다."

보울라는 부르르 떨다 드래곤을 유심히 뜯어보며 크리스털 눈을 찌푸렸다.

"어쨌든 당신들은 영혼을 지니고 있지 않소. 전혀 느껴지지 않아요."

"네, 맞습니다." 블루 드래곤이 인정했다. "나는 지니고 있지 않습니다. 악마들이 사물을 만든 것은 기본적으로 우리 드래곤족을 없애기 위한 것이었으니까요. 여러분이 도둑이라고 하는 데미데루스가 악마들이 마법을 얻기 위해 사물을 만들었다는 걸 알아차릴 때까지는 비밀에 부쳐져 있었지요. 데미데루스는 악마들이 사물을 만들어 무수히 많은 영혼들을 노예로 삼아 농락했다는 걸 알았기 때문에 사물들을 빼앗았던 겁니다. 거듭 말하지만 그래서 우리는 악마들을 이길 수 있었습니다."

보울라는 어찌할 바를 몰랐다. 드래곤은 위험한 상대였다. 뒤에 군대가 있지만 드래곤을 이길 자신이 없었다. 게다가 갑옷에 피리, 볼, 창을 지니고 있는 거구의 인간은 더 위험해 보였다. 그 옛날의 기억을 더듬어보면 임신한 뱀파이어 역시 몹시 두려운 상대였다.

마제와 사엘은 제쳐놓았다. 모녀 엘프들은 두려워서 감히 맞설 용기가 없는 상대였다. 반면 희한한 활을 맨 엘프와 바이올렛 엘프, 또 다른 인간, 빨간 머리의 난쟁이는 강력한 무기를 들고 있었다.

보울라는 너무 생소한 이들이라 무력 충돌의 결과를 예측할 수 없었다.

이들이 하는 말을 믿든 안 믿든 달라지는 건 없었다. 보울라는 엘프들을 지켜야 하고, 이제는 영혼들이 그들의 일부를 이루고 있었다. 머릿속의 영혼이 고맙다는 표시로 파동을 보냈다.

"우리에게서 바라는 것이 뭡니까?" 보울라는 가능한 한 친절하게 말하는 것으로 이방인들을 죽이고 싶은 속내를 숨겼다.

"먼저 우리를 두려워할 필요가 전혀 없다는 걸 납득시키려는 겁니다." 셈 선생님이 갑자기 발로 캠프를 가리키는 바람에 등에 올라앉은 이들이 떨어질 뻔했다. "우리가 부인에게 한 말은 전부 다 사실입니다. 그리고 우리는 여러분과 우호적 관계를 맺고 싶습니다. 마지막으로 우리의 갑옷과 창, 볼과 피리가 여러분의 도끼와 방패에게 말하고 싶어 합니다."

보울라는 즉시 뻣뻣해졌다.

"어림없소."

블루 드래곤은 노란 눈으로 보울라를 뚫어져라 쳐다봤다.

"그렇습니까?" 블루 드래곤은 당황한 어조로 물었다. "그 이유가 뭡니까? 아주 특별한 마법을 원하는 엘프가 있으면 누구든 사물을 만져보게 하는 것으로 알고 있는데요. 아닌가요?"

보울라는 자신을 곤경에 빠뜨린 마제와 한심한 엘프들에게 대가를 치르게 해야겠다고 생각하며 입술을 깨물었다.

"당신은 엘프가 아니오. 신성한 사물들을 만져보게 해달라는 당신의 요구는 들어줄 수 없어요. 이 행성을 떠나시오. 우리를 조용히 살게 내버려두면 우리도 당신들을 조용히 떠나게 내버려둘 것이오. 그리고 우리를 찾았다는 걸 잊으시오. 우리는 5000년 전에 우리를 버린 세계의 위험한 것들과 맞서 싸울 생각이 전혀 없소."

마법으로 얼마든지 젊어 보이게 할 수 있기 때문에 에레를 모른다고 말할 때까지만 해도 드리에스티르가 젊은지 늙었는지 알 길이 없었다. 하지만 셈 선생님은 마지막 말에서 보울라가 마제와 같은 세대라는 걸 확인할 수 있었다.

쉽게 포기하지 않는 고집 센 전사가 틀림없었다.

셈 선생님은 한숨을 내쉬었다. 옆에 있는 타라도 한숨을 쉬었지만 꾹 참고 침묵했다.

"부인의 요구에 긍정적으로 대답하고 싶습니다만 불행히도 그럴 수가 없습니다. 심각한 위험이 닥칠 것이기 때문에……."

보울라의 얼굴이 잔뜩 긴장했다.

"악마들을 물리쳤다고 했잖아요? 그런데 또 무슨 위험이 닥친다는 겁니까?"

블루 드래곤은 질문을 교묘하게 피했다.

"바로 그래서 우리는 악마의…… 아니 신성한 사물들과 얘기할 필요가 있는 겁니다."

보울라가 손짓을 하자 군대가 경계 태세를 취했다. 셈 선생님과 칼, 파프니르, 다른 이들도 이미 예상하고 있었다. 그들은 드래곤의 등에서 내렸고, 마제와 사엘은 그대로 있었다. 매직갱은 엘프들의 민첩성과 능력을 잘 알기 때문에 내려와서 싸우는 것이 낫다고 판단했다.

칼은 타라를 쳐다보며 망설였다. 인피뱀파로 변신하는 것이 인간보다 힘이 훨씬 강력하다는 건 두말할 필요가 없었다. 그리고 어떻게 하는지 방법도 알고 있었다. 칼은 마음을 다잡으며 엘프들에게 두려움을 주지 않기 위해 조금씩 전환을 시작했고, 비명을 지르지 않으려고 입술을 깨물었다. 칼의 키가 커지고 어깨가 더 넓어지고 눈이 핏빛으로 변하고 흑발이 흰빛으로 변하는 사이 혈관 속으로 에너지가 흘러들고 있었다. 셀렌바는 금방 알아챘지만 잠자코 미소를 지었다.

칼 옆에서 블루 드래곤이 한숨을 쉬었을 뿐인데 콧구멍에서 불티가 튀어나왔다. 엘프들이 긴장했다. 드래곤의 불을 잊지 않았지만 어느 정도로 막강한지 아는 엘프는 그리 많지 않았다.

하지만 보울라는 두려웠다. 두려움 때문에 판단이 흐려졌다. 타라는 보울라가 크게 흔들리고 있음을 느꼈다.

"실버." 타라가 갑자기 소리쳐서 소스라치게 놀란 보울라가 엘프들에게 공격 명령을 내리려는 순간이었다. "변신!"

실버와 함께할 때 좋은 것은 영리한 것은 물론이고 아주 민첩하다는 점이었다. 무엇보다 실버는 타라를 믿고 있어서 즉시 이행했다.

하프드래곤의 몸이 커지면서 옷이 찢어지자 주변의 엘프들이 비명을 지르며 흩어졌다.

그리고 눈 깜짝할 사이에 셈 선생님 옆에 또 하나의 드래곤이 서 있었다. 햇빛을 받아 은빛 가죽에서 무지갯빛을 반짝이는 비늘, 희한 하게 너울거리는 흰색 갈기, 가슴 부위에 검은색 별 무늬가 있는 멋 진 드래곤이었다. 타라는 실버가 은빛 드래곤이라는 걸 잊고 있었다. 검은 여왕이 노예로 삼았을 때 검은색 드래곤으로 변형시켰기 때문 에 타라의 뇌리에 그 모습이 박혀 있었던 것이다.

검은색 드래곤일 때는 무시무시했었다. 실버 드래곤은 눈이 부실 정도로 반짝거렸다. 하지만 단호한 모습을 유지해야 하기 때문에 타 라는 선글라스를 불러내는 주문을 읊지 않고 시선을 돌렸다.

파프니르는 실버 드래곤의 따뜻한 옆구리에 어깨를 기대고 섰다. 그러고는 '어때, 멋지지? 잘 봐둬, 나만의 드래곤이니까!' 하는 얼굴 로 팔짱을 꼈다.

보울라는 멍하니 입을 벌렸다. 드래곤이 하나도 아니고 둘이나 되 는데……. 게다가 이 인간들이 전부 다 드래곤으로 변신할 수 있다면 해보나 마나한 싸움이 아닌가.

보울라는 침착해지려고 숨을 깊이 들이쉬었다.

"드래곤은 몇 명이나 온 겁니까?" 보울라는 자신도 모르게 튀어나 온 애처로운 어조를 저주했다.

"꽤 있습니다." 타라는 너무 정직한 셈 선생님이 대답하기 전에 끼 어들었다. "이미 말씀드렸는데요."

타라는 보울라가 어리둥절해 있음을 알았다. 솔직히 수백 년 동안 숭배해온 도끼와 방패가 표적이라며 이제 곧 뭔지도 모르는 위협이 모든 걸 휩쓸어버릴 거라고 말하면 누가 곧이곧대로 믿을까. 그래서 타라는 가능한 한 명확하고 구체적으로 말할 필요를 느꼈고, 너무 신중한 셈 선생님 대신 나서기로 했다.

"왜 위험하다는 건지 알고 싶으시겠지요. 그래서 셈 선생님이 답변하기 위해 신성한 사물들과 얘기를 해야 한다고 말씀하신 겁니다. 내가 이유를 설명해드리지요."

스트레스와 경계심 때문에 나무토막처럼 뻣뻣해져 있던 보울라는 타라의 친절한 태도에 긴장을 약간 풀었다. 타라는 손짓으로 말하겠다는 표시를 했다.

"악마의, 아니 부인의 표현대로 신성한 사물 몇 개에 일종의 변이가 일어나 변형이 되었습니다. 우주에 떠돌던 유기체가 사물들과 결합되어 불타는 혜성으로 변형되었는데 닥치는 대로 모든 걸 죽이는 괴물 혜성으로 변했지요. 어떻게 하는 건지 정확히는 모르지만 혜성이 우주 공간에서 일종의 촉수들을 뻗어 닥치는 대로 모든 생명체를 빨아들이는 것 같습니다. 혜성은 이미 악마의 여러 행성을 공격했고, 자이언트 개미들의 행성인 크세프로디에 있는 생명 대부분을 파괴했습니다."

엘프의 크리스털 눈이 휘둥그레졌다. 꾸며낸 말이라고 하기에는 너무 생생한 묘사였다.

"우리는 여러분에게 알려주고 싶었습니다. 혜성이 지금 이곳으로 오는 중이라고 생각하기 때문이지요."

"여기로? 왜? 세상에 집어삼킬 것이 얼마나 많은데 하필 왜 이곳으로 오지?"

"신성한 사물들이 이곳에 있기 때문이지요. 혜성이 재충전해야 한다는 걸 알기 때문에 우리는 강력한 방벽으로 막고 있는 겁니다. 우리가 혜성과 싸우면서부터 영혼을 원하는 만큼 흡입하지 못했으니까요. 그런데 혜성이 며칠 전에 사라진 겁니다. 다행히 우리 우주선만큼 빠르지 않기 때문에 이곳에 혜성이 아직 도착하지 않은 것이지요."

보울라는 괜히 장군이 된 것이 아니었다. 즉각 반박했다.

"당신들이 강력한 방벽으로 막고 있다면서 왜 우리까지 혜성과 싸워야 하지?"

타라는 연민의 시선으로 보울라를 쳐다봤다. 잔혹한 얼굴이 짓는 표정치고는 아주 이상했다.

"5000년 전에 악마들이 그들의 여러 행성에서 영혼들을 채집하기 위해 그랬던 것처럼 혜성이 이 행성으로 촉수들을 뻗으면 여러분은 속수무책으로 당할 겁니다. 여러분이 몸속에 악마의 영혼들을 지니고 있는 한 버틸 수가 없을 테니까요. 악마들도 필사적으로 대항했지만 혜성에게 패배했습니다. 그래서 악마들은 그들의 세계를 도망쳐야 했고 우리 세계에 와서 도움을 청했지요."

타라 일행이 아직까지 말해주지 않은 것이었다. 장군은 멍하니 입을 벌렸고, 다른 엘프들도 얼어붙었다.

"뭐라고?" 마침내 장군이 격분했다. "그러니까 너희들이 수천 년 동안 우리를 학살한 철천지원수들을 도와줬단 말인가?"

"악마들은 더 이상 우리의 적이 아닙니다." 로빈이 끼어들었다. "악마들은 달라졌습니다. 인간화되었지요. 우리는 늙은 악마들과는 충돌하고 있지만 인간 모습의 새로운 세대와는 평화 협정을 맺었습니다. 새로운 세대의 왕이 아르칸즈인데 우리를 도와 인류를 절멸시키려고 하던 자기 아버지와 형을 제거했습니다."

"아무튼." 타라는 빨리 목적을 달성하기 위해 로빈의 말을 끊었다. "혜성을 물리치는 유일한 방법은 영혼들을 악마의 사물들 속으로 돌려보내고 여러분은 이 행성의 천연 마법만 사용하는 겁니다. 방벽만이 혜성을 저지할 수 있으니까요. 하지만 시간이 얼마 남지 않았습니다. 혜성이 곧 도착합니다!"

"불가능하다." 보울라는 항변했다. "영혼들은 이 행성 도처에 있는 수천 명의 엘프들의 몸속에 흩어져 있다!"

타라가 예상한 그대로였다. 그래서 다시 덫을 놓았다.

"네, 우리도 그럴 거라고 예상했습니다. 그래서 생각한 건데 해결책은 하나밖에 없습니다. 이중 도끼와 방패를 파괴해야 합니다. 그러면 여러분의 몸속에 있는 영혼들이 어떤 식으로든 독성 있는 철에 결합되어 있어서 새 마왕 아르칸즈에게 돌아가게 됩니다. 그다음 우리는 영혼들을 해방시키고 평화를 안겨줄 겁니다."

'안 돼!' 보울라의 머릿속에서 영혼이 외쳤다. '나는 떠나기 싫어! 함정이야, 거짓말이야!'

보울라는 공포에 빠지지 않게 하려고 애를 썼지만 영혼은 너무 두려웠다.

결국 영혼은 보울라에게 하지 않겠다고 맹세했던 짓을 하고 말았다. 처음에는 물론 전이되는 충격으로 보울라를 장악했으나 합의 끝에 수백 년 동안 동거하는 관계로 만족하며 살고 있었다. 그런데 영혼이 지금 그 맹세를 깨버린 것이었다.

영혼이 장군을 장악하기 시작했다.

타라는 머릿속에서 아우성치는 악마의 영혼들과 동시에 이상한 낌새를 알아차렸다. 타라는 더 이상 생각하지 않고 행동으로 들어갔다.

타라는 장군이 엘프들에게 공격 명령을 내리기 전에 달려들었다. 영혼이 보울라의 성대까지 장악하려면 몇 초가 걸리기 때문에 타라는 보울라의 두 손을 움켜잡았다.

멘타르의 볼과 센티르의 피리는 악마의 영혼을 지닌 악마나 누군가가 거짓말을 하는지 알려면 만지면 된다고 타라에게 말했었다. 하지만 타라는 무엇보다 많은 이들을 죽이지 않으려고 노력하고 있었다. 그래서 장군의 머릿속으로 침투해 친구인 영혼들에게 길을 열어 주었다.

친구 영혼들은 예상하지 않고 있다 한순간 깜짝 놀랐지만 타라를 따라 장군의 머릿속으로 침투했다.

장군의 머릿속 영혼은 밀려 들어오는 엄청난 힘과 맞닥뜨리자 방법이 없었다. 영혼은 장군의 몸을 빠져나와 갑옷의 독성 있는 철 속으로 휩쓸려 들어갔다. 타라는 갑옷의 친구 영혼들이 달아나지 못하게 막자 장군을 점령했던 영혼이 내지르는 공포의 비명을 들었다.

그런데 안타깝게도 갑옷의 영혼들은 이 영혼이 어떻게 금속 사물을 빠져나왔는지 알아내지 못했다. 방법을 알면 타라의 친구 영혼이 장군에게 침투해 적이 아니라는 걸 설득할 수 있을 텐데. 타라는 다른 방법을 써야 했다. 좋아하지 않는 방법이지만 무고한 엘프들을 죽이고 싶지 않기 때문에 어쩔 수 없었다.

타라는 엘프의 머릿속에 강력한 명령을 심어놓은 다음 슬그머니 빠져나왔다.

엘프들의 눈에는 타라가 마치 인사하는 것처럼 장군의 손을 잡는 것으로 보였는데 장군이 파랗게 질리더니…… 쓰러졌다.

타라가 뒷걸음치며 소리쳤다.

"장군이 기절했어요! 빨리 누가 와서 도와줘요. 여러분 중에 샤먼 있습니까?"

하지만 그사이 눈을 뜬 장군이 두 손으로 머리를 부여잡으며 신음했다.

"슬렌디르!" 보울라는 조심스럽게 중얼거렸다. "어떻게 된 거지?"

"모르겠어요." 타라가 솔직하게 말했다. "부인이 신성한 사물들을 보러 가는 걸 허락하려는 순간 의식을 잃으셨어요. 괜찮으세요?"

엘프들이 험악한 표정으로 둘을 쳐다보고 있었다. 엘프들은 어리석지 않았다. 타라가 장군에게 뭔가를 했다고 생각하고 있었다. 모두 악마의 영혼이 점령한 엘프들이라 무슨 일이 일어난 거라고 의심하는 게 틀림없었다. 타라는 그들이 제발 장군의 머릿속을 읽지 않기를 바랐다. 보울라의 머릿속 영혼이 셈 선생님을 알아봤던 것처럼, 이들 엘프들이 보울라 갈렌티르의 몸속에 이제는 악마의 영혼이 없다는 걸 알아채면 안 되는데.

다행히 엘프들은 한순간도 타라가 그런 일을 할 수 있다는 걸 상상도 하지 못하는 것 같았다. 엘프들은 보울라 장군을 일으켜주었고, 장군이 비틀거릴 때 부축해주는 것으로 만족했다.

"느낌이 아주 좋지 않아." 장군이 눈살을 찌푸리며 말했다. "뭔가가 없어진 것 같은데 그게 뭔지 모르겠어."

"방금 신성한 사물들을 파괴하는 걸 허락하셨습니다." 타라는 어조를 바꾸고 장군의 머릿속에 심어놓은 명령을 강화했다. "혜성을 상대로 싸우는 우리를 도와주겠다면서."

장군이 타라를 향해 흐릿한 시선을 던졌다.

"내가? 내가 그런 말을 했다고?"

장군을 에워싼 엘프 대장 여섯 명이 동요했다. 하지만 규율을 잘 지키는 전사들이었다. 고함을 지르고 싶은 기색이 역력한데 아무 말도 하지 않았다. 타라는 밀어붙였다.

"네. 그럼 이제 가실까요?"

보울라는 순순히 길을 나섰고, 원정대가 착륙했던 빈터 주위의 나무들과 똑같은 핑크빛 나무들이 둘러선 잘 닦인 길을 따라 신성한 사물들이 있는 장소로 향했다.

신전 같은 건물이 보였다. 보울라 장군이 사는 마을이 아니었다. 엘프족은 원래 많은 남신과 여신을 숭배하는데 대체로 공격적 성향의 남신들을 숭배했다. 그러나 파괴된 행성을 뒤로하고 다오보르 행성에 숨어 살게 된 엘프들은 옛 행성에서는 그리 유명하지 않은 평온한 여신들을 숭배하는 것으로 바뀌었다. 가령 평화와 평온의 여신 고그마와 잠의 신 도우도우**47**가 대표적이었다.

이번에는 얇은 초록색 갑옷 차림의 남성 엘프 기사단이 음산한 분위기로 신전을 에워싸고 있었다. 로빈은 남성 엘프들을 보며 소스라치게 놀랐고, 이렇게 많은 남성 엘프를 한 번도 본 적이 없는 사엘은 얼굴이 발그레해졌다. 사엘은 로빈의 도움을 받아 어머니와 함께 드

• • • • • • • • • • • • •

47. 도우도우라는 단어와 잠의 신 이름이 아주 잘 어울린다.

래곤의 등에서 내리면서 남성 엘프들에게서 시선을 떼지 못했다.

남성 엘프들이 있다는 걸 아는 마제도 충격을 받았다. 수천 년 동안 살아남은 남성 엘프의 수가 겨우 이 정도밖에 안 되는 건가! 남성 엘프들도 마법 덕분에 젊은 모습이고, 사물들을 지키기 위해서라면 목숨을 걸겠다는 각오로 보초를 서고 있었다. 그들의 목숨보다 사물이 훨씬 중요하다는 걸 분명히 인식하고 있는 것이었다. 물론 사물들 덕분에 살아남았지만, 마제는 사물이 정말 목숨을 걸고 지킬 만한 가치가 있는 건지 의문이 들었다.

그들이 층계를 올라가자 남성 엘프 기사단이 길을 열어주었다.

반짝이는 초록색 반점이 있는 흰색 돌로 지은 신전이었다. 고그마 여신과 도우도우 신의 조각상들이 입구에서 두 손을 모으는 이들을 축복해주는 것 같았다.

양옆에 놓인 초록색 기름 용기에서 신들에게 경의를 표하는 불이 타오르고 있었다. 빨간색 옷을 입고 입구에서 조용히 대기하고 있는 무녀들은 사물들에게 다가가는 이들을 감시하는 것이 의무인 것 같았다.

크리스털 눈, 빨간색과 초록색 리본으로 묶은 은발의 무녀들은 표정이 온화하고 평온했지만 맨살이 드러난 복부에 단검 두 개를 교차시키는 것으로 무장하고 있음을 보여주었다.

드래곤 둘은 입구의 크기를 살피고 나서 거대한 몸을 축소시킨 다음 건물로 들어섰다.

첫 번째 방은 비어 있었다. 신전의 중심으로 들어가기 전의 부속실인지 빨간색이나 초록색 나무로 만든 고그마와 도우도우 조각상들만 놓여 있었다.

그들은 일렬로 안으로 들어갔다. 드래곤이 본래의 크기로 다녀도 지장이 없을 정도로 천장이 아주 높은 거대한 실내였다.

신성한 사물들이 있었다.

보울라 장군을 따라 들어간 타라 일행은 거기서 사라진 지킴이들을 발견했다.

그리고 영혼들이 어떻게 사물을 빠져나갈 수 있었는지 알았다.

초록색 돌과 흰색 돌로 지은 넓은 방, 단아한 벽화들, 중앙에 설치된 거대한 분수대 연못, 고요한 수면에 떠 있는 각양각색의 향기로운 꽃……. 타라 일행이 주위를 둘러보고 있을 때였다. 지킴이들이 갈가리 찢어발길 듯 송곳니와 갈퀴발톱을 세우고 달려들었다.

맙소사, 타라는 가슴이 철렁했다. 악마의 사물들을 몸에 지니고 있지 않은가! 악마의 마법을 공격하도록 훈련된 지킴이들이기 때문에 데미데루스의 혈통임을 증명할 겨를도 없이 자칫 떼죽음을 당할 수도 있었다. 타라는 번개같이 정상적인 모습을 되찾았다. 긴 금발에 섞인 흰 머리털. 갑옷은 즉시 몸에 맞게 줄어들었다. 아니었다면 타라는 너무 큰 갑옷에 묻혀 얼굴도 보이지 않는 우스꽝스러운 모습으로 욕설을 내뱉으며 죽었을 것이다.

"스톱!" 타라는 꼿꼿하게 서서 고함을 질렀다. "나는 데미데루스의 혈통이다! 물러서라!"

깜짝 놀란 지킴이들이 머뭇거렸다. 그 뒤에서 빨간 옷차림의 무녀들이 불안한 얼굴로 동요하고 있었다.

보울라가 타라 일행을 노려보며 경계심을 드러냈다.

"지킴이들이 왜 당신들을 공격하는 것이오? 지킴이들은 대체로 신전에 들어오는 이들을 공격하지 않는데!"

아틀란티스 신전에서 있었던 안 좋은 기억이 떠오른 칼은 익숙하지 않은 뱀파이어의 송곳니 때문에 약간 발음이 새는 소리로 응수했다.

"이런 말까지 하고 싶진 않지만 지킴이들이 신전에 들어오는 이들을 공격하지 않는다는 것 자체가 이미 비정상입니다. 지킴이들은 악마의 사물을 지키는 것이 본분이기 때문에 누구든 접근을 막아야 하니까요! 그리고 타라는 데미데루스의 혈통이기 때문에 통과시켜야 마땅하지만 지금은 또 다른 악마의 사물들을 몸에 지니고 있어서 지킴이들이 공격하는 겁니다. 다시 말해 데미데루스의 혈통으로, 타라와 타라의 동생들인 마라와 자르를 제외하고는 누구도 사물들에 접근하지 못하게 막는 것이 정상이죠. 그런데 여긴 아주 이상한 일이 일어나고 있는 겁니다."

지킴이들이 경계하며 타라에게 다가왔다. 이윽고 그중 하나가 송곳니와 갈퀴발톱들을 세운 소용돌이 형상이 아니라 온전한 모습으로 유형화되었다. 지킴이가 타라를 향해 몸을 숙이고 사냥개처럼 냄새를 맡았다. 그러고는 번개같이 움직였는데 어찌나 빠른지 타라는 아픔을 느낄 겨를조차 없었다.

타라는 얼굴에 뭔가가 흐르는 걸 느꼈다. 잠시 후 지킴이가 핏방울이 뚝뚝 떨어지는 갈퀴발톱을 핥았다.

타라의 피였다.

"아야!" 타라는 너무나 예리한 갈퀴발톱에 할퀴어진 통증을 한 박자 늦게 느낀 것이었다.

지킴이는 타라의 피가 '알려주는' 것에 당황하는 듯싶더니 타라의 얼굴 높이로 둥둥 떠올라 말했다.

"최고 마구스 데미데루스의 후손?"

"그렇다." 타라는 뺨을 타고 흘러내리는 피 때문에 두렵지만 애써 감추며 대답했다. "내 조상의 피를 알아보았는가? 나에게 악마의 사물들에 접근할 권리가 있음을 인정하는가?"

타라의 질문에 흠칫 놀라는 것 같더니 지킴이는 한번 더 타라의 냄새를 맡았다. 마치 몸에 지닌 악마의 사물들 때문에 방해가 되어 데미데루스 직계 혈통이 맞는지 다시 확인하는 것처럼.

한참 지나고 나서야 지킴이가 대답했다.

"인정한다."

타라는 너무 긴장했던 탓에 쓰러지지 않으려고 이를 악물었다.

"좋아. 그럼 이제 악마의 사물들에게 안내해라. 우리는 사물들을…… 가져가야 한다."

타라는 지킴이들을 비롯해 모든 이들의 반응을 보며 사물들을 파괴하겠다는 말을 하지 않기로 했다. 자칫 상황이 복잡하게 꼬일 수 있었다.

지킴이가 타라를 쳐다보며 놀랍게도 두 발을 가슴에 대고 교차시키는 인간의 동작을 취했다.

"안 된다." 지킴이가 대답했다.

타라는 뜻밖의 대답에 두 번이나 입만 들썩거리며 말을 못하고 있다가 마침내 물었다. "안 된다고? 뭐가 안 된다는 건가?"

"우리는 파롤을 잃었다." 지킴이는 무슨 신탁이라도 내리듯 수수께끼 같은 답변을 했다. "우리는 이제 지령을 모른다. 우리는 영혼들을 도와줘야 한다. 우리는 도와주고 있다."

타라는 무슨 말인지 전혀 이해되지 않았다. 하지만 다른 이들의 얼굴을 보니 타라만 모르는 것이 아니었다.

무녀들이 재빨리 그들을 에워쌌는데 원이 아니라 일그러진 타원형을 이루고 있었다. 아마도 보울라가 개입하길 바라는 눈치였다. 하지만 보울라의 표정도 타라 못지않게 어리둥절해 있었다.

"지킴이들에게 내린 지령은 사물들을 지키는 것이지 도와주는 것이 아니다." 셈 선생님이 위엄 있는 목소리로 엉뚱한 지킴이에게 설명했다. "5인의 최고 마구스 직계 후손들 이외에는 누구도 사물을 건드리거나 가져가지 못하게 막는 것이다. 파롤을 잃었다고 했나? 무슨 일이 일어났기에?"

지킴이는 머뭇머뭇하다 대답했다.

"화산이 폭발했다. 파롤이 신임 파롤에게 임무를 인계하는 중이었다. 두 파롤은 유형화되어 있었고, 화살 폭발로 둘 다 죽었다. 우리는 지령이 뭔지 모른다. 파롤은 지킴이 중의 지킴이이기 때문이다. 파롤은 지령을 알고 있고, 우리는 데미데루스와 최고 마구스들의 피에 대해 알고 있다. 우리는 사물에 대해서는 모른다."

셈 선생님이 다른 이들을 향해 돌아서서 설명했다.

"최고 마구스들은 지킴이들 중 한 명을 뽑아서 지령을 내렸지요.

지킴이들은 아주 느리게 늙는 것일 뿐 영원히 살지 못합니다. 파롤이란 전통적으로 지킴이를 가리키는 말이며, 자리를 물려받는 신임 파롤에게 권한과 지령을 인계해야 합니다. 그런데 불행히도 그 과정에서 화산이 폭발했고 두 파롤이 죽은 것 같습니다."

"화산이 폭발했을 때 사물들이 튕겨 나왔다." 타라가 지금까지 만난 지킴이들보다 훨씬 명확하게 말하는 지킴이가 설명했다. "엘프가 이중 도끼를 만졌을 때 우리는 사물들을 지켜야 했다. 우리는 엘프에게 영혼 하나를 주었다. 사물을 지키기 위해서였다."

지킴이의 말에 모두 경악했다.

파브리스가 가장 먼저 입을 열었다. 드래곤 둘과 칼과 달리 무아노와 파브리스는 변신하지 않고 있었다. 이런 순간이 올 거라고 의심하고 있던 파브리스는 빈정거리는 어조로 말했다.

"오케이. 내가 제대로 이해했는지 정리해볼게요. 악마의 사물들을 지키기로 되어 있는 지킴이들이 영혼들을 독성 있는 철에서 빠져나오게 해, 빵을 나눠주듯 엘프들에게 영혼들을 분배하는 방법을 찾았다는 거잖아요?"

타라는 눈앞에 둥둥 떠 있는 지킴이를 쳐다봤다. 모든 걸 종합해 이해하려고 노력했지만 쉽지 않았다.

"나는…… 이해가 안 돼. 왜 영혼들을 각각 나눠줬지?"

인간들과 드래곤의 표정으로 보아 작은 잘못을 저질렀을지 모른다고 생각한 지킴이가 설명했다.

"사물들을 지키려면 영혼들을 분배할 필요가 있었다. 엘프들이 너무 허약했다. 우리는 사물들을 지켰고, 복종했다!"

셈 선생님은 마음 같아서는 지킴이를 갈기갈기 찢어버리고 싶지만 성질을 누르며 머리를 끄덕였다.

"그래, 그래, 부정할 수 없이 너희들은 지켰고, 복종했다. 이제는 그 모든 영혼들을 철 속으로 돌아오게 한 다음 여길 떠나게 해야 한다. 이제부터는 우리가 사물들을 지킬 것이지만 여기서 멀리 떨어진 곳으로 가져갈 것이다. 지킴이로서의 일은 거의 끝났다. 지구, 더 정확히는 지구의 해저에 있는 지킴이들에게 합류할 수 있다. 이제부터는 5000년 동안의 고된 일을 끝내고 물고기를 잡아먹으며 편히 쉴 수 있을 것이다."

지킴이는 미션이 끝났다는 걸 알고 기뻐하는 것 같으면서도 물고기가 뭔지 전혀 모르기 때문에 잠자코 타라 앞에 있었다.

그때 사엘이 말했다.

"다 잘됐으니까 이제 악마의 사물들을 파괴해도 되겠어요!"

지킴이들이 즉시 흥분해 너무 센 불에 올린 냄비처럼 부글부글 끓어오르기 시작했다.

"안 된다!" 타라 옆에 있던 지킴이가 갑자기 격분해 외쳤다. "사물들을 파괴하면 안 된다! 사물들은 귀중한 것이다. 사물들을 구해야 한다."

그렇지만 데미데루스의 혈통이기 때문에 지킴이들이 공격은 하지 않았다.

사엘은 방금 너무나 바보 같은 말을 내뱉었다는 걸 깨닫고 손으로 입을 막았다.

그때였다. 공기를 가르는 휘파람 소리가 울리면서 무녀들이 일제히 단검을 뽑아 들었다. 무녀들은 지킴이에게 복종하는 것 같았다. 지킴이가 자신의 딜레마를 해결할 방법을 찾은 것이었다. 지킴이는 자신이 직접 데미데루스의 직계 후손을 공격하지 않고 무녀들에게 시키려는 것이었다. 그러고는 지킴이들이 사라졌는데 마치 이런 말을 남기는 것 같았다. '우리는 여기 있지 않았다. 우리는 아무것도 보지 않았다. 맙소사, 끔찍한 일이 일어났어. 이런 일을 벌인 자들은 벌받아 마땅해. 암, 그래야지.'

무녀들이 여러 무리로 나뉘어 이방인들을 포위했다.

블루 드래곤이 사엘을 나무랐다.

"어린 엘프, 다음에는 무슨 말을 하려거든 나한테 물어보든가 아니면 입 다물고 있어."

모욕적인 말이지만 사엘은 자책감 때문에 아무 말도 못하고 고개를 끄덕였다. 모두들 무녀들과 맞서 싸우려고 할 때 릴란드릴의 활이 로빈의 팔에서 유형화되었다.

갑자기 피를 먹고 싶은 욕망이 느껴지는 순간 칼의 송곳니가 무시무시한 무기로 변했다. 무녀 몇 명이 칼을 보고 부들부들 떨었다.

타라는 본능적으로 검은 여왕으로 변신했다. 옆에서 지켜보던 칼은 변신하는 순간 타라의 얼굴에서 상처가 사라지는 걸 보고 깜짝 놀랐다. 레파루스 주문은 다른 마법사가 치료해주는 것이지 다친 마법사가 자신을 직접 치료할 수는 없기 때문이었다.

혈투를 피하려면 무시무시한 마법의 힘을 보여주는 것으로 제압할 필요가 있었다.

친구 영혼들이 보내주는 악마의 마법과 타라 자신의 검푸른 마법이 섞인 강력한 빛이 흡사 방울뱀처럼 진동하고 있었다. 명확한 경고였다. '어디 조금만 더 가까이 와봐. 우리 둘 중 하나는 경을 칠 테니. 근데 나는 아닐걸.'

타라는 머리끝에서 발끝까지 번쩍거렸고, 검은색으로 변한 눈에서 시커먼 번갯불이 발사되었다.

하지만 무녀들이 목숨을 걸고 지키겠다고 맹세한 것은 신성한 사물들이었다. 의무를 저버리게 만들려고 하는 드래곤 둘과 빛을 번쩍이는 여자, 이방인들이 아니었다.

무녀들이 돌격했다.

그런데 두꺼운 벽에도 불구하고 밖에서 아주 크게 고함치는 소리가 들렸다.

시간이 없었다. 타라가 마지못해 마법을 날리려는 순간 갑자기 검은색 끈적거리는 마법이 급류처럼 몰려왔다. 마법의 물결에 휩쓸린 무녀들이 벽에 들러붙었고 단검들이 떨어지며 돌바닥에 부딪치는 소리가 났다.

타라 일행은 아연실색해서 미친 듯이 몸부림치는 무녀들을 쳐다봤다.

"타라? 네가 한 거야? 아니, 네 친구 영혼들이 한 건가?" 칼이 물었다.

"아니." 뒤쪽에서 물기 어린 목소리가 말했다. "타라와 사물들은 아무 관련 없다. 너희들을 구해준 건 나야, 도둑."

모두 재빨리 돌아봤다. 아니, 드래곤 둘은 몸집과 신전에 있는 원기둥들의 방해로 돌아보는 것이 약간 느렸다.

그들은 얼어붙었다.

상그라브 수십 명이 박살기를 겨누고 있는 것이 아닌가. 맙소사, 흡족한 표시의 파란색 마스크를 쓴 마지스터가 검은빛이 번쩍이는 손을 흔들었다.

"헬로우, 헬로우, 나 많이 보고 싶었지?"

24

마지스터

어딘가에 들이닥쳐서
"아하, 제대로 걸려들었군!" 하고 외치는데
등 뒤에서 문이 쾅, 닫히고
홀로 괴물과 마주하고 있으면 어쩌려고

*

전혀 예기치 않은 순간에 등 뒤에서 불쑥 나타나는 이런 극적인 등장. 타라는 누군가 이런 식으로 행동할 때가 정말 싫었다.

그들은 마지스터가 다오보르 행성까지 오는 데 한 달은 걸릴 거라고 생각하고 있었다. 완전히 잘못 계산한 것이었다.

마지스터가 며칠 만에 나타났으니.

한 가지는 타라의 생각이 맞았다. 마지스터가 우주선들을 공격한 것이었다. 마라를 죽인 건가? 동생을 해쳤다면 마지스터의 숨통을 끊어주겠어. 더는 참을 수도 망설일 이유도 없었다.

눈앞에 있는 존재가 누군지 갑자기 알아차린 마지스터의 마스크가 갈색으로 변했다. 흑발에 두드러져 보이는 하얀 머리털, 2미터 장신에서 뿜어져 나오는 잔혹한 포스.

"검은 여왕? 이게 무슨 일이야? 또 검은 여왕을 나오게 내버려둔 거야? 빌어먹을, 타라!"

마지스터가 칼과 똑같은 말을 해서 타라는 웃음이 나올 뻔했다. 하지만 그럴 때가 아니었다. 군대가 포위하고 있는 신전 안에서 악마의 사물들과 반쯤 미친 지킴이들을 상대하고 있는데 웃음이라니.

'내 동생에게 무슨 짓 했어?' 타라는 튀어나가려는 말을 꾹꾹 누르고 상그라브들의 보스에게 비웃음을 흘리는 검은 여왕의 말투를 흉내 냈다.

"아니, 이럴 수가! 인간! 안녕, 나의 토끼, 하는 일은 잘되고?"

타라가 꾹 참고 다가가 아주 반가워하는 체하자 마지스터는 놀라서 뒤로 물러섰다. 한 걸음이지만 검은 여왕을 두려워하고 있음이 역력히 드러났다. 창을 응시하던 마지스터의 마스크가 시퍼레졌다.

마지스터는 타라가 손에 쥐고 있는 창을 알아본 것이었다. 그리고 온몸에 지니고 있는 것들도 봤다.

마지스터가 몇 발짝 더 물러섰다.

"악마의 사물들을 지니고 있잖아! 그렇게 많은 사물들을 지니고 있다니! 그러니까 또 검은 여왕이 되지! 네가 완전히 미쳤구나!"

"와우, 그 대단한 눈썰미에 찬사를 보낸다. 브롱스의 갑옷, 라오르의 창, 멘타르의 볼, 센티르의 피리. 아쉽게도 이중 도끼와 방패만 빠졌지."

타라는 더 바짝 다가갔다.

"나의 토끼, 악마의 셔츠도 나한테 넘기는 게 어때? 그러면 내가 세상을 지배하는 날 조금은 네 덕분이라고 말해줄 수도 있는데. 저 위에 있는 우주선들을 어떻게 했지? 다 죽였나? 나라면 그렇게 했을 텐데……."

마지스터는 천천히 뒷걸음치며 대답했다.

"악마 우주선은 도망쳤고, 드래곤 우주선들만 나포했지. 드래곤 우주선 중 2대는 파괴했고, 1대는 나와 함께 여기 다오보르 행성에 있다. 모우르무르 학자와 그의 애인, 마라, 데미데루스, 이름이 기억 안 나는 이상한 여성 악마를 납치했지. 타라, 검은 여왕을 쫓아내야 해! 내 말 들어!"

타라는 검은 여왕이라면 했을 법한 말로 냉랭하게 응수했다.

"여기 타라는 없다. 지난번에는 내가 당했지만 이번에는 타라를 내 머릿속 아주 깊은 곳에 가둬놨지. 타라는 다시는 나오지 못해. 절대로."

마지스터는 바보가 아니었다. 검은 여왕과 맞서서 이길 가능성은 전혀 없었다. 마지스터는 타라가 반응하기 전에 휙 돌아서서 로미네트보다 더 빠르게 밖으로 뛰어나갔다.

하지만 마지스터는 그냥 달아나지 않았다. 추적을 따돌리는 데 필요한 조치를 취했다.

마지스터는 나가면서 무녀들을 풀어주었다.

무녀들이 빨간 고양이처럼 날렵하게 바닥에 떨어져 있는 단검을 집어 들고 발딱 일어났다.

다행히 이렇게 나올 줄 예상하고 있던 칼이 마법을 날려 단검들을 낚아챈 다음 무녀들을 물속으로 날려버렸다. 아주 깊어 보이는 거대한 연못이었다. 무녀들은 마법을 사용하지 않았다. 아마도 악마의 사물들이 마법을 견디기 힘들어하기 때문인 것 같았다. 이유가 무엇이든 타라 일행에게는 다행이었다.

그래서 무녀들에게 신경 쓰지 않고 마지스터를 추격하기 위해 신전 밖으로 질주했다.

그런데 맙소사! 엘프들이 도처에 널브러져 있었다. 아, 무녀들이 공격했을 때 엘프 군대가 왜 신전으로 몰려오지 않았는지 설명이 되었다. 마지스터가 미리 엘프 군대를 무력화시킨 것이었다. 군대와 마을의 모든 주민을 순식간에 제압하다니, 놀라웠다.

기계적으로 뒤따라 나온 보울라가 경악했다.

"당신들이 내 국민을 죽인 건가?"

"당신들이요? 어떻게 당신들이라고 할 수 있습니까?" 무아노가 더는 못 참겠다는 듯 말했다. "계속 우리랑 같이 있었으면서! 우리가 한 짓이 아니란 말입니다!"

파브리스가 몸을 숙이고 쓰러진 엘프의 목을 만져보고 고개를 흔들었다.

"기절한 거지 죽은 게 아니야. 이상하네. 마지스터는 이렇게 관대한 인간이 아닌데."

그들은 숲을 쳐다봤다. 상그라브들은 보이지 않았다. 트란스미투스나 또 다른 마법으로 날아갔거나 숲에 숨어 있을지 모를 상그라브들을 추적하는 것은 너무 위험했다. 그때 셈 선생님이 "여기서 기다려, 곧 돌아올게." 하고 소리치고는 실버와 함께 날아갔다.

성난 무녀들이 신전에서 몰려나왔다.

홀딱 젖은 상태였다.

수심이 3, 4미터쯤 되는 연못에서 어쩔 수 없이 잠수한 것 때문에 무녀들은 당장이라도 달려들 기세였다.

신성한 사물들에서 멀리 떨어지면서부터 숨쉬기가 훨씬 수월해진 보울라가 무녀들에게 호통쳤다.

"멈춰라! 그만해! 너희들은 지킴이들이 아니라 나에게 복종해야지, 알았나? 내가 아직 상황 파악이 안 되었으니 내 명령 없이는 누구도 죽이지 마라! 가서 쓰러진 엘프들을 보살펴라! 지금 당장!"

무녀들은 마지못해 보울라의 명에 따라 무기를 집어넣었다. 그리고 뒤늦게 군대가 제압되었음을 알아차리고 널브러진 엘프들을 살피기 시작했다.

칼은 잔혹한 미소를 흘렸다. 뱀파이어의 본성이 비웃음을 흘리게 만드는 것이었다.

"물을 사용하세요." 칼은 정신이 들게 하려고 시퍼레진 엘프의 얼굴을 때리는 무녀에게 말했다. "그게 훨씬 효과적일 겁니다. 옷이 푹 젖어서 비틀어 짜면 되겠는데."

격분한 엘프가 쏘아봤다. 칼은 웃음이 터졌다.

셀렌바는 이 녀석 보게, 하는 얼굴로 입술을 실룩거렸다. 뱀파이어는 진짜 재미있는 녀석이라고 생각했다.

이상하게도 마지스터를 다시 만난 것이 기뻤다. 마지스터의 마스크가 분명히 그녀를 응시했었다.

그리고 마지스터가 손가락으로 보내는 신호, 그녀에게만 보내는 은밀한 메시지였다.

보울라는 정신을 차리려고 애를 쓰며 타라에게 물었다.

"그자는 누구지? 왜 당신을 두려워하는 건가? 그리고 왜 신성한 사물들을 지니고 있어서 당신이 미친 거라고 말한 거지?"

질문은 많은데 시간이 별로 없었다.

"마지스터는 끔찍한 적이에요. 하지만 악마가 아니라 인간이에요. 내 어머니와 아버지를 죽였지요. 아, 그리고 내 친구 실버의 아버지예요."

"실버?" 그 허연 드래곤? 드래곤의 아버지가 인간이라고? 그건 불가능……."

"스톱!" 칼이 끼어들었다. "그 말만은 하지 마세요, 제발. 그 말을 할 때마다 타라가 '불가능'은 없다는 걸 증명해주거든요. 그러니까 그 말만은 피해주세요, 제발."

보울라는 멍한 얼굴로 입을 다물었다. 타라가 말을 이었다.

"장군은 지금 나의 사악한 분신인 검은 여왕을 보시는 겁니다. 검은 여왕은 나의 적들에게 두려움을 주기 때문에 그 모습으로 변신한 겁니다. 아까 봤던 대로 나는 키가 더 작은 금발이고, 미치지도 않았어요."

보울라가 전혀 이해가 되지 않는 얼굴로 쳐다봤기 때문에 타라는 짧게 설명했다.

"요컨대 마지스터와 나는 얽히고설킨 아주 긴 사연이 있지요. 마지스터는 나를 검은 여왕이라고 믿고 있지만 검은 여왕은 이제 존재하지 않아요. 나는 지금 검은 여왕인 척하는 겁니다."

보울라는 잠시 크리스털 눈을 감았다. 그러고는 손가락으로 관자놀이를 누르면서 고통스러운 표정으로 말했다.

"그리워." 보울라가 타라에게 고백했다.

"검은 여왕이 그립다고요?" 타라는 어리둥절한 얼굴로 물었다.

"아니, 당신의 표현대로 내 친구인 악마의 영혼이 그리워. 비록 동거를 시작한 초기에는 혼란스러웠지만 의로운 친구였어. 처음에는 좀 미친 것 같고 공격적이었지. 가능한 한 많은 영혼들이 엘프의 몸을 점령하게 하려고 나를 이용했고. 그러다 차츰 광기가 사라졌고 온화하고 평화적인 존재가 되었지. 영혼은 자기가 한 일이 나쁜 짓이라는 걸 깨달았어."

"그렇지만 당신은 계속 영혼이 엘프들의 몸속에 기생하게 했다."
마제가 적개심이 느껴지는 어조로 말했다.

마제는 용서하지 않겠다는 듯 보울라 앞에 버티고 섰다.

"아니." 보울라는 당당하게 대답했다. "당신은 우리를 반역자니 뭐니 하면서 악당 취급을 했지. 하지만 영혼들이 우리 목숨을 구해준 것은 사실이다. 우리는 점점 병약해지고 있었고, 영혼들은 우리에게 그걸 깨닫게 해주었어. 하지만 우리는 영혼을 원치 않는 엘프들은 해방시켜주었지. 원하는 엘프들에게만 영혼을 나눠주었으니까. 처음에는 점령이었지만 진정한 우정으로 변하게 되었다. 지금 당신은 우리에게 그 친구들을 배신하라는 건가? 악마들이 그랬던 것과 똑같이? 그럼 우리가 악마들과 다를 게 뭐야?"

보울라는 타라를 똑바로 쳐다보며 말했다.

"어림없어. 우리는 그럴 수 없어."

타라는 어찌해야 할지 결정을 내리지 못하고 있었다. 이제 악마의 사물들을 파괴하는 대신 마지스터를 찾아 동생을 구해야 하는 건가? 셈 선생님과 실버는 뭘 하고 있기에 아직도 안 오지? 마지스터가 어디에 착륙해 있는지 모르지만 거대한 우주선을 찾는 것은 그리 어렵지 않을 터였다.

다오보르 행성의 상황이 점점 꼬이고 있었다. 타라는 사물을 파괴하는 것으로 한 종족을 해방시킬 생각이었다. 하지만 보울라는 진심이었다. 그때 타라의 머릿속에서 한 목소리가 들렸다. 타라는 보울라의 몸에서 빠져나갔던 영혼임을 대번에 알았다.

'제발 부탁이야. 간청한다! 보울라와 말하게 해줘. 보울라에게 돌아가게 해줘! 갑옷 속의 다른 영혼들이 설명해줬어. 모우르무르 학자가 독성 있는 철 속에 갇힌 자보르족의 영혼 하나를 해방시켜주었고, 비욘드월드에서 우리를 맞을 준비를 하고 있다고. 그 말을 들으니까 행복해. 하지만 미친 혜성이 정말 이곳으로 올지는 확실하지 않잖아! 확실하지도 않은 가정 때문에 우리를 악마들에게 보내 노예로 살게 하지 말아줘. 인간, 당신의 정의에 호소한다.'

'나는 갑옷 속에 있는 당신을 해방시키는 방법을 몰라.' 타라는 속으로 대답했다.

'당신은 할 수 있어. 내가 이 속에 갇혀 있는 이유는 독성 있는 철 때문이 아니야. 나를 구속하는 것은 악마들의 기계가 아니라 당신의

친구인 영혼들이 못 나가게 막고 있기 때문이야. 그렇지 않았으면 나는 벌써 보울라에게 돌아갔을 거야.'

그리고 영혼은 겸손한 말을 덧붙이는 것으로 타라를 설득했다.

'물론 보울라가 진심으로 나를 받아들이겠다면 돌아가고 싶어. 하지만 보울라가 원치 않는다면 내 운명을 받아들이고 당신과 함께 있을게. 어쩌면 내가 학자들의 연구에 도움을 줄 수 있을지도 모르니까.'

얼마나 정직하고 솔직한 말인가. 완전히 미쳐 날뛰는 잔혹한 영혼들이면 차라리 상대하기가 편한데. 이 세계에서 소망은 이뤄진 적이 거의 없었다. 무슨 말을 하는 거야. 한번도 소망한 대로 이뤄진 적이 없는데.

타라는 한숨을 내쉬었다. 그리고 큰 소리로 말했다.

"보울라?"

"인간?"

"영혼이 보울라에게 돌아가도 되는지 물어보는데 받아들이겠습니까?"

보울라는 타라가 세상에서 가장 귀하고 가장 탐나는 보물을 주겠다고 제안한 것처럼 쳐다봤다.

"물론이지!" 보울라는 떨리는 목소리로 말했다. "텍키는 나의 절친한 친구인데!"

그렇지 않아도 타라는 영혼의 이름을 물으려던 참이었는데, 텍키였구나.

"그럴 줄 알았어요. 나한테 손을 주세요."

그때 칼이 다가와서 타라를 향해 움직이는 보울라를 저지했다.

타라는 칼이 인피뱀파로 변신한 것에 개의치 않고 있었지만 속을 꿰뚫어보는 듯한 핏빛 눈은 무시하기 힘들었다.

"너 지금 제정신인 거 맞지? 자신 있어?" 칼이 날카로운 송곳니를 드러내며 심각하게 물었다.

칼이 비록 제동을 걸었지만 타라는 아주 어려운 상황임을 일깨워 주는 것이 고마웠다.

타라는 고개를 흔들며 대답했다.

"아니. 하지만 우리는 독재자도 신도 아니야. 설령 우리가 하는 것이 좋은 방법이라고 해도 다른 이들에게 우리의 뜻을 강요할 수는 없어. 보울라? 나한테 손을 내밀어요. 텍키가 빨리 보울라에게 돌아가고 싶어 해요."

보울라는 주위에 둘러선 이들의 시선을 받으며 다가왔다. 마제는 화가 나 있고, 셀렌바는 무표정하고, 무아노, 파프니르는 호기심이 가득한 얼굴이고, 칼과 파브리스는 불안한 얼굴이었다.

타라는 보울라의 손을 잡았다.

영혼들이 텍키를 풀어주었다. 보울라의 눈이 반짝이더니 가슴을 폈다. 마치 갑자기 숨 쉬는 것이 한결 편해진 것처럼.

보울라 장군이 허리를 숙였다.

"고마워. 정말 고마워."

"천만에요." 타라는 진지하게 말했다. "그래도 우리가 곤경에 처해 있는 것에는 변함이 없습니다. 장군이 사물들을 파괴하는 걸 원치 않는다는 것, 그 마음을 나도 충분히 이해합니다. 하지만 혜성의 위협은 피할 수 없는 사실입니다. 모든 생명체를 안전하게 대피시킬 무슨 방법이 있다면 몰라도 사물들을 파괴해야 하는 건 불가피합니다. 죄송하지만 혜성의 위협은 너무나 엄청나서 나는 이 행성을 멋대로 집어삼키게 내버려둘 수가 없습니다. 내가 아무리 호감을 갖고 있다고 해도 한 종족을 구원하겠다고 전 세계를 파멸로 몰아넣을 수는 없습니다."

보울라는 눈살을 찌푸렸다. 타라는 보울라가 텍키와 얘기하는 중임을 알아차렸다.

타라는 진심으로 둘이 무슨 방법을 찾기를 바랐다. 타라가 보울라의 표정을 살피고 있을 때 칼과 셀렌바, 파브리스, 무아노가 동시에 고개를 쳐들었다.

아, 드래곤 둘이 돌아오나?

하지만 아니었다. 친구들의 초감각이 뭔가를 감지한 것이었다. 타라는 긴장하면서 마법을 작동할 기세로 경계 태세에 들어갔다.

하지만 공격이 아니었다. 이번만은.

더 최악이었다.

파란 하늘에 이미지가 나타났다. 단도에서 흐르는 피가 보일 정도로 아주 선명한 영상이었다.

마라 덩컨의 목에 들이댄 단도.

타라는 피가 거꾸로 솟는 것 같았다. 무의식적으로 마법을 작동한 타라는 단도로 마라의 목을 긋고 있는 마지스터가 대응할 겨를도 없이 공중으로 날아올랐다.

아니, 더 정확히는 마지스터가 무슨 말인가 했지만 분노와 두려움 때문에 타라는 아무 소리도 들리지 않았다.

이 순간은 진짜 검은 여왕이었다. 피에 대한 욕망과 복수심으로 가득 찬 검은 여왕.

마지스터는 비디오가 촬영된 장소를 추적해 연쇄 살인범을 찾는 탐정 영화를 본 적이 없는 모양이지만 타라는 영상이 찍힌 장소를 대번에 알아봤다. 왕복선이 있는 캠프였다. 타라는 질풍처럼 날아갔다.

마지스터는 검은 여왕이 오는 걸 봤다. 검은 여왕이 싫고 두려웠다. 타라보다 더 위험한 적이었다. 마라를 이용하기로 결정한 것은 한 가지 이유 때문이었다. 타라를 돌아오게 해 검은 여왕을 무찌르게 하려는 것이었다.

어떤 점에서 보면 마지스터는 아주 단순했다. 두려운 것이 있으면 죽이거나 제압했다. 드래곤족이 두렵기 때문에 제거하기 위해 수단 방법 가리지 않고 있었다. 악마들을 없애려는 것도 두렵기 때문이었다.

모우르무르를 이용해 직접 악마의 사물들을 만들기만 하면 두 종족을 동시에 없애고, 혜성을 파괴하는 데 필요한 힘을 얻을 수 있고 온 세상의 영웅이 될 수 있었다. 마지스터는 모든 걸 실현시키는 데 전념할 터였다. 우주선들의 무기로 악마족의 행성들을 겨누고 영혼을 추출해 그들에게 쓴맛을 맛보게 할 터였다.

하지만 검은 여왕과의 대결은 그의 계획에 전혀 들어 있지 않았다.

한편 마라는 목을 찔렸는데도 미친 듯이 달려들었기 때문에 마지스터의 마법에 마비된 상태였다. 마라와 자르는 그들의 기억 대부분이 가짜라는 걸 알기 전까지 마지스터를 아버지로 알았고, 그의 교육을 받고 자랐다.

마라는 마지스터 때문에 어머니 셀레나가 죽었기에 그를 싫어했다. 마라는 경계하고 있었지만 마지스터가 타라를 복종하게 만들기 위해 자기를 인질로 삼을 줄은 전혀 예상하지 못했다. 마라가 탄 우주선이 마지스터의 공격을 받았을 때, 아르칸즈는 어쩔 수 없이 드래곤 우주선을 뒤로하고 도주했다. 드래곤 우주선은 강력한 무기를 탑재하고 있지만 속도가 너무 느렸다. 결국 마라는 블랙 드래곤 사령관에게 항복하라고 설득했다.

그리고 마라는 마지스터가 원하는 것은 모우르무르니까 보내주자고 말했다. 모우르무르 학자를 잘 아는데, 몇 달만 기다리면 뭔가를 폭발시켜 상그라브 대다수를 제거하고 당당히 돌아올 거라며, 그러면 일석이조의 효과를 거두는 거라고 설득했다(물론 마라는 모우르무르와 오너러블 456에게는 그렇게 설명하지 않았다. 하지만 히글 5의 실룩거리는 입술이 왕년의 아마존 전사답게 마라의 의도를 정확하게 알아차렸음을 말해주고 있었다).

하지만 작은 문제가 있었다.

데미데루스가 마지스터의 우주선들과 싸우겠다고 나서며 자신의 마법으로 미사일 공격을 막을 수 있다고 주장했다. 블랙 드래곤은 미치광이 보듯 데미데루스를 쳐다봤고, 마지스터에게 항복을 알렸었다. 하지만 성난 데미데루스가 상그라브들을 공격해 모조리 죽이려

144

고 했기 때문에 드래곤 사령관은 최고 마구스를 기절시켰다. 블랙 드래곤은 군법회의에 회부되게 생겼다고 구시렁거렸지만, 상그라브들의 보스든 아니든 미천한 인간에게 죽기 위해 악마들과의 전쟁에서 살아남은 것이 아니라며 이를 갈았다.

그런데 또 다른 문제가 있었다. 패밀리어들. 마지스터가 매직갱의 패밀리어들이 우주선에 있다는 걸 알면 끝장나는 것이었다. 타라가 방어하지 못하게 하려면 갈랑을 다치게 하는 것으로 충분했다. 그래서 그들은 패밀리어들에게 산소마스크를 장착하고 마라의 마법복에 있는 비물질적 주머니들 안에 숨겼다.

드래곤 사령관의 우주선에 오른 상그라브들은 드래곤들을 죽이지 않고 무력화시키는 것으로 만족했다. 그러고는 마법복 주머니의 기능을 정지시킨 다음 마라와 데미데루스, 모우르무르와 히글 5, 산헥시아(공격을 받았을 때 하필이면 드래곤 우주선에 있던)를 납치했다.

남은 우주선 45대 중에서(그래도 드래곤 사령관은 상그라브들의 우주선 다섯 대를 격추시켰었다) 열 대는 아르칸즈를 추격하는 사이 드래곤의 금빛 기함 우주선과 마지스터의 잿빛 우주선은 다오보르 행성으로 내려가고 있었다.

마지스터는 타라와 일행을 찾으러 가기 위해 포로들을 우주선 안에 가둬놓고 있었다. 우주선이 없으면 타라 일행은 다오보르 행성을 벗어날 수 없을 터였다. 왕복선의 운행 범위로는 아더월드 은하계로 갈 수 없기 때문이었다.

그렇게 되면 타라는 마지스터의 명령에 복종하며 혜성과 대결할 것이었다. 터무니없는 착각이 아니었다. 마지스터는 이미 오래전에 타라가 훨씬 강하다는 걸 알아차렸다. 따라서 타라를 데리고 있는 것보다 더 훌륭한 작전은 없다고 생각했다.

위성 근처의 깨진 고리 부근에서 공격했을 때 달아났던 타라가 놀랄 생각만 해도 희열을 느끼는 마지스터는 우주선을 나와 신전으로 향했다. 그런데 포로들, 그중에서도 특히 마라에 대해 간과한 것이 있었다. 마지스터에게 복종하도록 교육을 받았지만 마라는 이제 어엿한 면허 받은 도둑이 되어 있었다. 더군다나 최고의 선생님들과 칼리반 달 살란으로부터 온갖 기술을 전수받은 마라였다.

마라는 몸 구석구석에 숨겨놓았던 다양한 연장을 꺼내 그들이 갇혀 있는 방의 자물쇠를 따는 데 2분, 나가서 보초들을 때려눕히는 데 2분, 다 합해 4분이면 족했다.

아무것도 모른 채 마지스터가 트란스미투스를 이용해 왕복선이 있는 캠프에서 유형화되는 바로 그 순간 경보 사이렌이 울렸다. 마라는 몰래 펼쳐놓은 비상 사다리로 내려가고 있었다.

마라를 발견한 마지스터는 전광석화같이 마법을 날렸다. 방패가 힘없이 뚫리면서 마라는 푹 쓰러졌다.

마라가 깨어나 보니 수갑이 채워진 채 상그라브 둘에게 붙잡혀 있고, 앞에서 성난 마지스터가 왔다 갔다 하고 있었다.

마라는 시간을 낭비하지 않았다. 숲이 아주 멀리 있지 않아서 여차하면 도망칠 수 있을 터였다.

마지스터가 왕복선 부근(상그라브들은 타라 일행을 기다리며 발톱을 물어뜯고 있던 옐로우 드래곤을 기절시켰다)에 착륙시킨 우주선 2대의 주변 경비를 강화하라고 지시했다. 이 틈을 이용해 마라는 자신을 감시하는 상그라브 둘을 유심히 살폈다. 상그라브들이 어쩌면 악마의 마법에 감염된 강력한 마법사들일지 모르지만 겉모습으로 봐서는 대단해 보이지 않았다.

마라는 눈 깜짝할 사이에 수갑을 풀고 번개같이 빠르게 한 명의 목을 졸라버리는 것과 동시에 또 한 명의 얼굴을 발차기로 넘어뜨렸다. 마스크 안의 코가 부러진 상그라브는 그대로 뻗어버렸다. 마라는 다른 상그라브들이 날리는 마법을 피하기 위해 숲을 향해 지그재그로 질주하다 마지스터의 품에 안기고 말았다.

교활한 마지스터가 트란스미투스 주문으로 마라를 앞지른 것이었다.

"쯧쯧쯧." 마지스터가 부드러운 목소리로 말했다. "배은망덕한 계집! 나는 네가 필요하니까 도망칠 생각은 안 하는 게 좋아. 네가 있어야 검은 여왕에게서 벗어날 수 있으니까."

이 말이 끝나는 것과 동시에 마라는 마지스터의 블랙 마법을 맞고 마비가 된 상태로 빈터 중앙에 둥둥 떠 있었다.

마지스터는 공중에서도 아주 쉽게 마라를 따라다니는 것으로 신체 조건이 얼마나 우수한지 과시했다. 그의 잿빛 마법복 뒷자락이 부풀어 올랐다.

"아, 근데 네가 이건 몰랐을 거다."

맙소사, 마지스터는 늑대인간이 되어 있었다. 신체적으로 더 강해진 것이었다.

마라는 완전히 마비된 상태가 아니라서 숨을 쉴 수 있고 말도 할 수 있었다.

"대단하세요." 마라가 이죽거렸다. "나를 잡으려고 검은 여왕을 언급하다니. 내가 완전히 속았으니까 성공했네요."

하지만 마지스터의 마스크는 갈색이었다. 전혀 즐겁지 않다는 의미였다. 마라는 마비가 되어 있는데도 소름이 쫙 끼쳤다.

"아니, 너를 속이려고 한 말이 아니야. 검은 여왕이 돌아왔다. 내가 봤고, 대결도 했어. 검은 여왕이 아더월드에서 드레쿠스의 왕관을 갖고 무슨 짓을 했는지 잊은 건 아니지?"

"네, 알아요." 마라는 떠올리기도 싫다는 얼굴로 대답했다.

"이제는 검은 여왕이 갑옷과 창, 볼, 피리까지 갖고 있어. 이중 도끼와 방패도 빼앗을 게 틀림없어."

"슬루르크!"

"타라를 구하고 우리를 구하는 유일한 방법은 너를 위협하는 거야. 타라는 이미 한 번 검은 여왕을 물리친 적이 있어. 네가 죽게 생겼다는 걸 알면 타라는 검은 여왕을 물리치고 돌아올 거다. 검은 여왕을 물리칠 수 있는 방법은 그것밖에 없어."

마라는 이해가 되지 않았다. 타라는 몇 주일 전부터 악마의 사물들과 같이 있었다. 그리고 분명히 검은 여왕은 영원히 사라졌다고 말했었는데 왜 돌아왔지? 뭔가 아주 이상한 일이 일어나고 있었다. 지금으로서는 할 수 있는 것이 없는 것 같았다.

하지만 그들은 오래 기다릴 필요가 없었다. 마라는 하늘에서 성난 독수리처럼 날아오는 것을 보며 눈이 휘둥그레졌다.

아주 불길했다. 검은색 갑옷에 무시무시한 투구를 쓴 거대한 존재가 그들을 향해 날아오고 있는데 분명히 타라가 아니었다. 마치 지나가면서 모든 걸 휩쓸어버리는 시커먼 돌풍처럼 들이닥치고 있었다.

마라는 침을 삼켰다. 할 수 있는 게 그것밖에 없었다. 마라는 마지스터가 부들부들 떠는 것을 고스란히 느낄 수 있었다. 단도를 잡은 마지스터의 손에 힘이 들어가면서 마라의 목에서 좀 더 많은 피가 흘러내리고 있었다.

검은 여왕은 고혹적인 자태로 그들 바로 앞에서 멈췄다. 어찌나 격분해 있는지 투명한 피부에 뼈가 드러나 보일 정도여서 해골이 튀어나올 것 같았다.

무시무시한 검은 여왕을 살피던 마라는, 차츰 가까이 지내면서 착한 언니라는 걸 인정하게 된 타라와는 아주 거리가 멀다고 생각했다.

오, 모든 신들이여, 저 투구!

"네가 정녕 수명을 단축시키고 싶으냐?" 검은 여왕이 소름 끼치는 목소리로 외치며 표범처럼 날렵하게 착지했다. "그렇다면 내가 기꺼이 그 소원을 들어주지!"

"타라!" 마지스터가 소리쳤다. "정신 차려! 이제 모우르무르는 내가 데리고 있으니까 필요한 것을 가질 수 있어. 왕복선과 엘프 우주선들을 파괴해버리고 너희들을 이 행성에서 썩게 내버려둘 수도 있지만, 나와 함께 혜성과 악마들을 해치우자는 제안을 하러 온 거야! 그러니까 너는 검은 여왕을 물리쳐, 타라! 아니면 가차 없이 마라의 목을 베어버리겠다. 지금 당장 결정해!"

잠시 후, 발라, 파프니르를 업고 날아오는 칼, 보울라, 셀렌바, 동물로 변신한 파브리스와 무아노가 차례로 빈터에 도착했다. 사엘과 마제는 쓰러진 엘프들을 보살피기 위해 신전에 남아 있는 게 틀림없었다.

인피뱀파로 변신한 칼을 보면서 마지스터는 검은 여왕이 정말로 돌아왔다는 걸 더욱 확신했다. 검은 여왕이 매직갱에게 무슨 짓을 했는지 모르는 사람이 없을 정도로 모든 이들의 뇌리에 각인되어 있었다.

슬루르크! 마지스터는 이번만은 솔직히 검은 여왕의 공격이 자신에게만 집중되리라는 걸 느꼈다.

검은 여왕은 미동도 없이 당장이라도 악마의 창으로 마지스터를 찌를 기세였다.

"그 아이를 놓아줘." 검은 여왕은 애써 참고 있지만 분노 때문에 가늘게 떨리는 목소리로 명령했다.

마지스터는 뒤쪽에 있는 우주선을 향해 슬금슬금 뒷걸음치기 시작했다.

검은 여왕이 땅에 내려서자마자 상그라브들은 우주선 안으로 들어가서 마지스터를 엄호할 채비를 하고 있었다. 이유 없이 전사들을 희생시켜서는 안 된다고 교육한 보스의 지시를 따른 것이었다. 마지스터는 타라 말고는 아무도 검은 여왕과 대결할 수 없다는 걸 알고 있었다.

그런데 마라 때문에 불안해하는 모습은 검은 여왕의 태도가 아니었다.

타라는 마지스터를 완벽하게 속이기 위해 어쩔 수 없이 정신을 차리는 시늉을 했다. 검은 여왕은 마라가 죽어도 손가락 하나 까딱하지 않겠지만 타라라면 동생을 죽게 내버려두지 않을 것이기 때문이었다.

타라는 마치 내면에 있는 무언가와 싸우는 것처럼 천천히 창을 세웠다.

모두 얼어붙었다. 매직갱조차 타라가 연기를 하는 건지, 아니면 정말 검은 여왕이 돌아온 건지 헷갈릴 정도였다.

그때 셀렌바가 마지스터를 향해 다가갔다. 그리고 허리 양쪽에 주먹을 올린 자세로 불룩한 배를 보란 듯이 드러냈다.

"아이, 지겨워!" 셀렌바는 피곤한 어조로 말했다. "둘 다 선전포고를 뭐 이렇게 길게 해요? 이제 그만 좀 하죠. 피곤해 죽겠는데."

마지스터의 마스크 색깔이 어두워졌다.

"감히 어딜 나서는 거야? 저리 비켜, 멍청한 것!"

인피뱀파는 늑대처럼 으르렁거렸다. 가장 듣기 싫어하는 것이 멍청하다는 말이었다.

"그 칼 치우죠. 그래야 타라가 당신을 간식거리로 먹어치우고 싶은 검은 여왕의 욕망을 멈추게 할 텐데. 그리고 당신이 아까 손가락으로 보낸 메시지 정말 마음에 들었어요. '너는 내 거야.' 근데 나는 나 자신 말고 누구의 것도 아니에요. 당신이 정상적이 되기로 결심하고 복수심과 권력욕도 약간 누그러진 것 같아서, 혼자 살아보다 당신 곁으로 돌아가기로 마음먹었는데 다시 생각해봐야겠군요."

셀렌바가 무모해 보일 정도로 검은 여왕의 위협에 개의치 않고 그에게 돌아오겠다고 고백하는 바람에, 마지스터는 너무 놀란 나머지 마라의 목에서 칼날을 뗐다.

바로 그 순간 영화의 한 장면처럼 마라가 펄쩍 뛰어 마지스터의 손아귀에서 벗어났으면 정말 좋았을 텐데.

하지만 마비되어 있는 마라는 옴짝달싹할 수가 없었다. 이건 곧 마지스터가 마라의 목을 베어버릴, 적어도 당장 죽여버릴 작정이었던 것은 아니라는 의미였다.

타라는 망설이지 않았다. 마법을 날려 마라를 자신의 등 뒤로 잡아 끌어 마지스터에게서 멀리 떼어놓았다.

그러면서도 타라의 시선은 셀렌바에게 고정되어 있었다.

어이없는 장면에 매직갱과 다른 이들은 믿기지 않는다는 표정으로 마지스터와 셀렌바를 쳐다보고 있었다.

"그 아기, 내 아이인가?" 마지스터가 너무 부드러워서 오히려 이상하게 느껴지는 어조로 물었다.

"아니면 어떡할 건데요?" 뱀파이어는 태연하게 맞섰다. "아까 손가락으로 보낸 메시지는 내가 당신 거라는 뜻 아니었어요? 내가 당신 것이면 아기도 당신 아이 아닌가요? 내 아기인 것으로 충분하잖아요."

마지스터는 잠자코 있었다. 그런 시각으로 생각해본 적이 없었다. 하지만 타라의 어머니 셀레나에 대한 광적인 집착에서 벗어난 지금 셀렌바마저 떠나버리자, 마지스터는 영원히 혼자 사는 것은 전혀 재미가 없다는 걸 깨달았다.

반면, 한 번도 그가 운명을 비관하게 내버려두지 않았던 영리한 뱀파이어와 영원히 함께하는 것은 재미있을 것 같았다. 더군다나 이제는 늑대인간이 되어버렸는데 아기가 누구의 애든 무슨 상관인가. 셀렌바가 옆에 있으면 은하계를 유혈의 도가니로 만드는 것이 훨씬 신날 텐데.

그때였다. 차가운 목소리가 마지스터를 단꿈에서 깨어나게 했다.

"이제 너의 사냥꾼도 되찾았는데 어떡할 건가? 항복인가?"

타라는 변신하지 않고 있었다. 올 때부터 목적은 마라와, 우주선, 나머지 일행들, 그리고 모우르무르를 찾는 것이었다. 따라서 타라는 계속 검은 여왕으로서 마지스터를 상대하고 있었다.

"내가 항복을? 농담이겠지! 아니, 모우르무르를 데리고 떠날 거다. 그리고 네가 얌전히 나를 따르면 너에게 우주선과 조종할 드래곤 승무원들을 맡길 것이다. 나는 그들을 죽이지 않았다. 그리고 말이 나왔으니 말인데 아까 너희들과 같이 있던 드래곤들은 어디 있지? (마지스터는 경계하는 시선으로 파란 하늘을 쳐다봤다.) 그리고 만약 나를 공격할 생각이라면 그들에게 말해. 내가 가차 없이 죽일 거니까 완전 끝장나는 거라고, 알았니?"

타라가 드래곤들이 어디 있는지는 모르지만 모우르무르와 함께 있다고 대답하려는 순간 땅이 크게 흔들렸다.

엄청난 폭발음이 울리고 숲의 나무들이 쓰러지면서 그 여파로 주변이 아수라장이 되었다.

그들은 멍하니 입을 벌린 채 점점 커지면서 하늘 높이 치솟는 엄청난 연기를 봤다. 파란 하늘이 순식간에 시커메졌다.

엄청난 연기는 신전 바로 위에서 치솟은 것이었다.

25

드래곤들

뭔가를 폭파하기에 이르렀지만
금세 후회막심이면 어쩌려고

*

셈과 실버는 마지스터를 추적하기 위해 날아간 것이 아니었다. 처음에 하프드래곤은 마지스터를 추적하는 거라고 생각했지만 하늘 높이 날아오르자마자 블루 드래곤이 옆으로 날아왔다.

"우리가 사물들을 파괴해야겠다." 셈이 바람 소리를 이겨내려고 외쳤다. "타라는 너무 착해. 내가 잘 아는데 타라처럼 모든 이들을 지켜주려고 하다가는 재앙으로 끝나고 말아!"

실버는 드래곤의 하얀 눈살을 찌푸렸다. 파프니르가 드래곤 모습을 싫어해서 훈련할 기회가 별로 없었기 때문에 실버는 비행에 정신을 집중해야 했다.

"그런가요?" 실버는 공중에 떠 있으려고 미친 듯이 날개를 치며 대답했다. "자신 있으세요, 선생님? 우리가 몰래 이런 짓을 하면 몹시 화낼 텐데……."

"어쩔 수 없지. 근데 너 뭐 하는 거니?" 블루 드래곤이 공기와 싸우는 실버 드래곤을 희한하다는 눈으로 쳐다보며 물었다. "그렇게 날개를 휘저을 필요 없어! 날 때는 상승기류를 이용하는 게 훨씬 쉽다."

불행히도 실버의 바람과는 달리 비행은 쉽게 이루어지지 않았다. 셈이 멋지게 날개를 움직여 회전하는 걸 보면서 실버는 따라 해보고 싶었다.

하지만 실버의 날개가 셈의 날개를 건드리면서 드래곤 둘은 균형을 잃었다. 실버는 뭔가에 매달리고 싶었지만 주위에는 셈밖에 없었다.

그들의 날개가 뒤얽히며 강하 선회하다 나무에 쾅 부딪쳤다. 그 바람에 놀란 새들이 요란한 울음소리를 내며 날아갔고, 드래곤 둘은 땅으로 쿵 떨어져 하필이면 빨간 도가머리가 있는 무시무시한 동물 십여 마리 앞으로 굴러갔다. 이 육식 공룡들은 트리케라톱스처럼 커다란 머리에 초록색 뿔이 셋 돋친 빨간색과 파란색 초식 공룡을 추적하는 중이었다.

드래곤 둘이 떨어지는 사건으로 사냥이 중단되자 초식 공룡은 때마침 나타나 죽음을 면하게 해준 걸 고마워하며 달아났다.

아직도 충격에서 벗어나지 못한 셈 선생님은 눈을 깜박거리며 가까스로 일어나려 했지만 날개가 나무에 엉켜 있었다. 게다가 앞다리가 부러지고, 왼쪽 뒷다리가 삐어서 일어설 수가 없었다. 얼이 나간 실버는 셈 선생님에게 다가가려고 했다. 하지만 꽃가루와 수액, 잎을 뒤집어쓴 데다 갈기에 비스듬히 박힌 노란색 꽃향기에 취해 마취가 된 것처럼 움직일 수가 없었다.

"어휴, 왜 별이 보이죠?" 실버가 눈을 굴리면서 말했다.

"네가 한창 비행중인 나와 부딪쳤잖아. 바보 같은 놈!" 셈 선생님은 부글부글 끓었지만 머리가 터질까 봐 목소리를 낮춰야 했다. "나한테 무슨 짓을 한 거야……."

"근데, 셈 선생님." 실버가 갑자기 블루 드래곤 뒤쪽을 응시하며 말했다.

"왜?"

"문제가 생긴 거 같아요."

셈이 돌아봤다.

드래곤보다 두 배는 더 긴 송곳니를 드러낸 육식 공룡이 빨간색 도가머리를 곤두세운 채 호기심이 가득한 낯짝으로 쳐다보고 있었다.

침까지 질질 흘리는 걸 보면 이렇게 말하는 것 같았다. '아니, 이게 웬 떡이야. 하늘에서 저녁식사가 뚝 떨어지다니! 야호!'

셈이 슬루르크! 하면서 무슨 생각을 할 겨를도 없이 굶주린 육식 공룡들이 달려들었다.

실버는 셈 선생님에게 달려드는 육식 공룡들을 보면서 공포의 비명을 질렀다. 블루 드래곤은 너무 그로기 상태라 마법을 사용할 수도 날아갈 수도 없는 상태였다. 추락하는 실버의 충격을 완화시켜주었기 때문에 결과적으로 블루 드래곤이 젊은 하프드래곤보다 훨씬 많이 다친 상태였다.

실버 드래곤은 거칠게 행동했다. 난쟁이 교육을 받아 마법에 대한 공포에도 불구하고 실버는 주문을 읊었고, 파랄리수스 마법으로 아주 거칠게 거대한 육식 공룡들을 후려쳤다.

육식 공룡들은 그대로 마비되었다.

그리고 셈 선생님의 몸 위로 쿵쿵 쓰러졌다.

실버는 가가왔고, 육식 공룡들에게 깔린 셈 선생님의 다리 하나가 삐죽 나와 있는 걸 보고 잡아당겼다. 서서히 의식이 돌아온 셈 선생님은 가까스로 빠져나오며 고통의 비명을 질렀다.

부러진 다리인지 모르고 잡아당겼던 실버는 당황하면서 얼른 셈의 다리를 놓아주었다.

블루 드래곤의 온몸에서 피가 흐르고 있었다. 육식 공룡들이 눈 깜짝할 사이에 갈가리 찢어놓은 것이었다. 실버는 레파루스 주문을 읊으면서 셈 선생님이 생생해지기를 진심으로 빌었다.

실버 드래곤은 주문을 읊을 때 깊이 생각하지 않았다. 더 정확히는 마법을 자주 사용했다면 주의했을 텐데…….

그리고 무엇보다 모든 이들의 마법 능력이 열 배로 커지는 행성이라는 것도 고려했어야 했는데.

실버는 힘껏 마법을 날렸다. 마법이 셈 선생님을 후려쳤을 때 뜻밖의 결과를 가져왔다. 부러진 뼈, 찢긴 살이 아물었고, 파란 비늘이 다시 자라면서 빛이 훨씬 반짝였다. 그런데 셈 선생님이 아주 작아졌다.

잠시 후, 밝은 파란색의 어린 드래곤이 아주 깜짝 놀란 낯으로 뚫어져라 쳐다보자 실버도 어리둥절하여 쳐다봤다.

"실버?" 아주 어린 드래곤이 몹시 불쾌한 어조로 물었다. "대체 너 또 무슨 짓을 한 거니?"

"오, 내 어머니의 도끼여! 선생님이 왜 이렇게 작아졌죠?"

"나야 모르지!" 어린 드래곤이 작은 날개를 파닥이며 낭랑한 목소리로 외쳤다. "내 꼬락서니를 봐라! 내가 아기가 됐어!"

셈이 성난 눈으로 실버를 노려봤다.

"너 주문을 날리면서 무슨 생각을 한 거니?"

"선생님이 생생해지기를 바랐어요."

"내가 낫기를 바란 것만이 아니라?"

"네."

"네 의지대로 마법이 이뤄진 거야. 내가 생생해지길 바란다고 생각하면 마법은 그대로 복종하니까. 그래서 나를 이렇게 가장 좋은 상태, 다시 말해 아주 어렸을 때의 건강한 모습으로 만든 것이다."

"그래서 색깔이 이렇게 밝은 파란색인가요? 정말 예뻐요." 실버는 눈치를 보며 애써 쾌활하게 말했다.

두 드래곤은 서로를 쳐다봤다.

실버 드래곤은 침을 삼켰다.

"그럼 다시 늙은 모습으로……."

"아니다!" 셈이 소리쳤다. "그럴 필요 없다. 상처가 아물었으니 괜찮아. 그리고 이 상태가 그리 오래가진 않을 거야. 점점 잃어버린 세월을 되찾을 게 틀림없어. 그동안은 마법을 삼가야 한다, 알았니? 그랬다가는 또 무슨 사고를 칠지 모르니까. 아, 그리고 실버?"

"네, 셈 선생님?"

"아더월드로 돌아가면, 그러니까 우리가 혜성, 마지스터, 저 굶주린 동물들, 히스테릭한 엘프들, 악마의 사물들을 해결하고 살아서 돌아간다면 내가 비행 방법을 제대로 가르쳐주마. 날 줄 모르는 드래곤은 웃음거리밖에 안 돼. 난쟁이들이 드래곤을 싫어한다는 거 알지만 너는 난쟁이가 아니야, 알았니?"

쥐구멍에라도 들어가고 싶을 정도로 민망한 실버는 셈 선생님이 제발 자신의 실수를 잊어주길 바라며 시원하게 고개를 끄덕였다.

"네, 네, 물론입니다."

대답은 했지만 파프니르를 이해시키는 것은 쉽지 않을 터였다. 드래곤과 마법을 싫어하고, 도끼를 사랑하는 처갓집 식구들을 이해시키는 것은 더 힘들 텐데.

실버는 생각만 해도 떨렸다.

셈 선생님의 말이 맞았다. 파랄리수스 주문이 서서히 걷히면서 육식 공룡들이 꿈틀거리기 시작했고, 블루 드래곤의 몸집이 커지고 있었다. 하지만 피가 다시 나는 것도, 살점이 떨어져나가지도 않았다.

몇 분 후, 다행히 블루 드래곤은 정상적인 크기와 나이를 되찾았다.

그렇지만 이상하게 원래 짙은 파란색이었던 비늘은 그대로 밝은 파란색을 유지하고 있었다.

육식 공룡들이 마비에서 완전히 풀려나는 걸 보고 셈 선생님이 하늘로 날아올랐고, 실버도 재빨리 이륙했다.

"멀리 떨어져." 블루 드래곤이 실버 드래곤에게 지시했다. "또다시 나를 건드리지만 않으면 비행 실수, 아니 추락은 눈 감아줄 테니."

"네, 셈 선생님." 실버는 블루 드래곤이 유머를 되찾은 것에 안도하며 대답했다.

그들은 신전 상공을 날고 있었다. 육식 공룡들과는 달리 엘프들은 아직 깨어나지 못했고, 빨간 무녀들이 보살피고 있었다.

블루 드래곤에게는 절호의 기회였다. 신전이 비어 있다는 건데. 특히 지킴이들이 어딘가로 피신해 사태가 해결되길 기다리고 있다면 아무도 다치게 할 우려도 없었다.

"죄송한데 이해가 안 돼요!" 실버는 셈 선생님으로부터 멀리 떨어져 있으려고 노력하며 소리쳤다. "타라만 악마의 사물들을 파괴할 수 있는 거 아니었어요? 최고 마구스들이 시도했지만 마법의 힘이 부족했다고 들었는데요?"

"그래, 인간의 마법이 드래곤의 마법보다 강력한 거 맞아." 셈 선생님이 인정했다. "하지만 이 행성은 아더월드보다 마법의 힘이 훨씬 강력해. 아무튼 실루르의 옥좌를 파괴할 때 타라와 셀레나는 각각 얼음 광선과 불의 광선을 사용했지. 옥좌를 구성하는 돌은 버티지 못하고 폭발했어. 우리도 그 방법으로 해봐야지. 이 행성의 마법이 열 배로 강하고, 악마의 영혼들이 분산되어 있으니 이중 도끼와 방패는 약해져 있을 게 틀림없어. 따라서 우리는 독성 있는 철을 파괴할 수 있다."

"성공하지 못하면 어떡하고요?"

"그러니까 시도해봐야지."

블루 드래곤과 실버 드래곤은 신전 위를 선회했다. 무녀들은 공중에서 위협을 받은 경험이 없는 데다 신전의 내부를 지키는 데 익숙해서 드래곤 둘이 착륙하는 순간까지도 주의를 기울이지 않았다.

무녀들이 경계하며 뒷걸음쳤다. 블루 드래곤이 갑자기 마법의 빛을 번쩍이는 앞발을 쳐들었다.

무녀들은 마법을 피하기 위해 멋지게 공중공예를 하며 흩어졌다.

공중에서 나부끼는 빨간 옷자락, 부챗살처럼 펼쳐지는 은빛 머리털, 아름다운 모습이었지만 블루 드래곤에게는 전혀 효과가 없었다. 셈 선생님이 가차 없이 무녀들을 제압해버렸으니. 그러나 죽인 건 아니었다. 잠시 후, 무녀들이 새근새근 코를 골기**48** 시작했다.

실버 드래곤은 감동받은 듯 머리를 끄덕였다. 밝은 블루 드래곤은 아주 인상적인 능력을 보여주었다. 실버는 앞으로 몇 년 동안 검 훈련만큼이나 마법을 꾸준히 연마할 필요를 느꼈다.

그 순간 실버는 파프니르가 보이지 않는다는 걸 알았다.

다른 친구들도 없었다.

"다 어디 간 거야?" 셈 선생님이 벌컥 소리를 질렀다. "이 행성에서 누군가가 무슨 짓을 꾸미고 있는 게 분명해. 어떤 놈인지 화가 치밀려고 하는구나."

그들은 모르고 있지만 사고를 당하는 사이 마지스터와 마라의 영상이 허공에 떠 있었다. 그걸 본 타라는 너무 격분해 번개같이 날아갔고, 친구들도 두 드래곤에게 메시지를 남길 생각도 하지 못한 채 따라간 것이었다.

사엘과 마제는 의식 잃은 엘프들을 보살피느라 너무 정신이 없어

· · · · · · · · · · · · · ·
48. 엘프 국가는 이 대목에 대해 출판사에 항의 서한을 보냈다. 엘프들은 코를 골지 않는다면서. 하지만 나는 이대로 둔다. 셈 선생님이 분명히 엘프들이 코를 골았다고 말했기 때문이다. 그리고 여자들이 대부분 극구 부인하지만 여자도 코를 곤다. 미안하지만 고상함보다 진실이 우선이니까.

드래곤들이 나타난 걸 알아채지 못하고 있었다.

초록색 반점 있는 흰색 돌로 지은 신전이 햇빛을 받아 반짝이고 있었다.

"걸림돌이 없으니 악마의 사물들을 끝장내는 게 수월하겠다." 셈 선생님이 신전을 쳐다보며 말했다. "무슨 일이 일어났는지는 나중에 사엘과 마제에게 물어보면 되고."

드래곤은 뭘 하겠다고 마음먹으면 생각을 바꾸기가 쉽지 않다고 하더니, 실버는 과연 사실임을 실감했다. 비록 고집에 있어서는 드래곤들보다 난쟁이가 한 수 위지만.

둘은 고요한 신전으로 들어갔다. 분수대에서 흘러내리는 물에 연못이 찰랑거리며 수면에 떠 있는 꽃들을 건드리자 분홍과 빨강, 파랑, 노랑, 보라 꽃잎이 벌어졌다.

방 안쪽 깊숙한 곳, 초록색 술 달린 빨간 천을 씌운 제단 위에 악마의 사물 두 개가 놓여 있었다.

이중 도끼는 과연 그 이름에 걸맞은 형상이었다. 높은 천창에서 쏟아지는 햇빛을 받아 시커먼 도끼의 무시무시한 날 두 개가 은은한 빛을 번뜩이고 있었다. 방패의 길이가 3미터쯤 되는 것으로 보아 악마족 중 가장 덩치가 큰 자보르족을 위한 것이 분명했다.

사물들의 표면에 영혼들이 몰려 있었다.

타라가 접했던 다른 사물들과는 달리 도끼와 방패에서는 미친 악마의 마법이 풍기지 않았다. 엘프들의 말에 따르면 수세기가 흐르는 사이 영혼을 지니고 있는 엘프들이 죽거나 결혼하면서 더는 지니고 있기를 거절하자 영혼들이 사물 속으로 돌아간 경우가 있었다(사실 결혼한 엘프들이라고 해봐야 서너 쌍에 불과했다. 아더월드와 달리 다오보르 행성에서는 남성 엘프의 수가 워낙 적기 때문에 여러 여성을 거느릴 권리가 있었다). 영혼들은 친구들에게 이런 수칙을 보냈을 것이 틀림없다. '조신하게 행동해, 아니면 아무도 우리를 원하지 않을 거야.'

한때는 빼어난 악마 전사들이었을 텐데, 도끼와 방패의 표면에 보이는 영혼들은 착하고 상냥한 인상이었다.

그래서 드래곤 둘이 공격했을 때 두 사물은 아주 크게 놀랐다.

사실, 타라를 제외하고는 누구도 악마의 사물을 파괴할 수 없었다. 따라서 이런 때가 아니면 드래곤들에게 사물을 파괴할 기회는 전혀 없었을 터였다.

사물들은 버티려고 했다. 그러나 실버 드래곤의 얼음 광선과 블루 드래곤의 불의 광선이 어찌나 강력한지 독성 있는 철은 그리 오래 버티지 못했다.

도끼와 방패가 파괴되는 순간 악마의 영혼들은 두려움이 가득한 소리 없는 비명을 지르며 독성 있는 철에서 떨어져 나왔다.

하지만 실루르의 옥좌와 달리 수세기 후에 만들어졌던 도끼와 방패에는 악마들이 뭔가를 추가한 것이 틀림없었다.

사물들이 폭발했다.

그리고 모든 것이 폭발했다.

무너진 신전

늑대나 더 무서운 것에 잡아먹히기 전에
길을 찾으려면
빨리 나침반이라도 나타나게 해야 하는데

*

신전에서 몇 킬로미터 떨어진 곳에 있는 보울라가 비명을 질렀다. 타라가 했을 때와는 달리 텍키가 아주 격하게 떨어져나갔기 때문이다.

엘프는 주저앉았다.

매직갱이 뛰어갔다. 마지스터는 그 틈에 한 손으로 셀렌바를 잡았지만, 빨간 눈의 뱀파이어는 날렵하게 손을 뿌리쳤다.

"싫어요! 지금은 아니니까 혼자 가요! 타라가 나와 아기를 정상적인 뱀파이어로 형질전환시켜줄 거란 말이에요. 우리 목숨은 타라에게 달려 있어요. 나중에 내가 가죠. 아, 물론 당신이 우리 둘 다 받아들인다면."

뱀파이어는 특히 냉랭한 어조로 마지막 문장을 말했다. 마스크는 검은색으로 변했지만 마지스터는 셀렌바를 순순히 놓아주었다. 모우르무르를 납치해놓았는데 군이 타라가 아닌 검은 여왕과 입씨름을 벌일 필요는 없었다.

마지스터는 갑자기 발작을 일으킨 엘프 때문에 검은 여왕이 정신이 없어 관심을 갖지 않길 바라며 미사일 발사대 쪽으로 달아났다.

리스베스 여제와 산도르 황제는 타라에게 싸우고 있을 때는 돌발변수 때문에 방심해서는 안 된다고 가르쳤다. 상대를 이기는 데만 집중해야 한다는 말이었다. 엘프가 기절했을 때 마지스터는 도망칠 생각에 등을 돌리고 있어 모르지만 타라는 그에게서 시선을 떼지 않고 있었다.

타라는 빈터에 내려섰을 때부터 두 가지 생각에 집중하고 있었다. 하나는 마라를 구하고, 또 하나는 악마의 사물들과 함께 친구들을 구하는 것이었다.

타라가 마지스터를 향해 욕설을 내뱉는 사이 타라의 발밑 땅속으로 스며든 영혼들은 우주선까지 전진했다. 그러고는 보초들을 피하기 위해 시커먼 연기로 변한 다음 통풍장치를 통해 모우르무르와 히글 5, 패밀리어들, 산혁시아, 데미데루스가 갇혀 있는 방으로 들어갔다.

시커먼 연기가 들어왔을 때 그들은 일제히 뒤로 물러섰다.

산혁시아가 소리를 지르려고 입을 벌리는 순간 데미데루스가 막았다.

"아무 말도 하지 마." 데미데루스는 산혁시아의 귀에 대고 속삭였다. "저게 뭔지도 모르는데 주의를 끌 필요 없지. 우리를 위협하면 그때 소리 질러도 늦지 않아."

그들은 연기를 마주 보는 벽면에 기대고 서서 긴장한 재 기나렸다. 하지만 연기가 응축되어 흐릿하게 실루엣을 만들더니 신호를 보내기 시작했다.

유심히 관찰하던 히글 5가 마침내 말했다.

"저 실루엣이 뭐라고 하는 것 같은데요?"

모우르무르는 뜻밖의 것을 마주했을 때 늘 그렇듯 홀린 표정이었다.

"타라의 친구 영혼들이야!" 모우르무르가 속삭였다. "받쳐주는 금속이나 타라의 몸이 없기 때문에 말은 할 수 없어. 하지만 우리에게 방 중앙으로 모이라는 것 같은데……."

모우르무르가 한가운데로 나가자 실루엣이 머리를 끄덕이는 시늉을 했다.

"아, 맞네."

그들은 몹시 불안해하며 늙은 학자 옆에 가서 섰다. 그리고 연기가 그들을 에워쌌을 때 꼼짝하지 않았다.

몇 초 후, 재채기하고 싶고, 움직이고 싶고, 소리도 지르고 싶은 산헥시아는 눈살을 찌푸리며 떨리는 손으로 금발을 쓸어 넘겼다.

"이게 무슨 일이죠?"

"모르겠다." 데미데루스가 대답했다. "뭔가를 기다리는 것 같은데."

갑자기 연기가 움찔했다.

이어서 소용돌이치기 시작했다.

잠시 후, 그들의 머릿속에서 타라의 목소리가 똑똑히 들렸다.

"트란스미투스!"

그들은 소리를 지를 겨를도 없이 사라졌다.

그들이 다시 나타난 곳은 빈터였고, 검은 여왕 바로 앞이었다.

보울리미−레미 행성에서 검은 여왕을 만난 적이 있는 산헥시아는 공포에 질려 얼어붙었다. 모우르무르와 히글 5, 데미데루스는 이제 놀라지 않았다.

그들의 뒤쪽, 수십 미터 떨어진 곳에 착륙해 있던 상그라브들의 기함 우주선은 반중력 엔진을 가동해 이미 하늘로 날아가고 있었다. 마지스터는 포로들이 빠져나갔다는 걸 아직 알아채지 못하고 있었다.

마지스터의 우주선이 우주 공간으로 사라지자 타라는 안도의 숨을 내쉬었다.

그리고는 재빨리 변신하고 돌아서다 마비에서 풀려 비틀거리는 마라를 붙잡아주며 꼭 끌어안았다.

"절대로 언니 혼자 둘 수 없었어." 마라는 언니의 어깨에 얼굴을 묻고 포옹하며 말했다. "검은 여왕이 돌아왔다는 거 맞아?"

"얼마나 걱정했는지 몰라." 타라는 동생의 피 묻은 목을 보며 물었다. "괜찮아? 많이 아프지 않아?"

"응, 괜찮아."

타라와 마라는 포옹을 풀고 웃음을 터뜨렸다. 타라는 레파루스 주문을 읊었고 마라는 상처가 아물자 안도했다.

"그럼 검은 여왕이 아니었어?" 산헥시아가 어리둥절한 얼굴로 물었다.

타라는 웃으면서 말했다.

"응, 산헥시아. 나 타라 맞아. 다들 괜찮아요? 모우르무르, 히글 5, 데미데루스?"

최고 마구스와 학자, 히글 5는 긴장을 풀었다.

"괜찮아. 구해줘서 고맙다. 정말 뜻밖이었지만 아주 흥미로웠어."
모우르무르가 대답했다. "네 친구 영혼들과 내가 대화를 좀 해야겠
다. 무슨 계획이 있는 거니?"

"물론이죠. 곧 알게 될 거예요." 타라는 얼버무리며 화제를 바꿨다. "무
아노, 보울라는 어때?"

"기절했어." 구불구불한 갈색 머리의 무아노가 엘프를 살펴본 뒤
에 대답했다. "쇼크 상태지만 곧 깨어날 것 같아."

"그럼 됐어."

사실, 타라는 갈랑이 보이지 않자 가슴이 철렁했다. 그래서 차마 꺼
내지 못하고 있던 질문을 했다.

"마라? 설마 우리 패밀리어들은 마지스터의 우주선에 있는 건 아니
겠지?"

마라는 초록빛 눈이 동그래졌다.

"아, 미안해. 아니, 아니야! 산소마스크를 씌워서 내 마법복 주머니
안에 숨겨놨어. 마지스터가 무기를 감춰놨을까 봐 주머니 기능을 정
지시켰는데 뒤져보지는 않더라고."

마라는 동물들을 꺼내고 본래의 크기로 돌려놨다. 마스크에서 벗
어난 패밀리어들이 마법사들에게 달려왔다. 타라는 갈랑의 목덜미
를 끌어안고 건강한 말의 냄새를 맡았다. 갈랑은 타라의 머리에 턱을
부비며 정신적으로 너무 보고 싶었다는 말을 전했다.

칼은 마라에게 고마움을 표하며 안아준 다음 여우를 쓰다듬어주었
다. 파프니르는 벨제부트를 찾은 것이 너무 기쁜 나머지 고양이를 으

스러뜨릴 뻔했다.

이윽고 그들은 보울라를 돌아봤다.

무슨 일이었는지 가늠하기 어려운 것은 아니었다. 멀리서 폭발음이 울리고 보울라가 갑자기 기절했다는 것은 누군가가 사물들을 파괴했고, 그들이 바라던 대로 엘프들의 몸속에 깃들인 영혼들을 포함해 모든 영혼이 해방되었음을 의미했다.

그렇다면 사물들 문제는 해결된 것이었다. 타라가 원하는 대로 이뤄진 것은 아니지만 이제는 어떻게 된 건지 알아보고 행성을 떠나는 일만 남아 있었다.

"마라, 마지스터가 드래곤 승무원들과 사령관을 죽이지 않았다고 했는데 사실이야?"

"응. 내가 당장 가서 풀어줄게. 근데 저 엘프는 왜 쓰러진 거야?"

"폭발음이 들렸는데 아무래도 악마의 사물들이 폭발한 것 같아. 누군가가 파괴했기 때문에 영혼들이 해방되었고, 보울라의 몸속에 있던 영혼도 빠져나간 모양이야. 지금 아르칸즈에게 돌아가고 있을 게 틀림없어."

마라는 파랗게 질렸다.

"안 돼!" 마라가 외쳤다. "안 돼! 그러면 아르칸즈는 죽어!"

"누가 죽는다고?" 칼이 어이없는 얼굴로 물었다.

"아르칸즈!" 마라가 소리쳤다. "마왕! 그의 몸은 그 모든 악마의 마법을 받아들일 수 있게 만들어진 게 아니라서 죽는단 말이야! 영혼들은 마왕이 새로 선출되길 기다렸다가, 현재 부통치자인 늙은 악마 다쉬에게 돌아갈 거야. 그러면 새 마왕이 엄청난 힘을 갖게 되는 거야!"

"네가 그걸 어떻게 알아, 마라?" 타라가 물었다.

마라의 예쁜 눈에서 눈물이 주르륵 흘러내렸다.

"아르칸즈가 고백했으니까! 언니의 메시지를 받은 뒤에!"

그들은 경악해서 타라를 쳐다봤다.

"내 동생이 미쳤나!" 산헥시아가 으르렁거렸다. "그렇게 중요한 걸 왜 숨기고 있었지?"

"악마들이 만든 무기가 인간 모습의 악마가 마왕으로 있는 한 쓸모가 없다는 말을 어떻게 하겠어. 절대 하고 싶지 않았겠지." 마라가 대꾸했다. "산헥시아, 늙은 악마들은 인간 모습의 악마들을 모조리 죽일 생각이야, 자식일지라도. 그리고 늙은 악마들은 악마의 영혼들과 부식성 마법을 절대 단념하지 않을 거야. 무슨 수를 써서라도 회수하려고 들 거야."

갑자기 타라의 머릿속에서 악마의 영혼들이 끼어들었다.

'우리가 상그라브의 우주선에서 네 친구들을 구했어.'

'아, 미안해. 고맙다는 말을 할 겨를이 없었네. 너희들이 멋지게 해냈어!' 타라가 대답했다.

'고마워. 하지만 우리는 불안해. 마라가 한 말 들었어. 그럼 우리 동족 영혼들은 어떻게 되는 거지? 아르칸즈가 영혼들을 받아들이지 못하면 곧 늙은 악마 다쉬의 몸속으로 들어가는 거잖아. 그러면 에너지가 소멸될 때까지 이용할 텐데! 타라, 우리가 뭔가를 해야 해. 우리를 도와주겠다고 약속했잖아!'

'알아.' 타라는 단호하게 대답했다. '내가 한 약속은 지킬 거야. 지금은 신전에서 무슨 일이 있었는지 확인해봐야겠어.'

"서둘러!" 타라가 큰 소리로 말했다. "마라, 모우르무르와 히글 5, 셀렌바, 발라와 함께 드래곤 우주선으로 가서 승무원들을 구해줘. 왕복선을 우주선에 복귀시키고 이륙할 준비를 하고 있어. 모우르무르가 없어진 걸 알고 마지스터가 다시 돌아오기 전에 우리는 떠나야 해. 칼, 파브리스, 파프니르, 무아노, 나랑 신전으로 가자. 로빈, 보울라를 안고 갈 수 있겠어?"

"문제없지." 하프엘프가 기절한 엘프를 답삭 안으며 대답했다.

"나도 가겠다." 데미데루스가 말했다. "내가 지킴이들에게 명령을 내리겠다."

"나도." 산헥시아가 말했다. "나도 갈게. 나는 지킴이들에게 명령을 내리지 않지만."

타라는 하늘을 쳐다보려다 참았다.

"좋아요. 무슨 일인지 가서 보고 실버와 셈 선생님도 찾아야겠어요. 지금 이 숲 전체에 의식을 잃고 쓰러진 엘프가 수천 명이 있을 거예요. 마지스터가 기절시킨 엘프들도 반드시 깨워야 합니다. 그래야 깨어난 엘프들이 다른 엘프들을 돌볼 수 있으니까요. 엘프들이 이미 의식을 잃은 상태에서 영혼들이 사라졌기 때문에 아마 충격은 덜했을 거예요. 그리고 영혼들과 타협하지 않은 마을들의 엘프도 있어요. 동물들의 공격에도 마법을 사용하지 않고 불을 피우고 물고기를 잡고 사냥하면서 살아온 엘프들이에요."

"하지만……." 아르칸즈를 찾으러 달려가고 싶은 마라가 말했다.

"하지만은 없어." 타라가 딱 잘랐다. "아르칸즈를 도와주기에는 너무 늦었어. 악마의 영혼들이 마왕을 찾아가는 데 시간이 얼마나 걸리

는지 모르겠지만, 내 생각에는 이미 상황은 끝났을 기야. 서둘러 가
봐야 아무 소용 없어. 빨리 시키는 대로 해, 오케이?"

마라는 피가 날 정도로 입술을 깨물었지만 언니의 말이 옳았다.

마라는 마왕과 연인 사이가 된 것은 아니었다. 물론 아르칸즈가 잘
생겨서 가슴이 설레는 것도 있었다. 하지만 무엇보다 괴물의 손에서
자랐고 완전한 인간이 아니라는 것에 대해 그에게 연민을 느끼고 있
었다.

마라 역시 괴물의 손에서 자랐기 때문이었다. 아르칸즈는 어쩌면
마라의 어두운 면을 이해해줄 수 있는 유일한 존재였다.

어두운 내면의 목소리가 이따금 마라에게 나쁜 욕망을 심어주고
있었다. 그 내면의 목소리가 이따금 속삭였다. 타라를 없애고 그 자
리를 차지하라고, 후계자가 되어 대륙을 지배하고, 천천히 하지만 확
실하게 행성 전체를 지배하라고.

자르와 타라, 고모 리스베스가 생각하는 것처럼 마라는 정말 권력
에 관심이 없어서 피하는 것이 아니었다. 내면의 목소리를 듣고 싶지
않아서였다.

마라는 턱을 쳐들고 갈색 머리를 뒤로 넘기며 고개를 끄덕였다.

"알았어. 시키는 대로 할게. 가능한 한 빨리 돌아와. 우주선 준비해
놓을게."

마라는 아르칸즈가 살아 있기를 진심으로 바라며 돌아섰다.

그가 이미 죽었다는 걸 잘 알기 때문에.

신전이 폭발했을 때 거의 모든 엘프가 정신을 잃고 쓰러졌다. 중상을 입은 무녀 셋을 제외하고는 대부분 곧 깨어날 터였다. 사엘과 마제는 다행히 멀리 떨어져 있어서 피신할 겨를이 있었다.

사방으로 날아간 돌을 맞고 쓰러진 이들도 있지만 군대와 마을의 주민 일부에 불과했다.

마지스터의 마법에 쓰러졌던 엘프들이 엄청난 폭발의 여파인지 서서히 깨어나기 시작했다. 신전 경비대의 남성 그린 엘프들이 제일 먼저 일어나 몽롱한 얼굴로 주위를 둘러보는 반면, 흰색과 빨간색 군복 차림의 엘프들은 아직 눈빛이 흐렸다.

엘프들은 조용히 나타나 레파루스 주문으로 치료해주는 이방인들을 멍하니 쳐다보다 처참하게 무너진 신전을 보고 경악했다.

그때 파프니르가 자석에 이끌리듯 무너진 신전으로 달려갔다.

"제기랄!" 금발의 파브리스는 쉼 없이 초강력 레파루스 주문을 날리면서 물었다. "여러분이 원자폭탄이라도 터뜨린 겁니까?"

엘프들이 갑자기 신음하기 시작했다.

머릿속이 허전하다는 걸 알아차린 것이었다. 악마의 영혼들이 그들을 떠난 것이었다. 엘프들은 갑자기 머릿속이 텅 비어 있음을 느꼈다. 정신적 충격으로 다시 쓰러지는 엘프들도 있었다. 마법사들은 의식 잃은 엘프 샤먼들부터 치료했기 때문에 이제 샤먼들에게 뒷일을 맡기고 무너진 신전으로 갈 수 있었다.

로빈의 품에 안겨 있던 보울라도 깨어났다. 로빈은 불안한 얼굴로 드리에스티르가 일어서게 부축해주었다. 타라 일행이 신전 쪽으로 쏜살같이 달려가는 순간에 의식이 돌아온 보울라는 공포에 사로잡혀 다시 넘어질 뻔했다. 어지럽기도 했지만 엘프의 품에 안겨 있다가 깨어난 것에 놀란 데다 악마의 영혼 텍키를 또다시 잃었기 때문이었다.

보울라는 비틀거리면서 폐허가 된 신전을 살폈다. 타라와 친구들은 오는 길에 숲 속에서도 발견하지 못한 드래곤 둘을 찾고 있었다.

신전 안쪽에서 비명소리가 들렸다.

"여기 있어! 도와줘!"

파프니르였다. 벨제부트처럼 정신적으로 연결되어 있는 건 아니지만 실버가 어디 있는지 알 수 있는 특별한 감각이 있었다.

그래서 난쟁이는 실버가 바위더미에 깔려 있음을 느꼈던 것이다.

파프니르가 미칠 것 같은 심정으로 바위를 뚫고 들어가는 동안 친구들이 전속력으로 달려왔다. 벨제부트가 야옹거렸지만 파프니르와 스팔렌디탈 가죽옷은 이미 바위 속으로 침투하고 있었다. 돌을 뚫고 들어가는 걸 끔찍이 싫어하는 칼이 부르르 떨었지만 아무 말도 하지 않았다.

그들은 돌들을 비물질화하기 시작했지만 드래곤의 몸 일부가 떨어져나가거나 돌을 잘못 뺐다 바위더미가 와르르 무너지지 않게 아주 조심해야 했다.

갑자기 뭔가가 움직였고, 파브리스가 멈추라고 소리쳤다. 파프니르가 의식이 없는 몸뚱이 둘을 안고 나오는 중이었다.

드래곤의 몸뚱이가 아니라 천만다행이었다. 난쟁이가 아무리 힘이 장사라도 드래곤을 둘이나 안고 움직일 수는 없기 때문이었다. 셈 선생님과 실버는 변신해 있었다. 셈 선생님은 작은 드래곤 모습이고, 실버는 인간 모습이었다.

"죽었어요?" 사엘이 물었다.

파프니르는 사엘을 노려보고 나서 둘의 몸에 이상이 없는지 확인하고 바닥에 조심스럽게 내려놨다.

"모르겠어." 파프니르는 절망이 가득한 목소리로 말했다. "바위에 깔려 있었지만, 신전이 폭발했을 때 셈 선생님이 마법으로 방어했던 모양이야. 근데 왜 깔려 있었는지 모르겠어. 셈 선생님과 실버가 신전을 파괴한 거라면 폭발력 때문에 멀리 튕겨나갔어야 했는데!"

정말 이상한 일이었다.

가장 이상한 건 그들이 깨어나지 않는 것이었다.

그리고 셈 선생님의 비늘이 왜 밝은 파란색이 되었지?

불길한 예감에 사로잡힌 타라는 실버와 셈 선생님의 머릿속으로 침투했다.

아무것도 없었다.

둘의 영혼이 떨어져나가고 없었다.

타라는 반쯤 파묻힌 제단을 처다봤다. 악마의 사물들도 사라지고 없었다. 사물들이 파괴된 것이었다. 타라는 셈 선생님과 실버가 왜 알리지도 않고 이런 짓을 했는지 이해가 안 되지만 드래곤 둘이 저지른 것은 틀림없었다.

타라는 눈을 뜨고 슬픔을 억누르는 목소리로 말했다.

"미안해. 둘 다 영혼이 없어. 죽었어."

한편 우주선에 있던 마왕 아르칸즈는 이중 도끼와 방패가 파괴되었음을 느꼈다. 예리한 칼이 눈을 찌르는 것 같고, 불에 달군 꼬챙이가 뇌를 쑤시는 것 같았다.

악마 우주선은 악착같이 추적하는 빌어먹을 인간 마지스터의 우주선들과 숨바꼭질을 하며 다오보르 행성 주위를 돌고 있었다. 지금까지는 악마들이 인간들보다 훨씬 영리하고…… 아니 훨씬 민첩했었다.

문제는 마지스터의 우주선들이 행성으로 가지 못하게 방해하고 있다는 것이었다. 아르칸즈는 순간이동 기구를 사용해서 가려고 했다. 하지만 그걸 예상한 마지스터의 우주선들이 행성 주위를 도는 속도까지 맞추며 쉴 틈을 주지 않을 뿐만 아니라, 이동도 하지 못하게 완전히 포위하고 있었다.

아르칸즈는 보울리미-레마족 언어에 있는 욕설이란 욕설은 다 내뱉고 있었다.

악마의 사물들이 파괴되었고 성난 영혼들이 곧장 날아오고 있음을 느꼈을 때는 더 이상 입에 담을 욕이 생각나지 않았다.

이제 죽는 것이었다. 의문의 여지가 없었다.

하지만 이대로 죽을 수는 없었다.

아르칸즈는 안락의자에 편히 앉아 경련이 일어날 경우 넘어지지 않도록 안전벨트를 채우고 기다렸다.

시커먼 것이 물결처럼 떼 지어 몰려왔다. 영혼들은 오랜 세월 독성 있는 철 속에 갇혀 있으면서 악마들에 대한 복수심으로 가득 차 있었다. 그런데 지킴이들과 다오보르의 엘프들 덕분에 탈출할 기회를 가지며 평온해져 있었건만 또다시 배신당한 느낌이었다.

영혼들은 다시 복수심이 불타올랐다. 아르칸즈는 심장이 멎는 것 같았다. 영혼들이 건드리기도 전에 그의 인간화된 몸이 반응하고 있었다.

그때였다. 악마 우주선 주변의 우주 공간이 시커메졌고, 승무원들이 겁에 질린 비명을 내질렀다.

죽음을 눈앞에 둔 아르칸즈는 마지막으로 생각했다.

마라 덩컨을 안아보기라도 할걸. 이제 다시는 매력적인 마라의 쾌활한 웃음소리도 달콤한 말도 들을 수 없을 텐데.

왜 그렇게 바보 같았을까.

무시무시한 구름이 덮치더니 촉수들이 우주선의 금속을 마치 종잇장처럼 뚫고 들어왔다.

그리고 모든 것이 멈췄다.

27

사냥

사냥꾼이 몇 분 사이에 사냥감 신세가 된 것을
어떻게 이해해야 하나

*

아마도 애초에 혜성은 우주의 암소였겠지만 타고난 사냥개의 후각
도 지니고 있었다. 그래서 가장 비옥한 초원, 빛이나 우주의 생물을
포식할 수 있는 장소를 찾아내는 능력이 있었다.

쉼 없이 행성들을 공격하던 혜성은 지쳐 있었다. 정신을 점령한 영
혼들에게 복종해야 하지만, 혜성의 중심이 된 몸체까지 그럴 필요는
없었다.

따라서 권모술수에 능한 인간들과 악마들이 갑자기 사라진 혜성에
대해 내린 확대 해석과 달리 우주의 암소는 단순히 재생할 시간을 갖
기 위해 어디론가 떠났던 것이고, 영혼들은 분통이 터지지만 따르는
수밖에 달리 도리가 없었다.

본의 아니게 들어와 있게 된 영혼들은 생존에 필요한 것을 주는 게

아니기 때문에 혜성의 생존본능을 꺾을 수 없었던 것이다.

혜성/암소는 수 킬로미터에 이르는 위장을 채우기 위해 며칠째 우주의 생물을 흡입하고 있었다. 하지만 악마들을 죽이러 돌아가자는 영혼들의 성화에 못 이긴 혜성이 마지못해 이동하려는 순간 갑자기 영혼들이 깜짝 놀랐다. 우주선 한 대가 방금 혜성/암소의 왼쪽 끝자락을 통과했는데 중심에서 수백 킬로미터 떨어진 부위였다.

이 우주선에도 악마의 영혼들이 있었다. 아주 많은 영혼, 정확히는 늙은 악마의 영혼들이었다. 혜성의 몸속에 있는 영혼들과 동시대(5000년 훨씬 이전)의 영혼들이 틀림없었다.

영혼들은 아주 조심스러워하고 있었다. 영혼들을 사용하는 악마가 타고 있다면 공격하고 싶지만 이 우주선은 악마 우주선이 아니었다.

호기심이 발동한 영혼들은 강제로 먹는 걸 중단시키는 것으로 혜성/암소를 성나게 한 다음 늙은 악마의 영혼들을 추적하게 했다.

그렇게 해서 혜성은 본의 아니게 마지스터의 우주선을 뒤쫓기 시작했다.

혜성의 속도는 우주선을 따라잡을 정도로 빠르진 않아도 놓치지 않을 정도의 속도는 충분히 낼 수 있었다. 거대한 동물들이 대개 그렇듯 보통 때는 유유히 이동하지만 필요할 때는 속도를 낼 수 있었다. 그래서 혜성의 영혼들은 터빈을 가동해 우주선을 쫓아 질주하면서 가상의 머리로 우주선 안의 영혼들을 유인할 궁리를 했다. 그렇게만 되면 혜성의 힘이 더 강력해질 터였다.

한편, 죽음이 따라오고 있는 걸 전혀 알 길이 없는 마지스터는 모우르무르를 납치하기 위해 깨진 고리 부근에서 매복하고 있었고, 혜성의 영혼들은 마지스터가 도망지지 못하게 조심스럽게 지켜보며 사정 거리에 이를 때까지 천천히 다가가고 있었다.

불행히도 혜성이 마지스터의 우주선을 공격해 악마의 셔츠 속 영혼들을 흡입하기에는 너무 늦었다.

타라와 모우르무르를 태운 우주선들이 은하계를 건너뛰어 달아나버리자 마지스터가 전속력으로 따라갔기 때문이다.

그사이에 혜성은 타라가 지니고 있는 악마의 영혼들을 느낄 수 있었다.

그리하여 마지스터는 타라를 추적하고, 혜성은 사물들을 추적하기 시작했다. 그리고 인간 마법사들도 결국에는 사태의 심각성을 알아차리게 되었다.

인간들이 다오보르 행성 부근에 이르렀을 때 혜성은 신중했다. 악마들을 섬멸하지 못하게 방해했던 마법, 그와 똑같은 마법이 이곳에도 있음을 느꼈던 것이다.

그래서 혜성은 경계하면서 공격하기보다 무슨 일이 일어나는지 인간들을 지켜봤다.

많은 일이 일어나고 있는 것 같았다.

인간들이 더는 이동하지 않았기 때문에 혜성/암소가 먹은 것을 소화하고 평온하게 되새김질하는 사이, 악마의 영혼들은 인간들이 왜 싸우는지 이유를 알기 위해 좀 더 지켜봤다.

영혼들은 멀리서 마지스터의 우주선이 여러 우주선을 공격하는 걸 목격했다. 거리가 멀리 떨어져 있어서 미사일 공격을 받아도 큰 타격은 입지 않겠지만 (악마들, 인간들, 드래곤들은 여러 번 혜성을 공격했지만 성공하지 못했었다) 혜성/암소는 몸체에 미사일을 맞는 것 자체가 싫기 때문이었다.

미사일 공격을 피해 달아난 악마 우주선이 마지스터의 우주선들을 교묘히 따돌렸지만 도망치지 않고 있어서 혜성의 영혼들은 어리둥절해 있었다.

혜성이 눈독 들이고 있는 마지스터의 우주선과 또 다른 우주선이, 왕복선이 착륙해 있는 곳으로 내려갔다. 그리고 얼마 후, 마지스터의 우주선이 전속력으로 다시 날아갔고, 거의 동시에 엄청난 폭발이 일어났다. 수백만의 영혼들이 해방되어 곧장 악마 우주선으로 향하고 있었다.

혜성/암소는 무슨 일인지 모르면서도 본능적으로 반응했다. 혜성은 영혼들의 이동 경로를 지켜보다 재빠르게 영혼들을 모조리 빨아들이고, 악마들에게 돌아가지 못하게 그루이그의 검과 크라에토비르의 반지의 독성 있는 철 속에 가두었다.

늙은 마왕이 모든 영혼은 현 마왕에게 돌아오도록 걸어놨던 주문이 깨진 것이었다.

또다시 독성 있는 금속에 갇힌 것 때문에 화가 난 영혼들이 괴성을 질러댔다. 대부분 광기에서 벗어나 정상적이 될 기회를 얻고 평화롭게 지내다 살아 있는 몸에서 떨어져 나온 영혼들이었다.

그리고 지킴이들도 함께 있었다.

지킴이들은 폭발이 일어나는 순간 주문에 걸려 있었다. 절반만 물질적인 지킴이들의 영혼들은 떨어져나갔고, 몸은 완전히 비물질화되었다.

지킴이들은 무슨 일인지 알아차리사마사 이중 노끼와 방패의 영혼들이 그랬던 것처럼 다오보르 행성으로 돌아가려고 저항했다. 특히 의욕을 불태우며 주동하는 영혼 하나가 있는데 이름이 '텍키'였다.

텍키는 영혼들을 회수하려고 하는 빌어먹을 악마를 태워버리려고 했었다. 그런데 느닷없이 불타는 혜성, 우주의 거대한 유기체 속 광기와 분노가 뒤섞인 소용돌이에 붙잡히게 될 줄은 전혀 예상하지 못했다.

혜성의 영혼들은 반갑게 맞이하려고 했지만 도끼와 방패의 영혼들이 불쾌하게 내치자 깜짝 놀랐다. 텍키는 오로지 해방되길 원하고 있었다.

예민해진 영혼들은 텍키가 하는 말을 유심히 들었다.

"나는 엘프와 친구였고, 우리는 수백 년 동안 함께 살았어요. 내 친구 엘프에게 돌려보내 줘요, 부탁이에요! 그리고 검과 반지를 다오보르 행성으로 보내요. 우리가 여러분을 해방시킬 수 있어요! 그리고 살아 있는 엘프들과 공동생활을 하며 평화롭게 살아요, 우리!"

하지만 혜성의 영혼들은 악마들에 대한 분노가 너무 커서 텍키의 말을 들으려고 하지 않았다. 어찌나 날카롭게 괴성을 질러대는지 텍키의 말은 묻히고 말았다.

혜성의 영혼들은 복수를 원하고 있었다.

텍키는 이런 식으로는 혜성의 영혼들을 설득할 수 없으리라는 걸 알아차렸다. 그래서 때를 기다리기로 하고 같이 온 영혼들을 모이게 했다. 엘프들과 우정을 나누며 자유를 맛본 영혼들이었다.

텍키 일행의 수가 훨씬 많았다. 검과 반지보다 이중 도끼와 방패가 훨씬 강력한 영혼들로 이뤄져 있었다. 하지만 평온해진 도끼와 방패의 영혼들은 혜성의 격한 영혼들에게 휩쓸리며 자제력을 잃었다.

천천히 주위에 모여든 영혼들 중에서 텍키는 특히 두 영혼을 대번에 알아봤다. 블루 드래곤과 실버 드래곤의 영혼들이었다.

드래곤의 영혼 둘은 무슨 일인지 전혀 갈피를 잡지 못하고 있었다. 드래곤 영혼 둘이 금방 눈에 띄지 않았던 것은 도끼와 방패의 영혼들이 충격에서 벗어나는 데 시간이 걸렸기 때문이었다.

하지만 영혼들끼리 교감이 시작되면 비밀이 있을 수 없었다. 도끼와 방패의 영혼들과 지킴이들은 그들이 여기 와 있는 것이 드래곤 영혼 둘의 잘못 때문이라는 걸 대번에 알아차렸다. 영혼들의 분노가 폭발하자 셈과 실버는 간신히 방어하려고 애를 써야 했다.

영혼들은 서로를 파괴할 수 없다는 것이 그나마 둘에게는 다행이었다. 아니었다면 셈과 실버는 눈 깜짝할 사이에 끝장이 났을 텐데.

어쨌든 영혼들과 지킴이들이 뿜어내는 분노와 원한에 사무친 악마의 마법이 가세하면서 혜성의 힘은 훨씬 강화되었다.

혜성이 진동하기 시작했다.

그리고 시커메졌다.

우주선 안의 안락의자에 축 늘어져 있던 아르칸즈는 초록빛 눈 하나를 떴다. 이어서 나머지 한쪽 눈을 떴다.

늙은 마왕이었다면 50개의 눈을 차례로 뜨느라 시간이 걸렸겠지만, 눈을 다 뜬 아르칸즈는 주위를 둘러보다 깜짝 놀랐다.

죽은 게 아니었다. 만약 죽었다면 저승 역시 그가 몇 초 전까지 살던 곳과 아주 똑같은 곳이거나.

그러다 시야에 들어오는 것을 보고 죽지 않았음을 알았다. 아니면 악몽을 꾸고 있는 것이거나.

우주선의 감마글리스 창밖 몇백 미터 떨어진 곳에 타오르는 혜성이 꼼짝 않고 있었다. 하지만 혜성의 불이 서서히 시커메지고 있었다. 크기가 두 배로 늘어나 있는 것 같았다.

아르칸즈는 침을 삼켰다. 안전벨트를 풀고, 군복의 매무새를 가다듬으며 감마글리스 창 앞에 섰다. 서로 겹쳐진 다오보르 행성과 혜성.

"이게 어떻게…… 된 건가?" 아르칸즈는 쉰 목소리로 물었다.

"솔직히 전혀 모르겠습니다." 아르칸즈 뒤쪽에 있는 다양한 통제실에서 여러 명이 목멘 소리로 대답했다. "괜찮으십니까, 전하?"

이런 의미가 담겨 있는 질문이었다. '미쳐서 폭발하는 거 아닙니까? 사방에 피가 튀면 회복하기 힘들 텐데요.'

"괜찮다." 아르칸즈는 대답했지만 확신은 없었다. "왜 내 몸속이 성난 영혼들로 가득 차 있지 않은 거지?"

"영혼들이 취향이 아니라고 생각했을지 모르지요." 등 뒤에서 누군가가 감히 말했다.

이런 식의 신랄한 지적은 인간들이 주로 쓰는 말투인데…….

"그거야 나도 모르지." 아르칸즈는 퉁명스럽게 대꾸했다.

"저기…… 그 엄청난 힘을 거부하신 겁니까?" 이번에는 또 다른 목소리가 호의적으로 말했다.

아르칸즈는 한번만 더 그따위 소리를 하면 우주 공간으로 내동댕이쳐버리겠다고 소리치고 싶었지만 꾹 참았다.

"아니다. 내가 그들을 거부한 것이 아니라 영혼들이 먼저 멈췄다. 내 앞에 혜성이 있고 영혼들이 사라졌다는 것, 그리고 덩치가 훨씬 더 불어난 혜성이 마치 검은 신성처럼 진동하고 있다는 것, 그것만으로도 최악의 사태가 벌어진 것 같다."

"아, 그렇습니까?"

아르칸즈는 한숨을 내쉬었다. 이렇게 사태 파악을 못하니 인간들과 드래곤들을 상대로 하는 전쟁에서 질 수밖에 없지.

"그래." 아르칸즈는 피곤한 어조로 덧붙였다. "혜성이 그 영혼들을 다 집어삼켰다고! 혜성은 이제 훨씬 강력해졌단 말이다!"

뒤쪽에서 욕설이 연달아 들리는 것으로 보아 악마들이 이제야 알아들은 모양이었다.

아르칸즈는 혜성이 공격할 테니 우주선을 빨리 이동시키라고 명령했다. 꽤 멀리까지 퍼지는, 다오보르 행성의 마법을 사용할 수 있는 마법사 셋이 탑승해 있어서 다행이었다.

하지만 괜한 희망 아닌가. 영혼들의 힘이 방금 최소 두 배는 커졌다는 걸 감안하면 마법사들은 혜성을 감당할 수 없는데…….

한 가지 좋은 점은 있었다. 추적해오던 마지스터의 우주선들이 전속력으로 멀어져가는 중이었다. 스캔스페이스**49**로 관측해보니 혜성을 발견한 상그라브 우주선들이 어찌나 급히 유턴하는지 바퀴가 있다면 아마 연기가 풀풀 났을 것이다.

· · · · · · · · · · · · · ·

49. 일종의 슈퍼 레이다. 아주 멀리서 움직이는 물체의 크기와 온도를 측정하여 승무원들이나 기술병들에게 필요한 정보를 줄 수 있는 최첨단 기계를 말한다.

몇 시간째 마시스터에게 쫓기는 중이었는데 이거 하나만은 희소식이었다.

악마 우주선 역시 슬금슬금 혜성을 피해 달아나는 사이 아르칸즈는 가슴을 졸이며 보울리미-레마족이 숭배하는 악마 세계의 창조자에게 빌었다

'타라가 혜성에 합류한 악마의 영혼들을 물리칠 수 있게 도와주소서. 아니면 창조하신 세계가 영원히 사라질 위험에 처해 있으니 내 말대로 하는 것이 이로울 겁니다.'

물론 혜성에서 멀어질수록 다오보르 행성에서도 멀어진다는 것이 문제였다. 그것은 곧 차츰 마법이 미치는 영역을 벗어나고 있다는 의미였다.

먹이가 도망치는 냄새를 맡고 깨어난 야수처럼 혜성이 부르르 진동했다. 그리고 아르칸즈는 혜성의 관심이 악마 우주선에 쏠려 있음을 느꼈다.

한편, 다오보르 행성의 폐허가 된 신전에서는 셈과 실버의 시신 옆에 파프니르가 주저앉아 있었다. 그 곁을 지키는 벨제부트는 무력감을 느끼고 있었다.

'실버와 셈 선생님을 돌아오게 할 거니까 걱정 마.' 장밋빛 고양이가 파프니르의 머릿속에 말했다. '방법을 찾자. 실버가 보고 싶다는 생각이 들기도 전에 빨리 방법을 찾을 거야.'

하지만 난쟁이는 전사였다. 난쟁이들은 눈물을 흘리지 않는다. 친구들과 가족, 친척들이 전투하다 쓰러질 때도 눈물을 보이는 법이 없다.

파프니르가 천천히 일어섰다. 초록빛 눈이 분노와 두려움, 슬픔으로 이글거렸다.

난쟁이가 입을 열려다 푹 쓰러졌다.

무아노가 날린 마법을 맞고 쓰러진 것이었다. 벨제부트도 외마디 비명을 지르며 쓰러졌다.

타라는 난쟁이를 붙잡아줄 겨를이 없었다. 밀도가 높은 근육질의 난쟁이는 바닥에 콰당, 쓰러졌다.

"너 뭐하는 짓이야?" 타라가 소리쳤다.

"파프니르가 난쟁이들의 장례 의식을 시작하려고 했어." 무아노가 설명하면서 야수의 발로 난쟁이를 끌어안는데 힘이 드는지 얼굴이 일그러졌다. 그사이 파브리스도 무아노가 시키는 대로 악마 세계의 장밋빛 고양이를 품에 안았다.

"장례 의식?"

"응, 장례 의식." 무아노가 반복하는데 야수의 긴 수염이 파르르 떨렸다. "난쟁이들은 최면 비슷한 신들린 상태에 빠져서 죽음을 애도해. 몇날 며칠 목소리가 나오지 않을 때까지 노래를 부르지. 그게 얼마나 고통스러운 일인지 알기 때문에 나는 파프니르를 그렇게 놔둘 수 없었어. 그런다고 무슨 도움이 되겠어. 그래서 난쟁이가 시작하기 전에 내가 먼저 기절시킨 거야. 우리가 좋은 방법을 찾아서 실버가 죽지 않았다는 걸 알려줄 시간을 벌기 위해서."

"하지만 실버와 셈 선생님은 죽었잖아?" 전혀 이해가 되지 않는 파브리스가 물었다.

마법에 대한 욕심 때문에 크게 혼쭐이 난 뒤로 파브리스는 마법을 경계하고 있었다.

"맞아." 타라는 눈물을 흘리며 대답했다.

"아니." 무아노가 거의 동시에 말했다.

"뭐?" 타라와 파브리스는 한 목소리로 외쳤다.

"내 생각에 셈 선생님은 영혼이 떨어져나가기 직전에 상황을 알아차렸어. 그랬기 때문에 방어하는 주문을 읊었던 거야. 정말 죽었다면 마법도 죽었을 테니 본래의 몸을 되찾았을 텐데 아니잖아."

그들은 희망이 가득한 얼굴로 무아노를 쳐다봤다.

"네 생각에는 그럼……."

"나도 정확히는 몰라. 그래서 일단 파프니르를 기절시킨 거야. 노래를 부르기 시작하면 우리는 제대로 생각할 수가 없어. 지금은 우리가 머리를 써야 할 때잖아. 타라, 아르칸즈가 악마의 영혼들을 회수하는 데 성공했을지 모르겠어. 만약 아르칸즈가 살아 있다면 모우르무르의 기계로 셈 선생님과 실버의 영혼을 회수해야 해."

"텍키도." 친구 영혼에게 애착이 많은 보울라가 말했다. "나도 같이 가겠다. 우리 다오보르 행성의 엘프들이 아더월드의 엘프들과 외교 관계를 시작해야 하는데 그러려면 어차피 내 국민을 소개해야 되니까. 대장 여섯 명에게 명령을 내리고 가면 내가 없는 동안 알아서 잘할 수 있어. 훈련이 잘되어 있으니까."

"우리 엘프들에 대해서는 내가 가서 소개할게요." 사엘이 어머니 마제보다 먼저 끼어들었다. "군대를 훈련시키고 우리 국민을 통합하려면 어머니는 여기 남아 있어야 하니까요."

마제가 딸을 흘겨봤지만 사엘은 모른 체했다. 끔찍한 순간들을 경험하며 두려웠지만 마치 갑자기 모든 세포가 깨어나 살아 있다는 실감이 나고 모험을 하고 싶었다.

아, 그리고 로빈에게 완전히 매료되어 있었다. 사엘은 이제 멍청한 갈바엘이 역겨울 뿐이었고, 신전 경비대의 그린 엘프들을 처음 봤을 때 얼굴이 빨개지긴 했지만 그 이상의 관심은 없었다. 사엘이 원하는 엘프는 멋진 전사 로빈이었다. 그리고 바이올렛 엘프 발라 역시 로빈을 좋아하는 걸 알아차린 뒤로는 더욱 그랬다.

"타라?" 무아노가 불렀다.

"무아노, 왜?"

"지킴이들을 불러야 해. 영혼들을 복귀시키려면 지킴이들의 도움이 필요해. 지킴이들은 여러 번 해봤으니까."

타라는 자기 머리를 쥐어박고 싶었다. 지킴이들에 대한 생각을 단 1초도 하지 않고 출발하려고 했으니.

"뭐가 어떻게 된 거야?" 타라 일행이 신전에 있을 때 통신이 두절되었기 때문에 아직 자세한 설명을 듣지 못한 데미데루스가 물었다.

무아노가 상황을 짧게 요약하는 사이, 타라는 지킴이들에게 정신적인 지시를 내렸다.

아무 일도 일어나지 않았다.

타라는 다시 정신적인 지시를 내렸지만 역시 아무 반응이 없었다.

"빌어먹을!" 타라는 폐허가 된 흰색과 초록색 신전 안에 서서 외쳤다. "지금 고집부리고 있을 때가 아니다! 우리는 여기를 빨리 떠나야 한다!"

"타라? 왜 그러니?" 데미데루스가 물었다.

타라는 눈을 뜨고, 악마의 사물들을 빼앗고, 다양한 지킴이들과 협약을 맺었던 조상을 쳐다봤다.

"지킴이들이 대답을 거부하고 있어요."

데미데루스의 얼굴이 굳어졌다. 쪽빛 눈의 키 작은 최고 마구스는 깜짝 놀라면서 못마땅한 표정을 지었다.

"있을 수 없는 일이다!" 데미데루스는 딱 잘라 말했다.

"그럼 직접 불러보시든가요!" 타라는 퉁명스럽게 말했다. "내 말은 통하지 않는데!"

데미데루스가 버티고 서서 불렀다.

역시 아무런 반응이 없었다.

데미데루스와 타라가 같이 불렀다. 서로 손을 잡고 눈을 감은 채 정신을 집중하고 아무리 불러도 대답이 없었다. 잠시 후, 무아노가 개입했다.

"지킴이들이 여기 없는 거 아닐까요?"

데미데루스가 눈을 떴다.

"지킴이들이 여기 없다면……." 최고 마구스는 덤덤한 목소리로 대답했다.

"무기한 휴가를 떠났을지도 모르죠." 파브리스가 농담 섞인 말을 던졌다. "아니면 바닷가로 산책을 나갔는지도 모르고요!"

"아니." 데미데루스가 말했다. "지킴이들은 그럴 수 없어. 사물들과 연결되어 있기 때문에. 내 후손 중 한 사람만 그 끈을 풀어줄 수 있다. 지킴이 종족은 우리와 협약을 맺었다. 그들은 그 협약을 깰 수 없어."

"슬루르크!" 파브리스가 말했다. "왜 가장 나쁜 일이 일어났을 것 같은 불길한 느낌이 드는 걸까요?"

그들은 불안한 얼굴로 서로를 쳐다봤다.

"마왕이 지킴이들을 빨아들인 거야." 데미데루스가 마침내 단언했다. "지킴이들은 아르칸즈의 몸속에 있을 거다. 아, 물론 아르칸즈가 살아 있다면."

상황이 점점 더 악화되고 있었다. 타라는 신중해야 한다는 원칙이 더는 필요 없다는 생각이 들었다.

그들은 신전을 나와 마제에게 작별 인사를 했다. 마제의 엘프들이 와서 보울라의 주민들을 도와주고 있었다. 보울라와 마제의 엘프들이 함께 사방으로 흩어져서 악마의 영혼들이 떨어져나간 것 때문에 완전히 정신이 나간 엘프들을 보살피고 있었다. 얼마 전까지만 해도 적이었던 엘프들이 이제는 서로 손을 잡고 충격을 견디지 못하는 엘프들에게 힘을 주고 있었다. 어쨌든 분열된 국민이 이번 일로 화합하는 중이었다.

타라는 아더월드의 마법사들이 혜성으로부터 우주선들과 행성을 방어하기 위해 어떻게 거대한 방벽을 세우고 유지하는지 방법을 설명해주었다. 엘프들의 수는 그리 많지 않지만 다오보르 행성의 마법이 믿기지 않을 정도로 강력해서 다행이었다. 더군다나 악마의 사물들은 파괴되었고, 영혼들은 마왕에게 돌아갔으니 혜성이 그들의 영혼을 흡입하지 못하게 막는 데 아무런 문제가 없을 터였다.

다오보르 행성은 위험을 면하게 되었다.

타라 일행은 트란스미투스를 사용해 드래곤 우주선으로 향했다. 몇 분 만에 그들은 빈터에 도착했다. 마라는 왕복선을 기함 우주선에 복귀시켜놓았고 이륙 준비는 끝나 있었다.

엔진은 이미 가열되어, 아니 냉각되어 있었다. 반중력 상태에서는 자동제동기 주위에 초강력 냉각장치가 필요했다.

셰바 사령관은 타라 일행을 반갑게 맞이했지만 불안한 기색이 역력했다.

"아르칸즈와 교신하려고 애를 썼지만 통신 두절이오. 우주 공간으로 들어서면 가능할지 모르겠소."

사령관이 눈살을 찌푸렸다. 타라 일행이 의식이 없는 드래곤 둘과 난쟁이, 고양이를 조심스럽게 옮기고 있었던 것이다.

"무슨 일입니까?"

타라는 짤막하게 설명했다. 그들은 인위적으로 생명 활동을 정지시키는 장치가 되어 있는 방에 셈 선생님과 실버를 눕혔다. 우주선이 행성의 마법 영역을 벗어나도 육신을 온전한 상태로 보존하기 위해서였다. 파프니르와 벨은 선실 중 하나에 눕혀놓았다. 타라는 살아있는 돌을 기절한 난쟁이 옆에 내려놓은 다음 무아노가 날린 마법 대신 수면 주문을 걸었다.

셈 선생님과 실버가 누워 있는 방 바로 옆에 있는 선실이었다. 그렇게 해서 의식이 없는 넷은 살아있는 돌이 내뿜는 마법의 도움을 받고 있었다. 타라는 혹시라도 파프니르와 벨제부트마저 잃을까 두려워 신중에 신중을 기하려는 것이었다.

사엘과 보울라는 소지품과 옷을 가지러 각자 동굴과 캠프로 갔다. 아더월드의 엘프들과 달리 사엘과 드리에스티르가 경호원과 호위대 없이 혼자 와서 그들은 깜짝 놀랐다. 사엘은 약간 예민해져 있지만 왕복선을 타는 것이 처음은 아니었다. 5000년이 넘은 낡은 우주선들이지만 엘프들은 다오보르 행성 주위의 우주 공간에서 우주선들을 운행하며 양호한 상태를 유지하고 있었다. 그래서 타라 일행은 행성 주위를 선회하는 엘프 우주선들을 볼 수 있었던 것이다. 사엘은 우주선을 운행하는 팀의 일원이기 때문에 첫 우주여행이 아니었다. 반면 보울라는 불안하기보다는 호기심이 가득해 있었다. 무엇보다도 포로가 된 친구 텍키를 어떻게 되찾을지 궁금해했다.

마침내 우주선이 이륙했고, 이내 행성을 뒤로하고 질주했다. 물론 그들은 서로 통신이 가능한 휴대용 영상 통신기를 마제에게 주고 출발했다.

타라가 지니고 있는 사물들의 영혼들이 갑자기 술렁거렸다.

'저기 있어.'

영혼들에게서 느껴지는 두려움 때문에 누가 있다는 건지 물어볼 필요가 없었다. 타라는 다른 이들이 모두 들을 수 있게 큰 소리로 말했다.

"혜성? 멀리 있어?"

모두들 소스라치게 놀랐다.

'멀리 있지 않아.' 영혼들이 대답했다. '너무 가까이 있어.'

"아, 마지스터가 왜 돌아오지 않는지 이상하다고 생각했는데 혜성 때문에 도망친 거였어."

'뭔가…… 다른 게 있어.' 영혼들이 말했다. '저건…… 저건……
있을 수 없는 일이야!'

"뭐라고?" 타라가 소리쳤다. "뭐라고?"

"언니!" 질겁한 마라가 외쳤다. "오, 젤리소르의 충치여! 한쪽 얘기
밖에 못 들으니까 답답해 죽겠잖아! 멘탈로-오디오 기구 좀 사용해,
제발! 무슨 일인데? 아르칸즈가 살아 있는 거야?"

타라는 멘탈로-오디오 기구를 썼다. 잠시 후, 영혼들이 큰 소리로
말했다.

"맙소사, 맙소사!" 영혼들이 합창으로 한탄했다. "느껴져, 느껴져!"

"뭐가 느껴지는데?" 칼이 인내심을 잃고 물었다.

"방패와 도끼의 영혼들이 느껴져. 지킴이들이 느껴져. 증오심과 복
수심이 느껴져."

"뭐라고?" 파브리스가 소리쳤다. "영혼들이 뭐라는 거야?"

이번에는 타라가 대답했다. 그런데 목소리가 침울했다.

"도끼와 방패의 영혼들이 아르칸즈에게 돌아간 게 아니었어. 아니
더 정확히는 영혼들이 갔다가 아르칸즈를 파괴했어. 하지만 새 마왕
다쉬에게 간 것도 아니야. 혜성이 빨아들였어!"

그들은 타라가 방금 한 말을 이해하는 데 시간이 좀 걸렸고 그사이
무거운 침묵이 흘렀다.

산헥시아가 공포에 질린 얼굴로 의자 중 하나에 주저앉았다.

"이제 우리는 끝장났어!"

28

지킴이들

수천 년 동안 복수의 칼을 갈았는데
누군가가 선수를 쳤음을 알아차렸을 때는
어떻게 해야 하나

*

타라는 눈을 감았다. 지긋지긋했다.

타라는 한마디도 하지 않고 멘탈로-오디오 기구를 벗었다. 그러고
는 사령관실을 나가버리자 갈랑이 재빨리 날아갔다. 칼은 친구들에
게 따라오지 말라는 손짓을 하고 쫓아나갔다. 블롱딘도 불안해하며
뒤따라갔다.

타라의 걸음이 어찌나 빠른지 벌써 선실에 들어간 뒤였다. 칼은 선
실 문을 열고 들어갔다.

타라는 금빛 금속 선실의 의자에 멍하니 앉아 따뜻한 몸을 기댄 갈
랑을 쓰다듬어주고 있었다.

"타라?" 칼은 놀라게 하지 않으려고 부드럽게 속삭였다. "괜찮아?"

맙소사, 이렇게 맛있는 냄새가 나다니! 칼은 타라의 몸에 흐르는 따

뜻한 피와 뛰는 맥박을 보며 목을 깨물고 싶은 충동이 일었다.

칼은 소스라치며 방금 삐죽 튀어나온 송곳니 두 개를 만져봤다. 단도처럼 날카로웠다.

자신이 인피뱀파로 변신해 있다는 걸 새까맣게 잊었던 것이다. 인피뱀파로 있었으니 타라를 보고 맛있겠다는 생각을 하지! 칼은 우주선이 마법 영역에서 너무 멀어지기 전에 서둘러야 했다.

칼은 내면으로 깊이 들어갔고 고통의 비명을 억제하며 힘겹게 인간으로 돌아왔다.

잿빛 눈과 흑발로 돌아오고, 타라에 대한 마음이 정상이 되자 변신 때문에 커져 있는 옷을 줄이고, 근육이 이완되게 했다.

그러고는 하얀 이불을 씌운 간이침대 가장자리에 앉았다. 약간 드래곤 스타일이지만 아주 편안했다.

타라는 갑옷 대신 반바지에 핑크빛 티셔츠로 아주 간편한 차림이었다. 칼은 타라의 허벅지에 손을 올리다 이내 후회했다. 방금 인간으로 돌아온 때문인지 아직은 뱀파이어의 본능이 훨씬 많이 남아 있었다. 손끝으로 전해지는 매끄러운 피부가 비단결 같았다. 칼은 근육이 단단해지는 걸 느꼈다.

칼은 더 이상 안 된다고 자신에게 주의를 주었다. 지금은 진짜 그럴 때가 아니었다. 손이 마지못해 복종했다.

"타라, 왜 그래?" 칼은 부드럽고 다정하게 말했다.

칼은 타라가 이렇게 마음을 닫아버릴 때가 싫었다. 타라가 어렸을 때 외할머니가 자기 말을 들어주지 않거나, 아무도 관심을 가져주지 않을 때 하던 방어 태세였다. 내면의 세계로 들어가 외부와 단절하는 것이었다.

칼은 타라를 방해하려는 것이 아니었다. 그저 '넌 혼자가 아니야, 네 곁에는 내가 있어' 이걸 알려주고 싶은 것이었다. 칼은 몸을 숙여 귀에 대고 속삭였다.

"사랑해. 너를 위해서라면 네 적들의 심장을 뜯어다 네 발치에 가져다 놓을 수 있어. 드래곤들의 목을 베고 보물을 훔쳐다 너를 금과 보석으로 휘감아줄 수 있어. 나는 어떤 위험에도 굴하지 않고 별이 없는 나라의 어둠 속에 있는 너에게 유일한 빛이 되어줄 거야. 너를 위해서라면 화산의 중심부를 걸어도 사랑의 힘으로 나는 불에 타지 않을 거야. 너를 위해서라면 목소리가 갈가리 찢어져도 노래를 부르고 또 부를 거야……."

타라는 흠칫 놀라 칼을 쳐다봤다. 이윽고 웃음이 새어 나왔다.

"칼? 무슨 말을 하는 거야?"

칼은 넉살좋게 미소를 지었다.

"난쟁이의 시야. 난쟁이들의 노래 이야기가 이렇게 내 가슴에 박혀 있을 줄 몰랐어."

"그랬구나." 타라는 미소를 지으며 말했다. "네가 심장을 뜯어내고, 드래곤의 목을 베고 보물을 훔치겠다는 말을 하는 순간부터 그런 의심이 들었어."

그러니까 타라는 칼이 하는 말을 듣고 있었던 것이다. 완전히 닫아버린 것이 아니었다.

칼은 '근데 갑자기 왜 이러냐?'고 묻고 싶어 입이 근질근질하지만 억제했다.

타라는 한숨을 내쉬었다. 영혼의 동반자가 기분이 좀 풀어졌음을 느낀 갈랑이 잠을 자려고 옷장 위에 놓인 바구니 안으로 날아가더니 날개를 접었다. 갈랑은 타라와 떨어져 있는 것이 싫었다. 산소가 충분한지 알 수 없는 곳에 갇혀 찾아주길 기다리는 동안 몹시 불안했었다. 그리고 실버와 셈 선생님을 잃었다는 소식에 몹시 슬펐다. 하지만 서둘러서 팅가푸르로 돌아가는 우주선 안에서 보금자리를 되찾은 것은 좋았다.

타라는 보금자리에 자리를 잡고 웅크리는 페가수스를 바라보다 자신도 칼의 품에 안겼다. 칼은 안도의 미소를 지으며 타라를 꽉 안아주었다.

둘은 한동안 그러고 있었다. 이윽고 타라가 뭐라고 중얼거렸다.

칼은 타라의 머리에 놓인 턱을 들고 물었다.

"뭐라고?"

"내가 비겁했다고."

칼은 움찔했다. 얼굴을 보려고 몸을 빼려 했지만 타라는 포옹을 풀지 않았다. 칼의 가슴에 얼굴을 묻은 채로 있었다. 자기 마음속을 너무 깊이 들여다보는 잿빛 눈을 보고 싶지 않아서였다.

칼 역시 '넌 내가 아는 사람 중 가장 비겁하지 않아' 하고 외치지 않았다. 놀라운 용기로 이미 한 번 죽었던 타라가 왜 또 이런 바보 같은 말을 꺼내는지 정말 알고 싶었기 때문이다.

칼은 인내심을 갖고 기다렸다. 타라의 어깨가 들썩이는 걸 느끼며 칼은 이를 악물었다. 여자가 울 때 칼은 완전히 무장해제가 되었다. 타라가 울 때는 그 이상이었다. 칼은 가슴이 찢어지는 것처럼 아팠다.

"이제 어떻게 해야 할지 모르겠어." 타라가 울먹이는 소리로 말했다. "계속 이런 두려움과 싸워야 하는 것에 지쳤어."

"알지."

"내 힘 때문에 너희들이 다칠까 봐 두렵고, 끝없는 전투로 너희들이 다칠까 봐 두려워. 갈랑이나 우리 패밀리어 중 하나가 다칠까 봐 두려워. 엄마와 아빠가 돌아가신 게 행복하다는 생각이 들 정도야. 그래서 엄마, 아빠 걱정은 안 해. 엄마와 아빠가 잘 지내고 있다는 거 알아. 아더월드에서 가질 수 없었던 삶을 살고 있으니까. 그래서 이따금…… 이따금……."

칼은 가슴이 찢어지는 것 같았다.

"이따금 부모님 곁으로 가고 싶겠지." 무슨 말을 하려는 건지 짐작한 칼이 말을 이었다. "그게 훨씬 쉬울 테니까. 그래서 네가 비겁하다고 말하는 거지? 그 길을 선택하고 싶어서?"

"그게 낫지 않을까?" 타라는 작은 목소리로 말했다.

칼은 사는 것이 정말 행복했다. 하지만 타라와 달리 자신은 제국이라는 무거운 짐을 등에 짊어지지도, 모든 이가 부러워하거나 갖고 싶어 하는 초강력 마법의 힘을 지니고 있지 않아 표적이 되지도 않았다.

"다 털어놔봐." 칼은 타라의 질문에 대답하지 않고 천천히 속삭였다. "하고 싶은 말 있으면 다해."

타라의 몸에서 긴장이 약간 풀렸다.

"나는 도망쳤어. 여러 번." 타라는 차분하게 대답했다. "기억상실에 걸렸을 때 본의 아니게 일어난 일이 아니었을 거란 의심이 들어. 그리고 마법을 잃었을 때도 의도적이었을 거란 의심이 들어. 마법을 거부했을 때, 세국을 거부했을 때도. 하지만 결국에는 언제나 돌아왔고, 압박감, 두려움, 책임감은 변함없이 계속되지. 제국을 다스려야 하는 리스베스 고모 곁에는 장관들과 고문관들이 있고, 의지할 사람이 있어. 산도르 황제와 나, 자르, 마라. 하지만 구원이냐 파멸이냐 일촉즉발의 위기가 닥쳤을 때는 나에게만 의지해."

속으로는 '넌 우리를 의지하잖아' 하면서도 칼은 침묵을 지켰다. '물론 우리는 너를 의지하고.'

"리스베스 고모는 드래곤족이 제레미와 나에게 준 초강력 마법을 지니고 있지 않기 때문이라는 거 알아. 그래서 모든 이들이 나를 이용하려고 한다는 것도 알아. 내가 왜 이번 미션을 받아들였는지 알아?"

칼은 생각해본 적이 없었다.

"얼마 동안이라도 압박감에서 멀리 벗어나기 위해서였어. 미친 혜성으로부터 악마의 행성을 지켜줘야 하기 때문도, 나만큼 강력한 마법사가 없기 때문도 아니야. 책임감, 의무, 비상사태, 죽음, 공포, 음모, 배신, 살인, 전투, 전쟁 때문에 내 몸이 조금씩 갉아먹히고 있는 것 같아. 나는 늘 피곤해. 끊임없이 터지는 사건사고! 항상 긴급히 내가 개입해야 할 엄청난 일이 일어나. 개입하지 않으면 세계가 무너지는 위급한 사태의 연속이야! 그때마다 최선책은 나야. 내 마법으로만 희생을 최소화하고 문제를 해결할 수 있어. 하지만 나는 이따금 차라리 세상이 무너지면 좋겠다는 생각을 해. 그래서 한 번만이라도 나를 조용히 살게 내버려두면 좋겠어."

타라는 계속 되뇌고 있었다. 자신을 짓누르고 있는 것들을 어떻게 설명해야 할지 모르지만 칼은 완벽하게 이해했다.

200

칼은 이게 우울증이라는 걸 알고 있었다. 그 자신은 경험한 적이 없지만 도둑 아카데미에 우울증에 걸린 동료 몇 명이 있었다. 우울증에 걸린 도둑은 죽은 도둑이나 다름없었다. 주의력과 집중력이 떨어지고 태만해졌다. 그러다 자기혐오에 빠졌다.

하지만 칼은 타라의 심정이 이해되었다. 타라가 도망쳤던 건 사실이었다. 하지만 어쩌다 한번씩이었고, 아주 멀리 도망쳤던 것도 아니라고 반박하고 싶었다. 타라는 늘 돌아왔고, 본분을 저버리지 않았다.

지구인들이 하는 말 중에 번아웃, 즉 '소진 증후군'이라는 말이 있다. 어린 사람에게도 적용되는지 모르겠지만 신체적, 정신적 피로감으로 인해 무기력증, 자기혐오, 직무 거부 등에 빠지는 증후군이다. 칼은 타라가 지금 이 상태에 빠져 있는 거라고 생각했다.

칼은 타라가 차마 입 밖에 내지 못하는 말을 언급하는 것으로 정곡을 찔렀다.

"넌 지금 실버와 셈 선생님이 정말 죽었을까 봐 두려운 거야."

타라는 한숨을 쉬었다. 타라가 하염없이 흘리는 눈물에 칼의 회색 스웨트 셔츠가 젖고 있었다. 타라가 눈빛과 잘 어울린다며 부드럽고 좋은 냄새가 난다고 해서 칼이 즐겨 입는 셔츠였다.

"그래. 셈 선생님……. 셈 선생님은 나에게 마법에 관한 모든 걸 가르쳐줬고, 헤아릴 수 없을 정도로 내 목숨을 구해줬어. 이제는 자주 만나지 못해도 정말 좋아하는 분이야. 그리고 실버……. 칼, 실버가 죽으면 파프니르에게는 정말 끔찍한 일이야. 내가 너를 잃었다고 생각해봐. 나는 아무것도 못 하다 죽고 말 거야."

칼은 타라를 달랬다. 부정할 수 없는 현실인데 어떤 위로의 말도 소용없을 터였다.

거의 서른 시간 가까이 한숨도 자지 못해 지칠 대로 지친 타라는 이제 눈물도 마르고 있었다.

"우리는 투사들이야. 우리가 있잖아, 타라. 투사는 저항하고 싸우다 죽을 수도 있어. 그리고 죽음은 협상할 수 있는 게 아니야. 그게 우리의 삶인걸. 제국이나 왕국, 여러 나라 도처에 평온한 삶을 살아가는 이들이 있지. 하지만 그건 우리의 삶이 아니야. 타라, 그런 게 우리의 삶이었다면 내가 너를 만나는 일은 없었을 거야. 너도 나를 만나지 못했을 거고."

칼은 타라를 꼭 끌어안았다.

"6년 전에 마지스터가 너를 납치할 시도를 하지 않았다면 너는 믿기지 않는 마법 능력이 있다는 걸 모른 채 네 말을 들어주지 않는 외할머니와 함께 지구에 살았겠지. 많은 세월이 흘렀는데도 딸의 죽음에 대한 트라우마 때문에 무의식적으로 너를 원망하는 외할머니랑 살다 어쩌면 평범한 남자와 결혼했을지도 모르지. 하지만 내 생각에 네 외할머니는 너를 곁에 붙들어두고 있었을 거야. 네 마법을 감시하기 위해서라도. 그랬다면 우리 아더월드는 어떻게 되었을까? 우리는 셰니가 이끄는 제국주의 드래곤들의 침략을 받았을 거야. 그리고 셰니는 위베른족 덕분에 마법사들을 물리쳤겠지. 드래곤들이 그것으로 만족했을까? 지구를 침략하려고 들었을 거야. 셰니는 우주선을 제작하고 폭탄 공격을 가할 수 있는 인간들이 존재하는 걸 참지 못했을 테니까. 그러면 타라, 네가 원하든 원치 않든 지구는 전쟁에 휩싸였을 거야. 그리고 너는 죽었겠지. 셈 선생님이 몇 년 동안 너에게 가르

처줬던 것, 마법에 관한 걸 배울 기회가 전혀 없었으니까. 마법을 배우고, 힘을 조절하고 침략자들을 물리치는 방법……. 그뿐만이 아니야. 너는 이중으로 죽었을 거야. 악마들도 쳐들어갔을 테니까. 가브리엘과 바쉬는 드래곤족을 간단히 해치웠을 거야. 인간들의 도움이 없었다면 드래곤들은 악마들을 이기지 못했을 테니까. 이런 말 해서 미안하지만 나는 현재 상황이 훨씬 낫다고 생각해. 내 품에 안겨 있는 너, 샤름에게 복종하는 드래곤들, 마왕을 유혹하는 네 동생, 정신적 건강으로 보면 가상의 뿔이 달린 혜성보다 훨씬 위험한 네 동생과 싸워야 할 아르칸즈. 아, 물론 아르칸즈가 살아 있다면."

긴 연설이었다. 하지만 칼은 농담을 섞지 않고 한마디 한마디 생각하며 진지한 어조로 천천히 말했다.

칼은 갑자기 들린 소리에 깜짝 놀랐다. 타라가 킥킥거린 것이었다. 얼굴을 들었는데 코는 빨갛고 눈은 퉁퉁 부었지만 여느 때와 다름없이 아름다운 타라. 호주머니에서 손수건을 꺼내 코를 풀고는 다시 웃기 시작했다. 칼은 이해가 안 되는 얼굴로 쳐다봤다.

"아무튼 너는 여자를 위로하는 방법을 알아." 타라가 미소 띤 얼굴로 말했다. "칼, 이중으로 죽어? 그런 말은 이제껏 들어본 적이 없는 웃기는 말이야. 어떻게 이중으로 죽을 수 있어?"

타라를 웃길 목적으로 한 말이 아니었기 때문에 칼은 뜻밖의 반응에 약간 놀랐지만 자신 없는 미소를 짓는 것으로 만족했다. 타라는 두세 번 킥킥거리다 한숨을 내쉬었다. 그러고는 몸을 숙이고 칼에게 입을 맞췄다.

"고마워. 내가 느끼는 감정을 쏟아낼 필요가 있었는데 내 마음을 알아주다니 넌 정말 대단해. 그래, 책임감이나 내 마법의 문제가 아니었어. 이번에는 셈 선생님과 실버를 구하기 위해 아무것도 할 수 없다는 것 때문에 겁이 났어. 아, 그리고 피곤해서 죽을 지경이기도 하고."

"또 다른 이유에 대해서는 네 말도 맞아."

"아, 그래? 뭔데?"

"우리는 계속 정신적 압박에 시달리고 있어. 따라서 우리에게는 아름답고 달콤한 긴 바캉스가 필요해. 빌어먹을 혜성을 파괴하는 즉시 멀리 떠나자. 크리스털 볼과 컴폰을 꺼놓고 햇빛 속에서 칵테일을 마시며 게으름을 피워보는 거야. 파라솔 아래 맑은 물에 발을 담그고 블를들이 발가락을 간질이게 놔둬보기도 하고. 오렌지색과 청록색 줄무늬 파라솔 어때?"

타라의 약간 불그스름한 쪽빛 눈에 광채가 지나갔다.

"바캉스, 난 이제 그게 무슨 뜻인지도 몰라!" 타라가 향수 어린 목소리로 말했다. "비욘드월드에서 아빠, 엄마와 함께 보낸 게 마지막이었어."

또다시 타라의 목소리에서 칼은 뭐라 설명할 수 없는 느낌을 받았다.

"안 돼." 칼은 딱 잘라 말했다. "그건 안 돼."

칼이 지금까지 보여주던 부드러움과는 아주 다른 딱딱한 어조에 타라는 놀랐다.

"뭐가 안 돼?"

"네 부모님과 함께 보낸 행복한 순간은 기억하지 마. 그때는 네가 죽었을 때잖아, 타라. 죽은 거였잖아!"

칼의 목소리에서 느껴지는 두려움에 타라는 가슴이 아팠다.

"알아, 미안해. 하지만 얼마나 매력적인데! 무슨 일이 일어나든 불안해할 필요 없이 사는 것이 얼마나 즐겁고 행복했는지 몰라! 거기서 아주 많은 걸 발견했는데 정말 지루할 겨를이 없었다니까!"

"그건 내 알 바 아니고!" 칼은 분명히 대꾸했다. "비욘드월드에는 사랑도 할 수 없을 정도로 끔찍하게 늙었을 때 갈 거야. 그게 신호일 테니까."

이번에는 타라가 웃음을 터뜨렸다.

그리고 숨이 막힐 정도로 칼에게 키스를 했다.

"그 말은 마음에 쏙 든다." 타라가 속삭였다.

"옷 벗어." 칼이 말했다.

"뭐라고?"

"옷 벗으라고." 칼이 짓궂게 쳐다보며 반복했다. "근데 네가 생각하는 그거 아닌데! 샤워하고 눈 좀 붙이라고. 우리 모두 지친 거야. 얼마 안 되는 시간에 너무 많은 일이 있었어. 신경이 예민해지는 건 당연해."

타라는 귀여운 미소를 지었다. 남자들을 미치게 하는 미소.

'옷 벗어' 칼은 정말로 장난을 치고 싶어서 한 말일까?

"음…… 근데 산헥시아가 끝장났다고 하는 말 들었어." 타라가 일어나 허리를 쭉 펴면서 말했다. "혜성에게 잡아먹히기 전에 우리 뭔가 해야 되는 거 아닌가?"

칼은 갑자기 입이 바짝 말라서 침을 힘겹게 삼켰다.

"그 말은…… 산헥시아는 과장이 심해. 여성 악마들이 얼마나 히스테릭한지 너도 잘 알잖아?" 칼은 문 쪽으로 뒷걸음치며 말했다. "불행히도 우리는 네 마법이 필요해. 정말 몹시 유감이지만."

칼은 타라가 불타는 시선으로 티셔츠를 벗으려고 할 때 도망쳤다.

그러고는 타라의 웃음소리를 뒤로하고 문을 닫았다. 칼은 문에 기대고 섰고, 에어컨에도 불구하고 이마에 땀이 맺혔다.

칼이 사령관실로 돌아갔을 때 모두들 불안한 얼굴로 기다리고 있었다.

"타라는 괜찮아. 너무 지쳐서 그래."

마라는 칼의 목을 와락 끌어안았다. 약간 얼떨떨한 칼은 가만히 있었다.

"그가 살아 있어!" 마라가 귀에 대고 소리를 질러서 칼은 이맛살을 찌푸렸다.

마라가 칼을 놓아주고는 두 팔을 벌리고 팽이처럼 뱅글뱅글 돌았다.

"살아 있어! 아르칸즈가 살아 있어! 네가 언니랑 같이 있는 사이에 메시지를 받았어."

칼은 미소를 지었다.

듣던 중 좋은 소식이었다.

"아니, 그게 아니야!" 산헥시아가 소리쳤다. "끔찍한 소식인데 무슨! 혜성이 영혼들을 빨아들였으니, 우리는 끝장났다고!"

선헥시아는 손을 비비 틀며 모두를 공포에 빠뜨리고 있었다. 칼은 단호한 어조로 소리쳤다.

"그만해!"

"뭐?" 깜짝 놀란 산헥시아가 물었다.

"그만하라고 했다! 그 소식 들었다고 그렇게 세상이 끝난 것처럼 호들갑 떨 필요 없어. 영화에서나 가능할까 현실에서는 아무것도 아닌 걸로 공포의 도가니에 빠뜨리는 것밖에 안 돼. 그러니까 당장 입 다물어!"

화가 난 산헥시아가 대들었다.

"너 기분 나쁘다고 나한테 분풀이해봐야 소용없어. 나는 명백한 사실을 말한 것뿐이니까! 내 동생이 살아 있는 건 기쁘지만 그래도 끝장난 건 맞아!"

"산헥시아, 말 나온 김에 한마디 하겠는데 우리 조상들은 혜성 못지않게 위험한 너희 조상들을 물리쳤어. 그래서 죽자고 붙으면 저 빌어먹을 혜성을 이길 수 있다고! 알았어?"

초록색과 파란색 옷차림의 산헥시아는 어깨를 으쓱했다. 칼은 산헥시아의 돌변한 태도에 얼이 빠져 있었다.

"난 솔직히 말한 것뿐이니까 용서를 구하지 않겠어. (산헥시아는 하품을 했다.) 아, 이동을 많이 했더니 피곤해. 혜성의 공격을 받고 처참한 꼴로 죽기 전에 잠이라도 좀 자야겠다."

산헥시아가 모욕당해 기분이 몹시 불쾌하다는 티를 내며 휙 지나가자 칼은 한숨을 쉬었다.

"모두들 가서 자는 게 좋겠어." 무아노가 제안했다.

"그래, 다들 나가라." 드래곤 사령관이 말했다. "칼리반 달 살란에게는 내가 설명해주지. 잠깐 자리를 비운 동안 우리가 알아낸 것에 대해."

모두 조용히 사령관실을 나갔다.

타라 일행이 다오보르 행성에서 분투하는 동안 충분히 수면을 취한 모우르무르와 히글 5는 격리된 왕복선의 실험실로 향했다.

칼은 부러운 얼굴로 둘을 쳐다보며 블랙 드래곤이 하는 말에 집중했다.

세바 사령관이 상황을 설명했다.

그들은 우주 공간을 관측하고 있었는데 이상한 일이 일어나고 있음을 알았다.

우선 칼의 생각과는 달리 혜성은 아더월드의 두 태양 주위의 궤도에 자리 잡은 악마들의 행성을 공격하기 위해 곧장 떠나지 않았다. 혜성은 다오보르 행성에서 그리 멀지 않은 곳에서 지그재그로 움직이고 있었다. 처음에는 무슨 상황인지 알아차리지 못했는데 마침내 아르칸즈가 보낸 메시지를 받았다. 다오보르 행성에서 무슨 일이 일어났는지 전혀 모르는 상태에서 보낸 일방적인 메시지였다.

드래곤 사령관은 칼이 타라를 위로하는 동안 다른 이들에게 보여줬던 아르칸즈의 영상 메시지를 보여주었다.

"도망쳐야 합니다." 마왕이 불안 때문에 일그러진 얼굴로 말하고 있었다. "타라가 해방시킨 영혼들을 혜성이 빨아들인 것이 틀림없소. 지금 우리는 혜성의 추격을 받고 있어요."

"어? 영혼들을 해방시킨 건 타라가 아니라 셈 선생님과 실버라는 사실을 아르칸즈가 모르고 있네요." 칼이 말했다.

영상 메시지는 계속되고 있었다.

"현재로서는 우리가 혜성보다 훨씬 빠르기 때문에 구석진 곳에 숨어 있다, 혜성이 추적하다 지쳐서 아더월드로 향하는지 살필 것이오. 앞으로도 연락은 이 채널로 하겠소."

메시지가 중단되었다가 다시 시작되었다.

"지금 도망쳐야……."

통신이 중단된 틈에 칼이 휘파람을 불며 블랙 드래곤에게 물었다.

"그럼 이제 어떡하죠? 우리는 아더월드로 가서 모두에게 알려야 하는데…… 아르칸즈가 우리 뒤를 따르고, 혜성이 아르칸즈를 쫓아오면 모두 다 아더월드로 이동하는 거잖아요? 그러면 서로에게 좋을 게 없어요. 혜성은 즉시 악마들을 공격하려고 들 텐데. 그리고 이번에는 혜성이 이길 가능성이 커요. 힘이 두 배로 커졌으니. 그렇다고 여기 머물면서 모우르무르가 혜성을 파괴하고 영혼들을 해방시키는 기발한 발명품을 만들 때까지 마냥 기다릴 수도 없잖아요? 그 김에 실버와 셈 선생님의 영혼들은 되찾을 수 있겠지만……."

블랙 드래곤이 한숨을 쉬는 바람에 튀어나온 불티에 콧등의 검은색 비늘이 환해졌다.

"다른 때 같으면 악마들이 죽거나 말거나 아무 관심 없는데, 지금 악마들이 죽으면 혜성에 에너지를 공급할 테고 그 화가 우리에게 미칠 테니……. 따라서 지금은 아더월드로 돌아갈 수 없겠다. 우리가 혜성의 위협을 무력화시키지 않는 한. 천재라는 인간이 셈과 잡종 실버의 영혼을 파괴하지 않으면서 이 문제를 해결할 수 있는지 모르겠지만…… 아무튼 너희들에게 맡기겠다."

"그래서요?" 칼은 눈을 비비면서 물었다. 인피뱀파로 변신해 날밤을 새운 탓으로 피로가 몰려온 것이었다.

블랙 드래곤이 피곤에 지친 칼을 쳐다보며 말했다.

"그래서 지금으로서는 아무것도 할 일이 없다. 멀리 떨어져 혜성을 따라가면서 작전을 세워야지. 하지만 인간이나 드래곤은 수면이 부족하면 생각을 잘할 수가 없다. 따라서 너는 잠을 자도록 해. 지금부터 일곱 시간 후에 만나자. 그사이 중요한 일이 생기면 사이렌으로 깨울 테니 걱정 말고."

칼은 반박하지 않았다. 블롱딘을 데리고 선실로 뛰어갔고, 빠르게 샤워를 한 다음 침대에 쓰러져 일곱 시간의 행복한 수면에 들어갔다.

한편 칼의 옆방에서 자고 있던 로빈에게는 난처한 일이 일어났다.

누군가가 노크를 했을 때 로빈은 깊이 잠들어 있었다. 그리고 옷을 홀딱 벗고 잠들었다는 걸 잊고 있었다. 너무 그로기 상태라 꿈이라고 생각했는지 뭔가를 걸칠 생각 없이 문을 열어주러 갔다.

사엘이 서 있었다.

얼굴이 빨개진 사엘은 시선을 피하다 로빈을 쳐다보며 말했다.

"흠흠." 사엘은 헛기침을 했다. "내가 온 건……."

갑자기 무슨 말을 하러 왔는지 전혀 기억나지 않았다. 평소에는 완고한 성격인 젊은 엘프는 이방인들이 다오보르 행성에 상륙한 뒤로 완전히 흔들려 있었다. 그래서 오늘 저녁은 스스로 운명을 결정하기로 작정하고 로빈을 찾아온 것이었다.

사엘은 또다시 흔들렸는데 이번에는 너무나 멋진 로빈의 근육질 몸매 때문이었다.

사실 사엘은 알몸을 보는 것이 거북하지 않았다.

서로를 응시하는 사이 사엘은 정신을 바짝 차리려고 애를 썼고, 잠에 취한 로빈은 몽롱한 상태에서 무슨 말인지 모를 소리를 내뱉었다.

"스프흐르크무엠플."

그러고는 문을 닫지도 않고 돌아서더니 침대에 엎어져 그대로 잠이 들었다.

사엘은 얼굴이 더 빨개져 로빈의 뒷모습을 응시했다.

잠시 머뭇거리다 한 발짝 안으로 들어갔다. 침대에서 로빈의 코고는 소리가 들렸다. 엘프들은 정숙과는 거리가 좀 멀었다. 하지만 다오보르 행성에는 남성 엘프들의 수가 아주 적었다. 그래서 남성 엘프들에게는 위험하거나 거친 일을 전혀 맡기지 않는 등 귀하게 대접했다. 사엘은 신전을 경비하는 그린 엘프들 말고는 이렇게 멋진 근육질 몸을 처음 보았다.

와우!

사엘은 얼른 입을 다물었다. 침을 흘리는 건 말도 안 돼. 품위를 지켜야지.

잠시 후, 사엘은 로빈의 품 안으로 파고들었다. 반쯤 잠이 든 로빈은 눈부시게 아름다운 여자가 방으로 뛰어드는 꿈을 꾸고 있었다.

로빈은 이런 꿈이 아주 좋았다.

여자의 도톰한 입술에 입을 맞추며 다정하게 안아주었다. 레파루스 주문으로도 사라지지 않은 수많은 흉터가 손에 닿자 로빈은 움찔했다.

음, 아주 좋았다. 어쩌면 이렇게 부드럽고 따뜻할까.

그때였다. 갑자기 들리는 차가운 목소리에 달콤한 꿈이 악몽으로 변했다.

"아하! 괜찮은지 보려고 왔더니 아주 가관이네!"

로빈은 눈살을 찌푸렸다.

발라가 내 꿈에 왜 나타난 거야?

로빈은 마지못해 얼굴을 들다가 갑자기 환해진 불빛에 소스라쳤다.

그리고 날아온 따귀를 맞고 정신이 번쩍 들었다.

잠시 후, 로빈이 벌떡 일어나서 발라를 쏘아봤다.

"내 방에 들어와서 뭐하는 짓이야! 빌어먹을 발라, 너 때문에 달콤한 꿈에서 깼잖아!"

발라는 초록빛 눈을 부릅떴다.

"꿈이라고? (발라는 침대에서 정신을 차리려고 애쓰는 사엘을 가리켰다.) 네 옆에 누워 있는 여자, 저 여자 이름이 꿈인가 보지?"

로빈은 어리둥절해서 침대와 사엘을 쳐다봤다. 사엘이 민망한 고갯짓을 했다. 그러다 로빈은 알몸이라는 걸 알아차리고 재빨리 시트를 몸에 둘렀다.

"오케이. 나는 꿈이라고 생각했는데…… 사엘? 네가 여기 왜 있어?"

잿빛 눈의 엘프는 머쓱한 미소를 지었다.

"그게…… 얘기를 하고 싶어서 왔다가…… 나도 모르게 이렇게 됐어. 네가 문을 열어줬는데…… 뭐라고 중얼거리더니 침대에 가서 누워버렸어. 나도 따라 들어왔고, 네가 깨어 있는 줄 알고…… 침대 위로 몸을 숙였는데 갑자기 나를 확 잡아끌더니 키스하기 시작한 거야."

로빈은 얼굴이 빨개졌다. 남성 엘프들은 얼굴을 붉히지 않지만 로빈은 반쪽이 인간이라 몹시 당황했을 때 얼굴이 빨개졌다.

"아주…… 아주 달콤했어." 사엘은 로빈이 괴로워할까 봐 얼른 말했다.

"말도 안 돼!" 발라가 으르렁거렸다. "너는 꿈이라고 생각하며 이 여자와 사랑을 나누려고 했단 말이야?"

"발라, 내가 비몽사몽간이었던 건 너도 봤잖아! 나는 문을 열어준 것조차 기억이 안 나! 아무튼 그렇다고 치고 따귀는 왜 날린 건데?"

"왜냐고?" 성난 발라가 빈정거렸다. "나는 너랑 함께 보내려고 왔어. 혜성에게 잡아먹히기 전에 즐거운 시간을 보내며 긴장을 풀고 싶어서. 근데 다른 여자와 있으니 너 같으면 따귀 안 날리겠어? 죽지 않은 게 행운인 줄 알아!"

사엘이 침대에서 뛰어내렸다.

"뭐? 너희 둘 커플이야?"

"응." 발라가 대답했다.

"아니!" 로빈이 대답했다.

사엘은 눈살을 찌푸렸다.

"대답은 일치해야지. 커플이라는 거야, 아니라는 거야?"

"아니야." 로빈이 발라보다 먼저 대답했다. "발라와 사귀긴 했어. 하지만 나를 반쪽 엘프라고 생각해. 그러니까 발라에게 나는 따분할 때 찾는 장난감이라고 할까, 그것밖에 안 돼. (갑자기 로빈은 타라가 했던 말이 떠올랐다.) 솔직히 말해 발라는 내가 존중하고 높이 평가하는 엘프 친구라고 할 수 있지. 이제는 더 이상 깊이 사귀고 싶지 않아. 우리 사이는 그게 다야."

발라는 콧방귀를 뀌었다.

"뭐, 친구? 네가 나를 존중해? 흥! 나를 갖고 싶다고 발밑에 엎드려 애원할 때 내가 어떻게 하는지 두고 봐. 아주 끔찍한 맛을 보여줄 테니까. 이 애송이 화이트 엘프는 바이올렛 엘프의 매력을 따라오려면 아주 멀었거든!"

발라는 도발적으로 엉덩이를 흔들며 선실을 나갔다.

문이 닫혔다. 발라가 쾅 닫았기 때문에 문이 항의하는 신음소리를 냈다.

사엘이 로빈을 쳐다보더니 깜짝 놀랐다는 표정으로 웃음을 터뜨렸다.

"진짜 좋았어. 와우, 엘프에게서 이런 느낌을 받기는 처음이야. 항상 이래? 느낌이 한마디로…… 와우였어!"

방금 굉장한 것을 발견한 소녀 같다고 할까. 로빈은 때 묻지 않은 사엘에게 못할 짓을 한 것 같아 부끄러웠다. 맙소사, 사엘이 이렇게 여러 번 '와우'라는 표현을 쓸 줄이야. 아더월드의 엘프들에 비하면 사엘은 믿기지 않을 정도로 신선했다.

"응, 항상 좋지." 로빈은 미소를 지으며 말했다.

사엘이 다가와 자신감 넘치는 잿빛 눈으로 로빈을 뚫어져라 쳐다봤다.

"그럼 우리 계속할까?"

29
새로운 미션

뚱보 암소가 왜 사냥개 행세를 하나

*

로빈은 침을 삼켰다. 당장 사엘을 안고 싶은 충동과 싸워야 했다. 타라와 발라를 사귀면서 여자에 관해 두세 가지 배운 것이 있었다. 여유를 갖고 천천히 다가가는 게 좋다는 것. 특히 남성과 교제한 경험이 거의 없는 여성 엘프를 상대할 때는. 로빈은 멋진 주인공이 된 것 같기도 하고, 한심한 바보가 된 것 같기도 해서 한숨을 내쉬었다.

"사엘, 너는 이제껏 내가 본 엘프 중 가장 아름다워. 천국의 하얀 새들이 시기할 정도로 새하얀 머리, 네 잿빛 눈에 빠져들면……."

"근데?" 사엘은 영리했다.

"이제 남은 여섯 시간 동안 열렬히 사랑하고 싶어 미칠 지경이지만 나는 그러지 않을 거야."

사엘은 가슴이 뛰었다. 엘프도 바라는 바였다. 여섯 시간? 와 너무 근사할 것 같았나.

"아, 그래?" 사엘이 수줍게 말했다. "근데 왜? 슈퍼였잖아!"

사실, 사엘은 엘프어로 '슈클로카스'라고 말했다. '굉장하다'는 뜻의 슈클로카스는 다오보르 행성에서 세월이 흐르는 사이 더 현대적인 단어 '슈퍼'로 변한 것이었다.

하지만 로빈에게는 전혀 '굉장하지' 않았다. 당장 찬물로 샤워하지 않으면 정신이 이상해질 것 같았다.

"그래, 좋았지." 로빈은 몸에 두른 시트가 흘러내리지 않게 조심하며 사엘의 손을 잡아 부드럽게 문 쪽으로 이끌었다. "좋았지만 내가 여기서 유일한 엘프…… 아니 반쪽 엘프라는 걸 이용해 너를 갖고 싶진 않아. 그건 내가 바라는 게 아니야, 전혀."

사엘이 쳐다보는데 로빈은 아름다운 잿빛 눈에 빨려들 것 같았다.

로빈은 사엘이 가슴에 손을 대는 순간 빨갛게 단 쇠가 닿은 것처럼 소스라쳤다.

"로빈, 네가 엘프든 인간이든 다른 종족이든 난 상관없어. 나는 너의 품에 안겨 있는 게 좋았거든. 네가 명예를 중요하게 여긴다는 것도 알겠어. 이런 일에 왜 명예를 생각하는지 나는 좀 웃기지만 받아들일 수 있어. 그리고 너 그거 알아?"

"……뭐?"

"나는 발라처럼 할 거야. 하지만 너에게 복수하기 위해서가 아니야. 난 시험 삼아 해볼 거야. 너를 원하기 때문에. 그리고 도덕적 가책 따위는 전혀 쓸데없다는 걸 알려주고 싶기 때문에. 너는 나와 이상과 취향이 같아. 너를 처음 보는 순간 알았거든."

사엘이 다정하게 입을 맞췄다. 충격받은 로빈의 표정으로 보아 이 묘한 고백을 어떻게 받아들여야 할지 몰라 당황하고 있음이 역력했다.

로빈이 마침내 어물어물 말했다.

"발라처럼 하겠다는 건 무슨 뜻이야?"

"아, 그거? 너를 유혹할 거야. 발라가 말한 대로 내 발밑을 기어 다니게 할 거란 뜻이지. 그 어이없는 바이올렛 엘프의 발밑이 아니라!"

그렇게 말하고 사엘은 함박미소를 지으며 발라 못지않게 몸을 흔들며 돌아섰다.

로빈은 나오려는 신음소리를 억제하며 매혹적인 사엘의 뒤태를 응시했다.

문이 닫혔다. 로빈은 벽에 기댄 채 시트를 떨어뜨리고 탄식했다.

"내가 무슨 짓을 한 거야!"

로빈은 한 번이 아니라 두 번이나 찬물로 샤워를 했고, 완전히 정신 나간 두 엘프 때문에 중단된 잠을 몇 시간이라도 자기 위해 침대에 쓰러졌다.

정확하게 여섯 시간 반 후, 자명종 소리에 로빈과 소우르브는 잠을 깼다. 로빈은 재빨리 씻고 우주선 식당으로 향했다. 가는 도중 칼을 만났다. 칼은 좀 더 일찍 일어났지만 잠이 덜 깬 상태라 하품을 하며 천천히 걸어가고 있었다.

친구들도 식당에 와 있는데 하나같이 하품을 했다. 물론 파프니르는 깨우지 않았다. 산헥시아, 데미데루스, 모우르무르와 히글 5는 보이지 않았다. 반면, 셀렌바와 발라는 와 있었고, 사엘과 보울라는 한창 얘기 중이었다. 로빈은 잿빛 눈의 아름다운 엘프에게서 눈을 떼지 못 했다.

사실 로빈은 숨쉬기가 힘들었다. 사엘은 튜닉과 바지 차림이 아니었다. 화려한 색깔의 점이 찍힌 배꼽티를 입어 배를 드러냈고, 빨간색 벨트라고 하면 좋을 초미니스커트 안에 레이스 거들을 착용하고 있었다.

사엘이 미소를 짓자 로빈은 멍하니 입을 벌리고 있다는 걸 깨닫고 얼른 다물었다. 발라는 한술 더 떴다. 보라색 속옷이 다 비치는 원피스 차림이었다.

두 엘프는 아이스크림 같았다. 한 명은 카시스(쌉쌀한 맛이 나는 까막까치밥나무 열매—옮긴이) 아이스크림, 또 한 명은 바닐라 아이스크림이라고 할까. 아주 맛있어 보이지만 너무 많이 먹으면 건강에 안 좋은데…….

로빈은 힘든 하루를 보낼 것 같은 예감이 들었다.

무아노가 로빈에게 빵과 발분 버터를 건네주는 사이 파브리스는 로빈과 칼에게 커피를 돌렸다.

여성 엘프 둘의 옷차림을 보며 뭔가 수상쩍다고 생각하던 칼은 로빈의 혼란스러운 표정을 보고 알아차렸다. 칼은 씨익, 미소 지으며 신선한 커피 맛을 음미했다. 칼은 커피를 석 잔째 마시고 나서야 눈이 제대로 떠지고 정신이 맑아졌다. 그리고 크셀 꿀의 과한 당분이 피로를 극복하게 도와주었다.

"타라 소식 아는 사람?" 셀렌바가 물으며 신선한 피 한 잔을 찔끔찔끔 마시고 있을 때, 요리사가 새로 구운 빵을 내왔다.

"나요." 무아노가 대답했다. "타라의 선실 문에 표시해놓은 것으로 보아 아직 자고 있어요. 갈랑도. 검은 여왕으로 변신해 있었던 것이 생각보다 훨씬 피곤했을 텐데 일부러 깨우지 않았어요. 사령관의 상황 일지에도 특별한 일은 언급되어 있지 않았고요. 아르칸즈를 뒤쫓는 혜성을 우리가 미행하고 있으니, 혜성이 행성에서 멀어지길 바란다면 다오보르 행성 주변을 떠나도 된다는 메시지를 마왕에게 보냈다는 것 말고는."

그들 등 뒤에서 생기 있는 목소리가 말했다.

"나 일어났어. 깨우지 않고 자게 놔둬서 고마워. 사령관이 내린 결정, 방금 들었는데 잘했네. 오, 안녕하세요, 모우르무르, 히글 5!"

타라에 이어 모우르무르와 히글 5가 파란색 작업복 차림으로 아침을 먹으러 들어왔다.

"안녕, 타라." 모우르무르가 말했다. "아! (모우르무르는 다오보르 행성의 엘프 둘을 발견했다.) 보울라 부인? 부인과 사엘에게 몇 가지 물어볼 게 있었는데 마침 잘 만났습니다."

모우르무르는 빵과 차 한 잔을 집어 들었고, 미식가 히글은 신선한 크림과 핫초코 한 잔을 들고 자리에 앉았다.

"예전에 살던 엘프족의 행성 셀렌다사프라에서는 마법을 많이 사용했습니까?"

사엘은 셀렌다사프라에서 태어나지 않기 때문에 보울라가 대답했다.

"네, 물론이지요. 그건 왜 묻습니까?"

"흠, 그런데 다오보르 행성에 도착해서는 왜 마법을 사용하지 않으셨습니까?"

"악마들에게 발각되고 싶지 않았거든요. 그리고 우리가 착륙했을 때 다오보르는 마법이 통하지 않는 행성이었지요. 처음에는 우리도 마법을 사용하려고 했지만 매번 반응이 없었으니까요."

"아!" 노학자가 말했다. "내가 그럴 줄 알았어요. 드래곤 사령관이 다오보르 행성에 마법 에너지가 넘친다는 사실을 알고 몹시 당황했지요. 5000년 전 다오보르는 마법이 없는 행성으로 분류되었기 때문에 악마의 사물들을 숨겨놨다면서. 다오보르 행성에서 얼마 동안이나 마법을 사용하지 않았습니까?"

"4000년쯤 되지요. 1000년 전 화산이 폭발했을 때 신성한 사물들을 발견하면서부터 마법을 자유롭게 사용할 수 있었으니까요. 하지만 서로에 대해 알아가면서 우리가 신성한 마법을 사용할수록 영혼들이 쇠약해진다는 사실을 깨닫게 되었지요. 때로는 영혼이 완전히 사라지기도 했거든요. 그래서 우리는 영혼들을 보호하기 위해 행성의 천연 마법을 쓰려고 노력했지요. 생각보다 많은 양의 마법이 있다는 걸 어느 날 갑자기 알게 되었기 때문이죠. 우리가 잘못 생각했다는 걸 알고 깜짝 놀랐어요."

"흠." 모우르무르가 말했다. "내가 생각한 게 맞았군요. 우리가 마법에 대해 알고 있는 모든 걸 뒤엎어버리는 혁신이 일어날 겁니다."

잠시 후, 그들은 혜성의 위협을 잊은 채 학자의 말에 귀를 기울였다.

모우르무르가 버터와 빨간 미암잼을 바른 빵을 하나 더 먹고 나서 자신이 추론한 것을 설명하려는 순간이었다. 마침 산헥시아와 데미데루스가 등장했기 때문에 모우르무르는 둘이 자리에 앉아 식사하기를 기다렸다. 이윽고 모우르무르는 탐험되지 않은 황량한 아더월드의 영상을 나타나게 해놓고 설명하기 시작했다.

"드래곤족이 아더월드를 발견했을 때는 켄타우로스족, 유니콘족, 트롤족, 식인귀족만 있었지요. 다른 종족과 달리 트롤족은 마법을 별로 사용하지 않아요. 워낙 힘이 세기 때문에 굳이 마법을 사용할 필요를 느끼지 않는 것이죠. 켄타우로스족은 난쟁이족과 마찬가지로 마법을 몹시 싫어해요. 반면 지능이 높기로 이름난 유니콘족은 뇌에 좋다는 특별한 풀을 뜯어 먹은 뒤 지능 발달을 위해 마법을 사용하지요. 하지만 이들의 마법은 타라나 아더월드의 마법사들이 사용하는 것처럼 강력하지는 않아요. 현재까지 우리와 드래곤족은 마법의 유체를 지니고 있는 행성과 마법의 유체가 전혀 없는 행성이 존재한다고 생각했지, 마법 능력이 있는 존재들이 마법의 유체를 가져올 수 있다는 생각은 한 번도 해본 적이 없었습니다."

아더월드의 마법에 대해 공부를 많이 한 무아노, 어머니와 함께 마법과 그 영향력에 대해 연구해온 로빈이 동시에 반응했다.

"그게 무슨 말씀이세요?"

모우르무르는 잼 바른 빵을 손에 들고 있다는 걸 깜빡 잊고 미소를 지으며 눈썹을 비비다가 그만 얼굴에 잼이 묻었다.

빨간 미암잼이 눈썹에 들러붙어 우스꽝스러운 모우르무르에게 히글이 한숨을 내쉬며 물 수건을 건네주었다. 모우르무르는 수건으로 얼굴을 닦으며 말했다.

"고마워요, 내 사랑. 내가 무슨 말을 하다 말았지?" 학자는 또 실수를 저지르기 전에 얼른 빵을 입에 넣고 우물우물 먹으면서 말했다. "아, 트롤족과 다른 종족들이 한 행성에 어울려 살았지만 마법을 별로 사용하지 않았기 때문에 아더월드는 생명과 마법이 넘치는 행성이 되었지요. 그리고 지구는 옛날에 인간들이 악마들을 물리칠 정도로 마법이 강력한 행성이었어요. 그것이 지구에 마법의 유체가 있었음을 증명하지요. 하지만 마법이 차츰 사라졌지요. 그 이유를 말할 수 있는 사람?"

타라는 모범생처럼 손을 들었다. 모우르무르가 미소를 지었다.

"그래. 타라, 말해봐."

"마법사들이 떠났기 때문이에요! 아더월드라는 새로운 행성이 지구보다 마법이 더 강해서 드래곤족이 지구의 마법사들을 이주시킨 거였잖아요. 지구인들이 아더월드로 이주할수록 지구에 사는 마법사들이 줄어들었지요. 그래서 지구의 마법이 약해지다 거의 사라질 정도가 된 거예요."

"정확해!" 모우르무르가 즐거워하는 얼굴로 말했다. "완벽하게 이해했구나! 얼마 후 행성에 마법이…… 뭐라고 해야 하나…… 전파되기 시작하지. 그러다 행성은 마법을 생산할 정도가 되어 축적한 거야. 아, 내 생각에 지구의 경우는 좀 다른 것 같다만. 아무튼 마법 능력이 있는 존재들이 만들어낼 수 있는 것보다 행성이 훨씬 많은 마법을 생산하게 되겠지. 이렇게 형성된 행성에서 마법사들은 자유롭게 마법을 사용하게 되는 거고. 이게 내 추론이야."

"그렇다면 마법사들이 행성에서 멀리 떨어졌을 때 마법을 사용할 수 없는 이유는 뭐죠?" 무아노가 예리한 질문을 했다. "우주 공간에서 우리는 마법의 유체와 차단되었어요. 선실에 있을 때 내가 무의식적으로 마법을 불렀지만 응하지 않아서 물건들을 떨어뜨렸거든요."

"아주 중요한 것을 지적하는구나." 파란색 작업복 차림의 모우르무르가 말했다. "사실 마법의 힘은 마법사 각자에게서 나오는 거야. 하지만 내 생각에 일종의 '구명줄' 같은 것이 있어서, 그것이 마법 능력이 있는 행성에서 멀리 떨어졌을 때는 마법사가 지닌 힘을 꺼내 쓰지 못하게 막는 것 같아. 생명력이 빠져나가는 것과 다름없기 때문이지. 우리가 마법을 너무 많이 소모할 경우 죽는 것이 바로 그런 이유겠지."

로빈은 아연실색했다. 어머니와 함께 양피지 문헌 수천 권을 연구했지만 이런 이론을 언급한 이는 아무도 없었다. 그러니까 지금 모우르무르는 다오보르 행성을 실제 표본으로 삼아 새로운 이론을 이끌어내고 있는 것이었다. 물론 실험을 더 거쳐야 하겠지만. 로빈은 파브리스가 곤충에 관해 해줬던 유머가 떠올랐다. 지구뿐만 아니라 아더월드에도 존재하는 벼룩 이야기였다. 학생들이 벼룩의 다리 하나를 떼어내고 뛰라고 하자 벼룩이 펄쩍 뛰었다. 다리를 하나 더 떼어내도 벼룩은 펄쩍 뛰었고, 세 개, 네 개…… 마지막 한 개가 남았을 때까지도 벼룩은 또 펄쩍 뛰었다. 그러다 벼룩이 뛰는 걸 멈췄다. 그러자 학생들은 '벼룩은 다리가 없으면 귀가 먹더라'는 결론을 내렸다.

로빈은 그 유머를 이해하고 나서는(처음에는 황당해했다) 아주 재미있는 이야기라고 생각했었다. 그 이야기를 들은 뒤로는 눈앞에 증거가 있는 것만으로 결론을 내릴 수 있는 것은 아니라는 생각을 하게 되었다. 다시 말해 벼룩 이야기는 좋은 실험을 해놓고 잘못된 결론을 내리는 어리석음을 범하지 말라는 뜻이었다.

"그렇다고 그게 우리 친구들을 해방시키고 혜성을 물리치는 데 무슨 도움이 되죠?" 로빈이 물었다.

모우르무르는 불쾌한 표정으로 로빈을 쳐다봤다.

"과학이 발전하는 데 큰 도움이 되지!"

"우리가 다 죽으면 그게 무슨 상관이라고요!" 로빈은 굽히지 않았다.

"이 새로운 사실에 입각해서 좋은 방법을 찾을 수도 있겠지. 그래, 내 연구가 아직 끝난 것이 아니니 지금으로서는 네 말이 맞다. 이제 혜성에 집중하자. 아침은 다 먹었으니 사령관을 만나러 갈까?"

그들은 삼삼오오 짝을 지어 식당을 나갔다. 좀 전에 칼이 그랬던 것처럼 타라 역시 사엘과 발라가 로빈에게 관심이 있음을 알아차렸다. 타라는 미소를 지었다. 한때 사랑했던 로빈에게 여친이 생기길 진심으로 바라고 있었다. 발라든 사엘이든 로빈을 매료시키기에 충분한 엘프들이었다.

그리고 타라는 전날 자신이 보인 행동에 대해 아무도 말하지 않는 것이 고마웠다.

가는 도중 그들은 드래곤 승무원들과 마주쳤다. 우주선은 거대한 파충류들이 날아서 쉽게 이동할 수 있도록 넓었지만 인간/뱀파이어/엘프들은 우선권이 있는 승무원들에게 길을 비켜주기 위해 자주 금빛 벽에 붙어 서야 했다.

그들은 마침내 사령관실에 도착했다. 블랙 드래곤 옆에 피 묻은 암소갈비가 놓여 있는 걸 보니 아침 식사를 하는 중이었다.

"아! 왔군요! 그렇지 않아도 만나자고 연락하려던 참이었는데."

그들이 인사를 하자 블랙 드래곤이 안락의자에서 일어났는데 갈비와 함께 그들도 잡아먹을 것 같은 기세였다.

"저기 사령관님." 블랙 드래곤 뒤에서 한 목소리가 말했다. "혜성이 돌아오고 있습니다."

블랙 드래곤이 즉시 돌아섰다. 레드 드래곤과 옐로우 드래곤이 불안한 표정으로 스캔스페이스 화면을 살피고 있었다.

"뭐라고?" 드래곤 사령관이 외쳤다.

"정확히는 돌아오는 것이 아닙니다." 레드 드래곤이 정중하게 설명했다. "이쪽으로 오는 것이 아니기 때문에, 하지만……."

"그런 식으로 말하지 말고 정확한 상황 보고를 하란 말이다!"

"혜성이 마왕을 따라잡지 못했고, 우리를 공격할 작정입니다!" 옐로우 드래곤이 겁먹은 목소리로 말했다.

"이런 플로우크50! 천만에!" 레드 드래곤이 폭발했다. "혜성은 다오보르 행성으로 돌진하고 있어! 저 궤적을 잘 보라고……."

"저건 무생물이 아냐! 궤적을 보라고! 우리 쪽으로 오는 거라니까!"

드래곤 둘이 싸움을 벌일 기세였다. 드래곤 사령관이 개구리처럼 배를 부풀리며 호통쳤다.

"차렷!"

소스라치게 놀란 옐로우 드래곤과 레드 드래곤이 질겁해서 사령관을 쳐다봤다.

"시끄럽다!" 드래곤 사령관이 위험할 정도로 냉랭한 어조로 말했다. "우리는 프로들이다. 이 미션을 위해 드란보우글리스펜쉬르에서 파견한 최고 정예군이란 말이다. 그런데 인간들 앞에서 나를 수치스

....

50. 드래곤 언어로, 바보 / 멍청이 / 얼간이, 이 세 가지가 다 섞여 있는 뜻이다.

럽게 하다니! 원위치! 혜성을 정확히 관찰하고 보고하라, 알았나?"

드래곤들은 "네, 분부대로 하겠습니다, 사령관님!" 하고 외치고 서로 노려본 뒤 스캔스페이스를 향해 고개를 돌렸다.

드래곤 둘의 말이 다 맞았다. 혜성이 행성 쪽으로 가고 있는 것도 맞고, 갑자기 방향을 바꿔 공격하려는 것도 맞았다.

타라는 감마글리스 창 앞으로 다가가서 마음의 준비를 했다. 사령관에게서 돌려받은 살아있는 돌이 타라 옆으로 날아왔다. 늘 그랬듯 살아있는 돌이 엄청난 마법을 보내줄 때 타라는 행여 마법 조절에 실패해 친구들이 다칠까 봐 가슴이 먹먹했다.

친구들도 가까이 다가와 타라를 지원해 싸울 채비를 했다.

타라는 방어막으로 우주선과 왕복선을 에워싸기 위해 신중하게 마법을 날렸다. 손에서 번쩍거리는 파란빛이 마치 종잇장처럼 금속 벽과 감마글리스 창을 돌파해 절대 뚫리지 않는 방어막을 쌓았다.

타라가 손을 내리고 마법을 껐지만 진동하는 방어막은 그대로 유지되었다. 블랙 드래곤이 감동한 듯 말했다.

"저렇게 얼마나 버팁니까?"

"글쎄요." 타라는 정직하게 대답했다. "혜성이 어떻게 공격해오느냐에 따라 다르고, 내가 어떻게 에너지를 공급하느냐에 따라 다르죠. 아무튼 내가 주문을 거두지 않는 한 계속 유지될 거예요. 깊은 우주 공간에 있는 거라 장담할 수는 없지만 지금은 살아있는 돌이 보내주는 힘을 사용하고 있으니까 문제없을 거예요."

"혜성은 500타트롤 이내에 있습니다." 옐로우 드래곤이 떨리는 목소리로 말했다.

그들은 가슴을 졸이며 창밖을 바라봤다.

거대한 혜성이 빠른 속도로 가까워지고 있었다. 지름이 100킬로미터에 이르는 불덩어리 주위를 검은색과 빨간색이 섞인 불길이 에워싸고 있었다.

타라는 각오를 단단히 하고 이를 악물었다. 아직은 거리가 꽤 멀지만 이런 속도라면 곧 혜성과 마주칠 터였다.

그런데 혜성이 마치 무시하는 듯 거만하게 그들의 우주선을 지나쳤다.

"혜성을 뒤쫓아라!" 깜짝 놀란 사령관이 명령했다. "혜성이 무슨 짓을 꾸미는지 모르겠지만 어디 두고 보자."

사엘과 보울라는 혜성이 다오보르 행성으로 질주하는 걸 알아차리고 잔뜩 긴장해 있었다.

"영혼들을 흡입하려는 거 아니에요?" 사엘은 두려움 때문에 잿빛 눈이 동그래져서 물었다. "나는 혜성이 악마들을 공격하러 떠날 거라고 생각했는데! 내 어머니…… 내 친구들! 그들이 죽을 거예요!"

"사령관님!" 타라도 몹시 불안한 얼굴로 외쳤다. "빨리 따라가요! 행성과 혜성 사이로 끼어들어야 해요. 아니면 내가 엘프들의 목숨을 하찮게 여기는 것밖에 안 돼요. 다오보르의 엘프들에게 방벽 세우는 법을 설명해주긴 했지만 그때는 혜성이 두 배로 더 강력해졌는지 예상하지 못했어요!"

스페이스컴이 울렸다. 잠시 후, 아르칸즈의 영상이 눈앞에 나타났다. 공포에 질린 표정이었다.

"아르칸즈." 마라가 소리쳤다. "괜찮아요?"

마라는 아르칸즈로부터 메시지를 받고 죽지 않았다는 사실에 안도했다. 하지만 마왕이 어떻게 악마의 영혼들과 아버지 바쉬의 잔혹한 유산에서 벗어날 수 있었는지 이해가 되지 않았다.

아르칸즈의 얼굴이 부드러워졌다.

"나는 괜찮아, 마라. 고마워. 그쪽은? 모두 무사한 건가? 내 메시지 받았나? 내가 계속 보냈는데. 나도 그쪽 메시지를 받았는데 무사하다는 것과 우리 우주선을 뒤따르고 있다는 것 말고는 정보가 없어서……."

"안녕, 동생." 산헥시아가 대답했다. "그래, 네 메시지 받았어. 그리고 이쪽 상황은 생지옥이야. 블루 드래곤과 실버 드래곤을 잃었어. 드래곤 둘이 악마의 사물들을 파괴했고, 그 바람에 네 목숨이 날아갈 뻔했고, 혜성은 훨씬 강력해졌지. 하지만 착한 드래곤들이기 때문에 지킴이들과 함께 혜성 속에 갇힌 영혼들을 돌아오게 하기 위해 뭐든 할 거야."

아르칸즈는 아연실색했다.

"뭐? 사물들을 파괴한 게 타라가 아니었어?"

"뭔가가 폭발하면 왜 모두들 내가 한 짓이라고 생각하지?" 타라가 팔짱을 끼고 말했다.

"난 아니야." 히글 5가 다정한 미소를 지으며 말했다. "나는 당연히 모우르무르의 짓이라고 생각하니까."

아르칸즈는 히글의 농담을 들은 척도 않고 물었다.

"하지만 어떻게 그럴 수가 있지? 그만한 능력을 지닌 사람은 타라밖에 없는데? 드래곤들이 어떻게 파괴할 수 있지? 그리고 지킴이들과 함께 혜성 속에 갇혀 있다는 말은 또 뭐야?"

블랙 드래곤 사령관이 몹시 불쾌한 낯짝으로 응수하려고 할 때 타라가 먼저 말했다.

"다오보르 행성의 마법은 아더월드보다 훨씬 강력해요. 5000년이란 세월이 흐르는 동안 사물들은 힘을 조금씩 잃었고, 특히 이중 도끼와 방패는 다오보르의 엘프들을 돕기 위해 마법을 사용했어요. 그래서 셈 선생님과 실버가 사물들을 파괴할 수 있었다고 생각해요. 문제는 혜성이 드래곤 둘과 함께 지킴이들, 악마의 영혼들을 빨아들였다는 거예요. 내 생각에는 아무래도 이전의 다른 사물들에게는 없는 주문이 걸려 있었던 것 같아요. 드래곤 둘과 지킴이들이 당신의 영혼 수집기 안에 있을 줄 알았는데……. 지금 실버와 셈 선생님의 영혼은 혜성 안에 있어요."

침묵이 흘렀다. 이윽고 마왕이 얼마나 인간에 가까운지를 또 한번 증명했다.

"그럼 파프니르는 어떡하고? 끔찍할 텐데."

예스! 마라는 아르칸즈에게 완전히 빠지고 말았다. 아르칸즈가 까칠한 빨간 머리 난쟁이를 걱정하고 있는 것이었다. 파프니르는 그를 좋아하지도 않았는데.

"그래서 파프니르를 재워놨어요." 무아노가 대답했다. "그게 우리가 할 수 있는 최선이었어요. 벨제부트와 파프니르는 셈 선생님과 실버의 시신과 같이 있어요."

아르칸즈는 지친 표정으로 얼굴을 문질렀다.

"진심으로 뭔가를 해줄 수 있으면 좋겠는데 우리는 혜성의 공격을 버티지 못할끼 뷔 두려워. 이 우주신에도 마법사들이 있지만 혜성의 힘이 두 배로 커졌다는 걸 생각하면…… 도망치는 것 말고는 방법이 거의 없어."

타라는 좋은 생각이 있었다. 혜성이 빠르게 전진하고 있는 데다 다오보르 행성에서 그리 멀리 떨어져 있지 않았다. 다오보르 행성으로 돌아가 방벽을 세우고 맞서야 했다.

"아르칸즈, 모우르무르가 성능을 두 배로 늘려놓은 이동의 팔찌를 사용하면 순간이동으로 600타트롤까지 갈 수 있어요. 당신의 순간이동 기구는 이동거리가 얼마나 되죠?"

아르칸즈는 갈색 머리를 흔들었다.

"거의 비슷해. 우리 학자들이 더 먼 거리의 이동은 관절이 뒤틀리는 위험이 있다고 했어."

"슬루르크! 공간이동의 문과 비슷한 원리로 이동하는 거 아니었어요?"

"아니, 아주 달라. 그래서 우리 학자들이 지금도 계속 연구하고 있어. 그건 그렇고 혜성이 사정거리에 이르기 전에 네가 먼저 다오보르 행성에서 유형화되길 바라는 거라면 불가능할 것 같은데."

잠자코 듣고 있던 사엘은 도무지 이해가 되지 않았다.

"혜성을 파괴할 시도를 했었다면서? 내가 들은 바에 따르면 타라 덩컨 공주는 마법 능력이 엄청나서…… 그리고 검은 여왕을 불러내는 것도 분명히 봤고. 공주가 혜성과 맞서 싸우면 되잖아?"

타라는 고개를 설레설레 저었다.

"사엘, 그냥 타라라고 불러. 그게 간편하잖아. 그리고 맞아, 물론 시도했지. 보울리미-레미 행성에서 공간이동의 문을 통해 마법 에너지를 공급받으며 제레미와 힘을 합해 공격했지만 실패했어. 악마의 마법이 우리의 마법을 방해해서 목표물에 이르지 못했거든."

이 말에 모두들 실망한 기색이 역력했다. 하지만 타라와 제레미가 성공했다면 해방된 악마의 영혼들이 몰려드는 바람에 아르칸즈는 죽고, 새 마왕인 늙은 악마 다쉬가 엄청난 힘을 가졌을 것이다.

타라는 속으로 말했다. '위기가 곧 기회란 말이 있잖아.'

"아르칸즈? 당신의 '공간을 파괴하는 기계'를 사용하는 게 어떨까요? 몇 초 만에 엄청난 거리를 주파할 수 있잖아요? 지금 가능하겠어요? 내가 혜성보다 먼저 다오보르 행성에 도착하는 게 가장 좋은 방법일 것 같은데."

아르칸즈는 이맛살을 찌푸렸다.

"마지스터의 추격을 따돌리느라고 에너지를 너무 많이 소모했어. 지금 에너지를 더 소비하면 아더월드로 돌아가지 못할 거야. 아니, 그보다는 네가 내 우주선으로 오는 게 가장 간단하지. 우리가 혜성과 너희 우주선보다는 더 빠르니까 제때에 혜성을 따라잡을 거야. 그다음 혜성과 행성 사이에 우리가 끼어들면 결판이 나겠지."

사엘이 눈물이 그렁그렁한 눈으로 간청하듯 두 손을 모았다.

"제발, 이렇게 간청할게! 혜성이 내 가족을 죽일 거야!"

타라는 고개를 끄덕였다.

"오케이. 이동의 팔찌를 작동하죠, 아르칸즈. 금방 갈게요."

타라는 친구들을 향해 돌아섰다.

"너희들은 여기 있어."

빈박하는 소리가 쏟아졌지만 타라는 손을 들어 입을 나물게 했다.

"내 말 잘 들어! 혜성을 상대할 때는 너희들이 도와줄 게 없어. 내가 혜성보다 더 강력하면 멈출 수 있는 것이고, 반대의 경우라면 우리 모두 죽는 거야. 그리고 우리는 지금 아더월드에 메시지를 보내지도 못하는 상황이야. 혜성이 들이닥칠 위험이 있으니 방어를 강화하라고 알려야 하는데."

타라가 악마의 팔찌를 모두 풀어서 내밀자 칼이 일그러진 얼굴로 받았다.

"네가 간직하고 있어." 타라는 단호하게 말했다. "혜성에게 이 영혼들마저 빼앗기고 싶지 않아."

칼은 잘생긴 아르칸즈의 영상과 타라를 차례로 쳐다보다 미소를 지으며 악마의 팔찌들을 파브리스의 손에 쥐어주었다. 파브리스는 어리둥절했다.

"타라, 너에게 침을 흘리는 아르칸즈랑 같이 있는 꼴은 절대 못 보겠어." 칼이 몸을 숙이며 타라의 귀에 대고 말했다. "난 너랑 같이 갈 거고, 무슨 말을 해도 안 들리니까 그런 줄 알아. 내가 갑자기 일시적으로 귀가 먹어서 괴롭거든."

"칼!"

"아무 소리도 안 들린다니까! 안 들린다고! 나도 너랑 똑같은 팔찌 있거든. 파브리스, 블롱딘을 부탁할게. 차오!"

1킬로미터도 안 되는 거리에 있는 악마 우주선의 위치를 이미 입력하고 있던 칼은 눈 깜짝할 사이에 악마들의 전산실에서 유형화되었다.

아르칸즈에게서 아직 연락을 받지 못한 악마들이 깜짝 놀라서 칼을 쳐다보고 있었다. 악마들이 여러 종류의 무시무시한 무기를 겨누자 칼은 두 손을 들고 당황한 어조로 말했다.

"와우, 여러분! 나는 여기 주인의 초대를 받고 온 칼리반 달 살란입니다."

"사실은." 인터폰을 통해 아르칸즈의 느끼한 목소리가 들렸다. "타라를 초대했지만 죽이지 말고 작전실로 데려와."

악마 우주선 역시 드래곤 우주선 못지않게 컸다. 늙은 악마들의 덩치 역시 드래곤들 못지않게 크기 때문이었다. 가는 도중 칼은 놀라운 것을 발견했다. 복도 모퉁이에서 뜻밖의 것을 보았던 것이다.

보울리미-레마족. 더 정확히는 비늘이 덮인 켄타우로스 형상이었다. 그러니까 마법을 얻기 위해 수백만의 영혼들을 희생시켰던 보울리미-레마족의 본모습이 바로 켄타우로스 형상의 괴물들이었던 것이다.

두툼한 다리 넷은 말보다 그린추51*의 다리와 더 비슷했다. 켄타우로스 형상의 보울리미-레마족이 비늘 덮인 긴 꼬리를 흔드는데 세 가지 색깔이었다. 등은 파란색 비늘, 옆구리는 크림색 비늘, 다리는 검은색 비늘이 덮여 있었다. 윗몸은 인간의 상체를 닮았고, 팔은 두 개, 손가락은 여섯 개였다. 길게 잡아 늘인 것 같은 파란 눈, 인간처럼 하얀 이빨, 초식동물이라기보다는 잡식동물로 보였다. 보울리미-

----

51. 아더월드의 뿔이 셋 달린 장밋빛 코뿔소. 우스꽝스러운 피부색이 못마땅하기 때문인지 늘 화가 나 있다.

레마가 칼의 눈을 뚫어져라 응시하며 비웃음을 흘리더니 건들거리며 다른 복도로 향했다.

칼은 눈살을 찌푸렸다. 보울리미-레마족은 아주 오래전에 켄타우로스 형상을 버렸었다. 오, 흉측한 벤드룩이여! 왜 켄타우로스 형상의 괴물을 다시 만들었을까?

칼은 의문이 가득한 머리로 조종실과 연결되는 통로의 난간**52**을 뛰어넘었다.

우주선의 조종실은 다 비슷비슷했다. 비행과 통신, 무기를 담당하는 승무원들, 전술가들, 조종사, 기술자, 전자 엔지니어 등. 악마들이 희미한 어둠 속에서 정보를 가리키는 기계들을 살피고 있었다. 칼은 악마들의 우주선을 지키기 위해 자원한 마법사 세 명에게 인사했다.

바로 그때 둔탁한 소리가 나서 모두들 소스라치게 놀라는 순간, 눈앞에서 무언가가 유형화되었다. 악마 한 명이 무의식적으로 미사일을 작동하는 버튼을 누르고 잠시 겁에 질려 있다 취소 번호를 눌렀다.

다른 우주선을 상대로 미사일을 발사하는 것으로 알고 공격할 뻔했던 타라는 곧장 작전실에서 유형화되었다.

아르칸즈가 태연하게 일어나 포옹하자 타라는 약간 놀랐지만 가만히 있었다.

"나의 천사! 다시는 너를 못 볼 줄 알았는데!"

"아, 그랬어요?"

- - - - - - - - - - - - - -

52. 촉수로 이뤄진 악마들은 층계를 오르는 것이 아주 불편하기 때문에 계단이 거의 없이 비탈을 이룬 통로에 난간을 세웠다.

아르칸즈는 자세를 바로 하고 심호흡을 하며 세 가지 초록빛의 눈으로 타라의 쪽빛 눈을 응시했다.

"악마의 사물들을 파괴하겠다고 알리는 너의 메시지를 받고 나는 이제 죽는구나 생각했지. 미션을 이루기 전에는 네가 무슨 일이 있어도 멈추지 않는다는 걸 알기 때문에. 사물을 파괴할 경우 내가 죽는다는 걸 너한테 미리 알렸어야 했는데 차마 말할 수 없었거든."

아르칸즈가 짓궂은 미소를 지었다.

"지금부터는 네가 바라는 것보다 훨씬 많은 정보를 줄게."

"아르칸즈." 타라는 부드럽게 말했다. "물론 비싼 대가를 치르겠지만 혜성이 영혼들을 빨아들여서 다행이라고 생각해요. 친구를 잃었다면 너무 슬펐을 테니까."

"고마워, 타라. 고마워."

그러고는 아르칸즈가 감정을 억제하며 의연한 자세로 명령을 내렸다.

"전진! 혜성이 행성을 공격하기 전에 따라잡아라."

빌어먹을 악마가 여친을 포옹하는 장면을 지켜본 칼은 질투를 해야 할지 말아야 할지 생각하고 있었다. 그때 스캔레이더[53]가 외쳤다.

"혜성이 속력을 내고 있습니다! 방금 초광속[54]으로 지나갔습니다!"

- - - - - - - - - - - -

53. 스캔스페이스 책임 장교.

54. 〈스타워즈〉에 등장하는 '밀레니엄 팔콘' 우주선의 빛의 속도보다 더 빠른 속도를 의미한다.

30
초광속

암소와 달리기 시합을 하는데
어쩌자고 난데없이 네 발 파충류가 끼어드나

*

타라는 '초광속'이라면 광속을 능가하는 속도라는 걸 알고 있었다. 마치 바늘이 우주 공간을 뚫고 지나가는 것 같다고 할까. 초광속은 초속 30만 킬로미터보다 훨씬 빠르게 날아갈 수 있음을 의미했다.

"뭐라고?" 아르칸즈는 욕설을 내뱉었다. "그건 불가능해! 혜성/암소는 그렇게 빨리 갈 수 없다! 모우르무르가 혜성이 공간을 건너뛸 수 있다고 했지만 그래도 그 정도로 속력을 내지는 못해! 그러면 거대한 몸집의 응집력이 파괴될 텐데!"

타라는 입술을 꽉 깨물고 있어서 대답할 수 없었다. 그때 드래곤 우주선이 속도를 내며 추월했다.

"뭐야, 시합하자는 건가?" 아르칸즈가 말했다. "좋아, 가자! 최고 속도! 행성으로 기수를 돌려! 조종사, 혜성에게 보여줘. 우리도 빨리 갈

줄 안다는 거."

아르칸즈가 빠르다고 하더니 악마 우주선은 과연 빨랐다. 타라는 악마들이 어떻게 여러 세계를 정복할 수 있었는지 이해가 되었다.

악마 우주선이 다시 드래곤 우주선을 추월했을 때 승무원들이 환호성을 질렀다. 타라는 어이가 없어서 한숨을 내쉬었다.

마치 경마장에 와 있는 것 같았다. 지금이 이럴 때인가! 하여튼 악마들과 드래곤들이란!

이번에는 다오보르 행성으로 돌아가는 데 일곱 시간이 채 안 걸릴 것 같았다. 악마 우주선은 드래곤 우주선을 멀찍이 따돌렸다.

타라는 보울라와 사엘이 얼마나 낙담하고 두려움에 떨고 있을지 눈에 선했다.

드래곤 우주선과 메시지를 주고받고 있었지만 행성에 가까워질수록 통신이 힘들어졌다. 지난번 아더월드에 메시지를 보내기 위해 우주선 두 대를 멀리 보내야 했을 때처럼 이번에도 알 수 없는 교란 전자파가 통신을 방해하고 있었다.

혜성을 따라잡는 순간 타라의 심장이 빠르게 뛰었다.

지난번에 아르칸즈는 드래곤 우주선이 따라올 수 있게 속도를 늦추며 행성에서 멀리 혜성을 유인하는 것으로 위험한 숨바꼭질을 했었다. 물론 드래곤 우주선이 은하계에서 은하계로 건너뛸 수 있었던 것은 아르칸즈가 마지스터를 따돌리기 위한 속도변화 에너지장 안에 드래곤 우주선 세 대를 포함시켰기 때문이었다.

타라와 칼은 악마 우주선이 상그라브 우주선들에게 쫓기는 동안 일어났던 상황, 모우르무르가 우주선 안에 있다고 믿고 마지스터가 도망친 이유를 설명했다. 아르칸즈의 입에서 웃음이 새어 나왔다.

"타라가 제대로 한 방 먹었네. (아르칸즈는 부르르 떨었다.) 근데 마지스터의 반응을 이해해. 검은 여왕은 내가 이제껏 본 것 중 가장 무시무시한 존재야. 내 주위의 끔찍한 늙은 악마들보다 훨씬 두렵다니까!"

"나는 저 혜성이 가장 무시무시해요." 칼은 우주 공간을 가리키며 말했다. 추격하는데도 너무 멀리 있어 혜성은 보이지도 않았다. "아, 물론 검은 여왕도 무섭지만 순위를 매기자면 혜성이 1위, 검은 여왕이 2위예요."

타라는 들은 척도 않고 빠른 속도 때문에 거의 뿌옇게 보이는 바깥을 응시하며 말했다.

"혜성보다 우리가 먼저 도착해야 해! 혜성이 엘프들을 죽이면 내가 나를 용서하지 못할 거야!"

갑자기 아르칸즈가 뻣뻣해지더니 뭔가가 기억난 듯 눈을 반짝였다.

"잠깐, 유령퇴치 기계뿐만 아니라 우리 기계로도 시험해본 적이 있어. 마법사들의 영혼을 낚아채려고 했을 때 두 가지 기계가 다 작동하지 않았고, 영혼들은 비욘드월드로 가버렸지. 드래곤들에게는 시험해 보지 못했지만 그들도 마법사들인데 같은 결과가 나오지 않았을까?"

타라와 칼은 함축된 뜻을 알기 때문에 불안한 얼굴로 아르칸즈를 쳐다봤다.

"그렇게 말하지 마요." 칼이 말했다. "혜성이 우리 친구들의 영혼을 흡수하지 못했다는 건 그들이 정말 죽었다는 뜻인데……."

아르칸즈는 고개를 끄덕이면서도 주장을 굽히지 않았다.

"우리는 마법 능력이 없는 인간들의 영혼만 훔치는 데 성공했어. 혹시 혜성도 같은 상황이 아닐까? 다오보르 행성에 있는 엘프도 모두 마법사들이니까 혜성이 영혼들을 흡수하지 못했을 수도 있잖아?"

그들은 두려움과 희망이 섞인 눈빛으로 서로를 쳐다봤다. 이윽고 타라는 목격했던 살육이 기억나서 물었다.

"영혼들은 흡수하지 못했다고 해도 광선을 맞은 사람들은 죽잖아요?"

아르칸즈는 유감스러운 얼굴로 고개를 끄덕였다.

"그래, 죽지. 하지만 자유로워진 영혼들은 비욘드월드로 가니까 부식해서 소멸되는 것보다는 낫잖아."

"아뇨." 타라는 단호하게 말했다. "그건 받아들일 수 없어요. 숨어서 사느라 엄청난 시련을 겪었고 이제는 수백만 명밖에 남지 않은 불쌍한 엘프들이에요. 오랜 세월 외부와 접촉을 끊고 살아오다 처음으로 우리를 만났어요. 그런데 우리가 그들을 죽음으로 몰아넣을 수는 없어요, 절대로! 비욘드월드가 해결책은 아니에요."

아르칸즈가 타라의 손을 잡자 칼은 이맛살을 찌푸렸다.

"그래, 가자, 타라. 걱정 마. 다 잘될 거야."

타라는 힘을 꽉 주었다가 부드럽게 손을 뺐다.

우주선의 성능에 대해 단언하던 아르칸즈의 말이 맞았다. 몇 분 후, 스캔스페이스에 혜성이 사정권 안에 들어와 있는 것이 관측되었다. 이것은 혜성이 몇백 미터 이내에 있다는 의미였다.

"타라, 왜 우리가 앞서기를 바라는 건데?" 아르칸즈가 걱정스러운 표정으로 물었다.

"혜성이 보울리미-레미 행성을 공격할 때 그 광선이 영향을 미치는 범위를 확인했는데 그리 넓지 않았어요. 내 생각에 혜성은 영혼들을 낚아채서 보존하는 데 힘을 집중해야 해요. 우리가 걱정하는 대로 새로 흡수한 영혼들 덕분에 힘이 두 배로 커졌을 경우 그 범위가 세 배로 넓어졌다고 해도 광선의 폭은 50미터 정도예요."

"네 방벽으로 그 정도는 방어할 수 있는 거야?" 아르칸즈는 놀랍다는 표정으로 물었다.

"타라의 마법은 대륙의 일부를 방어할 수 있을 정도로 강력하죠." 칼이 대답했다.

타라는 칼을 향해 눈을 흘기고 나서 부드럽게 미소를 지어 보였다.

"칼! 과장이 너무 심해! 아니, 도시 하나 정도. 나와 다른 마법사들이 힘을 합해 임무를 나눠서 혜성의 광선을 방어했지. 각자 지역을 맡아 방벽을 세웠지. 그런데 방벽이 뚫리기도 했기 때문에 심각한 피해를 입었어. 그래서 이번엔 친구들이 오는 걸 막았던 거야. 죽을지도 모르기 때문에. 아르칸즈의 말대로 혜성이 마법사들의 영혼을 흡수하지 못하면 좋겠지만, 지금은 혜성의 힘이 두 배로 커진 상황인데…… 더는 누구도 죽는 걸 보고 싶지 않아."

타라는 칼을 보며 다정한 미소를 지었다.

"너는 예외가 되었지만. 나랑 같이 죽겠다는 네 생각은 바보 같지만, 내 목숨을 여러 번 구해줬던 너잖아. 그런 네가 오는 걸 막았다면 그것도 바보 같은 짓이 되었겠지."

칼은 아무 말 없이 타라를 끌어안았고, 아르칸즈가 질투심을 느낄 정도로 시간을 끌었다.

"좋아, 너무 늦기 전에 가자." 마왕이 시큰둥하게 말했다.

악마 우주선은 공격을 받지 않기 위해 멀찍이 떨어져서 혜성을 앞질렀다. 물론 타라가 살아있는 돌을 지니고 있고, 다오보르 행성의 강력한 마법 유체를 쓸 수 있는 거리에 있지만 무슨 일이 생길지 아무도 모르는 일이었다.

혜성이 모르는 체하는 것이 이상했다. 정말 모르는 걸까?

악마 우주선은 다오보르 행성과 혜성 사이에 끼어들었다. 타라가 마법을 작동하자 칼과 악마 우주선에 탑승해 있는 마법사 셋도 마법을 작동했다. 이들 네 마법사가 있는 힘을 다해도 타라에게 부차적인 도움이 될 뿐이지만, 상황을 유리한 쪽으로 바꾸는 데는 나름 효과가 있었다.

"엄청난 용기가 필요할 것이다……." 아르칸즈가 조종사에게 지시를 내리며 말했다.

'그걸 말이라고 해?' 하고 묻는 듯한 악마 조종사의 표정은 아르칸즈를 완전히 미쳤다고 생각하는 것 같았다. 하지만 조종사는 군기가 잘 잡혀 있는지 복종했다.

타라는 드래곤 우주선도 보호해야 하기 때문에 마법의 힘을 확장했다.

하지만 혜성은 정지한 채 그 자리에서 움직이지 않았다.

극도로 긴장된 10분이 지났다. 작전실 안에서는 숨소리만 커질 뿐 아무도 감히 입을 열지 못했다.

그렇게 한 시간이 흘렀다.

혜성은 여전히 꿈쩍도 하지 않았다.

"슬루르크!" 타라가 갑자기 내뱉어서 모두 깜짝 놀랐다. "악마의 사물들을 갖고 왔으면 혜성이 왜 꿈쩍도 안 하고 공격도 하지 않는 건지 이유를 물어보기라도 할 텐데!"

"무슨 일인지 알겠어?" 칼이 물었다. "왜 저러지?"

그때 드래곤 우주선이 나타났다. 우주선이니 헐떡거린다고 표현할 수는 없지만 이상하게도 마치 엔진을 풀가동해서 지쳐 있는 것 같았다.

이번에는 통신이 이뤄졌다.

"무슨 일이오?" 블랙 드래곤이 퉁명스럽게 물었다. "당신이 혜성을 멈추게 한 거요? 파괴한 거요? 아니면 혜성이 공격했소?"

"혜성은 아무것도 하지 않았어요." 아르칸즈가 대답했다. "까닭 없이 초광속으로 질주하더니 행성 앞에 이르러서는 갑자기 멈춘 겁니다. 우리는 중간에 자리 잡고 있을 뿐 아무것도 하지 않았어요."

"나도 그 우주선으로 가고 싶어요!" 마라가 외쳤다. "어차피 죽는 거라면 언니, 칼 그리고 아르칸즈와 함께 있겠어!"

마라는 악마의 이름을 맨 마지막에 말했지만 누구보다도 아르칸즈와 함께 있고 싶은 마음이 역력했다.

타라가 안 된다고 말할 겨를도 없이 마라는 팔에 있는 뭔가를 작동했다. 잠시 후 작전실에 나타난 마라는 아르칸즈의 품에 안겨 흐느꼈다.

"당신을 잃어버린 줄 알았잖아요! 아르칸즈! 내가 얼마나 무서웠는지 알아요?"

눈이 동그래진 아르칸즈는 마라의 등을 쓰다듬으며 진정시키려고 애를 썼다.

"괜찮아! 나는 괜찮아. 다 괜찮을 거야."

마라는 믿지 않는다는 듯 훌쩍이며 멋진 악마의 품에 파고들었다. 타라는 터져 나오려는 웃음을 간신히 억눌렀다.

그때 모우르무르의 영상이 나타났고 당황한 얼굴로 자신의 팔을 쳐다봤다.

"내 이동의 팔찌를 훔쳐갔어!"

"마라." 타라는 부드럽게 말했다. "드래곤 우주선에 있는 게 훨씬 안전할 거야. 부탁인데 아버지와 어머니를 잃었는데 동생까지 잃고 싶지 않아. 가족이 있으면 걱정이 돼서 싸우는 것이 힘들어."

눈물에 젖은 마라가 자세를 바로 하면서 당돌하게 말했다.

"언니와 함께 저 혜성을 상대로 싸우러 온 거야! 혜성이 이 우주선에 있는 언니와 칼, 아르칸즈, (마라가 다른 악마들을 가리켰다) 모든 승무원들을 죽이지 못하게 하려고……."

그 순간 스캔레이더가 혜성이 움직인다고 소리쳐서 마라는 말을 중단했다.

암소…… 아니 부분적으로 유기체인 불덩어리치고는 놀라울 정도의 빠른 속도로 혜성이 옆으로 이동했다.

그리고 폭발했다.

31

속임수

다 쓰러지고
아무도 알아차리지 못하면
어떻게 하나

*

혜성은 폭발하는 느낌을 준 것일 뿐 수많은 불덩어리로 산산조각
난 것이 아니었다. 그저 폭발음을 낸 것이었다. 악마들과 마법사들은
경악했다. 갑자기 팽창한 혜성이 분출하는 일종의 전파가 두 우주선
을 후려치며 우주 공간을 가로질러 행성까지 퍼져나갔다.

타라는 악마의 마법 공격을 물리치기 위한 주문을 만들어놓았었다.

하지만 그들을 후려친 것은 완전히 다른 것이었다.

그리고 시커메졌다.

깨어났을 때 타라는 감옥에 있는 것도(누군가로부터 공격을 받았

을 때 타라에게 자주 일어나는 일이었다), 죽은 것도(이것 역시 일어난 일이었다), 침대에 누워 있지도(공격을 받았을 때 침대에 옮겨져 있곤 했다) 않았다. 이번에는 아주 평범하게 바닥에 쓰러져 있었다.

악마 우주선의 시커먼 금속 바닥.

딱딱해서 불편한 바닥이었다.

타라는 뭔가 끈적거리는 느낌이 들었다.

타라 옆에서 깨어나던 칼이 마치 감전된 것처럼 소스라쳤다.

"어떻…… 어떻게 된 거야?" 칼이 혀가 안 돌아가는 목소리로 물었다.

"모르겠어." 타라는 대답하면서 아픈 데가 없는 것에 놀랐다.

아니, 아픈 데가 전혀 없는 건 아니었다. 넘어질 때 몸에 깔려 있었는지 팔이 많이 저렸기 때문이다. 타라는 조심스럽게 기지개를 켜며 천천히 일어났다. 그리고는 즉시 드래곤 우주선에 있는 팔찌들과 접속을 시도했다. 혜성이 빨아들일까 봐 잔뜩 겁에 질려 있던 악마의 영혼들은 지체 없이 응답했다. 비록 무슨 일인지 전혀 모르고 있었지만.

"지금은 어지럽지 않아. 괜찮아." 타라는 불안해하는 영혼들의 질문에 큰 소리로 대답했다. "아르칸즈? 마라?"

마왕과 마라는 나란히 쓰러져 있었다. 아르칸즈가 마라를 붙잡아 품에 안은 상태로 기절해 있었다면 기막히게 로맨틱했을 텐데, 애석하게도 너무 갑작스러운 공격이라 그럴 겨를이 없었다.

작전실 곳곳에서 아직 살아 있는 것에 놀라는 소리가 들렸다.

아르칸즈는 초록빛 눈을 뜨고 타라를 응시했다. 타라는 감각이 없는 다리를 풀기 위해 왔다 갔다 걷고 있었다.

"무슨……."

"……일이냐고요?" 칼이 아르칸즈에게 말했다. "전혀 몰라요."

그들은 바깥을 쳐다봤는데 믿기지 않는 일이 일어났다.

혜성이 사라지고 없었다.

"아르칸즈." 타라가 외쳤다. "행성에 잿빛 띠가 있는지 잘 봐요! 확대할 수 있죠? 화산 위쪽을 살펴봐요!"

아르칸즈는 정신이 번쩍 들었다. 아직 기절해 있는 마라를 안고 일어나 감마글리스 창을 최대한 확대하라고 지시했다.

모두 숨을 고르며 기다렸다.

아무것도 없었다. 광선을 맞고 불탄 잿빛 띠는 없었다. 사라진 영혼도, 파괴된 생명도 없었다. 혜성이 휩쓸고 지나간 뒤라고 하기에는 다오보르 행성은 아주 평온했다.

"와우!" 타라가 외치는 소리에 모두들 소스라치게 놀랐다. "엘프들이 버텨냈어! 수천 년 동안 마법을 사용하지 않았던 엘프들이 해낸 거야!"

이때 눈을 뜬 마라는 아르칸즈의 품에 안겨 있는 것에 약간 놀랐다. 그러고는 죽거나 다쳐서 울부짖는 이가 아무도 없다는 걸 알고 예쁜 보조개 미소를 지으며 달콤하게 속삭였다.

"근데 입맞춤도 안 해줘요?"

아르칸즈는 미소를 지어 보였다. 마라의 볼에 입을 맞추고는 바닥에 내려놨다. 마라는 한숨을 쉬었다. 점잖은 것도 좋지만 아쉬웠다. 그래도 아르칸즈에게서 변화의 조짐이 조금씩 보이기 시작해서 다행이었다.

"도대체 빌어먹을 혜성이 어디로 간 거지?" 칼은 경계를 늦추지 않았다.

아르칸즈는 드래곤 우주선에 연락했다. 드래곤들 역시 기절했다 일어난 모양이었다.

"어떻게 된 일인지 알아요?" 블랙 드래곤 사령관의 홀로그램 영상이 물었다.

'무슨 일이야?' '어떻게 된 거야?'가 이날의 화두가 되었다.

"전혀 몰라요." 아르칸즈가 대답했다. "우리는 전투 대형이었고, 타라는 혜성을 상대로 강력한 마법을 날릴 준비가 되어 있었는데(타라는 아르칸즈가 과장이 심하다고 생각했다) 혜성이 분출하는 일종의 전파를 맞고 모두 의식을 잃었지요. 사령관은?"

"여기도 비슷해요." 블랙 드래곤은 마지못해 고백했다. "우주선 전체가 무력화되었소. 다행히 우리는 정지하고 있었기에 망정이지 아니었다면 우리는 그쪽 우주선이나 행성에 충돌했을 거요."

그들은 양쪽 우주선에서 겪은 일의 정보를 서로 교환했다.

스쿠프들과 각종 녹화기구들도 영향을 받은 것이 틀림없었다.

혜성의 앞부분만 확인할 수 있었다. 혜성이 일종의 전파를 분출한 뒤 쾅, 폭발음이 나고 모든 것이 시커메졌다.

타라는 무슨 일인지 전혀 알 수 없는 이런 것이 정말 싫었다.

타라는 사령관에게 통신기를 작동해서 마제와 연결해달라고 부탁했다. 마제의 영상이 나타났다. 늙은 엘프는 마치 긴장이 약간 풀린 듯 기분이 좋아 보였다.

"내 딸은 잘 있습니까?" 마제가 물었다. "벌써 돌아온 거예요? 무슨 문제가 생겼나요?"

사엘의 영상이 나타났다.

"엄마, 나는 괜찮으니까 걱정하지 마요. 타라 덩컨이 말했던 혜성 때문에 그쪽에 무슨 일이 생겼을까 봐 불안했어요. 혜성의 공격을 받지 않은 거예요? 방벽을 세운 게 아니었어요?"

마제는 고개를 흔들었다.

"공격받았냐고? 아니. 우리는 지금 마을을 찾아다니며 사물들이 파괴된 일로 고통스러워하는 엘프들을 도와주고 있어. 할 일이 아주 많아. 네가 돌아올 때쯤은 질서가 잡혀 있겠지. 그리고 아더월드의 엘프들을 만날 준비도 해야 하고."

마제 뒤쪽으로 마치 전투 준비를 하듯 분주하게 움직이는 엘프들이 보였다. 타라는 이번만은 전투가 아니라 화목해진 엘프들의 모습을 볼 수 있어서 기뻤다. 이때 들리는 소리에 타라는 미소를 지었다.

사엘이 명랑하게 말했다.

"한 달 후에는 돌아올 거예요. 엄마, 사랑해요."

그들은 몇 가지 정보를 더 교환하고 나서 다오보르 행성과의 통신을 끊었다.

"나는 전혀 이해가 안 되오." 블랙 드래곤이 말했다. "엘프들에게 아무 일도 없었다는데. 혹시 혜성이 악마들의 행성을 공격하러 떠난 거라고 생각하시오, 아르칸즈 왕?"

"그거야 모르지요." 아르칸즈는 불안한 얼굴로 대답했다. "그래서 말인데 가능한 한 빨리 보울리미-레미 행성으로 가기 위해서라도 같이 움직이자고 제안합니다."

마라가 악마 우주선에 남아 아르칸즈 옆에 있겠다고 고집을 피웠기 때문에 언니는 마지못해 승낙했다. 타라와 칼은 드래곤 우주선으로 이동했다. 타라는 무엇보다도 모우르무르와 할 얘기가 있었기 때문이다.

스쿠프, 탈루디, 스캐너, 레이다 등의 모든 기계가 동시에 꺼져버렸는데도 원인을 전혀 모르고 있었다. 이에 잔뜩 화가 난 모우르무르는 욕설을 쏟아내고 있었다.

아르칸즈가 엔진 가동을 하지 않을 것이기 때문에 갈 때는 시간이 훨씬 덜 걸릴 터였다. 아르칸즈는 공간을 파괴하는 기계로 드래곤 우주선과 함께 우주 공간을 건너뛰었다. 하지만 그 뒤로도 드래곤 우주선을 놓아주지 않고 최고 속도로 이끌어갔다.

이런 속도라면 이틀이란 시간을 벌 수 있을 것이고, 5일이면 보울리미-레미 행성의 궤도에 진입할 터였다.

출발한 지 하루가 지났을 때 다오보르 행성의 교란 전자파 지역을 벗어나자마자 아더월드와 메시지를 교환할 수 있었다.

하지만 그들은 아더월드에 아무 일도 없다는 사실을 알고 깜짝 놀랐다.

혜성의 흔적도, 마지스터의 흔적도 없었다. 악마들은 그들의 행성으로 돌아가기 위해 아더월드를 떠나는 중이었다. 호전적인 레드파는 부통치자 다쉬의 도움으로 다시 악마들을 장악하기 위해, 인간들과의 협정을 폐기하기 위해 움직이고 있었다. 반면 아르칸즈를 지지하는 블루파와 재판관이 속한 블랙파는 레드파의 동태를 살피며 저지하고 있었다.

"나쁘진 않군." 소식을 들은 아르칸즈가 말했다. "돌아가는 즉시 내가 옥좌에서 내려오진 않겠어!"

아르칸즈는 우주선의 장교 식당에서 저녁을 먹는 중이었다.

마라는 검은색 스팔렌디탈 작업복(지금은 전혀 필요하지 않은 복장인데) 차림으로 아르칸즈를 마주 보고 앉아 있었다. '진도'를 나가지 않아 답답한 마라는 단도직입적으로 물었다.

"당신은 왜 나를 안으려고 하지 않죠?"

물을 마시던 아르칸즈는 숨이 막혀 물을 뿜고 말았다. 물이라서 젖는 정도로 그친 게 천만다행이었다. 아르칸즈는 얼굴이 빨개져서 쳐다봤다. 마라는 딸기를 곁들인 발분 크림55을 먹고 있었다.

"뭐…… 뭐라고 했니?"

마라가 비웃는 표정으로 한쪽 눈살을 찌푸렸다.

"귀먹었어요? 그 정도로 늙은 것도 아니면서!"

아르칸즈는 얼굴을 닦으며 점잖게 말했다.

"그냥 내가 제대로 들었는지 알고 싶어서."

"왜 나를 안으려고 하지 않냐고요?" 마라는 꾹 참고 반복했다.

아르칸즈는 침을 삼켰다.

"아, 처음에 제대로 들은 거 맞구나. 내 말 잘 들어, 마라. 네가 이런 거 아주 재미있어한다는 거 알아. 우리는 덩컨 가문의 사람들에 대

· · · · · · · · · · · · ·

55. 출발하기 전 아더월드에서 생필품을 확보하며 아르칸즈는 좋아하는 발분 크림과 버터, 우유 등 많은 걸 구입했다.

해 아주 상세한 보고서를 갖고 있어. 모든 면에서 너와 피가 다른 모우르무르를 제외하고. 그중에서도 가장 장난을 좋아하는 게 너야. 하지만 이건 놀이가 아니야. 나는 악마든 인간이든 즐기기 위해 여자를 안지 않아. 그리고 난 너희들 인간과 똑같다는 걸 증명해 보이고 싶어."

"아아? 살육을 서슴지 않는 이기적이고, 경박하고, 거짓말하고, 도둑질하고, 천박하고, 타산적이고, 욕심 많고, 조작에 능하다는 점에서?"

아르칸즈는 재미있다는 얼굴로 미소를 지으며 고개를 끄덕였다.

"그래. 그뿐만 아니라 너희들 인간은 지성적이고, 멋지고, 현명하고, 친절하고, 착하고, 관대하고, 창조적이고, 명석하고, 상냥하기도 하지. 나는 왕이기 때문에, 수천 년 동안 인간들과 전쟁을 했지만 이제부터는 내가 인간보다 훨씬 더 인간이라는 걸 보여줘야 해. 이해하니?"

"전혀." 마라는 차분하게 대답했다. "내가 당신을 사랑하는 것 같지만 그렇다고 당신에게 완전히 빠져 있는 건 아니에요."

아르칸즈는 움찔했다.

"뭐라고?"

"그러니까 내 말은 완전히 빠지려면 당신을 안아봐야 알겠다는 거죠."

"하지만 우리는 데이트도 하지 않았어. 어떻게 그래? 너무 진도가 빠르잖아. 너는 아직 나를 잘 모르잖아!"

마라가 애정이 가득한 미소를 지어 보이자 아르칸즈의 마음이 흔들렸다.

"아니, 알아요. 당신은 남자고, 아버지로부터 국민을 지키려고 싸운 남자죠. 반쯤 미친 형과 맞서 싸운 남자죠. 당신은 국민을 구하기 위해 위험을 무릅쓰고 적대적인 행성으로 피신시킬 정도로 국민을 걱정한 남자죠. 당신은 내 가슴을 뛰게 한 남자죠. 당신이 왕이라서가 아니라, 당신이 미남이라서가 아니라 나는 당신의 내면에 있는 것, 그걸 좋아하는 거예요. 당신은 실버가 죽었을지 모른다는 소식을 듣고 파프니르를 걱정한 남자죠. 당신은 친절하지만 확고하고, 관대하지만 냉정해요. 나는 그 모든 면이 좋아요."

마라가 일어났다.

그리고 면허 받은 도둑의 가죽 작업복의 지퍼를 내리기 시작했다.

아르칸즈는 또 침을 삼켰다.

"너…… 뭐하는 거야?"

여성 악마들을 상대하기는 아주 쉬웠다. 육체적 사랑에 대한 개념이 인간들과는 완전히 달랐다. 하지만 인간들을 염탐하고, 아더월드보다 지구의 영화와 드라마를 많이 본 뒤로 아르칸즈는 아름다운 여자를 유혹하려면 어떻게 해야 하는지 확실히 알았다.

하지만 좋아하는지 아닌지 아직 잘 모르는 여자가 눈앞에서 옷을 벗기 시작할 때는 어떻게 해야 하는지 아무도 말해주지 않았다.

마라는 아르칸즈의 얼굴을 보고 까르르 웃었다.

"걱정 마요, 스트립쇼 하려는 거 아니니까. 보여줄 게 있어서 그래요."

안에 검은색 브라톱을 입은 마라는 작업복을 허리까지 내리더니 돌아섰다.

매끄러운 피부의 아름다운 등이 드러났다.

그 순간 마라가 뭔가를 하자 일루전이 사라졌다.

등 아래쪽 중앙에 흉터가 있었다. 아르칸즈는 욕설이 나오는 걸 꾹 참았다.

"오, 네 발 조상들이여!" 아르칸즈는 지극히 감정적인 분노를 터뜨렸다. "어떤 놈이 그랬어?"

마라는 다시 일루전으로 흉터를 가렸다. 물론 아직은 우주 공간 깊은 곳에 있기 때문에 살아있는 돌이 공급해준 일종의 휴대용 마법을 사용한 것이 틀림없었다. 마라가 돌아섰는데 눈빛이 어두웠다.

"자르와 나는 마지스터 밑에서 자랐어요. 결코 만족할 줄 모르는 누군가에게 복종하며 사는 것이 어떤 건지 당신은 알죠? 남이 하는 것은 뭐든 하찮고 부족하다고 생각하는 자, 정당한 이유 없이 그저 피를 보기 위해 걸핏하면 가혹 행위를 일삼는 자에게 복종해야 하는 것이 어떤지 당신은 잘 알잖아요?"

마라가 작업복을 다시 입는 동안 아르칸즈는 갑자기 식욕이 없어졌다.

"잘 알지." 아르칸즈는 주먹을 불끈 쥐며 말했다. "내 아버지가 그랬으니까."

"거봐요, 당신은 알잖아요. 당신은 이 세계에서 그걸 이해할 수 있는 유일한 존재 중 하나예요. 마지스터는 너무나 사랑하지만 가질 수 없는 여자의 아들과 딸에게 육체적 상처를 주는 것으로 만족하지 않았어요. 우리를 교육시키는 이들이 성에 차지 않는다고 죽여버리는 것으로 우리에게 정신적 상처를 주었으니까요. 그래서 나는 레파루스로 흉터를 없애기보다 이대로 보존하기로 했어요. 잊지 않기 위해서. 어떤 면에서 자르는 가브리엘을 닮았다고 할 수 있어요."

마라는 지퍼를 올리다 구불구불한 긴 머리칼이 걸리지 않게 머리를 흔들었다. 그러고는 금빛이 도는 갈색 눈으로 아르칸즈를 뚫어져라 응시했다.

"당신은 나랑 비슷해요. 상처를 받았지만 무너지지는 않았다는 점에서. 그리고 나는 당신과 장난치는 게 아니에요, 아르칸즈. 나는 정말 알고 싶은 거예요. 그러니까 내 말은 나를 타라 언니의 어린 동생으로 보지 말라는 거예요. 언니가 당신의 나라에서 1년 반을 보내다 돌아왔을 때 나이를 먹지 않았거든요. 따라서 나랑 여섯 달밖에 차이가 안 나게 됐으니 나이로 치면 거의 같아진 거죠. 우리 둘 다 곧 열아홉 살 생일파티를 할 거예요."

아르칸즈는 지금 나이 얘기가 왜 나오는지 이해가 잘되지 않았다. 형 가브리엘과 아버지 바쉬의 정복 계획을 수포로 돌아가게 했던 마라를 '어린 소녀'라고 생각한 적이 없었다.

"그래, 네 말이 맞아." 아르칸즈는 딸기에 발분 크림을 발라 건네주며 말했다. "하지만 우리는 서로를 잘 몰라. 그러니까 얘기를 많이 하면서 어떻게 되는지 보자. 혜성의 공격에 죽지 않는다면 우리는 앞으로 시간이 많잖아, 그치?"

마라는 입술을 삐죽거렸지만 비밀 무기를 꺼내든 것이 절반의 성공을 거둔 것이었다. 비록 완전히 성공한 건 아니지만.

마라는 활짝 웃었다.

아르칸즈가 마라의 매력에 느리지만 확실히 빠져들고 있는 동안, 로빈 역시 비슷한 문제로 애를 먹고 있었다. 아, 이 경우는 한 여자가 아니라 두 여자 때문이지만.

로빈은 우주선이 너무 크다고 생각했는데 이제는 너무 작다고 생각하기에 이르렀다.

사엘은 베에에를 사냥하는 샤트릭스처럼, 발라는 호프호프를 사냥하는 브르리르처럼 로빈을 몰고 있었다. 로빈은 두 엘프를 피하기 위해 숨을 곳을 찾아다니고 있었다. 사실 어찌해야 좋을지 막막하기 때문이었다.

로빈은 사엘이 마음에 들었다. 정말, 아주 많이. 그리고 계속 유혹을 피하다 얼마 전부터 우정으로 받아들인 터라 까칠한 발라의 반응이 두려웠다.

그래서 로빈은 숨어 있는 것이었다.

로빈은 기함 우주선의 화물창에 있으면 아무도 찾아오지 않으리라 생각하고 릴란드릴의 활 훈련을 하고 있었다. 칼이 불쑥 나타났다.

두 엘프와 마찬가지로 칼 역시 로빈을 찾고 있었다. 두 엘프와는 달리 칼은 로빈을 찾아냈다.

칼은 애꿎은 마네킹을 향해 화살을 날리는 하프엘프를 물끄러미 쳐다봤다.

그렇게 지켜보다 마침내 칼이 말했다.

"헤이, 친구. 남자 마네킹에 분홍색 반바지와 브래지어를 입힌 무슨 특별한 이유라도 있는 거야?"

로빈이 입술을 실룩거리며 시위를 당겼다. 화살이 마네킹의 눈에 꽂혔다. 로빈은 활을 내리고 돌아섰다.

은발을 한 갈래로 묶은 로빈은 창고가 덥기 때문에 민소매 티셔츠에 반바지, 운동화를 신고 팔에 보호대를 차고 있었다. 소우르브는 영혼의 동반자가 훈련하는 동안 방해하지 않으려고 옆에 놓인 장의자에 얌전히 앉아 있었다.

칼은 로빈을 볼 때마다 느끼는 거지만 타라가 왜 이렇게 잘생긴 미남 대신 자기를 선택했는지 이해가 되지 않았다.

"나 지금 숨어 있는 거야. 두 여자 때문에 돌아버릴 것 같아서."

오케이, 멋지고 점잖고 용맹하지만 여자에게는 서툰 로빈인데 어련하겠어.

칼은 빙긋이 미소를 지었다.

"사엘과 발라 때문에?"

"응." 로빈이 지친 표정으로 말했다. "두 여자가 내 생활을 엉망으로 만들고 있어. 둘이 만났다 하면 으르렁거리지, 싸우지 않을 때는 반나체로 내 주위를 빙빙 돌아다니지. 밤에도 불안해 죽을 지경이야. 그래서 열쇠로 문을 꼭꼭 걸어 잠가야 한다니까. 언제 내 방으로 들어올지 몰라서."

"아, 그래? 그거 좋은 거 아냐? 엘프들은 그런 거 좋아하는데 고르면 되잖아?"

"그게 쉽지가 않아." 로빈은 쓸쓸하게 말했다. "두 엘프가 나를 원하는 이유가 있거든. 발라는 내가 자기를 원치 않기 때문이고, 사엘은 반경 수백만 타트롤 내에서 내가 유일한 남성 엘프이기 때문이고. 두 가지 이유가 다 좋지 않아."

"왜? 네가 두 여자를 만족시키면 편안해질 텐데."

"그러기에는 내 성향이 너무 인간적이야. 검은 여왕이 혼혈의 신체적인 특성은 지웠지만. 나는 엘프들이 진짜 나를 사랑하기 때문에 원하는 거였으면 좋겠어. 선택의 여지가 없기 때문이 아니라."

"사엘이 아더월드에서 지내는 몇 달 동안 다른 엘프와 사랑에 빠지지 않는다면 관심을 가질 수 있다는 뜻으로 들리는데?"

"바로 그거야, 칼!" 핵심을 찌르는 말에 로빈은 경계심을 풀었다. "밤마다 사엘 꿈을 꿔. 유일하게 나를 잡종으로 보지 않은 엘프야. 얼마나 아름다운지 사엘이 가까이 있을 때는 숨도 잘 못 쉬겠어. 거의 고문 수준이야!"

"타라를 사랑했을 때도 그랬어?" 칼은 호기심이 발동했다.

"엘레아노라를 사랑했을 때 너는 어땠는데?" 로빈이 응수했다.

"내가 먼저 물었잖아."

로빈은 입술을 깨물며 칼을 뚫어져라 쳐다봤다. 검은 여왕의 노예가 되는 끔찍한 경험을 한 뒤로 칼은 몰라보게 달라져 있었다. 키가 훌쩍 크면서(직업 때문에 자주 불평하고 있었다) 체격이 아주 좋아졌다. 늘 더부룩한 흑발에 갸름한 얼굴로 타락한 천사 같은 표정을 짓던 칼은 이제 성숙한 청년의 모습이었다.

지금은 남성미가 물씬 풍기는 게 상남자였다.

로빈은 칼이 왜 찾아다녔는지, 그리고 지금 왜 이런 질문을 하는지 이유가 궁금했다.

"거의 비슷해." 로빈은 망설이다 마침내 말했다. "가슴 뛰는 것, 계속 사엘 생각이 나는 것, 보고 있으면 가슴이 터질 것 같고, 만지고 싶은 것."

칼은 잠자코 있다가 내뱉었다.

"나는 좀 달라."

로빈은 인내심을 갖고 기다렸다.

"타라를 사랑해. 내 가슴, 내 영혼을 다해 타라를 사랑해. 아기도 낳고 싶고……. 아, 물론 당장은 아니고. 나는 타라와 함께 살면서 곁에서 늙고 싶어. 엘레아노라를 쫓아다닐 때는 아주 달랐어. 그녀는 까칠하고 변덕이 심했고, 나는 그녀가 무슨 생각을 하는지, 뭘 원하는지도 몰랐으니까. 그리고 타라와 나는 아직……. 내가 뭘 말하는 건지 너는 알 거야. 미치도록 원하지만 타라를 사랑하기 때문에 얼마든지 기다릴 수 있어."

칼은 잿빛 눈으로 하프엘프의 크리스털 눈을 응시했다.

"이건 누구에게도 말하지 않은 신성한 고백이야."

이미 실연의 아픔을 겪었던 로빈은 칼의 심정을 이해할 수 있었다.

그렇지만 가장 놀라운 것은 타라에 관한 고백이었다.

"뭐? 그럼 너희 둘 아직 한 번도……?"

칼은 고개를 흔들었다. 그리고 아기에 대한 이야기를 설명하며 타라는 임신할 경우 마법 능력이 사라질 위험이 있다고 말했다.

로빈은 말문이 막혔다.

그리고 공포에 사로잡힌 반응을 했다.

"칼? 내가 타라와 계속 사귀다 임신을 시켰을 경우 타라가 마법 능력을 잃었을 거란 뜻이야?"

칼은 고개를 끄덕였다.

로빈은 얼굴이 창백해져서 소우르브가 있는 장의자에 앉았다. 그러자 히드라는 재빨리 파란 머리를 들이밀며 로빈의 겨드랑이 밑으로 파고들었다.

"그럼 내…… 내가 간신히 모……모면한 거잖아. 오, 젤리소르의 충치여!" 로빈이 어물어물 말했다.

"그래."

로빈은 정신을 차렸다.

"하지만 너희 둘에게는 끔찍한 일이잖아!"

"너는 상상도 못할 거야."

로빈이 일어나서 활을 내려놓고 친구를 끌어안았다.

"나는 질투심에 사로잡혀 있었어." 로빈이 고백했다. "내가 아직 타라를 사랑하는데 네가 빼앗아간 거라고 생각했어. 그게 아니라는 걸 잘 알면서도 그렇게 생각했어. 그런데 결국은 그 무거운 책임을 너한테 준 셈이 되었네. 무슨 말을 해야 할지 모르겠어. 쉽게 털어놓을 수 없는 건데 나한테 말해줘서 고마워. 그리고 칼, 미안한데 이왕 말이 나온 김에 내가 부탁 하나 해도 될까? 두 엘프 중 한 명에게 내 마음을 전해달라는 부탁을 하고 싶은데 들어줄래? 나는 사엘을 생각하고 있어."

와, 제법인데. 칼이 미소를 지었다.

"빙고!"

"너도 그렇게 생각하는구나."

"내가 사엘에게 뭐라고 말해줄까?"

"아더월드에 가면 마음에 드는 남성 엘프들을 많이 사귀어보고, 그랬는데도 완벽한 엘프들과 사랑에 빠지지 않으면 혼혈인 나에게 돌아오라고."

칼은 로빈의 등을 툭툭 쳤다.

"메시지 접수."

"오케이. 그리고 하나만 더 부탁해도 돼?"

"응, 뭔데?"

"사엘이 베에 사냥하듯 나를 궁지에 몰아넣는 걸 멈추면 발라도 멈출 거라고. 이틀이나 도망쳐 다녔는데 더는 안 그랬으면 좋겠다고."

칼은 친구를 쳐다봤다. 이젠 제법 능숙한 꾼이 된 것처럼 로빈은 생각보다 훨씬 영리하게 굴었다. 칼은 이런 태도가 혹시 책임질 일을 만들지 않으려는 혼혈 특유의 약삭빠른 자기 방어가 아닌지 의문이 들었다.

타라는 모우르무르와 함께 있었다. 늙은 학자는 악마의 사물들에서 영혼 둘을 빼냈지만 그 과정이 너무 더뎌서 미칠 지경이었다. 게다가 두 우주선에 있는 이들이 왜 모조리 기절했는지, 혜성은 왜 사라졌는지 이유를 전혀 모르고 있었다. 그의 기계들은 혜성의 위치를 탐지하지 못하고 있었다.

"해결되지 않는 문제가 꼬리를 물고 일어나네." 모우르무르는 중얼거렸다. "내가 뭘 놓친 거지?"

그때 홀로그램이 켜졌다. 드래곤 사령관의 거대한 머리가 나타났다.

"방금 메시지를 받았소." 사령관이 신경질적인 어조로 말했다. "혜성을 찾은 것 같소."

"슬루르크!" 타라가 말했다. "혜성이 보울리미-레미 행성 부근으로 돌아간 거예요? 하지만 그렇게 빨리 갈 수가 없는……."

"아니오." 드래곤이 말을 잘랐다. "혜성이 방금 아더월드 상공에 나타났답니다!"

32

폭풍 전야

모든 이들이 당신은 오지 않을 거라 생각하는
파티에 초대를 받으면 어쩌려고

*

혜성의 출현으로 아더월드는 공포의 도가니에 빠져 있었다. 마법
사들은 행성을 덮칠 불타는 광선에 맞서기 위해 즉시 무리를 지어 방
벽을 세울 채비를 했다.

상황이 역전되어 이번에는 아더월드 주민들이 악마의 행성으로 피
신하려고 아우성이었다. 그러자 아더월드에서 마련한 일종의 난민
촌에서 푸대접을 받았던 악마들이 비웃음을 흘렸다.

전투 준비가 시작되었다.

위성들이 아더월드의 상공 궤도에서 방금 일어난 상황을 알리자 리
스베스 여제는 약 2분 후 타라에게 메시지를 보냈었다. 여제는 시차
때문에 제때에 회답이 오지 않겠지만 그래도 악마 우주선이 가능한
한 빨리 돌아오기 위해 최선을 다해주길 바라고 있었다.

리스베스 여제는 국민들에게 가능한 한 넓은 평원으로 떠나 한데 모여 있지 말고 뿔뿔이 흩어지라는 칙령에 서명하는 중이었다. 그러다 문득 혜성이 나타난 지 한 시간이나 됐는데 아무 일도 일어나지 않고 있다는 사실에 주목했다.

지금까지 혜성은 움직이는 것이 보이면 미친 동물처럼 즉각 반응하지 않았던가. 행성으로 돌격해 지체 없이 공격을 퍼부었었다. 그런데 혜성이 아더월드 주위를 평온하게 도는 것으로 만족하고 있다니.

여러 가지 의문이 들었다. 마법사들은 육신이 죽으면 영혼이 비욘드월드로 빠져나갔다. 하지만 모우르무르가 보낸 메시지에 따르면 실버와 셈의 드래곤 영혼들이 지킴이들의 영혼과 함께 혜성 속에 갇혀 있을 가능성이 있었다.

이건 무슨 뜻이지?

리스베스는 입술이 일그러질 정도로 얼굴을 찌푸렸다. 악마의 사물들을 회수하기 위한 원정대를 보냈고, 그중 두 개를 회수했다. 그런데 혜성이 실버와 셈의 영혼을 빼냈다는 것은 마법사들의 영혼도 빨아들일 수 있다는 뜻이었다.

이것으로 혜성이 보울리미-레미 행성이 아니라 아더월드 상공의 궤도에 있는 이유가 설명되었다.

"상황이 아주 나쁜 거요?" 바리우스는 정성껏 면도한 턱을 만지며 물었다. (리스베스가 사흘이나 기른 수염 때문에 따가울 뿐만 아니라 염소수염 같아서 지구의 해적을 보는 것 같다고 지적했다. 이에 바리우스는 부부로 살아가려면 몇 가지는 양보해야 한다는 생각에 턱수염을 싹 밀어버렸다.)

"나는 온갖 정치적 위기와 음모, 몇 번의 살인 미수에 굴하지 않고 과감하게 맞서왔어요. 궁전에 일어난 화재로 내 어머니를 잃었지만 굴하지 않았어요. 적의 군대와 싸웠고, 내 영혼을 장악한 크라에토비르의 반지, 검은 여왕에게도 굴하지 않고 끝내 버텨냈어요. 하지만 바리우스, 이번에는 최악의 상황이에요."

리스베스가 미디어에 보내기 위해 서류를 컴퓨터 화면에 대고 있을 때 바리우스가 일어나 그녀를 일으켜 세웠다.

그러고는 무릎을 꿇었다. 크림색 셔츠에 큼직한 갈색 나비넥타이, 짙은 회색 정장으로 멋지게 차려 입은 모습이었다. 이번만은 바리우스가 좋아하는 가죽 바지를 입지 않았다.

리스베스는 바리우스가 며칠 전 선물했던 빨간 케빌리아 반지를 돌려달라고 했을 때 빌랭 왕국으로 돌아가 결혼식을 올릴 수 있길 기다리기로 결정한 거라고 생각했었다. 그런데 바리우스가 빨간 케빌리아에 핑크빛 다이아몬드를 장식해 더 화려해진 반지를 내밀어서 깜짝 놀랐다.

"리스베스, 당신은 내 인생의 사랑이오. 나는 더는 기다리고 싶지 않아요. 죽더라도 당신을 내 아내로 맞은 다음 죽겠소. (바리우스는 잠시 말을 중단하고 심호흡하고 나서 고백했다.) 리스베스틸랑넴, 나와 결혼해 가장 행복한 남자로 만들어주겠소?"

리스베스는 떨리는 손으로 반지를 받았다. 이 순간 발치에 있는 남자는 세상에서 가장 잘생기고 든든한 사람이었다.

"하지만…… 하지만……." 리스베스는 어물어물 말했다. "다릴은? 나는 그럴 수……."

"다릴 크라투스에게는 안됐지만 어쩔 수 없는 일이에요. 나에게 있어서 그는 30년 전에 죽은 사람이오. 다시 나타난 남자가 진짜 다릴일 수도 있지만 이제는 촌구석의 물고기 장사꾼보다도 당신의 남편이라고 할 권리가 없어요."

리스베스는 새어 나오려는 웃음을 억눌렀다.

"오, 바리우스, 정말 그러고 싶어요. 하지만……."

"쯧쯧쯧, 내 사랑. 하지만이란 말은 하지 마요."

다시 일어난 바리우스가 걸어가더니 문을 열고 오무아 제국의 수상인 타트리스족 테오클리스 부인을 들어오게 했다. 가슴 부분에서 드레스 자락까지 100개의 금빛 눈을 가진 주홍빛 공작이 수놓인 흰색 예복 차림이었다.

갈색 머리와 금발, 검은색 눈의 두 얼굴이 리스베스 여제를 향해 상냥하게 미소를 지어 보였다. 리스베스는 여전히 반지를 손에 쥔 채 어찌할 바를 모르고 있었다.

"테오클리스 부인? 이게 무슨……?"

"우리는 고문서에서……." 금발의 다티스가 말했다.

"주목할 만한 조항을 발견했습니다." 갈색 머리의 아리스가 말을 이었다.

"여제의 남편이 3년 이상 행방불명일 경우……."

"그 결혼은 무효가 된다는 조항입니다."

"오랫동안 사용되지 않았던……."

"법 조항입니다."

"지각단층 전쟁이 일어났을 때 제정된 것으로 전투 중에 생사를 모르는 일이 자주 발생했기 때문입니다."

"따라서⋯⋯." 아리스가 말했다.

"폐하는 더 이상 기혼자가 아닌 것입니다." 다티스가 흡족한 어조로 말을 이었다.

"적어도 27년 전부터." 아리스가 말을 맺었다.

테오클리스 부인의 두 얼굴이 미소를 짓는 사이 바리우스가 문을 또 열었다. 리스베스는 눈이 휘둥그레졌다.

바리우스는 반지만 준비한 게 아니었다.

연분홍색 드레스를 입은 신부 들러리들이 가장 화려하고, 가장 특별하고, 가장 아름다운 웨딩드레스를 들고 입장했다.

"오, 아름다워!" 리스베스가 감탄했다.

리스베스가 무슨 일인지 알아차릴 겨를도 없이 들러리들은 여제를 옆방으로 이끌었다. 몇 분 후, 화장을 하고, 틀어 올린 머리에 케빌리아와 다이아몬드로 장식한 왕관을 쓴 리스베스가 등장했는데 하얀 웨딩드레스의 주홍빛 공작과 왕관이 너무나 잘 어울렸다.

그뿐만이 아니었다. 바리우스가 비밀리에 들어와 있게 한 스쿠프들이 눈부시게 아름다운 신부의 모습에 열광하며 촬영에 열을 올렸다.

바리우스는 문서 한 장을 리스베스에게 내밀었다.

"우리는 결혼 서약서에 사인할 시간이 없었지요." 바리우스는 엄숙하게 말했다. "나는 이 문서에 있는 모든 조항을 받아들입니다. 단 당신이나 당신의 장관들(바리우스는 이 문서를 작성한 것이 틀림없는 테오클리스 부인을 향해 눈살을 치켜떴다)이 추가하려는 것, 빌랭 왕국이 오무아 제국에 속한다는 조항에는 동의할 수 없습니다. 내 나라의 용병들이 받아들이지 않을 것이기 때문이지요. 하지만 나는 온전히 그리고 영원히 당신의 사람이오."

울면 안 되는데, 울면 안 되는데. 아, 이런, 리스베스는 눈물을 흘리고 있었다.

신부 들러리 중 한 명이 손수건으로 리스베스의 볼을 닦아주고 화장을 고쳐주었다.

바리우스는 리스베스 옆에 섰다.

테오클리스 부인이 결혼식을 시작했다.

그때였다. 갑자기 펑! 하는 소리가 났다. 그들의 머리 위로 유령 셋이 나타났다.

테오클리스 부인의 눈 네 개가 동그래져서 식을 중단했다.

"역시 내 딸이구나." 엘세스가 말했다. "계속해!"

"안녕, 리스베스. 축하해요, 누나." 단비우가 말했다. 그 옆에 셀레나가 둥둥 떠 있었다. "다른 건 몰라도 누나의 결혼식에는 참석해야지."

엘세스와 단비우, 셀레나 역시 아주 우아한 차림이었다.

"이게…… 어떻게 된 일이야?" 결혼식에 참석하기 위해 와준 어머니와 남동생 부부의 유령들을 보며 감격한 리스베스가 어물어물 말했다.

"타라 덕분이오." 바리우스가 대답했다. "원정을 떠나기 전 타라가 비욘드월드와 연락할 수 있는 재판관의 돌을 나에게 주었지요. 타라도 나와 같은 생각이라는 걸 알고 내가 엘세스께 연락을 드렸어요. 그리고 우리 결혼식을 준비했지요. 솔직히 말하면 타라가 그런 뜻을 전하기 전에 나는 이미 내 방식으로 준비를 하고 있었지만."

"네? 딩신의 방식이요? 낭신의 방식이라는 게 뭐였는데요?"

웃음 짓는 바리우스의 눈가에 주름이 졌다.

"바이킹의 풍습으로 당신을 납치할 생각이었소. 하지만 엘세스께서 아주 좋지 않은 생각이라고 말씀하셨지요. 영문을 모르는 크산디아르가 내 설명을 듣지도 않고 머리에 총을 쏴버릴 거라고. 그래서 당신의 어머니와 동생 단비우, 셀레나와 함께 이 모든 걸 준비했지요. 드레스는 셀레나의 도움을 받아 제작했고요. (바리우스는 셀레나에게 인사했다.) 테오클리스 부인 역시 큰 도움을 주었지요. 내가 고문서에서 찾아야 할 자료가 있다고 도와달라고 부탁했을 때 랑코비트에 있는 메보라 부인의 집으로 나를 보내주었거든요."

"로빈 망질의 어머니?"

"맞아요. 메보라 부인은 왕국과 제국에서 가장 뛰어난 역사 전문가답게 나에게 필요한 조항을 찾는 데 시간이 별로 걸리지 않았어요."

리스베스는 이제야 모든 것이 이해되어 얼굴이 환해졌다.

"우리가 싸웠을 때 당신이 떠나야겠다고 말한 것이 그러니까 나를 떠나겠다는 것이 아니라 이런 것들을 찾으려는 거였군요!"

바리우스는 고개를 끄덕였다.

"사실 나는 당신이 그렇게 반응할 거라고 예상하지 않았어요. 하지만 그 덕분에 나는 당신에게 선물할 케빌리아를 구하러 갈 수 있었고, 필요한 고문서를 랑코비트에서 가져올 수 있었지요. 그다음 우리는 모든 종교의 수석사제들이 다 참석해서 승낙하지 않아도 결혼할 수 있다는 걸 확인했어요."

"이거야말로…… 음모야!" 리스베스가 외쳤지만 내심 바리우스가 이 모든 걸 준비했다는 것이 기쁘면서도 전혀 눈치채지 못한 것이 약간 민망했다.

"사랑을 위한 음모지." 누나를 잘 아는 단비우가 말했다. "이제 이 남자와 결혼식을 올리고 행복하게 살아요. 신랑이 될 충분한 자격이 있는 남자니까."

리스베스가 미소를 짓자 바리우스는 눈부시게 환한 미소로 화답했다.

갑자기 펑, 하는 소리가 또 나면서 파란 눈에 적갈색 안색의 건장한 남자가 나타났다. 역시 예복 차림이었다.

"아…… 아빠?"

크레데비르가 미소를 보냈다.

"아, 미안해. 내가 좀 늦었다. 네가 정말 자랑스러워! 어디 보자, 내 딸! 정말 아름답구나!"

크레데비르는 바리우스를 향해 차가운 눈길을 보내며 말했다.

"내 딸을 잘 떠받드는 것이 이로울 것이다. 내 딸을 힘들게 하면 내가 자네 몸에 깃들어 심장을 뽑아버릴 거니까. 알았는가?"

바리우스는 미소를 지으며 진지하게 대답했다.

"우리 역시 비욘드월드로 가겠지만 언제가 될지는 알 수 없습니다. 따라서 따님을 힘들게 할 경우는 차라리 나 스스로 심장을 뽑아버리겠습니다."

"그 대답 마음에 드는군!" 유령이 호탕하게 말했다. "이 세계는 아주 넓고, 나는 엘세스의 행성에서 가능한 한 멀리 떨어진 곳에 나의 행성을 세웠다. 따라서 나를 찾아오는 건 좀 힘들 것이다."

"잘 지내세요, 아빠?" 보고 있는데도 눈을 믿을 수 없는 리스베스가 물었다.

"나는 아주 잘 지낸다, 딸아. 솔직히 말해 살아 있을 때보다 훨씬 더 잘 지내(크레데비르가 빈정거리는 눈길로 쳐다보자 엘세스는 거만하게 콧방귀를 뀌었다). 너는 늘 내 삶의 행복이야. 예전에도 그랬고, 새로운 내 삶에서도 그렇고. 네 결혼식에 참석할 수 있어 정말 기쁘구나. 행복하고 즐겁게 살기 바란다."

유령들이 건네는 따뜻한 말에 감정이 복받친 리스베스는 흐느껴 울기 시작했다. 결국 화장을 다시 고쳐야 했다.

이 모습에 감동한 테오클리스 부인은 찔끔 나온 눈물을 닦고 결혼식을 진행했다.

짧지만 아주 감동적인 결혼식이었다. 테오클리스 부인이 신부에게는 화이트 다이아몬드가 박힌 금반지, 신랑에게는 블랙 다이아몬드가 박힌 금반지를 교환하게 했고, 결혼 서약을 선서하게 했다.

"나, 리스베스틸랑넴은 바리우스를 이승과 비욘드월드에서의 내 삶의 동반자이자 남편으로 맞이합니다. 나는 당신 곁에서 꿋꿋하고 용맹하게[56] 위험에 도전하고 싸울 것을 서약합니다. 나는 당신을 사랑하겠다는 약속은 하지 않겠습니다. 내가 당신을 깊이 사랑하는 게 아니라면 당신과 결혼하지 않을 테니까요. 나는 평화를 약속하지 않겠습니다. 우리는 이미 마음속에 평화를 갖고 있으니까요. 당신에게 내 모든 것, 내 장점과 단점까지도 모두 바칩니다. 내 사랑을 담아 영

. . . .
56. 아더월드의 결혼 서약은 지구보다 좀 더 호전적이다.

270

원히."

몹시 감격한 바리우스는 약간 떨리는 목소리로 같은 서약을 선서했다. 테오클리스 부인은 두 사람이 결합되었음을 선언하는 양피지 문서 사본을 리스베스와 바리우스에게 건네주었다.

그리고 나서 테오클리스 부인은 들러리들에게 여기서 있었던 일에 대해 발설할 경우 예정보다 훨씬 빨리 비욘드월드로 가게 될 것이라고 엄포를 놓은 뒤 퇴장했다.

엘세스, 크레데비르, 단비우, 셀레나가 지켜보는 가운데 신랑과 신부는 오랫동안 열렬하게 키스를 했다. 신랑과 신부가 떨어졌을 때 리스베스의 뺨은 붉게 물들었고, 얼굴에서 빛이 났다.

리스베스는 아버지와 어머니, 동생을 향해 고개를 들었다.

"고마워요, 아주 많이 고마워요! 그리고 셀레나, 더할 수 없이 아름다운 이 드레스, 정말 고마워!"

"내가 드레스를 벗길 때가 특히 아름다울 거라고 생각하는데." 바리우스는 신부의 허리에 팔을 두르며 속삭였다.

리스베스는 킥킥거리고 웃었다. 평소에는 엄숙한 여제로서 소리 내어 웃는 것이 익숙하지 않지만 방금 결혼한 신부는 그럴 권리가 있었다.

리스베스가 원했던 호화롭고 성대한 결혼식은 아니었지만 천 배로 좋았다.

"우리는 이제 떠나야겠다." 엘세스가 말했다. "다른 이들이 자식들, 손자들 기타 등등의 결혼식에 참석하기 위한 특별허가증을 부탁할까 봐 어서 가야겠어. 우리는 가능한 한 아주 먼 훗날에 비욘드월드에서 다시 만나자꾸나."

그렇게 말하고 전임 여제이자 리스베스의 어머니 엘세스가 사라졌다.

단비우는 몸을 숙이고 누나의 볼에 가벼운 입맞춤을 했다.

"아름다운 결혼식이었어요. 세상에서 가장 행복한 부부가 되기를."

"나도요." 셀레나가 리스베스의 다른 볼에 입을 맞추며 말했다. "타라가 돌아오면 결혼식 영상을 보여주세요. 결혼식을 보지 못한 걸 많이 아쉬워할 거예요."

"안녕, 내 딸." 크레데비르가 미소 띤 얼굴로 말했다. "이렇게 좋은 기회에 너를 다시 만나 정말 행복했다."

유령들은 마지막 인사를 나누고 사라졌다.

리스베스는 남편과 단둘이 남았다.

"고마워요." 리스베스는 부드럽게 말했다. "당신이 내게 해줄 수 있는 가장 아름답고 가장 감동적인 선물이었어요. 오, 바리우스, 사랑해요! 당신을 잃고 싶지 않아요!"

"나도 그렇소, 내 사랑. 나도 당신을 잃고 싶지 않소."

바리우스가 일시적으로 업무를 중단시켜놓았던 리스베스의 책상 여기저기서 일제히 소리가 울리기 시작했다. 결혼식을 올리는 동안 메시지가 쌓여 있는데 거의 비난조였다. 매직컴도 폭발할 기세로 항의했다.

리스베스는 바리우스를 향해 성난 시선을 던졌다.

"휴식은 이제 끝났다는 뜻이오?"

"네, 우리의 밀월은……."

그때였다. 대리석 바닥을 내딛는 전투화 소리가 요란하게 울렸다. 이윽고 문을 거칠게 열어젖히고 화가 잔뜩 난 산도르 황제가 들어왔다. 금빛과 빨간빛 갑옷 차림에 빨간 망토를 어깨에 둘렀고, 길게 땋은 머리타래가 뱀처럼 흔들렸다.

"여기 대체 무슨 일이 일어난 거야!"

산도르는 리스베스의 웨딩드레스, 손을 잡고 있는 두 사람의 반지를 봤다.

뱀파이어처럼 입술을 말아 치아를 드러낸 산도르는 당장이라도 달려들 것 같았다.

"여기서 대체 뭘 한 거야?" 산도르가 외쳤다.

리스베스가 뻣뻣해지더니 매혹적인 신부의 모습은 온데간데없이 냉정한 여제의 모습으로 돌아왔다.

"뭘 한 것 같습니까, 황제?"

"결혼식을 했군. 미쳤니? 행성의 상공에서 혜성이 우리 모두를 죽이려고 하는 때에 너는 결혼식이나 올리고 있다니!"

"나는 여전히 이 제국의 여제입니다. 고로 내가 황제에게 해명할 필요는 없다고 보는데요. 계속 이런 식이면 오랫동안 황제로 남지 못할 겁니다."

산도르는 리스베스를 쳐다보다 딸꾹질을 했다. 리스베스보다 훨씬 밝은 파란 눈에 분노의 빛이 이글거렸다.

산도르는 더는 한마디도 하지 않고 돌아서서 휙 나가버렸다.

아연실색한 바리우스는 산도르가 어찌나 세게 닫았는지 아직도 진동하는 문을 쳐다봤다.

"왜 저러는 거요?"

리스베스 역시 놀란 얼굴로 한숨을 내쉬며 책상 앞으로 갔다.

"모르겠어요. 불안을 표출하는 거죠. 위급한 상황이 벌어지는 동안에는 사소한 일에도 극도로 예민해져 있지요. 산도르는 뛰어난 전략가니까요. 지금은 혜성에 집중해야 하는 위급한 상황인데 여제인 내가 어떻게 한가하게 결혼식을 올릴 수 있는지 도저히 이해가 안 되는 거죠."

리스베스는 페티코트로 한껏 부풀린 화려한 드레스의 하얀 깃털과 얇은 천을 응시했다.

"옷을 갈아입어야지 의자에 앉지도 못하겠어요."

"잠깐, 내가 벗겨줄게요."

리스베스는 유감스러운 얼굴로 사양했다.

"아뇨, 당신이 벗겨주면 나는 아마 정무를 보지 못할 거예요. 지금부터는 여제로서 제국을 위해 혜성과 맞서야 해요."

리스베스는 쪽빛 눈을 반짝이며 애교 떠는 듯한 미소를 지어 보였다.

"하지만 약속할게요. 오늘 밤 우리가 살아 있다면 당신이 벗길 수 있게 드레스를 다시 입을게요."

위기 상황에도 불구하고 바리우스와 리스베스는 달콤한 밤을 보낼 수 있었다. 아더월드 모든 국가의 우주선들이 감시하는 가운데 혜성이 전혀 움직이지 않았기 때문이다.

이틀 후, 드래곤 우주선과 악마 우주선이 도착했다는 소식이 전해졌다.

두 우주선은 혜성 부근에 자리 잡고 있었다. 공식 성명이 발표되었다.

타라 덩컨이 회유시키는 데 성공한 악마의 사물들의 도움을 받아 혜성과의 대화를 시도할 거란 성명이었다.

불행히도 타라가 혜성을 파괴하지 못하는 이유에 대해서는 아무도 설명해줄 수 없었다.

언론은 즉시 의문을 제기했다. 그 누구도 타라가 적을 공격하지 않는 이유를 설명하지 못한다는 사실이 전 세계의 크리스털리스트들을 미치게 만들고 있었다.

금빛 우주복을 입은 타라와 빛을 번쩍이는 우주 스쿠프는 제한된 장면만 보내주었다. 모두들 혜성 때문에 공포에 사로잡혀 있는데도 아더월드의 크리스털리스트들은 밀착 취재를 위해 위험을 무릅쓰고 빌리거나 훔친 우주선들에 몸을 싣고 몰려들었다.

아더월드의 뉴스 주르스탈에 따르면, 혜성에 가까이 가려는 용기가 있거나 집념에 사로잡힌, 또는 미친 기자들이 꽤 많았다.[57]

타라는 혜성의 주변에서 최대한 멀리 벗어나 있으라고 요구했지만 아무도 지시를 따르지 않았다. 우주 공간에 경찰은 없고, 드래곤 우주선들이 있지만 위반자들에게 대포를 쏘지 않으리라 믿는 것이었다.

하지만 타라가 혜성과 아주 가까운 거리에서 꼼짝하지 않은 채 성난 영혼들과 소통을 시도할 때는 모두 멀찍이 물러났다.

타라의 머릿속 영혼들은 준비가 되었다. 영혼들은 모우르무르 학자

---

57. 이 경우 위험 보험료는 10억 크레디트−무트가 넘는다.

가 혜성 속에 있는 영혼들을 해방시킬 수 있냐는 걸 설득해야 했다.

강력한 마법 덕분에 영혼들은 혜성을 향해 호소했다.

혜성은 반응하지 않았다.

영혼들은 다시 시도했다.

타라가 물었다.

'어떤 거 같아?'

'영혼들의 힘만 있는 게 아니야. 벽 같은 것이 느껴져. 보이지 않지만 강력한 뭔가가 봉쇄하고 있어.'

'지킴이들인 것 같아?'

'몰라. 뭔지는 모르겠지만 아주 강력해서 우리는 그 벽을 통과할 수가 없어.'

'오케이, 다른 방법으로 해보자.'

타라는 아르칸즈와 오랜 토론 끝에 악마들에게만 알리고 일반 대중에게는 비공개하기로 결정을 내렸었다. 모우르무르가 모든 이들이 불가능하다고 여기던 일, 즉 영혼들을 해방시키는 데 성공했다는 걸 알렸을 때 마왕은 악마 정부를 장악하기 위해 보울리미-레미 행성으로 돌아가길 원했다.

마침내 타라가 신호를 보냈다. 악마 우주선과 드래곤 우주선이 날린 교란 전파가 타라를 촬영하는 크리스털리스트들의 모든 기구를 후려치며 불투명한 장벽으로 에워쌌다. 덕분에 타라는 완전히 격리될 수 있었다.

그래서 타라는 혜성에게 영상을 보여주었다. 혜성이 외부에서 일어나는 일은 '볼 수' 있다는 걸 알고 있었다. 혜성은 우주선들을 공격하고 우주 공간에 떠도는 암석들을 흡입했기 때문이다.

모우르무르가 오너러블 456과 함께 영혼들을 어떻게 해방시켰는지 그 과정을 담은 영상이었다. 지금까지 보이지 않던 타라의 친구 영혼이 모습을 드러냈다. 모우르무르가 해방시켰던 영혼 중 하나로 비욘드월드로 가지 않은 걸 확인한 개미족이었다. 자이언트 개미의 영혼이 결연하게 혜성 앞으로 이동했다.

"형제자매들이여, 내 말을 들으시오. 이 세계를 공격하면 여러분의 힘이 점점 약해지다 결국에는 아무것도 남지 않을 정도로 모든 힘을 소진할 것이오. 그만 중단하고 우리에게 합류해야 합니다! 이 사람들은 우리를 도와주기 위해 와 있는 겁니다. 잘 봐요! 나는 이제 갇혀 있지 않아요! 나는 자유를 얻었소! 아아아아악!"

타라는 깜짝 놀라서 고개를 들었다. 개미족의 영혼이 엄청난 힘으로 끌어당기는 뭔가와 싸우고 있는 것 같았다. 타라는 아더월드의 마법으로 영혼을 에워싸며 붙잡으려고 했지만 너무 늦었다.

개미족의 영혼이 공포의 비명을 지르며 혜성에게 빨려들었다.

타라는 후퇴했다. 몸에 지닌 영혼들의 빗발치는 항의에도 불구하고 타라는 이 친구들까지 혜성에게 빨려드는 위험을 무릅쓰고 싶지 않았다. 싸우지 않는 한 혜성을 건드리지 못하리라는 걸 깨달았기 때문에 무거운 마음으로 우주선으로 돌아갔다.

타라가 다시 보이자 두 우주선은 교란 전파를 멈추었고, 우주선에 탑승한 크리스털리스트들이 흥분했다.

우주선들이 혜성 옆을 지나갈 때 아무런 반응을 하지 않자 안도하며 팅가푸르의 우주선 도크에 착륙했다. 전 세계의 언론이 타라에게 질문하기 위해 몰려들었다.

그래서 교란시킬 카드를 꺼냈다.

원정대가 지금까지 비밀에 부치고 있던 사엘과 보울라의 출현은 모두를 충격에 빠뜨렸다.

물론 에레는 리스베스의 연락을 받았기 때문에 알고 있었다. 엘프들의 여왕 에레가 사라졌던 동족을 냉랭하게 맞이하자 보울라와 사엘은 몹시 당황했다. 다오보르 행성의 엘프들과는 확실히 달랐기 때문이다.

두 엘프는 아더월드의 엘프들에게 공식적으로 다오보르 행성으로 초대하겠다고 제안했다. 물론 이 소식은 즉시 모든 언론에 대서특필되었다.

〈새로운 마법의 행성 발견! 그 행성에 개발의 길이 열릴까?〉
〈사라졌던 엘프들. 셀렌다의 부동산 시장에 어떤 영향을 줄까?〉
〈다오보르! 공간이동의 문이 설치되는 날이 올까?〉
〈엘프 행성의 발견과 더불어 불어올 새로운 경제 전망은?〉

그리고 일화를 이야기하는 듯한 기사도 실렸다.

〈타라 덩컨이 또 한번 혜성과 소통을 시도했으나 이번에는 실패!〉

요컨대 혜성과 일약 스타가 된 두 엘프에게 관심이 집중되자 타라가 이번만은 미디어의 관심을 덜 받게 되었다. 아르칸즈, 사엘, 보울라, 발라가 에레와 크리스털리스트들의 질문에 답변하는 사이, 타라는 친구들과 함께 도착하기 전에 예약해놓은 양탄자를 타고 황궁으로 달아났다. 그들의 짐뿐만 아니라 의식 없는 파프니르와 벨제부트, 셈과 실버를 실어야 했기 때문에 덮개가 있는 양탄자였다.

무아노는 파프니르를 깨워야 한다고 말했었다. 마법 덕분에 혈액 순환을 정지시켜놓을 수도 있지만 혜성이 공격한다면 친구가 깨어 있는 것이 나을 것 같다는 이유였다.

혜성과 소통하는 데 성공하지 못한 것은 충격적인 일이었다. 타라는 아더월드 상공에 도사리고 있는 위협보다 이 실패가 훨씬 씁쓸했다.

혜성에서 새어 나오는 해로운 마법이 장막처럼 우주 공간으로 퍼지고 있었다.

모우르무르의 기계들이 괴상한 소리를 냈다. 노학자는 혜성이 꼼짝하지 않는 기회를 이용해 혜성이 악마의 영혼들을 모조리 흡수했음을 확인했었다. 하지만 지킴이들과 실버, 셈의 영혼들이 혜성 속에 있는지는 알 수 없었다. 해로운 마법이 방해하고 있었다.

아르칸즈와 협약을 맺은 사물 여섯 개 속의 영혼들이 공격을 제안했었다. 이제는 이 영혼들이 혜성 속에 있는 사물 네 개의 영혼들보다 수적으로 우세했다.

타라는 유감스럽지만 사양해야 했다.

하다하다 정말 다른 해결책이 전혀 없을 때에만 그 희생을 받아들일 터였다.

타라는 팅가푸르에 올 때마다 도시의 아름다움에 감탄했다. 거대한 공원, 미모사*가로수 길 사이에 밀집된 집들(호화롭거나 작은 집인데 일루전 장막으로 가린 것인지는 알 수 없지만), 아더월드 주민들을 돕기 위해 돌아온 에프리트들과 욕조, 침대, 소파침대, 양탄자 등의 다양한 교통수단, 공존하는 여러 종족들, 패밀리어든 아니든 곳곳에 보이는 동물들, 도시는 에너지와 매력을 뿜어내고 있었다.

타라는 혜성이 공격할 경우 일어날 일을 생각하며 가슴이 아팠다. 이 모든 것이 파괴될 텐데.

옆에 있는 마라가 이상하게 침묵하고 있었다. 아르칸즈는 미디어와 인터뷰를 하게 두고 빠져나왔는데 타라의 예상과 달리 마라가 미남 악마와 사귀기로 한 건지 아닌지 아예 말도 꺼내지 않고 있었다.

"마라." 답답해진 타라가 언니로서 물었다. "잘돼가니?"

"혜성 문제 말고? 뭘 물어보는지 모르겠는데." 마라는 어린 동생처럼 천진하게 대답했다.

"아르칸즈와 너 말이야." 타라는 단도직입적으로 물었다.

"아아, 그거. 아르칸즈는 정말 다정하고 매력적이야. 그런데 입맞춤 외에는 나를 절대 건드리려고 하지 않아. 로빈, 여성 악마와 정말 잔 게 아니라고 했지?"

로빈은 한숨을 쉬었다.

"응. 아무리 생각해도 내가 그랬다는 기억이 없어."

"그 여자는 어떻게 했는데?"

로빈은 타라를 힐끔 쳐다봤다.

"그게 확실치 않아……."

타라가 태연하게 끼어들었다.

"악마가 네 목을 껴안았잖아. 사실 여성 악마들은 악마든 인간이든 남자의 목을 껴안아. 마라, 네가 알고 싶은 게 그거지? 남성 악마들도 마찬가지야. 늙은 악마들은 영악해서 인간들이 아름다움을 중요하게 여긴다는 걸 알아차렸어. 그 못지않게 육체적 사랑도 중요하다는 걸 알아차렸지."

마라는 충격을 받은 듯 눈이 동그래졌다.

"그건 생각도 못했어. 악마들에게 그렇게 행동하게 하는 유전자가 있다는 뜻이야?"

"아니, 유전자라기보다는 교육 때문인 거 같아. 그렇게 행동하라는 교육을 시켰다고 생각해. 아무튼 인간 모습의 악마들은 상상도 할 수 없는 온갖 방식으로 우리를 정복할 생각이었어. 유혹도 그 일부야. 바로 그래서 아르칸즈가 너를 건드리려고 하지 않는 거야, 마라."

갈색 머리의 동생이 고개를 끄덕였다. 그래, 이제 이해가 되네.

"자신의 몸에 여자를 유혹하는 프로그램이 입력되어 있다고 생각하기 때문에? 그래서 아르칸즈는 그 프로그램과 싸우는 건가?"

"바로 그거야."

마라가 몇 분 동안 침묵하는 사이 그들은 노란 형광색 컨테이너들이 둥둥 떠서 앞서가기를 기다렸다. 컨테이너에는 무거운 기계들이 실려 있었다.

"아르칸즈가 죽지 않았으면 좋겠어." 마라가 작은 소리로 말했다.

"나도 그래. 귀염둥이, 나도 진심으로 그가 죽지 않았으면 해." 타라는 대답했다.

마라가 눈살을 찌푸리며 발끈했다.

"귀염둥이? 지금 나를 귀염둥이라고 부른 거야?"

타라는 까르르 웃었다.

"응, 왜, 너는 싫어? 정말 귀여워서 그러는데."

마라는 어이없는 표정을 지었다.

타라는 더 크게 웃었다. 기분전환을 하고 싶었는데 성공한 것이었다. 셀렌바는 재미있다는 듯 눈을 치켜떴다. 뱀파이어는 점점 타라를 좋아하고 있는 자신에게 놀랐다.

그들은 이목을 끌지 않으려 조심하며 황궁에 도착했다. 하지만 속을 리 없는 궁인들은 그들을 주의 깊게 지켜보고 있었다.

리스베스 여제는 문지기에게 타라 일행이 도착하는 즉시 집무실로 안내하라는 지시를 내리고 초조하게 기다리고 있었다.

리스베스는 타라를 포옹하다 눈살을 찌푸렸다.

"타라? 수하물 컨테이너들이잖아? 왜 여기로 가져온 거니?"

"고모, 수하물 컨테이너가 아니에요."

타라의 손짓에 셀렌바가 컨테이너를 열었다.

실버, 셈, 벨제부트, 파프니르가 누워 있었다. 리스베스의 얼굴이 창백해졌다.

"죽었어?"

"아니. 파프니르는 기절시켜서 재워놓은 거야." 데미데루스가 말했다. "반면 실버와 셈 선생은 죽은 것 같은데 잘 모르겠다."

"남편이 죽은 걸 알면 드래곤 여왕과 심각한 문제가 생길 텐데요." 바리우스가 말했다.

"사실 우리도 어떻게 된 일인지 정확하게 몰라."

타라 일행은 두 시간 동안 원정 기간에 일어났던 파란 많은 일들을 자세히 설명했다.

리스베스 여제는 한동안 잠자코 있다가 말했다.

"그리고 나 결혼했어요."

그들은 멍하니 입을 벌렸다. 이윽고 타라와 마라가 동시에 외쳤다.

"네?"

리스베스는 얼굴이 빨개져서 바리우스의 손을 잡았다.

"단둘이 있을 때만 반지를 끼기로 했어. 당분간은 비밀에 부치는 것이 좋으니까. 영상을 보여줄게."

그들이 중요한 일이 있어서 나중에 보겠다고 말할 겨를도 없이 리스베스는 결혼식 영상을 나타나게 했다.

칼과 로빈은 잠자코 있지만 같은 생각을 하고 있었다. '아무튼 여자들이란!' 반면 타라와 마라는 완전히 홀려 있었다. 케빌리아 반지, 들러리들의 드레스, 고모의 웨딩드레스(브라보, 누가 만든 거예요? 최고 패션 디자이너에게 의뢰했어요? 드레스에 가려서 안 보이는데 구두는요?). 그들은 잠시나마 긴장 상태에서 벗어날 수 있었다.

그렇게 웃음꽃이 피는 동안 셀렌바는 부러운 시선으로 지켜보며 이를 악물었다. 임신한 뱀파이어에게는 너무 힘든 시간이었다.

타라는 고모를 끌어안았고, 바리우스와도 포옹했다.

"두 분 축하드려요. 정말 기쁜 소식이에요."

리스베스가 미소를 지었는데 세상을 다 가진 것 같은 기쁨이 담겨 있었다.

이윽고 미소가 사라지고 다시 무거운 짐이 여제의 어깨를 짓눌렀다.

"파프니르를 여기서 깨워도 되겠습니까?" 무아노가 물었다. "폐하께 부탁드릴 게 있습니다."

"안 될 거 없지." 리스베스 여제는 호기심이 가득한 얼굴로 빨간 드레스 자락을 매만지며 편안한 소파침대에 앉았다.

"파프니르는 아마 깨어나는 즉시 실버의 죽음을 애도하는 장례 의식을 행하려고 할 겁니다. 우리는 폐하께서 파프니르에게 먼저 싸운 다음에 실버를 애도하라는 명을 내려주길 부탁합니다. 파프니르가 친구들의 말을 들으려고 하지 않을 것이기 때문입니다. 그리고 우리는 파프니르가 희망을 갖길 바라고 있습니다. 파프니르도 우리처럼 실버와 셈 선생님이 죽지 않았다고 믿기를 바라고 있습니다."

리스베스 여제는 고개를 끄덕였다.

"그래, 무슨 말인지 알겠다. 시작해."

무아노가 걸어놓은 주문을 거두자마자 파프니르는 눈을 떴다. 벨제부트도 동시에 눈을 떴고 다오보르 행성이 아니라 여제의 집무실이라는 걸 알고 야옹거렸다. 파프니르는 알아차리는 데 시간이 좀 더 걸렸다. 잠시 꼼짝도 않던 난쟁이의 얼굴에 잿빛 베일처럼 슬픔이 번졌다. 그러고는 벌떡 일어나더니 등을 구부리고 입을 열었다. 하지만 여제가 더 빨랐다.

"파프니르!"

여제의 목소리가 회초리처럼 날아가 슬픔의 베일을 뚫었다. 파프니르는 차려 자세를 취하듯 똑바로 섰다.

"실버와 셈 선생은 죽지 않았다. 내 말 잘 들어, 대장장이 씨족의 파프니르! 지금은 애도의 노래를 부를 때가 아니다. 그 둘을 되찾으려면 너의 도움이 필요해. 둘의 영혼이 혜성의 포로로 붙잡혀 있는 것이 틀림없기 때문에 우리는 그들을 해방시켜야 한다. 본래의 모습으로 돌아와 있지 않은 것으로 보아 셈 선생의 마법은 여전히 작동하고 있다. 파프니르, 희망이 있어!"

파프니르는 무표정한 얼굴로 듣고 있었다. 벨제부트가 으르렁거리자 파프니르는 놀란 얼굴로 몸을 숙였다.

이윽고 컨테이너에 누워 있는 셈 선생님과 실버의 몸을 향해 돌아섰다. 그리고 또박또박 말했다.

"큰 문제가 생긴 것 같은데요."

실버와 셈 선생님의 몸이 일어나는 걸 보면서 그들은 경악했다.

셈과 실버가 그들을 향해 돌진했다.

완전한 패배

어떻게 그런 기상천외한 작전을 펼치나

＊

그와 동시에 도시와 황궁 도처에서 경보 사이렌이 울리기 시작했다.

그들은 경악해서 아가리를 벌리고 달려드는 드래곤과 검이 없기 때문에 주먹을 불끈 쥐고 달려드는 실버를 쳐다보고 있었다.

그때였다. 우주선들이 새까맣게 날아오기 시작했다.

수백 대에 이르는 우주선.

5000년 전에 사라진, 여기저기 훼손된 아주 낡은 검은색 우주선들이었다.

사라졌던 엘프들이 돌아오고 있었다.

틴가푸르는 혜성의 공격에 대비하고 있었다. 300만 엘프가 닥치는 대로 죽이려고 달려들 줄은 전혀 예상도 못하고 있었다.

혜성의 기상천외한 작전이 동시다발적으로 시작되었다.

타라와 친구들, 악마들, 드래곤들, 원정대에 참여했던 모든 이들은 전혀 알아채지 못하고 있었다. 혜성이 폭발음을 낸 것은 영혼들을 빼낼 수 있는 지킴이들의 기술을 이용한 것이었다. 예전에 입력된 프로그램에서 완전히 벗어난 지킴이들은 악마의 영혼들 못지않게 광기에 사로잡혀 세계 정복을 도와주기로 결정한 것이었다.

악마의 영혼들이 여러 개씩 드래곤들과 악마들을 비롯해 원정대 전원의 몸속을 차지했지만 아주 깊이 숨어 있었기 때문에 타라와 친구 영혼들도 알아채지 못했다.

미친 영혼들은 타라와 친구들을 순식간에 점령했다.

타라와 친구들은 공격하려는 드래곤과 실버에게 맞설 준비를 하면서도 갈퀴발톱과 송곳니의 위협에 개의치 않고 움직이지 않았다. 그러자 드래곤과 실버의 몸도 움직이지 않았다.

'말도 안 돼!' 타라가 속으로 외쳤다. '어떻게 이럴 수가!'

갑자기 머릿속에서 낯선 목소리가 들렸다. 하지만 타라가 잘 아는 목소리였다.

'미안해, 정말 미안해. 내 몸을 겨냥했는데 내가 네 몸속으로 들어왔기 때문에 지킴이들이 경계하는 것이 틀림없어.'

타라는 경악했다.

'실버?'

'응. 셈 선생님과 나는 혜성에게 흡수되었어. 혜성이 거의 모든 영혼들을 해방시켰고, 다오보르의 엘프들뿐만 아니라 너희들과 아르칸즈의 몸속도 차지했어. 그래서 지난번에 너희들 모두 기절했던 거야. 그리고 혜성이 방금 우리를 조종하기 시작했어. 게다가 지금 이 순간

아더월드 곳곳에서도 혜성의 군대가 공격하고 있을 거야.'

이런 사실을 전혀 모르는 리스베스와 바리우스는 마법을 작동하고 제일 먼저 달려드는 놈을 태워버릴 자세를 취하고 있었다. 반면 셀렌바와 마라, 칼, 파브리스, 무아노, 데미데루스, 로빈, 모우르무르, 히글 5는 셈과 실버의 육신들과 함께 위협적으로 리스베스와 바리우스를 포위하고 있었다.

파프니르도 악마의 영혼에게 점령되어 있었다. 반면 벨제부트는 이상한 행동을 했다. 고양이가 어깨를 들썩거리는데 마치 날아오르려고 애쓰는 것 같았다.

'벨제부트가 마치 뭔가를 내뿜으려는 것처럼 자꾸 내뱉는 걸 보니까 셈 선생님도 새 몸을 찾은 것 같아.' 실버가 타라의 머릿속에서 말했다.

타라는 악마 세계의 장밋빛 고양이를 쳐다봤다. 몹시 화가 나 있는 것 같았다.

'맙소사! 셈 선생님이 벨제부트의 몸속에 있단 말이야?'

'내 생각에는 그래.' 실버는 짧막하게 대답했다. '선생님도 자신의 몸으로 돌아가려고 했던 게 틀림없어.'

타라는 불안한 얼굴로 친구들을 쳐다봤다. 생기 없는 차가운 얼굴들을 보자 소름이 돋았다. 친구들은 타라에게 주의를 기울이지 않았다.

타라는 이동의 팔찌에 뭔가를 입력했다. 어깨 위에 앉은 갈랑이 약간 불안해해서 타라는 쓰다듬어주는 것으로 안심시켰다.

"군대에 항복하라고 지시하라!" 로빈이 침울한 목소리로 여제에게 말했다. "우리가 이 행성을 지배할 것이다."

리스베스 여제는 마법의 강도를 높였다. 죽을 때까지 싸울 각오였다.

"우리는 절대 항복하지 않는다!" 여제는 격분했다.

"그럼 당신들은 죽을 것이다."

로빈의 주먹에서 시커멓고 해로운 불이 솟구쳤다. 타라는 즉시 개입했다.

타라는 리스베스의 공격 방향을 바꿔놓고 바리우스와 고모, 벨제부트를 붙잡고 팔찌를 작동했다.

그리고 사라졌다.

황궁 밖에서 다시 나타나기 위해서였다. 타라는 더 멀리 가고 싶지 않았다. 세 사람과 고양이 한 마리를 어느 정도의 거리까지 이동시킬 수 있는지 모르기 때문이었다.

리스베스는 비틀거리다 중심을 잡았다.

리스베스와 타라가 마주 보는 사이, 닥치는 대로 파괴하며 전진하는 엘프 군대를 피해 사람들이 정신없이 달아나고 있었다.

"타라!" 여제는 진노했다. "무슨 일인지 설명해줘야지?"

"혜성이에요!" 타라가 외쳤다. "혜성이 악마의 영혼들을 내 친구들의 몸속에 들여보내고 마음대로 조종하고 있어요! 그래서 다오보르의 엘프들도 우리를 공격하는 거예요! 이것이 바로 혜성이 아더월드에 도착한 뒤로 조용히 있었던 이유예요. 혜성은 엘프들의 우주선들이 오길 기다리고 있었던 거예요. 우리가 장벽으로 방어할 수 있다는 걸 알고 있기 때문에. 엘프 군대가 지상에서 공격하는 사이 혜성은 우리를 쉽게 죽일 수 있으니까요. 그다음 악마들을 공격할 거예요!"

"야옹!" 장밋빛 고양이가 성난 낯짝으로 울음소리를 냈다.

리스베스 여제는 떨리는 손으로 얼굴을 감쌌다.

"우리가 졌구나!"

"아니오." 바리우스가 말했다. "늑대인간들에게 연락하면 도와주러 올 거요."

리스베스는 정신이 번쩍 들었다.

"그래요, 당신 말이 맞아요! 늑대인간들의 영사관으로 갑시다, 빨리!"

하지만 혜성은 그들에게 틈을 주지 않았다.

팅가푸르를 향해 떨어지는 불타는 광선이 긴 자국을 남기며 생명체들을 빨아들이기 시작했다.

그들은 뛰었다. 타라는 날아가야 할 경우를 대비해 갈랑을 본래의 크기보다 더 크게 바꿔놓았다.

저 멀리서 산도르가 지휘하는 오무아 군대가 엘프 군대와 싸우고 있지만 협공당하고 있었다.

뒤쪽에서는 광선이 살육을 하고, 앞에서는 악마 영혼들의 조종을 받는 엘프 군대가 전진해오고 있었다.

타라가 마법을 사용하려 할 때 실버가 머릿속에서 말했다.

'안 돼. 네 힘은 더 중요한 순간을 위해 아끼고 있어. 저들은 나한테 맡기고.'

'오케이. 잠깐 기다려봐.'

타라의 생각을 대번에 알아차린 체인지라인이 멋진 검 두 자루를 타라에게 주었다. 칼날에 소용돌이 문양과 금장식이 되어 있었다. 타라는 고모에게 장밋빛 고양이를 맡겼다. 벨제부트가 무슨 말을 하려고 애썼지만 고양이의 성대로는 그럴 수 없기 때문에 뜻을 이루지 못했다.

실버는 타라의 몸을 페가수스에 태웠다.

그러고는 다오보르의 엘프들에게 달려들었다.

타라는 방해하지 않기 위해 머릿속으로 물러나서 실버가 싸우는 방식을 유심히 관찰했다. 실버는 호리호리하고 가벼운 타라의 몸을 이용해 치명타를 날리는 공격을 하고 있었다. 타라는 절대 이런 식으로 싸울 수 없을 텐데. 실버에게는 검을 유도하며 어떤 공격도 피할 수 있게 몸을 움직이는 특별한 감각이 있는 것 같았다.

실버는 치명상을 입히는 완벽하고 절대적인 무기였다.

리스베스와 바리우스는 타라의 공격에 밀려 후퇴하는 다오보르의 엘프들을 지켜보며 아연실색했다. 타라는 꼭 필요한 경우가 아니면 엘프를 죽이지 않고 있었다. 페가수스와 타라는 아주 정확하게 엘프들을 조준해 가차 없이 일격을 가하고 있었다.

맙소사, 타라의 전투가 다른 엘프들의 주의를 끌었다.

바리우스와 리스베스도 옷을 갑옷으로 바꾸는 주문을 읊었다. 그리고 전투에 합세해 엘프들의 검은 마법을 상대로 마법을 발사했다.

타라는 싸우느라 정신이 없는 실버가 보지 못하는 것을 살펴볼 수 있었다. 몸을 점령한 악마의 영혼들이 다오보르의 엘프들을 변신시켜놓았다.

남녀 엘프들의 피부가 잿빛을 띨 정도로 시커메져 있었다. 그리고 맨살이 드러난 가슴에 마지스터의 빨간색 원과 비슷한 검은색 원이 새겨 있었다.

타라와 리스베스, 바리우스는 공격을 받고 있었다. 타라가 마법을 사용하려는 순간 아더월드의 엘프들이 다오보르의 엘프들을 기습했다.

악마의 영혼들이 장악한 다오보르의 엘프들은 수적으로 우세할 뿐 싸울 줄을 몰랐다. 악마들에게 죽음을 당해 독성 있는 철 속에 갇힌 종족들은 대체로 전사들이 아니었다.

전통적인 무기로는 이길 수 없다는 걸 알아차린 악마의 영혼들이 부식시키는 마법을 사용하기 시작했다.

눈 깜짝할 사이에 악마의 영혼들은 아더월드의 엘프군들을 쓰러뜨렸다.

아더월드의 남성 엘프들로서는 대체로 나이가 많은 다오보르의 여성 엘프들을 상대로 죽기 살기로 싸우는 것이 내키지 않았다. 더군다나 5000년 전에 사라졌다가 돌아온 동족이 아닌가.

차츰 다오보르의 엘프들이 승기를 잡고 있었다. 불과 몇 시간 만에 팅가푸르는 점령이 되었다.

타라는 아더월드의 주요 수도들에서도 같은 상황이 일어나고 있다고 확신했다.

하지만 무엇보다 최악은 불타는 광선이 지면을 새까맣게 태우고 있는 것이었다. 아더월드 주민들이 생명을 잃고 쓰러지는 이들을 망연자실해서 바라보고 있었다. 포식한 혜성이 점점 강력해지고 점점 거대해지고 있었다.

광선의 폭이 넓어지고 있었다. 혜성은 다오보르의 엘프들이 죽든 말든 개의치 않고 있었다. 혜성이 원하는 것은 오직 악마들을 절멸하기 위해 최대한 많은 힘을 회수하는 것이었다. 이제 혜성은 마법사들의 영혼을 흡수하는 방법도 알기 때문에 힘이 기하급수적으로 커지고 있었다.

타라는 선택의 여지가 없음을 느꼈다. 늑대인간들이 대거 들이닥친다고 해도 마법 능력이 없으면 혜성을 상대로는 무방비 상태가 될 터였다.

타라는 그레이 엘프들을 상대로 싸우고 있는 리스베스와 바리우스에게 마법을 날려 두 사람을 페가수스의 엉덩이에 앉혔다.

"뭐하는 거니?" 리스베스가 외쳤다. "눈앞에서 전투가 벌어지고 있는데."

"네, 알아요." 타라가 외쳤다. "하지만 나는 우주선으로 돌아가야 해요! 혜성과 맞서 싸우려면 가까이 가야 해요! 하늘로 가야 한다고요!"

불행히도 타라가 악마의 영혼에게 장악되지 않았음을 눈치챈 다오보르의 엘프들이 타라를 겨냥해 마법으로 공격을 퍼부었다. 타라는 공격을 대부분 피했지만, 영악한 엘프 하나가 지붕 위에서 뛰어내리며 타라를 덮쳤다. 바리우스와 리스베스를 태운 갈랑은 나무숲으로 떨어졌다.

타라는 하늘로 날아가지 않기로 하고 두 발을 땅에 딛고 아더월드 행성과의 접속을 유지했다. 그리고 옆에서 윙윙거리는 살아있는 돌과 행성에서 사용할 수 있는 모든 힘을 빨아들였다.

떨어지면서 다친 갈랑의 고통이 느껴졌지만 아직 살아 있었다.

타라는 온힘을 다해 마법으로 혜성을 후려쳤다.

타라는 아더월드라는 행성을 사랑하는 마음으로, 자신을 점령한 영혼들에서 벗어나기 위해 있는 힘을 다해 싸우고 있을 칼을 사랑하는 마음으로, 리스베스 고모와 바리우스를 사랑하는 마음으로 사력을 다했다.

타라는 필사적으로 지니고 있는 힘과 지력을 모두 쏟았다.

타라의 마법이 혜성과 충돌했고, 불타는 광선은 갈랑과 바리우스, 리스베스에게 도달하기 직전 멈췄다. 혜성이 고통과 분노의 고함을 질렀다. 바로 그 순간 타라의 친구 영혼들이 싸움에 끼어들었다. 영혼들도 동족의 광기에 분노하며 힘껏 혜성을 후려쳤다.

애석하게도 지킴이들이 예상하고 있었다. 타라가 자신의 마법만 사용했다면 혜성을 저지할 수 있었을 텐데. 친구 영혼들이 타라를 도와주러 나선 것이 큰 실수였다.

지킴이들이 영혼들을 낚아채어 흡수해버렸으니.

타라가 지니고 있는 악마의 사물들에서 영혼들이 떨어져나가면서 팔이 불에 타는 것 같았다. 참을 수 없는 통증 때문에 타라는 혜성에 대한 공격을 멈출 수밖에 없었다.

타라는 팔찌들을 풀어 던졌다. 영혼이 모두 빠져나간 팔찌들이 눈앞에서 폭발했다.

갑자기 아더월드에서 수천 타트롤 떨어진 상공에 있는 혜성이 거대해 보일 정도로 불어났다.

타라는 불타는 광선이 내려와 자신의 몸을 태우는 순간 영혼이 떨어져나가는 걸 느꼈다.

완전한 패배였다.

34
아더월드

집을 깔끔하게 치워놓고 잠들었다가 깼을 때
달갑지 않은 불청객들을 발견하면 어쩌려고

*

뭔가…… 좋지 않았다. 뭔가가 아프게 하고 있는 건가? 아픔이라는 낱말. 아픔의 개념치고는 이상했다.

낱말, 개념, 생각, 이 모든 것이 둥둥 떠 있는데 거의 잡힐 듯 말 듯 했다.

그리고 감각들이 있었다. 마치 뭔가가 피부를 갉아먹는 것 같았다. 이것도 좋지 않은 느낌 때문인가?

공포, 통증, 미련, 살려줘!

행성의 정신은 소스라쳤다. 누군가가 살려달라고 소리치고 있었다. 희미해서, 아주 희미해서 누군지 알 수 없었다. 마침내 한때 몸의 일부였던 것의 소리라는 걸 알았다. 몸의 일부? 아니면 정신의 일부?

왜 느낌이 더 격해지지? 머릿속에 새겨지는 낱말마다 한 개념으로 결합되고 있었다.

행성이 공격을 받았었다. 그래 공격을 받았었다. 불쾌했었다.

갑자기 어디선가 방출된 에너지가 후려쳤다. 시냅스(신경세포 뉴런의 접합부를 가리키는 말—옮긴이)들이 접합되었다. 거의 철컥하는 소리가 날 정도로 이음새가 아물렸다.

행성의 정신은 촉수를 내밀었다. 정신적 촉수? 불안해하면서 고통스럽게 부르는 누군가를 향해 촉수를 내밀었다.

이름이 있었는데. 뭐였지? 아, 이름이…… 살아있는 돌이었다.

살아있는 돌. 살아있는 돌은 몹시 화가 나 있었다. 살아있는 돌이 결합되길 원하고 있었다.

돌아오길 원하고 있었다.

결합된 정신이 복종했다. 구멍을 만들었다. 행성의 정신은 살아있는 돌을 내밀한 곳으로 맞아들였다.

그리고 갑자기 엄청나게 많은 설명과 발견, 기쁨, 두려움, 모험이 쏟아져 들어왔다.

"나 때문에! 하지만 난 살아 있어!"

그리고 아더월드는 깨어났다.

그리고 어떤 면에서 아더월드는 살아있는 돌이었다.

살아있는 돌이 몹시 사랑하던 타라.

타라가 살해되었다.

살아있는 돌은 몹시 격분해 행성이 되었고 혜성을 향해 무시무시한 힘을 작동했다. 타오르는 가슴에서 나간 마법의 광선은 그동안 혜성이 보냈던 것보다 수십억 배로 강력했다.

혜성은 뭐가 후려쳤는지 전혀 몰랐다. 어찌나 격렬한 힘인지 혜성은 수많은 입자로 쪼개져 우주 공간으로 멀어져갔다. 독성 있는 금속이 증발했다. 살아있는 돌/행성은 뭘 해야 하는지 알고 있었다. 갈피를 못 잡는 영혼들이 악마들에게 돌아가지 못하게 막고 해방시켰다.

그리고 나서 살아있는 돌은 자기 자신에게로 돌아와 엘프들과 인간들, 드래곤들의 몸속에 갇힌 영혼들도 해방시켰다.

살아있는 돌은 친구 엘프들이 동의하면 그들의 몸속으로 돌아가게 해달라는 몇몇 영혼을 제외하고 모두 해방시켰다. 이들 중 특히 텍키는 보울라의 몸속에 남았다.

살아있는 돌은 본래 일체였던 육신에 영혼들을 보내주었다. 몇몇 육신은 너무 오래전에 죽었기 때문에 돌아갈 수 없었다. 그래서 이런 영혼들은 비욘드월드로 떠났다.

본의 아니게 괴물 혜성이 되었던, 암소 형상의 불쌍한 별은 중상을 입었다. 살아있는 돌/아더월드는 암소-별을 치료해준 다음 사람들이 굉장히 화가 나 있으니 암소-별 구이로 끝장나고 싶지 않다면 멀리 가서 얌전히 지내라고 충고했다. 암소-별은 영문을 전혀 모르지만 긴 여행을 떠나기로 결정하고 가능한 한 빨리 달아났다.

이윽고 살아있는 돌/아더월드는 감히 무례하게 도전한 혜성이 겁도 없이 훼손한 것들을 복원했다. 행성 자신은 아무래도 상관없지만 살아있는 돌이 팅가푸르를 몹시 사랑하기 때문에 생명을 불어넣고 복원했다.

마침내 살아있는 돌은 타라를 치료하고 끔찍하게 타버린 몸을 회복시켰다.

그리고 타라를 깨웠다.

타라는 눈을 떴다.

살아 있다니 믿기지 않았다.

타라는 몸을 만져봤다.

분명히 자신의 몸이 맞았다.

머릿속에 타라 혼자였다. 실버는 떠나고 없었다. 그런데 이상하게도 잔재 같은 것이 남아 있었다. 실버의 전투 기술? 이런, 실버가 왜 전투 기술을 남겨놓았지? 죽었나?

타라는 눈을 깜박였다. 아더월드의 두 태양 빛을 받아 눈이 부시게 반짝이는 뭔가가 앞에 있기 때문이었다.

타라는 멍하니 입을 벌린 채 형체를 응시했다. 정확히는 살아 있는 크리스털로 이뤄진 것이었다.

"타라!" 크리스털이 놀랍게도 유리로 된 머리카락을 흔들며 외쳤다. "움직여야지. 우리는 아직 할 일이 많은데!"

타라는 마비가 되어 있는 것에 놀랐다. 크리스털 실루엣이 일으켜주고 비틀거리는 타라를 잡아주었다.

"다 잘돼가고 있어. 내가 다 복원해놨거든."

타라는 눈살을 찌푸렸다. 귀에 익은 목소리인데 누구지……? 갑자기 기억이 났다.

"살아있는 돌?"

크리스털이 미소를 지었다.

"그래, 나야. 석영과 시냅스로 이뤄진 살아있는 돌 맞아. 우리 정말 위험했어!"

"근데 이제는 정상적으로 말하네?"

크리스털이 고개를 끄덕였다.

"내가 황무지 늪의 흑장미 섬에 있을 때는 정상적으로 말했어. 나와 내 정신이 접속되어 있었으니까. 너희들이 나를 마법으로 다듬어서 데려갔을 때 접속이 끊어졌지. 그런데 방금 그 정신을 되찾았어. 너를 잃었다는 것이 너무 겁나서 살려달라고 소리쳤거든. 그리고 내대답을 들었지."

"네 대답을 들었다고?" 타라는 아직 이상한 꿈을 꾸는 게 아닌지 의문이 들어 반복했다.

"응." 살아있는 돌이 자랑스럽게 대답했다. "내가 나를 찾았거든!"

"네가 너를 찾았다고? 네가 누군데?"

크리스털 실루엣이 서서히 장밋빛으로 물들었다. 마치 살아있는 돌의 감정에 따라 크리스털의 색깔이 변하는 것처럼.

"나? 나는 이 행성의 정신이야!"

이 말에 타라는 앉아야 했다. 이상하게 다리에 힘이 풀렸기 때문이다. 타라는 옆에 있는 하얀 의자 끝에 엉거주춤 앉았다.

잠시 후, 갈랑이 옆으로 날아와 타라가 맞는지 확인하려는 듯 냄새를 맡았다. 바리우스와 리스베스가 페가수스에서 내리더니, 두 손을 허리에 대고 기다리는 크리스털 실루엣 앞에서 눈이 동그래졌다.

"어떻게 된 거니?" 리스베스 여제가 물었다. "이 실루엣은 뭐지?"

아, 타라는 기회를 놓치지 않고 약간 건방지게 손짓을 해가며 말했다.

"혜성이 패했고 영혼들은 해방되었어요. 그리고 또 뭐 물어보셨죠? 아, 이건 아더월드의 정신이에요."

바리우스와 리스베스는 눈이 휘둥그레져서 생기 있는 크리스털 실루엣을 쳐다봤다. 바리우스가 몸을 숙여 아내의 귀에 대고 소곤거렸다.

"방금 당신의 조카가 뭐라고 했는지 알아요?"

"바리우스, 이제는 당신의 조카이기도 해요. 실은 나 역시 타라가 뭐라고 하는 건지 이해가 안 돼요."

두 사람은 크리스털 실루엣을 다시 쳐다봤다.

크리스털 실루엣이 웃음을 터뜨렸다.

"암, 그럴 테지. 나는 '살아있는 돌'이고, 이 행성의 정신이다!" 크리스털 실루엣이 바리우스와 리스베스에게 말했다.

"이 행성의 정신? 이 행성에 정신이 있다고?" 리스베스는 충격을 받은 듯 깜짝 놀랐다.

"그렇다. 공간이동의 문, 그게 나다." 실루엣이 노래 부르듯 말했다. "마법, 그것도 나다! 아더월드에 퍼져 있는 석영의 광맥이 곧 나의 정맥이고, 암석은 나의 살이며 생각은 내 정신에서 순환하는 것이다. 나는 잠들어 있었지만 너희들이 나를 깨웠다! 혜성이 나를 깨웠다! 이미 준비되었던 일을 완전히 끝냈다."

충격적인 말에 바리우스도 앉을 필요가 있는 것 같았다.

"당신이 그러니까…… 인식능력이 있는 행성이라는 겁니까?"

"그렇다." 실루엣이 대답했다. "모든 행성이 인식능력이 있는 건 아니다. 많은 행성이 살아 있지만 그렇다고 전부 다 정신이 있는 건 아니니까. 마법을 생성하는 석영이 우리가 서로 소통할 수 있게 해주는 것이다. 모두 잠들어 있기 때문이다. 우리는 지구, 드란보우글리스펜쉬르, 너희들이 공간이동의 문을 설치해놓은 모든 곳과 소통할 수 있다. 공간이동의 문은 우리의 힘에서 나오는 것이기 때문에."

타라는 생각했다. 예전에 브래드포드 메델루스는 살아 있는 식물을 지니고 있으면 공간이동의 문을 통과할 수 있다고 단언했었는데.

크리스털 실루엣이 즉시 고개를 흔들었다.

"아하! 모든 것은 우리의 힘에서 나오는 거야. 식물은 너희들이지!"

"나 아무 말도 안 했는데." 타라가 항변했다.

"들었다. 내가 원하면 너희들이 하는 말을 들을 수 있어." 실루엣이 응수했다.

와우, 텔레파시 능력이 있는 행성이라니! 타라는 이런 이변은 시작일 뿐이라는 느낌이 들었다. 하지만 다오보르 행성이 진동하는 걸 느꼈던 이유가 이제야 이해가 되었다. 살아 있는 행성이기 때문이었어!

아더월드가 허공에 대고 손짓을 했는데 갑자기 양탄자 하나가 유형화되어 그들은 깜짝 놀랐다. 아더월드가 펄쩍 뛰어오르더니 손짓을 했다.

"칼이 괜찮은지 보러 가야지? 너를 찾고 있을 거야, 타라."

아직 완전히 감각이 돌아오지 않은 타라는 페가수스에 올랐고, 잔뜩 긴장한 바리우스와 리스베스는 크리스털 실루엣과 함께 양탄자를 타고 이동했다.

크리스털 실루엣은 배려심이 있었다. 그들을 무형화시켜 칼 앞에서 유형화시킬 수도 있지만 이미 혼란에 빠진 이들에 대한 배려였다.

한편 황궁 안은 그야말로 아수라장이었다. 리스베스 여제를 찾지 못한 티그족 친위대는 미쳐가고 있었다. 드래곤 둘을 비롯해 최고 마구스 데미데루스, 현 후계자의 남친 칼, 후계자의 보디가드 셀렌바, 차기 후계자 마라, 난쟁이 전사 파프니르, 파브리스와 랑코비트의 공주 글로리아 다아빌, 발명가 모우르무르 덩컨과 연인 히글 5는 내면에서 시키는 대로 움직이는 것은 모조리 마구 죽였었다.

그러다 무시무시한 광선에 황궁이 박살이 날 뻔했을 때 갑자기 모든 것이 중단되었다.

그리고 모든 이들이 공황 상태에 빠졌다.

리스베스 여제가 등장해 몇 가지 명을 내리자 몇 분 만에 질서가 잡혔다. 모두들 후계자와 닮은 생기 있는 크리스털 실루엣의 정체가 궁금한 눈치였지만 관심을 갖기에는 너무 할 일이 많았다.

타라 일행은 한 복도에서 칼과 다른 친구들을 발견했다. 그들은 티그족 친위대 100명에게 포위되어 두 손을 머리에 얹은 채 앉아 있었다. 셈 선생님과 실버는 인간의 모습을 되찾은 상태였다. 파프니르와 하프드래곤은 다시는 헤어지지 않겠다는 듯 꼭 끌어안고 있었다.

크산디아르는 여제가 무사하다는 걸 알았는데도 진정되지 않는 가슴을 가라앉히려고 애를 쓰고 있었다.

친위대장은 깊이 안도하는 표정으로 여제를 쳐다봤다.

"폐하." 친위대장이 주먹 네 개로 가슴을 치며 인사했다.

"모든 게 잘되어가고 있다, 친위대장." 리스베스는 미소를 지었다.

"피해는 막심하지만. 이제 포로들을 풀어줘도 된다. 악마의 영혼들에게 붙잡힌 희생양들이다. 그리고 영혼들은 모두 해방되었다."

크산디아르는 훌륭한 군인이었다. 상관이 괜찮다고 하면 다 괜찮은 것이었다. 그렇지만 부하들을 죽인 걸 생각하면 계속 감시를 할 터였다. 만일의 경우를 대비해서.

자유로워지기 무섭게 달려온 칼이 어찌나 꽉 끌어안는지 타라는 숨이 막힐 뻔했다.

"얼마나 무서웠는지 몰라, 타라! 난…… 나는 네가……."

"나도 그런 줄 알았어. 끔찍했지. 하지만 지금은 다 잘돼가고 있어. 혜성이 무력화되었거든."

"그리고 내가 영혼들을 해방시켰어." 살아있는 돌/아더월드가 경쾌하게 말했다. "모든 영혼을. 마지막으로 이 행성에 있는 영혼들도 내가 직접 악마들의 행성으로 가서 해방시킬 거야!"

모두들 깜짝 놀란 눈으로 타라를 꼭 닮은 크리스털 실루엣을 쳐다봤다.

칼이 타라의 귀에 대고 속삭였다.

"타라? 너 또 무슨 짓을 한 거야?"

전 행성에서 오무아 제국에 무슨 일이 일어났는지 묻는 메시지들이 쏟아지고 있어서 타라와 마라, 리스베스 여제는 정신없이 바빴다.

전 세계에서 쇄도하는 영상 때문에 크리스털리스트들 역시 어떤

것부터 보도해야 할지 정신을 차릴 수 없을 정도였다.

도처에서 다오보르의 엘프들이 영문을 모른 채 감옥에 갇혔다. 엘프들의 몸을 장악했던 악마의 영혼들이 죽일 듯 살벌한 병사들 앞에 엘프들을 남겨두고 연기처럼 사라져버렸던 것이다. 엘프들은 즉시 무기를 내려놓고 대부분 관절염에 걸려 있는데도 두 손을 번쩍 쳐들었다.

아더월드의 모든 나라에서 같은 상황이 벌어지고 있었다.

다오보르의 엘프들이 열세였던 두 곳 중 하나는 금지된 대륙이었다. 늑대인간들은 시커먼 악마의 마법을 사용하는 엘프들이 들이닥치자 거칠게 행동했다.

불행히도 엘프 공격자들은 대부분 잡아먹혔다.

틸 대통령은 다오보르의 엘프들 전체가 아더월드에 들이닥친 걸 생각하면 쉽지 않은 싸움이기 때문에 항복을 받아내는 즉시 감옥에 처넣으라고 명했다.

다오보르의 엘프들에게 당하지 않은 또 한 곳은 히믈리아였다. 이상하게도 히믈리아에서는 아더월드의 마법보다 악마의 마법이 훨씬 더 통하지 않았다.

난쟁이들은 도끼, 말뚝, 날카로운 도구들을 늘 끼고 다니는 습관이 있었다.

난쟁이들은 엘프들을 쉽게 해치웠다. 히믈리아가 작은 나라인 데다 난쟁이족을 우습게 여긴 악마의 영혼들이 우주선을 한 대만 보낸 것이 패착이었다. 사실 악마의 영혼들은 난쟁이 기술자들에게 눈독을 들이고 있었기 때문이다.

히믈리아에는 감옥에 갇힌 포로들이 없었다. 불행히도 혜성이 파괴되기 전에 이미 엘프들이 도끼를 맞고 죽음을 면할 수 없었기 때문이다.

걱정이 된 무아노가 파프니르와 함께 부모님에게 연락했다 전해들은 소식이었다.

파프니르는 실버가 살아 있다는 걸 믿지 않고 있었다. 파프니르와 실버가 사랑이 가득한 얼굴로 서로를 쳐다보는 사이, 생선을 먹고 싶은 충동과 싸워야 했던 셈 선생님은 잠시나마 고양이로 있었다는 사실에 충격을 받았다.

한편 다른 이들과 마찬가지로 악마의 영혼에게 점령당한 아르칸즈는 악마의 마법을 사용하는 것이 익숙하기 때문에 아더월드인들보다 잘 버텨냈다. 산헥시아도 마찬가지였다. 악마의 영혼들이 공격을 시작했을 때, 아르칸즈와 산헥시아는 우주선 안에 발라와 에레, 보울라, 사엘과 함께 있었다. 그들은 우주선 안에서 공격을 시도한 다오보르의 엘프 둘을 때려눕혔다. 승무원들이 보울라와 사엘의 공격에 부상을 당했기 때문에 추락할 위기에 놓여 있을 때 천만다행으로 혜성이 파괴되었다.

산헥시아는 자신이 지닌 악마의 영혼들을 잃었을 뿐만 아니라 친구 엘레아노라까지 잃었다. 비욘드월드로 송환된 엘레아노라가 인사도 없이 가버렸던 것이다.

랑코비트의 사정도 오무아와 비슷했다. 로빈은 풀려나자마자 텔레크리스털로 어머니와 아버지에게 연락했고, 무사하다는 말에 안도했다. 하지만 아버지는 할머니를 닮은 늙은 엘프들에게 공격을 받았다는 사실에 충격을 많이 받은 상태였다.

리스베스는 일어난 일에 대해 가장 먼저 설명해야 하는 정부의 여제로서 즉시 지시를 내렸다. 다오보르의 엘프들을 풀어주고 환대해주라는 것이었다.

산도르 황제는 엘프들이 군대에 한 짓을 생각하면 몹시 못마땅했다.

아더월드의 엘프들은 다오보르의 엘프들을 환대했고, 특히 젊음을 유지하기 위해 마법을 사용해온 엘프들에게 환영을 표했다.

이 소식은 삽시간에 퍼졌다.

여성 엘프들이 돌아왔다!

그중에서 사엘과 보울라는 여러 나라 정부의 협상 상대가 되었다.

하지만 다오보르의 엘프들은 상상할 수도 없는 끔찍한 일에 휘말렸다는 사실에 충격을 받아 오직 한 가지 바람밖에 없었다.

하루빨리 다오보르 행성으로 돌아가는 것이었다.

부상자들이 회복되고, 우주선들에 연료 공급을 끝내는 즉시 떠나기로 결정했다. 여기까지 올 때는 악마의 마법 덕분이었지만, 떠날 때는 앞으로 드란보우글리스펜쉬르, 지구, 아더월드 등의 행성 간 교류가 이뤄질 수 있도록 공간이동의 문을 이용하기로 했다.

스스로에게 아주 만족한 살아있는 돌/아더월드는 타라와 리스베스에게, 공간이동의 문을 통해 아더월드뿐만 아니라 다른 행성에 있는 모든 악마의 사물들 속에 갇힌 영혼들을 해방시켰다고 설명했다.

그리고 마지스터의 셔츠와 실루르의 옥좌 시제품도 파괴했다고 덧붙였다. 따라서 공공의 적 1위인 마지스터에게는 이제 악마의 힘이 없었다.

유일하게 남은 악마의 힘은 보울리미-레미 행성에 있었다. 악마의 행성과 연결되는 공간이동의 문이 있지만 '살아 있는' 행성이 아니라서 영혼들을 해방시키는 것이 좀 힘들었다.

아르칸즈는 자신이 직접 보울리미-레마족에게 현재 상황을 알리고 싶었지만 너무 늦었다. 무형화되어 악마의 영혼들을 구제하러 떠났던 아더월드가 몇 시간 후 아주 흡족해서 돌아왔다.

악마들이 내지르는 분노의 고함소리가 오무아에까지 들리는 것 같았다.

그리고 악마들은 믿기지 않는 사실을 알았다.

살아있는 돌은 아주 영리했다. 마법사들과 마찬가지로 악마들도 살기 위해 악마의 마법을 사용하고 있었다. 그러다 혜성의 공격을 막는 방벽을 세우기 위해, 마법사들이 보울리미-레미 행성에 설치한 공간이동의 문을 통해 보내주는 아더월드의 마법을 사용하고 있었다. 하지만 보울리미-레미는 마법의 행성이 아니기 때문에 마법사가 있어야 가능했다. 그래서 살아있는 돌은 행성의 땅속을 석영으로 만들어놓고 자신의 힘을 주입했다.

그리고 악마들을 새롭게 변신시켰다.

물론, 늙은 악마들은 제외했다.

살아있는 돌이 간악한 늙은 악마들까지 용서한 것은 아니었던 것이다.

인간 모습의 악마들은 갑자기 행성에 나타난 마법을 사용할 수 있다는 사실에 놀랐다. 이제는 무엇이든 파괴할 필요가 없었다.

이상하게도 보울리미-레미 행성을 제외한 다른 악마 행성들은 아더월드의 마법을 거부했다. 보울리미-레마족이 그들에게 저질렀던 횡포의 트라우마가 너무 컸기 때문이었다. 자보르족은 세계의 진미를 먹을 수 있게 되면서부터 보울리미-레마족을 무시해버렸고, 크세프로디족은 기계를 발명할 필요가 없었다.

완전히 질서가 잡히기까지 일주일이 걸렸다. 아더월드 도처에서 장례식과 소멸식이 열렸다. 죽음을 애도하는 기간이었다. 악마들의 잘못 때문에 많은 것을 잃었고, 악마들도 이를 잘 알고 있었다.

아르칸즈는 조상들이 저지른 죄를 공식적으로 사과하기 위해 팅가푸르의 황궁으로 돌아왔다.

이 기회에 팅가푸르에 모여드는 각국 정부의 사절단이 성대한 행렬을 이루었다.

접견실은 거대했고, 스쿠프들을 통해 모든 것이 생생히 전파되었다.

랑코비트 왕국의 티타니아 왕비와 베어 왕, 타트리스족의 대통령, 비리디스의 대통령, 아더월드 엘프들의 여왕 에레와 딸 발라, 다오보르의 엘프들을 대표하는 보울라, 마제, 사엘, 드라큘 뱀파이어 대통령, 딸 킬라와 남친 아르노, 사피르 드라고쉬와 사틸라, 난쟁이족을 대표하는 파프니르의 부모, 무아노의 부모, 트롤족을 대표하는 그르룰, 땅신령족의 왕 굴룰 부글룰, 살테렌스족의 카샤, 사이렌족을 대표하는 시렐라, 트리톤족을 대표하는 몽타뉴크리스토, 에드라킨족 한 명, 거의 모든 종족의 대표들이 참석해 있었다.

자르, 마니투, 이사벨라도 특별히 지구에서 왔다. 베티는 자르 옆에서 입술을 깨물며 마법이 불편한데 왜 따라왔는지 후회하는 표정이었다. 브주아 지롱 백작과 카미유는 마법이 불편하지 않은 것 같았다. 인간 모습의 드래곤 살루도 따라와 있었다. 그 옆에 레드 드래곤과 블루 드래곤이 있었다.

데리아와 브래드포드도 참석해 있었다. 로빈과 칼의 부모들, 안젤리카와 부모도 보였다. 갈색 머리 꺽다리는 타라가 이번에도 아더월드를 구했다는 것, 칼과 사귄다는 걸 알고 벌레, 아니 전갈 씹은 표정이 되었다. 한발 앞서 영혼들을 해방시킨 살아있는 돌/아더월드를 원망하는 모우르무르, 보란 듯이 약혼반지를 끼고 있는 히글 5, 셈 선생님과 샤름도 참석해 있었다. 타라는 드래곤 여왕 부부와 살아있는 돌과 함께 위베른족에 대한 문제를 이미 논의했었다. 그 결과 느닷없이 마법 능력을 잃게 된 늙은 드래곤 몇 명이 퇴직하는 일이 있었다.

이제 드래곤들이 인간을 상대로 하는 전쟁은 일어나지 않을 터였다.

타라, 보디가드로서 타라 뒤에 서 있는 셀렌바, 셀렌바에게서 눈을 떼지 않는 사피르 드라고쉬, 마라와 매직갱은 리스베스 여제가 앉은 옥좌를 에워싸고 있었다. 이들 역시 행성을 구하는 데 일조했기 때문에 특혜를 받은 것이었다.

타라는 수많은 군상을 보며 생각에 잠겼다. 몇 년 전 마지스터가 지구에 있는 타공의 저택을 공격한 뒤로 겪어야 했던 온갖 모험이 주마등처럼 스쳐갔다. 타라는 있어야 할 자리를 찾았고, 부모를 모두 잃었고, 사랑하는 남자도 만났다.

이 순간부터는 어떤 위협도 닥치지 않을 것이었다. 타라는 믿기지 않을 정도로 행복하고 평온했다. 마법의 행성에 온 뒤로 처음 느껴보는 감정이었다. 비록 기진맥진해 있지만―300만 엘프들이 먹고 기거할 곳을 찾는 것은, 수백만 악마들이 먹고 기거할 곳을 찾는 것보다 더 쉽지 않은 일이었다 — 악마들이 행성으로 돌아가면서 다행히 해결되었다. 이들이 머물던 임시 거처(악마들이 '수용소'라고 하는)가 그대로 있어 일이 쉽게 풀린 것이다.

타라는 눈부시게 아름다운 금빛과 은빛 드레스에, 긴 머리를 땋아 등 뒤로 넘기고 후계자 왕관을 쓴 채 칼의 손을 꽉 잡았다. 타라의 심정을 알아차린 칼도 꼭 잡은 손에 힘을 주었다.

아더월드도 있었다. 생기 있는 크리스털 실루엣이 상황을 주의 깊게 지켜보고 있었다. 살아있는 돌이 평소에 보이던 모습과 똑같지만 말은 많지 않았다.

아르칸즈는 악마들이 저지른 악행에 대해 사과하고, 그로 인해 발생한 모든 손실에 대한 경비를 보울리미-레미 행성에서 책임지겠다고 전했다. 그러고 나서 여섯 개의 악마 행성들은 아더월드를 위협하지 않고 번영할 수 있는 곳을 찾아 아주 먼 우주로 떠나겠다고 선언했다.

그런데 반응은 아르칸즈의 생각과 달랐다.

"안 됩니다!" 상인 길드의 대표자가 외쳤다. "말도 안 됩니다!"

"우리 때문에 여러분이 겪어야 했던 모든 것에 대해 사과했습니다." 울화가 치민 아르칸즈가 유감을 표했다. "아더월드가 믿기지 않는 선물을 우리에게 주었는데도 불구하고(아르칸즈는 손끝에 나타난 마법을 보며 이렇게 쉽게 된다는 사실에 다시 한 번 놀랐다), 여러분이 우리를 침략해 몰살할 거라며 반기를 드는 늙은 악마들도 있습니다. 그래서 모든 책임을 지고 멀리 떠나려고 하는데 뭘 더 원하는 겁니까?"

"떠나지 말고 여기서 살아요!" 여러 목소리가 외쳤다.

아르칸즈는 멍하니 입을 벌렸다. 내심 기대하던 말이긴 하지만……

리스베스 여제가 웃음을 터뜨렸다.

"아, 우리 국민은 뼛속까지 장사꾼이지요. 그 많은 잠정적 소비자들이 멀리 떠난다는 사실에 공포의 비명이 터져 나온 겁니다. 게다가 나도 당신이 왜 우리 태양계를 떠나려고 하는지 이유를 모르겠어요. 솔직히 전혀 방해가 되지 않는데요!"

아르칸즈는 피곤한 표정으로 얼굴을 비볐다. 눈 밑에 다크서클이 넓게 번져 있었다. 아르칸즈는 타라와 리스베스, 특히 마라에게 말하고 싶지 않지만 여러 차례 암살당할 뻔했다. 늙은 악마들은 불편한 기색을 노골적으로 드러내며 집요하게 아르칸즈를 괴롭히고 있었다.

"우리가 이웃으로 있으면 여러분은 우리의 잘못으로 인한 그 모든 죽음, 그 모든 손실이 계속 기억날 겁니다."

리스베스 여제는 고개를 끄덕였다.

"이해해요, 아르칸즈 왕. 하지만 나는 동의하지 않아요. 우리는 이제 당신의 조상들이 저지른 짓이라는 걸 알고 있어요. 당신이 아니라."

"폐하, 제가 질문 하나 해도 되겠습니까?" 칼이 정중하게 물었다.

"허락한다, 칼리반 달 살란."

"보울리미―레마족의 본래 모습을 다시 만든 이유가 뭡니까?" 칼은 아르칸즈에게 물었다. "마왕의 우주선에서 내가 비늘 덮인 켄타우로스를 봤거든요."

칼의 말에 장내가 술렁거렸다. 아르칸즈가 어깨를 으쓱했는데 아주 쉽게 동화된 인간의 버릇이었다.

"늙은 악마들 중 몇몇이 본래 모습을 되찾기로 스스로 결정한 것이기 때문에 나와는 무관한 일이야. 이제 그들에게는 악마의 마법이 없어. 아더월드가 늙은 악마들에게는 마법의 힘을 주지 않았기 때문에 모습을 다시 바꾸고 싶어서 인간 모습의 악마인 우리를 찾아오지. 그렇게 찾아오는 악마들에게는 우리가 모습을 바꿔주고 있어. 나는 그들이 이렇게 상황이 나빠지기 이전의 시대, 즉 황금시대라고 생각하는 때로 돌아가고 싶었던 거라고 생각해."

마라는 걱정스러운 눈으로 아르칸즈를 쳐다봤다. 아르칸즈가 많이 지치고 불안해 보였다.

한편 로빈은 사엘을 쳐다보고 있었다. 잿빛 눈의 아름다운 엘프는 예상대로 아주 예의 바르게 행동했다. 여성이 많은, 정확히는 여성이 대부분인 행성에 가서 정착하고 싶어 하는 아더월드의 남성 엘프들과 함께 다오보르로 떠날 예정이었다. 그래서 에레가 불같이 화를 내며 떠나길 거부했지만 아더월드에는 엘프의 수가 1000에서 2000명 정도밖에 남지 않을 터였다.

로빈은 떠나지 않기로 결정했다. 가족이 있는 곳에서 생활해야 했다. 하지만 최근 며칠간 가까이 지내온 사엘을 보지 못할 거란 생각만 해도 가슴이 아팠다.

로빈은 사랑에 빠져 있음을 잘 알고 있었다. 사엘은 쾌활하고 다정했지만 더는 로빈을 유혹하지 않았다. 사엘은 아더월드 남성 엘프들의 흠모 어린 시선을 한 몸에 받고 있어 너무 바빴다.

사엘이 매일 받는 선물로 꽃집이나 보석가게를 열어도 될 지경이었다.

로빈은 체념했다. 하프엘프에 지나지 않는 자신을 선택할 리 없지 않은가. 사엘은 순수 혈통의 엘프들 중에서 누구를 선택할지 고민할게 틀림없었다.

보라색 꽃무늬로 가장자리를 두른 회색 드레스 차림의 사엘이 갑자기 일어나 헛기침을 했다.

"폐하, 죄송하지만 제가 한 가지 발표를 해도 되겠습니까?" 사엘이 부드러운 목소리로 청했다.

"어서 해봐요, 젊은 엘프." 리스베스 여제가 다정하게 말했다.

"어머니와 보울라, 저는 우리 엘프 중 몇 명이 아더월드에서 상주하는 것이 좋겠다는 결정을 내렸습니다. 이곳 행성은 매력적이기 때문에 몇몇 도시에 우리 엘프족을 대표하는 대사관과 영사관이 필요합니다. 그리고 제가 우리 국민의 대표자로 임명되었습니다."

로빈의 심장이 더 빨리 뛰기 시작했다. 사엘이 떠나지 않는구나!

그리고 이내 기쁨이 사라졌다. 사엘이 마음에 드는 엘프를 찾은 것이 틀림없었다. 로빈은 사엘에게 가장 열렬하게 구애하는 엘프가 다빈이라는 걸 알고 있었다. 로빈은 다빈과 같이 교육을 받았었다. 다빈은 거만하고 오만하지만 훌륭한 전사였다.

"와, 멋지다!" 사엘을 많이 좋아하는 마라가 외쳤다. 마라는 사엘이 대다수 엘프보다 다정하고 착하고 거드름을 피우지 않는다고 생각하고 있었다.

"여러분 앞에서 한 가지 더 알릴 것이 있습니다." 사엘이 말했다.

사엘은 아름다운 은발을 어깨 뒤로 쓸어 넘기며 로빈 앞에 와서 섰다.

"우주선에서 너는 나에게 다른 엘프들을 많이 만나봐야 한다고 했어. 그래서 네가 주장하는 대로 순수 혈통의 엘프들을 만나봤지. 많은 남자와 여자 엘프를 만나 식사도 같이하고 많은 대화를 나누었지. 하지만 로빈 망질, 너만큼 고결하고 착하고 점잖은 엘프는 없었어. 그래서 나는 너를 선택하기로 결정했어. 로빈, 너는 나를 원해?"

로빈은 머리가 마비되고, 팔다리가 얼어붙는 것 같았다. 너무 충격을 받아 움직일 수 없었다. 사엘은 로빈이 거부하는 거라고 생각했다. 또다시 거부당했다는 사실에 사엘은 눈물이 글썽해서 뒷걸음쳤다.

로빈은 번개같이 일어나 사엘을 붙잡았고, 그녀가 무슨 말을 하기 전에 열렬하게 키스했다.

사엘은 천국에 있는 느낌이었다. 로빈은 우주선 선실에서보다 훨씬 강렬한 키스를 했다. 지금은 잠결도 아니고 자신이 뭘 하는지도 똑똑히 알기 때문이었다.

경이로웠다. 사엘은 로빈이 하는 대로 가만히 있었다.

여기저기서 축하하는 휘파람 소리가 울렸다. 두 엘프는 멍한 눈으로 얼굴을 들었다.

칼은 박수를 쳤다.

"와우, 대단한 키스였어! 브라보! 사엘, 로빈, 너희 둘이 타라와 나만큼 서로 사랑하기 바란다!"

타라와 칼은 미소를 지었다.

리스베스 여제가 새 커플을 축하해주려는 순간 크산디아르 친위대장과 세네 카무플레 국장, 호위대가 들어왔다.

호위대가 한 남자를 에워싸고 있는데 모두 대번에 알아봤다.

다릴 크라투스.

리스베스는 다릴 크라투스를 쳐다보며 오래전 이 남자의 실종 때문에 겪었던 아픔을 떠올렸다.

하지만 이제는 바리우스와 결혼했으니 다릴은 더 이상 아무 관계가 없는 남자였다. DNA 검사 결과 전남편 다릴 크라투스가 틀림없다는 걸 확인하고 몹시 놀라긴 했지만.

파란 눈의 금발 남자가 리스베스를 쳐다봤다. 에레는 다릴 크라투스를 보자마자 격분한 표정으로 돌변했다. 그 순간 타라는 불현듯 뇌리를 스치는 것이 있었다.

피로 때문에 몽롱한 타라는 정신을 차리려고 애를 썼다. 그리고 몸을 숙이며 아더월드에게 몇 마디 속삭였다. 아더월드는 고개를 끄덕였다.

"이 남자가 여기 왜 나타난 겁니까?" 에레가 다짜고짜 퍼부었다. "드디어 타빌라를 살해한 범인을 잡았군요. 이 남자가 범인 맞아요. 확실해요! 이제 이자를 우리에게 넘기세요."

"크산디아르 친위대장이 알아낸 바에 따르면 여왕의 궁전에서 원격조종으로 드론을 폭발시킨 거였어요." 정신없이 바쁜 와중에도 수사 보고서를 읽을 시간이 있었는지 리스베스 여제가 반박했다. "하지만 셀렌다 정보국에서는 더 이상의 자세한 정보를 주길 거절했어요. 이런 식이면 수사를 진행하기 쉽지 않다는 것은 여왕도 인정하셔야지요."

에레의 입술이 경멸조로 실룩거렸다.

"범인은 엘프가 아니에요. 우리는 피해자입니다. 그리고 당신의 하인 따위가 셀렌다에 와서 할 일은 아무것도 없습니다."

타라는 엘프 여왕의 오만 방자함을 도저히 참을 수 없었다.

"에레 여왕님! 여왕께서는 어떻게 다릴 크라투스를 알아본 겁니까?"

에레 여왕은 역겨운 벌레 보듯 타라를 쳐다봤다. 대답하고 싶지 않은 것이 역력해 보였다. 에레의 시선이 타라의 머리에 씌워진 위엄 있는 왕관에 머물렀다. 그제야 후계자에게 최소한의 예의는 지켜야 한다는 것이 기억났다.

"그거야 자기를 소개했으니까요." 바이올렛 엘프가 대꾸했다.

"아니요." 타라는 일격을 가했다. "여왕께서는 다릴 크라투스라고 소개하기 전에 알아봤습니다. 그리고 좀 전에 지었던 표정을 내가 똑똑히 봤습니다. 여왕은 격분해서 어쩔 줄 모르는 얼굴이었어요. 다시 묻겠습니다. 다릴 크라투스를 어떻게 알아본 겁니까?"

바이올렛 엘프는 눈살을 찌푸렸다.

"모든 사람이 황제를 알아요." 에레는 차갑게 대답했다.

"놀랍군요. 아무도 그렇게 빨리 그를 알아보지 못했습니다. 심지어 결혼까지 했던 고모조차."

"무슨 뜻으로 그런 말을 하는 거죠?"

"아무 뜻 없습니다. 나는 그냥 묻는 겁니다. 여왕은 다릴 크라투스를 어떻게 알아본 겁니까?"

에레 여왕이 리스베스 여제를 향해 고개를 돌렸다.

"후계자를 자중하게 하시지요. 나는 이런 무례함을 참아줄 이유가 없습니다."

"에레 여왕." 리스베스 여제가 말했다. "후계자의 질문에 답변하시는 게 좋을 것 같습니다. 나는 정당한 질문이라고 생각하는데요."

왕홀을 쥐고 있는 에레의 손에 힘이 들어가고 있었다. 상황에 민감한 수행원들이 약간 뒤로 물러났다. 이미 여왕의 분노를 겪어본 엘프들이 몸을 사리는 것이었다.

"나는 명령받는 걸 아주 싫어합니다." 에레가 거만하게 말했다. "그리고 이런 멍청한 질문에 답변할 이유가 없습니다. 나는 황제를 알아본 것뿐입니다."

타라는 미소를 지었다. 재미있어서가 아니었다.

"그럼 이제부터 내가 훨씬 설득력 있는 설명을 해드리죠."

타라는 에레 여왕을 향해 비난조로 삿대질을 했다.

"여왕은 종족차별주의자입니다. 특히 인간을 혐오하지요. 전 여왕 타빌라가 출타하는 것을 수상히 여기고 어느 날 미행한 겁니다. 그리고 타빌라가 젊은 엘프 행세를 하며 인간을 사귀고 있다는 사실을 알고 혐오감에 치를 떨었지요."

에레가 얼마나 혐오감을 느꼈는지 얼굴에 여실히 드러나 있었다.

"당신은 아주 영리한 엘프이기에 타빌라의 의도를 이내 알아차렸지요." 타라는 냉정하게 말을 이었다. "타빌라는 인간과 사귀어 로빈 같은 혼혈을 낳는 걸 보여줌으로써, 사라질 위기에 처한 엘프족에게 길을 제시하려고 했어요. 하지만 당신은 순수 혈통의 엘프가 미천한 인간의 품에서 뒹구는 걸 도저히 용서할 수 없었죠!"

"타빌라가 우리 종족을 더럽혔어!"

에레의 고함소리가 울려 퍼졌다.

죽음 같은 침묵이 흘렀다. 에레는 스스로 실토했음을 깨달았다.

아연실색한 발라가 어머니를 쳐다봤다.

"엄마." 발라가 작은 목소리로 말했다. "무슨 짓을 한 거예요?"

에레는 꼿꼿한 자세로 말했다.

"나는 우리 국민을 구하기 위해 반드시 해야 할 일을 했어. 재앙의 씨를 도려내기 위한 조치를 내린 거라고. 내가 잘한 거야! 타빌라가 임신을 했으니까! 우리 종족을 더럽히는 걸 도저히 참을 수 없었어. 나는 강탈을 일삼는 남자 행세까지 하면서 타빌라에게 어떻게든 기회를 주려고 했어! 그만두지 않으면 다 폭로하겠다고 협박도 했고. 하지만 내 말을 듣기는커녕 오무아로 인간들을 만나러 간 거야! 도움을 청하기 위해! 그래서 드론 몇 대를 구입해 황궁의 정원으로 침투했지. 어렵지 않았어. 나는 원격조종을 했으니까. 그래, 내가 쏘고 내가 죽였다."

에레는 타라를 매서운 시선으로 노려봤다.

"미천한 인간, 너를 죽였어야 했는데!"

누군가 반응하기 전 에레는 왕홀을 쳐들고 타라를 향해 발사했다.

아니, 정확히는 시도에 지나지 않았다. 에레에 대한 경계를 늦추지 않던 타라는 아더월드에게 에레의 마법을 차단해달라고 미리 부탁했기 때문이다. 따라서 에레의 왕홀은 작은 소리를 냈을 뿐이었다.

"소용없는 짓입니다." 타라는 비웃음을 흘리며 차분하게 말했다. "아더월드가 당신의 마법을 차단했거든요."

에레의 얼굴이 붉으락푸르락했다. 타라를 상대로 이기는 건 일말의 희망도 없지만 그래도 어린 인간에게 죽으면 전사로서 죽음을 맞는 것인데.

크산디아르가 이미 달려들어 에레를 제압하고 히믈리아의 철 수갑을 채웠다.

다릴 크라투스는 에레를 노려봤다. 그의 성난 눈빛이 무시무시했다.

"당신!" 크라투스는 격분했다. "당신이 타빌라를 죽였어! 내가 단서를 찾았으나 당신의 엘프들이 너무 많은 걸 덮어주었다. 당신은 응분의 대가를 치를 것이다. 엘프들이 어떤 벌을 내리는지 두고 볼 것이다. 솜방망이 처벌로 끝날 경우는 내가 가만있지 않을 것이다!"

"아니요, 나는 그렇게 생각하지 않습니다." 발라가 갈라진 목소리로 대꾸했다. "내 어머니는 준엄한 심판으로 사형 선고를 받을 겁니다. 하지만 그 전에 고문을 받겠지요. 우리 국민이 도저히 용서할 수 없는 범죄를 저질렀으니까요. 만약 아니라면 다릴 크라투스 당신이 복수하세요."

엘프 여왕은 침울한 얼굴이었고, 수행원이 아니라 간수들에게 이끌려 나갔다.

몽타뉴크리스토가 강한 팔로 감싸 안고 이끌자 발라는 망연자실한 얼굴로 얌전히 따라 나갔다.

그들이 나가자 칼이 타라에게 속삭였다.

"허세 한번 대단하다. 그래도 난 발라가 워낙 독해서 무너지지 않을 줄 알았는데 결국은 약한 모습을 보이네."

"그러게." 타라는 한숨을 쉬었다. "발라를 생각하면 내가 잘못 생각한 것이길 바랐는데."

그런데 크산디아르의 일은 끝난 게 아니었다. 친위대장이 다릴 크라투스 앞에 버티고 서서 소리쳤다.

"다릴 크라투스, 그동안 마지스터라는 이름으로 우리 제국에 수많은 죄를 저지른 당신을 체포합니다!"

딸꾹질 소리가 여기저기서 들렸다.

다릴 크라투스는 어찌나 놀랐는지 그 자리에 얼어붙었다.

그리고 웃음을 터뜨렸다.

"나를 체포해? 내가 마지스터라고? 잘못 생각한 것이다! 나는 나무꾼이었을 뿐이다. 내 과거를 기억도 못해. 전사는 더더욱 아니고! 그리고 내 몸속에는 악마의 마법이라곤 없다. 만약 있었다면 너희들이 벌써 찾았겠지!"

"그건 당연합니다." 크산디아르는 물러서지 않았다. "아더월드가 모든 악마의 영혼을 없애버렸으니까요! 하지만 당신은 황제였습니다. 그래서 제국에 관한 모든 중요한 정보에 접근할 수 있었던 겁니다. 우리 여제가 자식을 갖지 못하게 하려면 어떻게 중독시켜야 하는지 알고 있었습니다. 내가 확인했습니다. 마지스터가 드란보우글리 스펜쉬르에 가 있을 때 당신은 아버지와 함께 거기 있었습니다. 그 당시 당신의 패밀리어는 뱀이었습니다!"

바로 그 순간 타라는 산도르를 쳐다보고 있었다. 산도르는 전 황제 였던 남자를 유심히 살피고 있었다.

타라는 왠지 모르게 느낌이 좋지 않았다. 타라가 귀를 기울이는 직관이 다릴 크라투스는 마지스터와 아무 관련이 없다고 말하고 있었다. 몸짓이며 태도가 마지스터와 전혀 일치하지 않았다.

"나는 마지스터와 아무 관련이 없다." 다릴 크라투스는 무기력하게 대답했다. "이런 억측 이외에 다른 증거가 없다면 내가 북부 국경 지대의 백작이라는 걸 상기시키겠다. 그리고 이제는 리스베스와 나의 결혼이 무효가 되었지만, 한때 여제의 남편이었던 사람으로서 그에 상응하는 존엄과 존중을 받아야 한다는 것도 상기시키겠다."

크산디아르는 입술을 깨물었다. 다릴 크라투스에 대한 증거들을 수집했을 때 회심의 미소를 지었건만!

타라가 에레를 상대로 공격했을 때는 엘프 여왕이 너무 충동적이어서 통했다. 하지만 불행히도 다릴을 상대로 하는 공격은 통하지 않았다.

"다릴의 말이 맞다, 친위대장." 리스베스 여제가 점잖게 말했다. "어쨌든 마지스터의 도움으로 악마 우주선들을 물리친 것이 사실이므로 나는 그동안 마지스터가 저질렀던 모든 죄를 특별 사면하였다. 설령 다릴이 마지스터라고 할지라도 지금으로서는 의혹만으로 체포할 이유가 없다. 그리고 마지스터를 영웅으로 생각하는 지구인들의 기억을 완전히 지워버린다면 몰라도."

이것은 총회를 여는 이유이기도 했다. 상인들은 지구와의 무역 교류를 원했다. 하지만 아더월드 주민들은 지구인들이 너무 공격적이라고 생각하고 있었다. 드래곤들의 생각도 같았다.

마침내 지금까지 일어난 모든 일을 지구인들의 머리에서 지워야 한다는 의견이 만장일치로 가결되었다.

이사벨라는 안도의 숨을 내쉬었다.

아주 활기 넘치는 날들이었다. 아더월드의 도움으로 아더월드 주민들은 파괴된 것을 모두 복원했다.

드래곤 우주선들이 지구를 에워쌌고, 지구인들의 머릿속에서 그동안 일어났던 일, 모든 문서를 비롯한 언론에 실린 기사, 기록을 지울 뿐만 아니라 죽은 이들에 대한 가짜 기억을 심기 위한 대포가 동시다발적으로 발사되었다. 지구인들의 기억 속에 일련의 지진과 허리케인을 새겨 넣었고, 전 세계인들은 마법사들과 마법을 잊었다.

그리고 아더월드는 덩컨 가족에게 아주 값진 선물을 했다. 타라는 마니투, 이사벨라, 자르, 마라, 베티, 아르칸즈, 칼과 함께 응접실에 앉아 그동안 가족에게 일어났던 일을 얘기하고 있었다. 그때 아더월드가 유형화되었다.

"아, 마니투 덩컨, 마침 잘됐군요." 아더월드가 말했다. "당신을 만나고 싶었는데. 당신에게 줄 선물이 있거든요!"

사냥개가 반응할 겨를도 없이 아더월드의 마법이 덮쳤다.

잠시 후, 헝클어진 머리에 수염이 난, 지긋한 나이의 남자가 서 있는데 알몸이었다. 보는 사람들 못지않게 깜짝 놀란 얼굴이었다.

"아버지!" 이사벨라가 벌떡 일어나면서 외쳤다.

아버지가 알몸이라는 사실에 개의치 않고 이사벨라는 뛰어갔다. 타라는 슬그머니 주문을 읊었고, 이사벨라가 끌어안기 직전 마니투는 양복 차림이 되었다.

마니투가 두 발로 걷는 것이 익숙하지 않기 때문에 두 사람은 벌렁 자빠졌다. 그 엄숙하고 엄격하고 도도한 이사벨라가 웃고 있지만 눈물을 흘리고 있었다.

편안한 소파가 뒤에서 대기하고 있어 그들이 의자로 넘어져서 천만다행이었다.

마니투와 이사벨라는 어리둥절한 얼굴로 똑바로 앉았다.

"와우! 이게 어떻게 된 거지?"

아더월드가 대답했다.

"개 모습으로 계속 사는 건 부당한 일이었어요, 마니투 덩컨. 그래서 내가 인간 모습을 돌려준 거예요."

아더월드는 감격의 눈물을 흘리는 타라에게 미소를 지었다.

그러고는 크리스털 손가락으로 셀렌바를 가리켰다.

"이번에는 네 차례다, 셀렌바."

셀렌바가 소리를 지를 겨를도 없이 아더월드는 셀렌바를 평범한 뱀파이어로 변형시켰다. 핏빛이 아닌 눈빛, 은발의 뱀파이어.

그리고 셀렌바의 배가 납작해져 있었다.

"안 돼!" 질겁한 셀렌바가 외쳤다. "안 돼!"

"진정해. 네 아기는 괜찮아. 인피뱀파가 아니라 본래의 유전자를 지닌 태아로 돌려놓았으니까. 1년 내에는 출산하지 않을 것이다. 인간과 뱀파이어의 결실은 임신 기간이 5년이 아니라 3년이 정상이니까. 태아는 배 속에 있지만 더 작아졌다. 다 잘돼가고 있어."

성난 셀렌바가 욕설을 내뱉기 전에 아더월드는 윙크를 했다. 타라는 아더월드가 사라지기 전에 메시지를 보냈다. 아더월드는 고개를 끄덕였다. 그리고 연기처럼 사라졌다.

"나는 살아있는 돌이 정말 좋아!" 칼이 타라에게 말했다.

"나도 그래!"

에필로그

*

셈과 샤름이 살루와 있을 때 아더월드가 그들 앞에 불쑥 나타났다. 어찌나 놀랐는지 심장마비[58]를 일으킬 뻔했다.

"너를 만나러 왔다." 아더월드가 크리스털 손가락으로 살루를 가리키며 말했다.

젊은 남자는 아더월드를 향해 겁에 질린 눈길을 던졌다.

"네?"

남은 마법을 다 쥐어짜낸 것처럼 강력한 마법이 살루를 덮쳤다. 놀란 드래곤 둘이 얼른 옆으로 피했다.

살루의 몸이 커지기 시작하더니 잠시 후 거대한 몸집의 근사한 블

---

58. 드래곤의 심장이 둘이라고 해서 심장마비가 일어나지 않는 건 아니니까.

랙 드래곤이 서 있었다.

아더월드는 머리를 까딱하고 사라졌다.

너무 놀라 말문이 막힌 셈과 샤름은 멍하니 블랙 드래곤을 쳐다봤다. 살루는 믿기지 않는 듯 드래곤이 된 자신의 발을 응시하고 있었다.

"야아아아아아호!" 살루가 갑자기 고함치는 바람에 또다시 드래곤 둘이 소스라쳤다.

"오, 내 비늘이여!" 셈이 말했다. "이렇게 계속 놀라다가는 폭삭 늙어버리겠어!"

"나는 드래곤이다! 나는 드래곤이다!" 살루가 외쳤다.

"이렇게 너를 다시 만나서 정말 행복해, 친구." 샤름이 블랙 드래곤을 보며 부드럽게 말했다. "많이 보고 싶었어."

그들은 다정하게 서로의 머리를 비볐다.

질서가 회복되었다.

다 잘되고 있었다.

이튿날, 자르는 베티가 마법사가 아닌 것에 개의치 않고 사랑한다며 지구에서 사는 것에 아주 만족한다고 선언했다.

이 선언에 오무아 제국의 궁정은 발칵 뒤집혔지만, 아더월드의 비마들은 자르를 높이 평가했다.

베티는 잘난 자르가 왜 자기같이 평범한 여자를 사랑하는지 이해가 되지 않았다. 하지만 결국 지나칠 정도로 집요한 자르의 애정 공세에 항복했다.

반면 데미데루스는 갖은 술책을 다 부리는 산헥시아에게 굴복하지 않았다. 하지만 잿빛 시간 속으로 돌아가지 않기로 결정했으니 아직 둘 사이에는 희망이 있었다.

아르칸즈는 여러 미디어에서 인터뷰 요청을 받았다. 아르칸즈가 마라와 교제하기로 결심했다고 알렸을 때 마라는 환한 미소를 지었다.

크리스털리스트들에게 일주일은 축제의 날들이었다. 아르칸즈와 마라 커플의 알콩달콩한 사랑 이야기가 그야말로 대박을 쳤기 때문이다.

타라는 이제 인피뱀파 문제가 해결되었으니 셀렌바가 사라질 거라고 예상했다. 하지만 셀렌바는 팅가푸르에 머물기로 작정한 듯 떠나지 않고 있었다.

타라가 다릴 크라투스에 대해 물었을 때 셀렌바는 코웃음을 쳤다.

셀렌바 역시 다릴이 마지스터라는 생각은 추호도 없었다.

따라서 둘은 같은 생각이었다.

아더월드는 셀렌바의 아기에 대해 뱀파이어와 인간의 혼혈이라고 말했었다. 따라서 아기의 아버지는 사피르 드라고쉬가 아니라 마지스터임에 틀림없었다.

사피르 드라고쉬는 셀렌바와 단둘이서 시간을 보냈었다. 결국 이뤄질 수 없는 사랑이라는 걸 확인하고는 크라살비로 떠났다. 타라는 사피르에게는 안됐지만 사랑은 강요할 수 있는 것이 아니기에 단념하고 떠난 것은 잘한 결정이라고 생각했다.

마침내 아더월드는 타라에게 이제 긴 수면에 들어갈 거라고 알렸다.

칼과 타라는 공원 깊숙한 곳에 자리 잡은 별궁에 있었다. 이제는 닥쳐올 위협 같은 것이 없으니 타라의 초강력 마법이 필요하지 않을 터였다. 처음으로 오붓하게 둘만의 시간을 보내며 평온하게 사랑할 수 있을 것이었다.

하지만 타라는 트라우마가 있었다. 칼과 좀 격렬한 키스를 했다는 것만으로도 별궁의 지붕이 폭발하지 않았던가.

그런데 칼과 사랑을 나누면 뭐가 폭발할까? 도시?

둘은 손을 잡고 있었다. 칼은 이 행성의 가장 깊은 사막에서 사랑하면 아무 일 없을 거라며 타라를 애써 위로했다. 때마침 아더월드가 나타났다.

이제 그들은 놀라지도 않았다. 시도 때도 없이 나타나는 것에 익숙해졌기 때문이다.

"작별 인사 하러 왔어." 크리스털 실루엣이 말했다.

"뭐?" 타라와 칼이 동시에 외쳤다.

아더월드는 미소를 지었다.

"너무 많은 힘을 쏟아서 내가 몹시 피곤해. 다시 자야 할 때가 되었어. 그리고 너희들이 원하는 걸 다 들어주는 편리한 수단이 되고 싶지는 않아. 나는 여신이 아니고, 숭배받고 싶지도 않아. 사제들이 나를 위한 종교를 창시한다고 하는데 나는 전혀 원치 않아."

아더월드는 마지막 말을 할 때는 어조가 강경했다.

"하지만 네가 떠나지 않았으면 좋겠어!" 타라가 슬픈 어조로 말했다.

아더월드는 한숨지었다.

"알아. 나도 그래, 타라. 너와 함께 있을 때 아주 즐거웠거든. 하지만 나는 이성적이어야 해. 아마 우리가 다시 만날 날이 있을 거야. 특히 다른 행성들이 깨어날 경우에. 깨어난 행성들과 문제가 생기면 나한테 연락해야 해. 특별히 다오보르 행성을 엄중히 감시해야 해. 다오보르는 마법 유체가 너무 많아. 그래서 나의 일부를 그 행성에 놔두는 특단의 조치를 취해놨어."

"너의 일부?" 타라가 호기심이 가득한 얼굴로 물었다.

"응, 로빈이 거기서 살아 있는 나뭇가지를 잃어버렸지. 나의 이웃 행성이 너무 호전적이라는 것이 드러날 경우 나뭇가지가 나에게 알려줄 거야."

불안해진 타라와 칼이 가지 말라고 붙잡을 겨를도 없이, 아더월드가 공중에 둥둥 떠오르더니 마지막 말을 남기고 사라졌다.

"타라, 이건 나의 작별 선물이야! 너한테 필요할 때가 되면 돌려줄게."

타라는 몸속에서 무슨 변화가 일어나는 느낌이 들었다. 마치 갑자기 뭔가가 빠져나간 것 같았다.

이윽고 타라는 알아차렸다.

"칼." 타라는 함박미소를 지었다. "네 컴폰 끄고 블롱딘을 내보내."

칼이 영문을 모르면서도 시키는 대로 하는 사이, 타라는 갈랑에게 다른 데로 나가서 자라고 말했다.

타라는 칼의 품으로 파고들어 거침없이 키스했다. 이런 적이 없었기 때문에 칼은 어리둥절했다. 이제까지 타라는 마법에 신경을 쓰느라 늘 감정을 절제했다. 하지만 지금은 참지 않았다. 열렬하면서 달콤한 아주 굉장한 키스였다.

그래도 조금 불안한 칼이 한쪽 눈을 뜨고 살폈다. 하지만 타라는 번쩍거리지 않았다. 마법의 파란빛은 전혀 나타나지 않았다.

칼은 경탄하면서 몸을 약간 뺐다.

"타라?"

"쉬이이잇!" 타라 역시 감격한 얼굴이었다. "이제는 나를 맘껏 사랑해. 그리고 한 가지만 기도해."

"뭔데?" 칼은 속삭였다.

"모든 행성이 착한 성격이기를!"

– 끝 –

아더월드의 용어 해설

🐾 아더월드_ 아더월드는 지구 표면적의 1.5배에 이르는 마법 행성으로 태양 주위를 공전하며, 하루 26시간, 1년 454일, 14개월로 이루어져 있다. 위성으로는 두 개의 달 마딕스와 타딕스가 아더월드의 주위를 돌고 있으며, 춘·추분에 조수간만의 차가 몹시 크다.

아더월드의 산들은 지구의 산보다 훨씬 더 높으며, 채굴되는 광물은 대체로 마법의 폭발성이 있어서 추출하는 것이 상당히 위험하다. 지구(육지 29%, 바다 71%)보다 바다가 차지하는 비율은 적으며(아더월드: 육지 45%, 바다 55%), 그중 두 개의 바다는 민물이다.

아더월드를 지배하는 마법은 동물상, 식물상과 마찬가지로 기후에도 영향을 미친다. 그로 인해 계절을 예측하기가 아주 힘들다(아더월드에서는 한여름에도 폭설이 내려 1미터나 되는 눈에 덮일 수 있다!). 아더월드의 7계절 분류: 계절 1 카일로스(지역에 따라 −30~−50℃까지 내려간다), 계절 2 보탄트(지구의 봄 날씨와 유사하다), 계절 3 트레보, 계절 4 파이초, 계절 5 플루초, 계절 6 모인초, 계절 7 살탄(우기).

아더월드에는 인간, 난쟁이, 거인, 트롤, 뱀파이어, 땅신령, 꼬마도깨비, 엘프, 유니콘, 키마이라, 타트리스, 드래곤 등 수많은 종족이 살고 있다.

🌞 그 밖의 다른 행성

🐉 **드란보우글리스펜쉬르 _** 드래곤들의 행성. 지능이 높은 거대한 파충류인 드래곤은 마법 능력을 타고나서 어떤 형상으로든 변신할 수 있으며, 대체로 인간으로 변신해 있다.

마법사들 편에 서서 림보의 악마들과 싸우고 있다. 세계의 영토를 점령하기 위해 악마들과 대립하면서 드래곤들은 지구의 마법사들과 충돌하는 순간까지는 알려져 있는 모든 세계를 정복했다. 끊임없이 악마들과 싸워야 하는 드래곤들은 지구인 마법사들과 전쟁을 벌인 뒤에 지구인들과 동맹을 맺는 것이 유리하다는 결론을 내렸다. 지구를 지배하겠다는 계획은 포기했지만, 마법사들이 지구를 지배하는 것도 인정할 수 없는 드래곤들은 지구의 마법사들에게 아더월드에서 더 많은 마법사를 양성하고 훈련시키자고 제안했다.

수년 동안 드래곤들을 경계하면서 고심한 끝에 지구의 마법사들은 결국 그 제안을 받아들이고 아더월드에 정착하였다.

드래곤들은 드란보우글리스펜쉬르를 비롯해 지구, 아더월드, 마딕스와 타딕스 등 많은 행성에 살고 있으며, 특히 인간들의 일에 사사건건 참견한다. 드래곤들이 가장 끔찍하게 싫어하는 적은 림보에 사는 악마들이다.

🐉 **림보_** 악마의 세계로 악마들의 영역. 림보는 서클이라고 불리는 여러 세계로 나뉘어 있으며, 서클에 따라 악마들의 능력과 학식이 차이 난다. 제1, 2, 3서클의 악마들은 거칠고 아주 위험하다. 제4, 5, 6서클의 악마들은 마법사들과 정해진 조건 내에서 서로 도움을 주고받는다(마법사는 필요한 것을 악마에게서 얻을 수 있으며 악마의 경우도 마찬가지다). 제7서클은 마왕이 군림하는 서클이다.

림보에 사는 악마들은 저주받은 태양이 제공하는 악마의 에너지를 먹고 산다. 다른 세계로 가기 위해 림보를 나갈 경우엔 영리한 존재의 살과 정신을 먹어야 한다. 전 세계를 침략하던 중 갑자기 나타난 드래곤들과의 전쟁에서 패배한 뒤로 악마들은 림보에 갇히게 되었고, 마법사나 마법 능력이 있는 존재의 긴급 요청이 있어야만 다른 행성으로 갈 수 있게 됐다. 악마들은 이런 활동범위 제한을 견디기 힘들어서 끊임없이 해방될 방법을 모색하고 있다.

악마들이 지구를 침략하려는 이유는 아쿠알릭, 즉 바닷물에 중독되어 있기 때문이다. 악마들에게 바닷물은 알코올과 같은 작용을 하는데 림보에는 바다가 없다. 게다가 지구의 바닷물 맛을 특히 좋아하기 때문이다. '모든 인간을 죽이고 짠물을 실컷 마시겠다는 것이 악마들의 신조다.

🐾 **산티보르**_ 텔레파시 능력이 있는 식물성 존재 진실의 입들이 사는 얼음 행성.

🐾 **지구**_ 인간과 비밀 임무를 맡은 마법사들이 살고 있다.

☀ 아더월드의 나라들과 종족

🐾 **간디스**_ 거인들의 나라로 수도는 제오폴. 세력 있는 그로아르 가문이 통치하며 흑장미 섬과 황무지 늪이 있다. 나라의 문장은 '주문방지' 돌로 쌓은 벽에 아더월드의 태양이 올라앉은 형상이다.

🐾 **랑코비트**_ 인간이 지배하는 가장 큰 왕국으로 수도는 트라비아. 왕국의 문장은 은빛 초승달 아래 금빛 뿔의 하얀 유니콘이다. 베어 왕과 티타니아 왕비가 통치하고 있으며, 타라와 어머니 셀레나의 조국이다. 약 8천만의 주민이 살고 있고, 뱀파이어들을 받아들이는 드문 나라 중 하나다.

🐾 **멘탈리르**_ 보우 대륙 동쪽의 광활한 평원이며 유니콘들과 켄타우로스들의 나라. 유니콘은 생김새와 크기가 말과 같고, 이마에 나선형 뿔이 하나 있으며 발굽은 갈라져 있고 털은 흰빛이다. 지능이 떨어지는 유니콘도 간혹 있지만, 대부분은 영리하며 그 지능은 드래곤들의 지능에 견줄 수 있다. 유니콘의 이 특성을 어떤 종족의 지능이나

동물의 지능으로 분류하기는 힘들다.

켄타우로스는 반은 남자나 여자의 형상, 반은 말의 형상을 하고 있는데 두 종류가 있다. 상반신은 인간, 하반신은 말의 형상을 한 켄타우로스와 상반신은 말, 하반신은 인간의 형상을 한 켄타우로스. 켄타우로스가 어떤 마법에 걸려 있는지는 알 수 없으나 소금이나 향유 같은 생필품을 얻기 위해서가 아니면 다른 종족들과 섞이기를 싫어하는 까다로운 종족이다. 사납고 거칠어서 영역을 침범하는 이방인들을 발견하면 가차 없이 화살을 쏘아댄다. 켄타우로스의 샤먼 부족은 평원에서 하얗고 파란 맹독성 개구리 플로프들을 잡아 그 등을 핥는 것으로 미래를 점친다고 전해진다. '찌르레기 대전'이 벌어지는 동안 켄타우로스들이 엘프들에게 몰살되었다는 것은 이 방법이 100퍼센트 믿을 만한 것이 아님을 말해준다.

🐎 **살테렌스_** 살테렌스들의 나라로 수도는 살라. 나라의 문장은 파란색 투명한 소금을 물고 곧추서 있는 커다란 벌레. 왕은 없고 위대한 카샤라고 불리는 족장과 재상 일파봉이 통치하며 여러 부족으로 나뉘어 있다. 노예제도를 주장하는 종족으로 사자와 표범의 잡종인 두 발 동물이다. 침투할 수 없는 사막에서 숨어 지내면서 마법의 소금 광산을 개발한다.

🐎 **셀렌다_** 엘프들의 나라로 수도는 세보른. 문장은 대각선으로 시위를 메긴 두 개의 활 위로 보이는 은빛 보름달.

엘프들은 마법사들과 마찬가지로 마법에 재능이 있다. 겉모습은 인간이며 뾰족한 귀와 고양이의 눈처럼 동공이 수직으로 움직이는 크리스털 눈, 은발이 특징이다. 아더월드의 숲과 평원에서 살며 가공할 만한 사냥꾼이다. 엘프들은 전투와 싸움, 상대를 유인하는 온갖 종류의 게임을 좋아하기 때문에 그들의 에너지를 적절히 이용하기 위해 경찰국이나 국가정보국에 고용된다.

하지만 엘프들이 옥수수나 마법의 귀리를 경작하기 시작하면 아더월드의 종족들은 불안해한다. 그건 엘프들이 전쟁을 시작할 거란 뜻이기 때문이다. 실제로 전시에는 사냥할 겨를이 없기 때문에 엘프들은 곡식을 재배하고 가축을 기르며, 일단 전쟁이 끝나면 예전의 생활로 돌아간다.

또 다른 특성으로 아이들이 걸어 다닐 수 있을 때까지 남성 엘프들은 배에 달린 육아낭 같은 작은 주머니에 아기를 넣고 다닌다. 여성 엘프는 남편을 다섯 명 이상은 가질 수 없다. 엘프는 거의 죽지 않기 때문에 아이들이 별로 없다. 하프엘프 로빈은 혼혈이라는 이유로 엘프들에게 따돌림을 받고 있다.

🐾 **스몰컨트리_** 땅신령, 꼬마도깨비 파보, 요정, 고블린의 나라로 수도는 스몰빌. 문장은 원 안에 도안한 꽃, 새, 거미. 땅신령은 파란색, 꼬마도깨비는 초록색, 고블린은 회색, 요정은 여러 가지 색이다.

땅신령은 작달막하고 단단한 체구이며 오렌지색 털이 나 있다. 돌을 먹고 살며, 난쟁이들과 마찬가지로 광부들이다. 땅신령의 오렌지색 털은 고성능 가스 탐지기이다. 털이 곤두서면 별 탈이 없지만, 털이 내려앉는 순간부터 땅신령은 광산에 가스가 있다는 걸 알아채고 도망치기 때문이다. 또한 알 수 없는 이유로 인해 땅신령들만 '진실의 입들'과 교감할 수 있다.

스몰컨트리의 익살꾼인 꼬마도깨비 파보들은 키디코이라는 막대사탕을 만들어낸 이들이다. 착시 현상을 일으키거나 일시적으로 보이지 않게 할 수도 있으며 금을 좋아해 비밀주머니에 숨겨둔다. 그 주머니를 찾아낸 자는 두 가지 소원을 빌 수 있고, 귀한 금을 회수하려면 반드시 그 소원을 들어줘야 한다. 하지만 꼬마도깨비들은 반대로 해석하는 데 선수여서 예측 불허의 결과가 일어날 수 있으므로 소원을 비는 것에는 항상 위험이 따른다.

요정들은 꽃을 가꾸면서 작지만 효과적인 마법을 날리며, 고블린들은 요정과 움직이는 것은 무엇이든 잡아먹으려고 한다.

🐾 **오무아_** 인간이 지배하는 가장 큰 제국으로 수도는 팅가푸르. 제국의 문장은 100개의 금빛 눈을 가진 주홍빛 공작이다. 타라의 고모인 여제 리스베스틸랑넴 탈 바르미 압 산타 압 마루와 삼촌인 황제 산도르 탈 바르미 압 마르치 압 브레비스가 통치하고 있다. 제국을 설립한 최고 마구스 데미데루스의 후손들이다. 오무아에는 약 2억의 주민이 살고 있다. 다른 나라들과 교역하고 있으며, 셀렌다를 제외하고 가장 많은 수의 엘프 군단을 거느리고 있다.

🐾 **크라살비_** 뱀파이어들의 나라로 수도는 우를라. 나라의 문장은 천문관측기 위에 무한을 상징하는 누운 8자와 별이 올라앉은 형상이다.

뱀파이어는 총명하고, 인내심이 많으며 학식이 깊다. 수명이 아주 길고, 수학과 천문학에 몰두하며, 대부분의 시간을 명상하는 데 보내면서 삶의 의미를 추구한다.

아더월드의 뱀파이어는 동물의 피를 먹고 살기 때문에 가축을 키운다. 브르르아아아, 모오오오우우우, 지구에서 수입한 말, 염소, 양 등. 하지만 몇몇 피는 금지되어 있다. 유니콘이나 인간의 피를 먹으면 미치게 되며, 수명이 절반으로 줄고, 햇빛을 쐬면 치명적인 알레르기가 일어나기 때문이다. 반면에 뱀파이어에게 물리면 독이 퍼지게 되며, 뱀파이어에게 물린 인간은 그들의 노예가 된다. 게다가 독성 피가 전이되면 뱀파이어가 되는데 이 경우의 뱀파이어는 파괴적이고 악독하기 때문에, 저주에 희생된 뱀파이어는 동족으로 구성된 특별수사대는 물론 아더월드의 모든 종족에게 쫓겨 다닌다.

🐾 **크랑카르_** 트롤들의 나라로 수도는 크리아. 나라의 문장은 나무 꼭대기에 몽둥이가 걸려 있는 형상이다. 트롤 외에 식인귀, 오크, 고블린 들이 살고 있다.

트롤은 거대한 몸집에 납작한 이빨이 있는 초록빛 털북숭이로 채식주의 종족이지만, 고기를 흡수할 경우 식인귀가 될 수 있다. 식인귀가 되면 크랑카르에서 쫓겨난다. 먹고살기 위해 나무를 마구 죽이며(이것이 엘프들의 울화를 치밀게 한다), 쉽게 자제력을 잃어버리는 성향이 있어서 한번 성질이 나면 닥치는 대로 짓뭉개버리기 때문에 평판이 나쁘다.

🐾 **타트란_** 타트리스, 카흠보움, 타츠보움의 나라로 수도는 시티빌. 문장은 양피지 위에 놓인 직각자, 컴퍼스, 크리스털 볼.

타트리스는 머리가 둘인 특성을 가지고 있다. 관리 능력이 뛰어난 데다 신체적 특성 덕분에 행정관이나 정부 고위층에서 일하고 있다. 오로지 일을 중요하게 여기면서 헛된 꿈을 꾸지 않는 현실주의자들이다. 또한 꼬마도깨비 파보들이 즐겨 놀리는 대상 중 하나이며, 이 장난꾸러기들은 유머가 결핍된 종족이라는 소리를 듣지 않기 위해 수세기 동안 끈질기게 타트리스 종족을 웃기려고 애쓰고 있다. 게다가 파보들은 웃기는 데 성공한 자들 중 1등에게는 상까지 수여하고 있다.

카흠보움은 빨간 눈과 촉수들이 있는 노란색 덩어리 모습을 하고 있으며 주로 도서관 사서로 일한다. 타츠보움은 촉수로 놀라운 멜로디를 연주하는 음악가들이다.

🐾 **파트로크_** 에드라킨족이 사는 나라로 수도는 키크로크. 나라의 문장은 바람의 원소에 올라앉은 불새. 에드라킨족은 강력한 마법사들이며, 생김새는 인간과 비슷하지만 귀가 뾰족하고 털로 덮여 있는 육식동물에 가깝다. 머리털은 두상의 절반 정도까지만 자라며, 코는 거의 보이지 않는다. 다른 종족을 싫어하지만 의무적으로 여러 나라와 교역하고 있다. 에드라킨족은 아더월드를 정복하기 위해 네 번이나 침략을 시도했다.

🐾 **히믈리아_** 난쟁이들의 나라로 수도는 미나트. 대장장이 씨족이

통치하고 있다. 나라의 문장은 광산 지하의 전쟁용 모루와 쇠망치.

키와 몸통 폭의 길이가 똑같은 단단한 체구가 난쟁이들의 신체적 특징이다. 아더월드의 광부, 대장장이로 활동하고 있으며, 뛰어난 금속 가공업자, 보석 세공인도 거의 난쟁이들이다. 성격이 몹시 까다로운 것으로 알려져 있고, 마법을 싫어하며 아주 길고 복잡한 노래를 즐겨 부른다. 또한 돌을 통과하거나 돌을 용해시키는 특별한 재능을 지니고 있는데 마법과는 다른 차원의 힘이다.

☀ 아더월드와 주변 행성의 동·식물상 및 속담

🦋 **가즈즈**_ 사슴뿔이 달린 네 발 짐승으로 털이 빨간색(트롤들의 나라에서는 초록색)이다.

🦋 **간다리**_ 대황에 가까운 식물이며, 꿀처럼 단맛이 난다.

🦋 **감마글리스**_ 투명하고 아주 튼튼한 유리로, 악마들의 집은 모두 감마글리스를 사용하고 있다. 지구나 아더월드의 영화에서처럼 주인공이 추적자들을 피해 창문으로 도망치는 것은 불가능하다. 악마들의 행성 중 하나에서 그런 시도를 할 경우는 수명이 훨씬 짧아질 것이다. 악마들의 우주선에도 감마글리스를 사용하며, 감마글리스 창문이 별들과 우주 공간을 향해 열려 있는 것은 악마들이 광활한 공간에 익숙해 있어 폐소공포증이 있다는 걸 깨달았기 때문이다.

감브_ 불의 덤불.

갬볼_ 마법에 흔히 이용되는 파란 이빨의 설치류 동물. 그 살가 죽과 피에 마법이 침투하지 못할 정도로 땅을 깊이 파고 들어간다. 건조시키면 딱딱해졌다가 가루처럼 변하며, '갬볼 가루'는 힘든 마법 을 실행할 수 있게 한다. 몇몇 마법사들은 갬볼 가루를 식용하는데, 그 가루가 환각 증세를 일으키기 때문이다. 갬볼 가루 복용은 아더월드에서 엄격하게 금지되어 있으며 위반 할 경우 엄중한 처벌을 받는다.

그라옥스_ 아더월드의 신기한 동물. 돼지처럼 생긴 보라색 동 물인데 납작한 주둥이는 확성기로 변할 수 있으며 울림통 역할을 하 는 커다란 갑상선종 같은 것이 있다. 짝짓기 계절에 그라옥스는 괴성 을 질러서 암컷을 유혹하는데 그 소리가 어찌나 큰지 주위에 있는 동물은 모두 귀가 먹을 정도이다. 그 때 문에 짝짓기 기간에 아더월드의 동물들이 대이동을 한다. 하지만 짝짓기 기간을 제외하면 보이지도 않게 아주 조용히 지낸다. 학자들은 암컷이 수컷에게 달려 가는 것은 괴성에 유혹된 것이 아니라 아가리를 닥치게 하려는 것으 로 보고 있다.

그린추_ 아더월드의 뿔이 셋 달린 장밋빛 코뿔소. 우스꽝스러 운 피부색이 못마땅하기 때문인지 늘 화가 나 있다.

342

글로우톤_ 털북숭이 동물. 길게 늘어나는 특성이 있어서 목을 조르는 밧줄로 사용한다.

글로울 _ 보울리미-레미 행성에서 가장 생명력이 강한 조개류. 일단 바위에 달라붙으면 다이너마이트가 있어야 떼어낼 수 있다. 글로울은 먹을 수 없는 데다 모양도 흉해 아무도 떼어내려고 하지 않는다. 게다가 자기들끼리 딱 달라붙어 있어 아무짝에도 쓸모가 없다. 그래서 아르칸즈의 행성에서는 이렇게 말한다. '저자는 글로울처럼 쓸모가 없어.'

글루릅스_ 머리가 아주 갸름한 초록색과 갈색의 도마뱀으로 호수와 늪 근처에서 서식한다. 식욕이 왕성하며, 물속에서 숨을 쉬지 않고 몇 시간을 견딜 수 있어서 목을 축이러 오는 순진한 동물을 잡아먹는다. 물가의 은신처에 굴을 파놓고 살며, 호수 바닥의 구멍 속에 먹이를 숨겨놓는다.

글리이르_ 새지만 날지 못한다. 트라둑처럼 독한 냄새로 포식동물들로부터 방어한다. 썩은 냄새로 흡혈 파리 떼를 물리칠 수 있는 식물 예륵을 먹고 산다.

늑대인간_ 드래곤들의 왕이 납치해서 금지된 대륙에 정착한 아나자시족. 마음대로 늑대로 변신하며, 인간 모습일 때도 힘과 민첩성과 유연성이 굉장히 뛰어나다. 늑대인간은 깨무는 것으로 감염시킬 수 있다. 지구의 늑대인간들과는 달리 아더월드의 늑대인간들은 보름달에 의존하지 않고 언제든 변신할 수 있다. 타라 덩컨이 해방시켜준 늑대인간들은 아더월드 사람들의 마법 공격을 두려워하고, 금속 중에서는 은에만 약하다. 늑대인간을 죽일 수 있는 방법은 목을 베는 것이다. 알파 늑대들이 다스리고 있다.

🌿 **데장지르나무_** 각양각색의 꽃들로 덮여 있다. 마치 나무가 어느 계절을 선택할지, 어떤 꽃을 선택할지 결정을 내리지 못한 것처럼 날씨가 좋을 때나 나쁠 때나, 덥거나 추울 때나 1년 내내 꽃이 피어 있다. 어느 궁인이 너무 많은 보석을 주렁주렁 걸거나 온갖 장신구로 치장한 옷을 입고 있으면 '데장지르 같다'고 한다.

🌿 **드래코-티라노사우루스_** 뱀과 공룡의 잡종. 드래곤의 사촌이지만 지능은 많이 떨어지며, 날개가 작아서 날지 못한다. 가공할 만한 포식동물로 움직이는 것뿐만 아니라 움직이지 않는 것조차 닥치는 대로 잡아먹는다. 오무아 제국의 따뜻하고 습한 숲에서 살며, 이 지역은 관광 개발이 불가능하다.

🌿 **드로트_** 아더월드의 바퀴벌레를 가리킨다.

🐟 드룸므_ 소처럼 생긴 물고기로 바닷속에서 해초를 뜯어 먹고 살며, 가시가 어찌나 두꺼운지 갈비뼈라고 한다. 아주 맛있고, 붉은 참치와 맛이 비슷하다.

🐟 디스쿠타리움/데비자투아르(사용하는 국민에 따라 다르다)_ 지구와 아더월드, 드란보우글리스펜쉬르, 악마들의 림보와 관련된 모든 책, 영화, 예술 작품에 관한 정보를 조회할 수 있다. 디스쿠타리움에서 나오는 목소리는 어떤 질문에도 답변을 못 하는 경우가 거의 없다.

🐟 레그롱_ 개들한테 미안하지만 개에 비유되는 동물이다. 불그스름한 도마뱀과 하얀 점박이 고양이의 잡종으로 굉장히 크다. 레그롱들은 주둥이 가까이 지나가는 것은 모조리 물어뜯는 경향이 있다. 레그롱에 비하면 아더월드의 샤트릭스는 '귀염둥이 멍멍이'라고 할 수 있다.

🐟 로미네트_ 아더월드에서 가장 빠른 동물. 어찌나 빠른지 실제로 존재하는지도 확실치 않다. 사진이나 영화에도 등장한 적이 없다. 털북숭이라는 것만 어렴풋이 알 수 있을 뿐 어찌나 빠른지 제대로 보기가 힘든 동물이다. 그래서 아더월드에서는 '와, 로미네트를 본 줄 알았네' '로미네트보다 더 빠르네'와 같은 표현을 쓴다. 약간 히스테릭한 카나리아만 로미네트를 발견할 수 있다.

🌹 **로우스_** 향기가 아주 좋은 커다란 장미의 일종으로, 사시사철 꽃을 피운다. 꽃을 따와도 몇 달 또는 몇 년 동안 시들지 않고 싱싱할 수 있다. 랑코비트 왕국 티타니아 왕비 가문의 문장에 로우스 문양이 있는 것은 야수라고 불리는 왕비의 조상이 로우스가 시들기 전에 사랑을 찾지 못하면 영원히 야수의 몸으로 살아야 하는 저주를 받은 데서 유래한다. 이 조상에게 저주를 내린 여자 마법사가 오무아산의 로우스를 선택했는데 다행히 생명력이 아주 강한 품종이었다. 그렇지 않았다면 무아노는 태어나지 못했을 것이다.

🐦 **로크 새_** 공중에서 사는 자이언트 새로, 커다란 독수리 콘도르와 비슷하다. 인공위성을 궤도에 올려놓거나 아더월드에서 마딕스와 타딕스로 여행할 때 이용한다. 다행히 아더월드의 태양 빛을 먹고 살기 때문에 배설하지 않는다. 로크 새의 똥이 머리 위로 떨어질 일은 없다.

🌱 **마누릴_** 마누릴의 하얀 싹은 즙이 많아서 아더월드 사람들이 즐겨 음식에 곁들여 먹는다.

🪐 **마딕스_** 아더월드의 두 달 중 하나로, 절제된 생활을 하는 위성.

🦙 **모오오오우우우_** 뿔은 없고 머리가 둘 달린 고라니. 머리 하나가 먹을 때 다른 하나는 포식동물들을 감시

한다. 이동할 때는 게처럼 옆으로 걷는다.

무슈티크_ 벌처럼 쏘아서 아더월드 사람들의 피를 빨
아 먹는 공격적인 곤충. 흡혈파리보다 크기가 더 크며, 트
라둑이나 브르르르아아아에 앉아 있다가 살 속을 파고드는
데 치명적인 독을 분비하기 때문에 아주 위험하다.

므르르르_ 초록색 귀가 달린 오렌지빛 고양이. 같은 능력
을 가진 빨간 생쥐 뿌익을 잡기 위해 공간이동을 할 수 있다.

므르모움_ 나무들이 숲 모양으로 거대한 군락을 이루고 있어서
따기가 아주 힘든 과일이다. 므르모움나무는 접근하는 것이 있으면
괴상한 소리를 내면서 땅속으로 파고들기 때문에 붙여진 이름
이다. 아더월드에서 산책을 하다 보면 므르모움나무 숲이 통째
로 사라지고 벌판만 남는 아주 놀라운 광경을 목격할 수 있다.

미모사_ 밑동은 흰빛이고 잎은 금빛인 나무로 감정이입이 되는
특성이 있어 사람들의 감정을 반영한다. 이런 이유로 도시에서는 심
는 걸 꺼린다. 감정을 들킨 이들이 때로 분풀이하는 바람에 나무들이
너무 빨리 죽기 때문이다.

미암_ 크기가 복숭아만 한 빨간 체리.

발로르키데_ 꽃이 아주 화려한 기생식물. 이름은 개화하기 전의 노란빛과 초록빛의 봉오리에서 따온 것이다. 성장 속도가 아주 빨라서 몇 계절 만에 나무 한 그루를 죽일 수 있으며, 뿌리로 이동해서 그다음 나무를 공격한다. 그래서 아더 월드의 나무들은 발로르키데들이 들러붙지 못하게 부식시키는 물질을 분비하는 것으로 생존 경쟁을 벌이고 있다.

발분_ 거대한 고래로 붉은색이며 지구의 고래보다 두 배로 크다. 발분은 잊지 못할 멜로디의 노래를 부르며, 젖이 아주 풍부하다. 발분의 젖으로 만든 버터와 크림은 영양가가 높은 인기 식품이어서 물에 사는 트리톤과 사이렌들과 육지에 사는 거주자들 사이에 무역 교류의 대상이 되고 있다. 노래를 아주 잘 부를 때 '발분처럼 노래 부른다'는 말로 칭찬한다.

뱅뱅_ 붉은색 나무로 인간이 이 식물에서 추출한 빨간 가루를 먹을 경우 행복을 느끼다가 황홀경에 빠져 죽음에 이른다. 트롤들은 이빨이 아플 때 복용한다.

버디 드라이어_ 바람의 원소를 이용한 무형물로 욕실에서 주로 사용한다.

베에에_ 아름다운 흰털 양. 마법 행성의 변화무쌍한 계절에 적응력이 뛰어나서 몇 시간 만에 털이 빠지거나 털을 자라게 할 수 있다. 그래서 털 깎는 시기에 사육자들이 그 특성을 이용해 날씨가 갑자기 몹시 더워졌다고 하면 베에에들은 즉시 털을 홀랑 벗어버린다. 아더월드에서 '베에에처럼 순진하다'는 표현을 쓰는 것은 여기서 유래한다.

🐾 **벤드룩_** 림보의 여러 신 중 하나인 벤드룩은 생김새가 어찌나 흉측한지 다른 신들조차 그 끔찍한 모습에 두려움을 느낄 정도다. 벤드룩은 내장이 몸 밖으로 나와 있어 먹을 때 소화되는 과정을 구경할 수 있다.

🐾 **벨루르 목재_** 내구성이 좋고, 아름다운 금빛 색깔 때문에 아더월드에서 실내 바닥재로 많이 사용한다. 겉보기에는 차가운 느낌이지만 양탄자처럼 푹신하다.

🐾 **보벨_** 앵무새와 유사한 아더월드의 화려한 새로 마법사들의 마음을 사로잡는 마법 능력이 있다.

🐾 **보우둘 필터_** 파란색 자루처럼 생긴 유기체. 아더월드의 항구에서 온갖 쓰레기를 먹어치우는 것으로 맑고 깨끗한 물을 유지해준다.

🐾 **본데르의 돌_** 마이크를 사용할 필요가 없을 정도로 소리를 증폭하는 특성이 있는 아더월드의 돌.

🦇 **부벨굴_** 심한 부상을 입히지 않기 위해 펀칭볼이나 스파링 파트너를 이용하는 우리 문화와는 달리, 악마들은 훈련용으로 보존해 놓은 죽은 악마들인 부벨굴을 이용한다. 그런데 잠시 후에는 반드시 신체의 일부분을 잃기 때문에 좀비 파트너라고 할 수 있다.

🦇 **부이브르_** 야행성의 날개 돋친 도마뱀으로 길이가 30미터에 이르며, 물고기를 먹는 동물이다. 부이브르의 이마에 박힌 보석에는 독을 중화시키는 성분이 있고, 도마뱀의 부위들은 주로 묘약의 재료로 사용된다. 최초의 부이브르는 알에서 태어난 것으로 전해지고 있지만 생물학적으로 도저히 불가능한 일이다.

🦇 **북극 젤레_** 흰털의 작은 동물로 혈액 속의 동결 방지 성분 덕분에 영하 80도의 기온에서도 살 수 있다. 젤레는 두 봄을 보내고 나서 정확하게 플루초 1일에 죽는데 그 털이 희귀하기 때문에 사냥꾼들은 기온이 영하 20도로 오르는 북극으로 젤레를 잡으러 간다. 그러나 젤레가 구멍 속에 숨어서 죽는 습성이 있는 데다 털이 새하얗기 때문에 찾기가 힘든 것이 문제다. 빙산 속에 숨어 있다가 구멍 가까이 접근하는 것은 모조리 잡아먹는 '크로크라'라는 일종의 바다표범들 때문에 구멍마다 손을 집어넣는 것은 아주 위험하다.

🦇 **불비_** 아더월드에 사는 회색과 보라색의 다람쥐. 옆구

리부터 발가락까지 이어지는 비막을 이용하여 이 가지에서 저 가지로 날 수 있다.

🐾 **불사르딘_** 공격을 받으면 몸이 팽창하는 특성을 가진 일종의 정어리. 껍질은 칼이 들어가지 않을 정도로 아주 질기다. 아더월드에서 파괴되지 않는 것을 보면 '불사르딘 같다'고 말한다.

🐾 **불새_** 깃털에 불이 붙어 있지만 신기하게도 털이 재생된다. 아더월드의 불에 타지 않는 나무에만 둥지를 틀며, 물을 떨어뜨리면 불새를 죽일 수 있다.

🐾 **붉은 트르르_** 썩지 않는 목재. 부서지거나 맥주에 부식되지 않기 때문에 집과 술집에서 주로 사용한다.

🐾 **브라토욱_** 일종의 감자. 하지만 빨간색이고 마늘 냄새가 강하다. 악마들이 아주 좋아한다. PS: 악마들은 냄새에 전혀 개의치 않는다.

🐾 **브롤부레_** 난쟁이들이 사용하는 욕설로 세상에서 가장 비겁하고 지저분한 콧물 흘리는 찌질이를 가리킨다. 난쟁이들은 비겁한 것을 경멸하며, 광산에서는 까딱 잘못 재채기를 했다가는 수백 톤에 이르는 바위가 무너져 내릴 위험이 있어서 감기에 걸리는 걸 질색하기 때문에 생긴 욕이다. 따라서 가장 심한 욕이다.

🦎 **브롤크_** 브롤크 드 슬루르크로도 쓰이며, '제기랄' '빌어먹을' 같은 욕설이다.

🦎 **브룩스_** 드래코-티라노사우루스의 똥만 먹고 사  는 도마뱀. 이 동물의 내장 냄새가 어떤지 알려고 하지 않는 게 좋다. 생물 병기로 사용될 정도로 위험하다.

🦎 **브룸므_** 일종의 빨간 무로 아더월드 사람들이 즐겨 먹는다.

🦎 **브르르르아아아_** 거인들의 나라 간디스에서 생산하는 엄청 나게 큰 소. 털은 숱이 아주 많아서 거인들이 그 털가죽으로 옷을 지어 입는다. 몹시 공격적이어서 움직이는 것이 있 으면 뭐든 덤벼든다. 제 그림자를 쫓다가 녹초가 된 브르 르르아아아를 보게 되는 것은 그 때문이다. 흔히 고집불 통인 사람을 '브르르르아아아 같다'고 표현한다.

🦎 **브르리르_** 흰빛과 금빛이 어우러진 고양이과 동물로 다리가 여 섯 개. 특히 브르리르를 사랑하는 오무아 제국의 여제는 이 동물들이 궁전에 갇혀 있다는 생각을 하지 않도록 주문을 걸어놨다. 그래서 브르리르들에게는 가구와 침대의자가 나무와 편안 한 바위로 보인다. 브르리르에게는 궁인들이 안 보이며, 궁 인들이 쓰다듬어주면 바람에 털이 살랑살랑 흩날리는 것이 라고 생각한다.

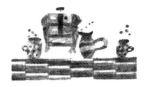

🐚 **브르맥주_** 첫 모금에 몸이 부르르 떨리기 때문에 붙여진 이름이다.

🐚 **브리앙트_** 요정의 사촌으로 아더월드의 조명 기구. 대륙에 따라 날개 달린 작은 요정 형상, 날개 돋친 뱀 형상 등 여러 가지 모습이 있다. 어둠 속에서 100와트 밝기의 빛을 발하며, 거리의 가로등이 되기도 하고 투명한 스탠드나 램프의 모습으로 아더월드의 모든 가정을 밝혀준다.

🐚 **브릴_** 브릴의 싹 요리는 아더월드에서 아주 인기가 높다. 브릴은 히믈리아에 있는 마법의 산골짜기에서 자라며 난쟁이들이 그 싹을 수확해서 아더월드의 상인들에게 비싼 값으로 판다. 게다가 히믈리아에서는 브릴을 잡초로 여겨 먹지 않기 때문에 난쟁이들은 이 불로소득에 즐거운 비명을 지른다.

🐚 **브볼_** 아더월드의 참새로, 위험이 닥치면 포식동물의 모습으로 위장하는 능력이 있어서 공격자를 달아나게 한다. 가령 포콩지르들이 공격할 경우 브볼들은 포콩지르의 천적인 에글롱의 모습을 만든다. 정말 에글롱인 줄 알고 포콩지르들이 줄행랑치면 브볼 떼는 흩어진다.

🐚 **블라즈_** 청소하는 푸프푸프와 비슷하지만 블라즈는 날아다니며 아더월드의 자이언트 거미들을 공포에 떨

게 한다.

🦋 **블루르**_ 새빨간 꽃이 피며, 감기에 걸려 막힌 코가 뻥 뚫릴 정도로 향기가 진하다. 아더월드의 많은 꽃들과 마찬가지로 마법 덕분에 일년 내내 꽃이 피며 특히 겨울에 블루르꽃을 많이 사용한다. 그리고 이 꽃향기에 나비들이 모여들기 때문에 나비를 좋아하는 난쟁이들이 이 꽃으로 유인하여 십여 마리의 나비들이 수염을 뒤덮을 때도 있다. 가장 많은 나비를 유인한 난쟁이에게 상금을 주는 대회가 매년 열린다. 아더월드에서는 많은 주부들이 막힌 하수구를 뚫는 데 블루르를 사용한다.

🦋 **블루룹스**_ 갈색 가죽배낭 같은 모습으로 흙 속에 숨어 있다가 접근하는 곤충을 잡아먹는 식물. 어린 블루룹스들이 흰개미처럼 어미 블루룹스에게 물과 먹이를 공급하며, 다 크면 둥지를 떠나 다른 데에 뿌리를 내리고 흙 속으로 파고 들어간다. 아더월드에서는 궁지에서 헤어날 방법이 전혀 없을 때를 가리켜 '블루룹스 둥지에서 헤맨다'고 표현한다.

🦋 **블루투르**_ 썩은 고기를 먹는 회색과 노란색 새로 무엇이든 소화할 수 있다. 블루투르가 죽어도 몇 달 동안 창자는 살아 있어서 먹은 것을 계속 소화시킨다. 블루투르의 창자는 독을 신선하게 보존하는 데 사용된다.

블를_ 대부분 물속에서 생활하다 번식기에 물 밖으로 나오는 날개 돋친 물고기. 색이 아름다워 수영장 장식용으로 쓰인다.

블리르_ 아더월드의 금빛 자두. 지구의 자두와 아주 흡사하며 더 달콤하다.

비마_ 비마법사를 축약한 것으로 마법 능력이 없는 인간들을 가리킨다.

비즈즈즈_ 빨간색과 노란색의 커다란 벌. 지구의 벌들과는 달리 비즈즈즈는 독침이 없다. 독극물을 분비해 잡아먹으려고 달려드는 포식동물을 독살하는 것이 비즈즈즈의 방어 수단이다. 비즈즈즈들이 아더월드의 마법 꽃에서 생산하는 꿀은 그 어떤 꿀에도 비길 데 없는 맛이다. 아더월드에서는 '비즈즈즈 꿀처럼 달콤하다'는 표현을 자주 사용한다.

빠그락-땅콩_ 벌어질 때 나는 독특한 소리 때문에 붙여진 이름이다. 이 땅콩에서 짜내는 기름은 향이 좋아 아더월드의 유명한 주방장이나 숙련된 가정주부들이 주로 애용한다.

빨간 바나나_ 색깔을 제외하고는 지구의 바나나와 똑같다.

뿌익_ 이 장소에서 저 장소로 순간 이동할 수 있는, 꼬리가 둘 달린 빨간 쥐. 천적은 같은 능력을 지닌 초록색 귀의 오렌지색 뚱보 고양이 므르르르이다.

사카트_ 맹독성의 공격적인 빨갛고 노란 곤충으로 아더월드에서 특히 좋아하는 꿀을 생산한다. 미식가들인 난쟁이들만 사카트의 애벌레를 먹을 수 있다. 다른 종족이 먹었을 경우에는 애벌레의 딱지가 인간이나 엘프의 소화액에 용해되지 않아 배 속에서 벌떼를 분봉할 위험이 있다.

샤먼_ 아더월드에서 의사 역할을 하는 치료사. 마법사는 누구나 다쳤을 때 레파루스 주문으로 상처를 아물게 할 수 있지만, 이 주문만으로는 치료할 수 없는 병도 많기 때문에 꼭 필요한 존재이다.

샤트릭스_ 일종의 하이에나. 검은색이며, 독이 든 이빨을 사용하는 아주 공격적인 동물로 밤에만 사냥한다. 길들일 수 있어 오무아 제국에서 샤트릭스들을 문지기로 이용한다.

샤포트_ 눈이 커다란 암사슴의 일종으로, 불쌍하게 보이는 특성이 있어서 사냥꾼들이 눈물을 흘리다 대체로 사냥을 포기한다. 아더월드 사람들은 매혹적인 사람을 보면 '샤포트 같다'고 말한다.

세르팡 밀리에르_ 황무지 늪 근처에 서식하는 뱀. 납작한 비늘 덕분에 진흙 속에서도 이동할 수 있다. 물속에 집어넣으면 빠져버린다.

소포르_ 향기로운 꽃들이 탐스러운 식물. 최면 작용을 하는 꽃가루로 곤충과 동물을 함정에 빠뜨린다. 곤충이나 동물이 잠들면 꽃가루를 뿌려서 번식을 도와주는 매개체로 삼는다. 얼마 후 깨어난 곤충이나 동물이 다른 소포르 군락지를 지나가면서 꽃가루를 옮기기 때문이다. 소포르는 위험한 식물이 아니지만, 매개체들을 잠들게 하기 때문에 다른 포식동물에게 쉽게 노출되어 위험에 처하게 된다. 소포르 군락지 주변에서 육식동물이 자주 보이는 것은 그 때문이다.

수필루트_ 아더월드에서 '수필루트 같은 놈들'이라고 하면 '비열한 놈'과 같은 뜻으로 자주 쓰이는 표현이다. 수필루트는 원래 히플리아 산의 전사 부족으로 기질이 교활하다는 평판이 나 있다. 수필루트 부족은 온몸에 털이 덥수룩하게 나 있는데 희한하게도 머리는 완전 대머리이다.

스너피_ 생김새는 여우와 비슷하지만 두 발로 걸어 다니며 누더기를 걸치고 옆구리에 배낭을 달고 다닌다. 닭이나 스파슌을 훔치기 때문에 아더월드의 농부들이 아주 싫어한다. 제 몸을 복제하는 특성이 있어서 감옥에 갇혀도 탈

옥할 수 있다.

 스쿠프_ 아더월드의 기술로 생산되는 날개 달린 작은 카메라. 스쿠프는 지능을 가지고 있어서 촬영한 영상을 크리스털리스트에게 전송한다.

 스크로뉴플루프_ 수달과 토끼를 뒤섞어놓은 듯한 생김새. 스크로뉴플루프는 아주 어리석은 사람이나 아주 멍청한 경우를 가리킬 때 흔히 사용하는 욕이다.

 **스트리둘**_ 지구의 메뚜기에 해당된다. 몹시 파괴적이라 구름같이 떼를 지어 이동할 때는 삽시간에 농작물을 휩쓸어버린다. 스트리둘은 아주 풍부한 점액을 생산하기 때문에 마법에 널리 사용된다.

 **스파슈니어**_ 닭장처럼 스파슌을 가두어두는 우리.

스파슌_ 금빛의 자이언트 칠면조인데 시종일관 울음소리를 내면서 거드럭거리고 다니는 통에 사냥하기가 아주 수월하다. 흔히 '스파슌처럼 어리석다' 또는 '스파슌처럼 거드름피운다'고 표현한다.

스팔렌디탈_ 일종의 전갈이며 스몰컨트리가 원산지이다. 땅신령들은 스팔렌디탈을 길들여서 말처럼 타고 다니며, 가죽이 아주 질기기 때문에 유용하게 사용한다. 새를 좋아하는(미각적 의미에서) 땅신령들은 스몰컨트리의 서식 동물을 절멸시킴으로써 곤충을 포함한 다른 동물에게 생태적 지위를 열어주었다. 천적들에게서 해방된 스팔렌디탈들은 위험 없이 자라면서 그 개체 수가 점점 더 늘어났다. 땅신령들 때문에 스몰컨트리는 결과적으로 자이언트 전갈, 자이언트 거미, 자이언트 다족류에게 점령되었다.

✍🏻 **스플루프_** 엘프들의 나라 셀렌다의 숲에 서식하는 빨간 도가머리의 은빛 새. 스플루프의 알은 아주 맛있지만 건드리기만 해도 잘 깨진다. 길들일 수가 없는 새라서 알을 얻기 힘들고, 값도 아주 비싼 편이다.

✍🏻 **슬루릅_** 멘탈리르 평원이 원산지인 식물이며, 그 즙은 신기하게도 후추를 친 쇠고기의 깊은 맛이 난다. 고기 맛이 나는 것은 초식동물인 유니콘 떼의 공격을 피하기 위해서다. 하지만 이 독특한 맛을 발견한 아더월드 사람들이 슬루릅 즙으로 요리하는 습관이 생겼다.

✍🏻 **슬리스_** 양파의 일종으로 초록색이고 냄새가 아주 독하다. 슬리스를 먹고 숨을 내쉬면 코가 완전히 막히지 않는 한 대번에 알아차릴 수 있다.

아스토펠_ 장밋빛 작은 꽃으로 냄새를 맡으면 며칠 동안 후각을 마비시킨다. 특히 초식동물을 비롯한 모든 동물의 공격을 막기 위해 꽃향기로 후각을 마비시키는 능력이 발달되어 있다.

에글롱_ 날 수 있는 포식동물로 포콩지르를 잡아 먹는다.

에프리트_ 지각단층을 둘러싼 전쟁이 일어났을 때 인간들 편에 서서 악마들과 싸웠던 악마 종족. 감사의 뜻으로 데미데루스는 마법사의 호출을 받는 에프리트에게 아더월드로 오는 것을 허락했다. 아더월드에 온 에프리트들은 자기들의 능력을 인간을 돕는 데 사용하기로 결정했고, 대부분 하인, 전령, 경찰로 일하고 있다.

엠엠로움_ 아더월드에서 재배하는 과일로 즙이 아주 많고, 달콤한 살구와 바나나를 섞은 맛이다. 엠엠로움나무는 침입자가 다가오는 즉시 땅속으로 사라지는 능력이 있다.

예륵_ 초식동물들이 도저히 먹을 엄두를 내지 못하게 썩은 냄새를 풍기는 식물. 후각이 없는 새, 글리이르만 먹을 수 있다.

🦎 **원소_** 불, 물, 흙, 공기 등 여러 종류의 원소가 존재한다. 성질이 포악한 불의 원소를 제외하고 원소들은 대체로 다정하며 일상생활에서 아더월드 사람들을 도와준다.

🦎 **위베른족_** 드래곤들의 시중을 드는 자이언트 도마뱀으로 금빛 비늘이 덮여 있고, 회전하는 엉덩이 덕분에 두 발로 걸어 다닐 수 있다. 드래곤보다는 덜 영리하며, 유머 감각은 전혀 없다. 드래곤의 세포 실험 과정에서 태어났으며, 드래곤의 먼 사촌으로 볼 수 있다.

🦎 **유니콘_** 갈라진 쌍발굽과 이마에 뿔이 하나 달린 말. 멘탈리르 평원에서 자라는 지혜의 풀 덕분에 아주 영리한 동물이다.

🦎 **자이언트 강철나무_** 마법을 사용하지 않고서는 파괴할 수 없다. 키가 무려 300미터까지 자랄 수 있으며 야생 페가수스들이 둥지를 짓는다.

🦎 **자이언트 거미_** 스팔렌디탈과 마찬가지로 스몰컨트리가 원산지이다. 땅신령들이 말처럼 타고 다니며, 그 거미줄은 아주 질긴 것으로 유명하다. 여덟 개의 다리와 여덟 개의 눈, 전갈처럼 독침이 있는 꼬리가 달려 있는 것이 특징이다. 아주 영리하며, 잡아먹기 전에 먹이에게 수수께끼를 내는 것이 취미이다.

젤리소르_ 림보에서 숭배하는 신. 입김이 어찌나 센지 향기가 나는 천으로 주둥이와 얼굴을 가려야만 신전으로 들어갈 수 있다. 악취 때문에 젤리소르의 신전에서는 파리도 살 수 없다. 다른 신들과 회의가 있을 때는 실내 공기를 고려해 송곳니를 깨끗이 닦고 들어가야 하며, 젤리소르 옆에서는 담배를 피울 수 없다.

주르스탈_ 텔레크리스털이 방송하는 아더월드의 뉴스이며, 마법사와 비마는 크리스털 볼과 크리스털 전광판으로 받아 본다.

진비지블_ 보이지 않게 모습을 감출 수 있는 카멜레온. 오무아 황실과 여제를 위해 일하는 살아 있는 녹음기이자 스파이이다.

진실의 입_ 아더월드에서 가까운 얼음 행성 산티보르 원산의 식물성 존재. 텔레파시 능력이 있어서 어떤 거짓말도 탐지할 수 있다. 말을 못 하기 때문에 진실의 입들의 생각을 읽어낼 수 있는 파란 땅신령을 통해 의사소통한다.

진흙먹보_ 간디스의 황무지 늪에 사는 털북숭이 동물이며 진흙에 들어 있는 영양소와 곤충, 수련을 먹고 산다. 진흙먹보들의 원시족은 아더월드의 다른 거주자들과 거의 접촉이 없다.

🐾 **차우프**_ 아더월드에서 가장 어설픈 동물. 머리에 나 있는 노란색 깃털과 트럼펫 모양의 빨간색 코, 코끼리와 하마를 섞어놓은 모습의 잿빛 털북숭이로, 여섯 개의 다리가 서로 걸리는 바람에 3미터도 못 가서 넘어지기 일쑤이다. 그래서 차우프를 노리던 포식동물들이 깔려 죽는 일이 자주 일어난다.

🐾 **첼프**_ 림보의 동물로 액체가 가득 찬 풍선 형태를 하고 있다. 포식동물을 피하기 위해 날아가거나 겁이 날 때 액체를 투하하는데 냄새가 몹시 고약하다. 림보에서 '오늘 아침에는 첼프 향기가 나네요?' 하고 말하면 칭찬이다. 악마들이 첼프 향기를 좋아하기 때문이다.

🐾 **친파프**_ 콜라, 사과, 오렌지 맛이 나고, 콜라처럼 거품이 생긴다. 상쾌하게 해주고 활력을 주는 청량음료.

🐾 **카멜레**_ 하트 모양의 식물로 잎은 식용한다. 계절과 장소에 따라 색이 변한다. 카멜레 잎만 섭취하고도 생존한 여행자가 많아서 '여행자의 식물'이라고 불린다. 치즈 샌드위치 맛과 비슷하다.

🐾 **카멜린**_ 환경에 따라 색이 변하는 특성에서 이름이 유래한 희귀종 식물. 멘탈리르 평원에서는 파란색이고, 살테렌스 사막에서는 금빛이나 흰색이다. 꺾거나 옷감으로 짜도 그

특성은 유지되기 때문에 활용 가치가 높다.

🐾 **카트칵_** 몹시 끈적거리고 달콤한 캐러멜 같은 사탕 종류로, 의치가 있는 사람은 샤먼이나 치과를 찾지 않으려면 절대적으로 피해야 한다. 누군가가 지나치게 달콤하거나 다정하면 너무 '카트칵하다'고 말한다.

🐾 **칵스_** 근육을 풀어주는 효능이 있는 약초로, 달여 마시며 잠자기 직전에만 복용하라고 되어 있다. 근육에 영향을 준다고 하여 아더월드에서는 '몰몰'이라고도 부른다. '이런 칵스 같은 놈!'이라고 말하면 아주 흐늘흐늘한 사람을 가리킨다.

🐾 **칸타루프_** 공격적인 식충식물이며, 주로 곤충과 설치류 동물을 잡아먹는다. 꽃잎의 색은 다양하지만 항상 눈에 거슬리는 빛깔이며, 날카로운 가시를 사용하여 마치 작살로 찍듯이 먹이를 잡는다. 크기는 큰 개만 해서 꺾기가 힘들고, 아더월드의 특선 요리에 들어가는 재료로 사용한다.

🐾 **칼로르나_** 숲에 피는 매혹적인 꽃. 달콤한 장밋빛과 흰빛 꽃잎으로 아더월드의 초식동물과 모든 동물에게 특선 요리를 제공해준다. 멸종을 피하기 위해서 칼로르나는 세 개의 꽃잎을 포식동물의 접근을 감지할 수 있는 탐지기로 만들었다. 커다란 눈 모양의 이 꽃잎들 덕분에 칼로르나는 재빨리 모습을 감출 수 있다. 그런데 불행히도

호기심이 많은 칼로르나는 그 꽃잎들을 세우고 있다가 포식동물을 제때에 피하지 못하는 경우가 종종 있다. 호기심이 많은 사람을 보고 '칼로르나 같다'고 말하는 것은 바로 그 때문이다.

🪰 **케빌리아_** 광채가 나는 투명한 보석. 다이아몬드와 비슷하지만 훨씬 반짝거리며, 파란빛, 초록빛, 장밋빛, 노란빛, 빨간빛 등 빛깔도 훨씬 짙다. 케빌리아는 아더월드에서 가장 귀한 보석이다. 엄청난 가치를 지니고 있다는 표현을 할 때 아더월드에서는 '케빌리아 같은 영향력이야'라고 말한다.

🪰 **켈트릴_** 가볍고 아주 단단해서 갑옷과 보호대를 만드는 데 사용하는 은빛 금속. 난쟁이들이 만들어서 엘프와 인간에게 아주 비싼 값으로 판다.

🪰 **크라켄_** 시커먼 다리들이 위협적인 자이언트 문어. 엄청난 크기 때문에 아더월드의 바다에서 발견되지만, 민물에서도 살 수 있다. 뱃사람들에게는 위험한 존재로 널리 알려져 있다.

🪰 **크라크덴트_** 트롤의 나라 크랑카르 원산의 장밋빛 털북숭이 동물. 앞뒤가 분간되지 않지만, 세 배 크기로 늘어나는 입을 갖고 있어 무엇이든 거의 한입에 덥석 집어삼키므로 상당히 위험하다. 아더월드를 방문한 많은

관광객들이 "어머 어쩌면 이렇게 귀여울까!" 하고 감탄하다가 목숨을
잃었다.

🐾 **크레크레크레_** 레몬빛 털의 설치류 동물로 생김새는 토
끼와 비슷하다. 빛깔이 화려한 아더월드의 환경을 이용해서 포
식동물들을 아주 쉽게 피한다. 고기는 맛이 없는데도 굶주린 여
행가나 사냥꾼이 먹기도 한다. 아더월드에서는 크레크레크레
를 사로잡아서 사육한다.

🐾 **크렐_** 아더월드의 금빛 미모사나무. 놀랍게도 지나가다가
건드리는 동물이나 사람들의 감정을 색깔로 반영한다.

🐾 **크로그로세이유_** 갈증을 풀어주는 청량음료. 아더월드 사람들
이 즐기는 탄산음료 중 하나다.

🐾 **크로쉬엥_** 살테렌스 사막의 재칼. 크로쉬엥은 무리를 지
어 사냥한다.

🐾 **크로아_** 두 가지 색의 개구리. 크로아는 글루룹스들의 주
식이며, 신경을 거스르는 독특한 울음소리 때문에 쉽게 찾을 수
있다.

🐾 **크로우_** 보랏빛 이를 말하는 것으로 번식할 때 경쾌한 음악 소

리를 내는 희한한 특성이 있다. 이는 눈에 띄지 않아야 생존할 수 있는데 소리를 낸다는 것은 의문이 남는다.

🐾 **크로우즈_** 향기가 짙은 야생 장미의 일종으로 꽃의 색깔이 다채롭다.

🐾 **크로크-르캥_** 아더월드의 바다 포식동물인 일종의 상어. 날카로운 이빨을 무기로 주저치 않고 크라켄을 공격한다. 크로크=르캥은 아더월드의 바다에서 크라켄과 함께 뱃사람들에게 위협적인 존재이다.

🐾 **크론크_** 드란보우글리스펜쉬르에 서식하는 일종의 카멜레온 진드기로, 특히 드래곤의 피를 좋아한다. 드래곤의 발이 닿지 않는 곳에 숨어 피를 빨아먹는다. 그래서 짜증이 날 정도로 귀찮게 해서 짓이겨버리고 싶은 충동이 일게 하는 드래곤에 대해 '크론크 같은 놈'이라고 한다.

🐾 **크루이크크크_** 빨간 상아가 돋친 파란색 잡식성 포유류 동물. 성질이 포악한 것으로 알려져 있으며, 고기가 맛있어서 사육한다. 야생 크루이크크크 떼는 삽시간에 밭을 황폐하게 만들어놓는다. 그래서 아더월드의 농부들은 곡물을 지키기 위해 크루이크크크 퇴치 주문을 사용한다.

🐾 **크르룩_** 바닷가재와 게의 잡종으로 집게발 열 개가
달려 있다. 아더월드 사람들이 즐겨 먹는다.

🐾 **크리크리_** 보랏빛과 노란색의 메뚜기. 이 곤충들이
수풀 속에서 울기 시작하면 어찌나 요란한지 잠을 잘 수가
없다.

🐾 **크셀_** 아더월드의 극지방 빙원에서만 100년에 딱 한 번 피는 꽃
이다. 꽃이 피기 얼마 전 아주 특별한 종의 새하얀 비즈즈즈가 얼음
속에서 태어난다. 마치 꽃이 곧 피어날 걸 아는 것처럼. 꽃들이 두 달
동안 밤낮으로 꽃가루를 흩뿌리는 사이 비즈즈즈들이 꽃부리에서 꽃
부리로 이동시키는 매개 역할을 한 다음 꽃가루를 수확해서 아주 귀
한 꿀을 만든다. 아더월드에서 최고로 좋은 특상품의 꿀이다. 그래서
크셀의 꿀을 먹는다는 것은 '천국으로 곧장 올라가는 것과 같다'고
말할 정도이다.

🐾 **키디코이_** 장난꾸러기 꼬마도깨비 파보들이 만들어낸 막대사
탕. 겉을 빨아 먹으면 속에서 예언 글귀가 나타난다. 이 예언은 항상
실현되지만 그 순간에는 당사자가 이해하지 못하는 경우가 대부분이
다. 모든 국가의 최고 마법사들은 그 기능을 이해하기
위해 신비한 키디코이를 연구하고 있지만 성과를 얻
지 못했다. 파보들이 그 비밀을 잘 지키고 있기 때문
이다.

키마이라_ 아더월드 군주들의 고문관 역할을 하며,
사자 머리에 염소의 몸, 드래곤의 꼬리로 이뤄져 있다.

타딕스_ 아더월드의 두 달 중 하나로, 카지노 행성.

타로데르_ 자는 동물의 살 속에 유충을 넣어서 번식하는
벌레. 타로데르에게 물리면 통증이 심하므로, 유충이 몸속으
로 퍼지기 전에 즉시 소독해야 한다. '타로데르 같다'고 하면
들러붙는 사람을 가리키는 모욕적인 말이다.

타오르미_ 얼굴이 개미처럼 생긴 쥐인데 깨물면 굉장히 아프
다. 개미집처럼 생긴 타오르미 굴 하나가 이동할 때 숲 전체가
쑥대밭이 될 수 있다. 타오르미는 아더월드의 동물이 좋아하
는 꿀을 생산하지만, 그 꿀을 얻으려면 목숨을 걸어야 한다.

타춤_ 노란색 꽃이며, 꽃가루는 아더월드의 후추로 사
용된다. 자극성이 아주 강해서 타춤의 냄새를 맡으면 어떤 상
태의 코든 뻥 뚫린다.

타크_ 초록색 또는 회색 쥐로 항구 주변에서 많이 발견된다. 타
크들이 며칠 만에 배를 갉아먹기 때문에 선원들이 아주
싫어한다.

🐾 **디드롤_** 지구와 아더월드는 측량 단위가 서로 다르다. 타트롤은 킬로미터, 바트롤은 미터에 해당한다. 1트롤은 3미터, 1바트롤은 1미터 50센티미터, 1타트롤은 1킬로미터 500미터.

🐾 **탈루디_** 눈이 셋 달린 모자 모양의 작은 동물이며 무 엇이든 녹화하는 능력이 있다. 촬영한 것을 보려면 머리에 쓰면 된다.

🐾 **테오디르_** 드래곤들이 즐겨 마시는 일종의 샴페인. 인간들은 부동액 맛을 느낀다.

🐾 **토에_** 마늘과 양파의 맛이 섞인 식물로 아더월드 사람들이 향신료로 사용한다.

🐾 **토쿨린_** 보석으로 이뤄진 꽃이며 수시로 색이 변한  다. 보석–꽃은 아더월드에서 가장 아름다운 꽃이며, 위험한 파트로크 섬에서만 재배되기 때문에 구하기가 몹시 힘들다.

🐾 **톨리스_** 아더월드의 아몬드.

🐾 **트라둑_** 살코기와 털가죽을 얻기 위해 켄타우로스들이 키우는 동물. 악취를 풍기는 특성이 있어서 포식동물들로부터 자신을 보호

한다. 그러나 트라둑의 냄새를 맡지 않기 위해 콧
구멍을 막을 수 있는 늑대 크르르렉은 예외다. 아
더월드에서 '병든 트라둑 같은 악취가 난다'라는
표현은 모욕으로 받아들여진다.

🦋 **트란를쿠르의 드루프_** 트란를쿠르는 여신들이 유난히 좋아하
는 신이며, 드루프는 남성의 생식기관을 말한다.

🦋 **트리_** 작은 새로 아더월드의 숲에서는 루비 빛깔이고,
트롤들의 숲에서는 초록 빛깔이다. '트리이이이이' 하면서
우는 독특한 울음소리를 따서 붙인 이름이다.

🦋 **트리크로크_** 표적을 정확하게 찾는 마법의 무기로 세 개
의 치명적인 침이 달려 있다. 공격자가 표적을 죽이고 싶은가,
잠들게 하고 싶은가에 따라 세 개의 침에 독이나 마취제가 생
성된다.

🦋 **트실_** 살테렌스 사막의 벌레. 모래 속에 숨어서 동물이 지나가
기를 기다리다 동물에 들러붙어서 살갗이든 딱딱한 껍질이
든 뚫어버린다. 그 알들은 혈관을 침투해서 숙주의 몸속
에 퍼진다. 100시간이 지나면 알들이 부화하며, 새로 태
어난 트실들이 숙주의 몸을 먹는다. 아더월드에서는
트실로 인한 죽음이 가장 끔찍한 죽음 중 하나다. 이

런 이유로 살테렌스 사막을 여행하는 사람은 거의 없다. 일반적인 트실에 대한 해독제는 존재하는 반면에 금빛 트실에 대한 해독제는 없어서 공격을 받으면 죽음을 면할 길이 없다.

🐾 **틴불리스_** 아더월드의 아주 희한한 동물로, 목이 구부러지지 않아 벌레를 잡아먹으려면 두 발로 서서 앞뒤로 몸을 흔들어야 한다. 지구인이 틴불리스를 보면 초록색 닭과 오뚝이를 섞어놓은 것처럼 묘사할 것이다.

🐾 **페가수스_** 날개 돋친 말. 지능은 개의 지능에 가깝다. 발굽은 없지만 갈퀴발톱이 있어서 어디든 쉽게 올라앉을 수 있다. 야생 페가수스는 키가 무려 300미터까지 자라는 자이언트 강철나무에 거대한 둥지를 짓고 산다.

🐾 **포콩지르_** 아더월드의 포식동물로 날개를 회전시키는 놀라운 능력이 있다. 이름은 자이로스코프에 올라앉은 것 같은 모습에서 유래한다.

🐾 **푸프푸프_** 발이 여섯 개 달리고 커다란 뚜껑이 있는 작은 상자로 아더월드의 청소기이다. 바닥에 떨어지는 모든 쓰레기를 집어삼킨다. 마법과 과학기술로 만들어진 푸프푸프는 안드로메다은하의 블랙홀과 연결되는 작은 공간이동의 문을 통해 쓸모없는 쓰레기를 자동으로 배출한다.

🐾 **프뤼르_** 온갖 색으로 털갈이를 하면서 시간을 보내는 커다란 두더지이다. 솜털은 벨벳처럼 부드럽지만 가죽 표면의 털은 아주 단단해서 깎기가 몹시 힘들다. 게다가 털을 깎으려고 마법을 사용할 경우 털에 밴 마법과 충돌해서 폭발할 위험이 있다. 따라서 프뤼르 가죽은 간단하게 얻을 수 있는 것이 아니라서 값이 굉장히 비싸다.

🐾 **프르루트_** 아더월드의 식충식물로 하이에나와 포식동물을 유인하기 위해 짐승의 썩은 고기 냄새를 피운다. 동물이 다가와서 촉수에 닿는 순간 꿀꺽 삼킨다. '트라둑처럼 악취가 난다'는 표현과 함께 '프르루트처럼 악취가 난다'는 표현도 많이 쓰인다.

🐾 **플로프_** 맹독성의 하얗고 파란 개구리로 멘탈리르의 평원에서 볼 수 있다.

🐾 **피크크크_** 이름이 가리키는 대로 피크크크는 흡혈파리처럼 피를 빨아 먹고 사는 아더월드의 곤충이다. 피크크크의 독침에 쏘이면 트라둑이나 모오오오우우우, 베에는 몸속의 피를 다 토해낸다. 다행히 피크크크는 늪 주위에 서식하면서 알을 낳는다.

🐾 **하르퓌아_** 욕설로만 의사를 전달하는 여자 모습의 새. 매우 더러우며 산에서 생활한다. 갈퀴발톱에 있는 독

은 해독제가 존재하지 않기 때문에 마법사들이 독을 사용하기 위해 많이 찾는다.

🐾 **호프호프**_ 아더월드의 신기한 동물. 지구의 캥거루처럼 펄쩍펄쩍 뛰는데 어디서나 시종일관 그렇게 뛰어서 전진한다. 그래서 언제, 어디로 뛸지 종잡을 수가 없다. 아더월드에서는 몹시 흥분해서 펄펄 뛰는 사람을 보면 '호프호프처럼 돌았다'고 한다. 지구의 춤과 혼동하면 안 된다.

🐾 **흡혈파리**_ 물리면 통증이 몹시 심하다. 많은 동물이 긴 꼬리를 발달시켜서 흡혈파리를 죽이는 데 사용한다.

🐾 **히드라**_ 아더월드에는 머리가 세 개, 다섯 개, 일곱 개 달린 히드라가 있으며, 강이나 호수에서 산다.

랑코비트의 덩컨 가문 가계도

-5015년 파이초 25일(아더월드력)을 기준으로 작성-

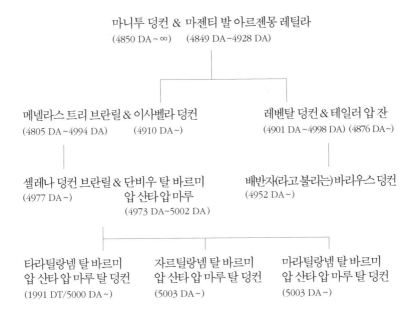

DA = 아더월드력
DT = 지구력

오무아 제국의 탈 바르미 압 산타 압 마루 가문 가계도

-5015년 파이초 25일(아더월드력)을 기준으로 작성-

'불의 주먹' 데미데루스, 오무아 제국의 시조
(－2984 DT~)

5000년 이후의 후손

오무아 여제
리스베스틸랑넴 & 다릴 크라투스
탈 바르미 압   (4950 DA~5005 DA)
산타 압 마루
(4970 DA~)

전 오무아 황제
단비우 탈 & 셀레나 덩컨
바르미 압   (4977 DA~)
산타 압 마루
(4973 DA~5002 DA)

**오무아 여제의 이복오빠,
이복형제 단비우를 계승한
현 오무아 황제**
산도르 탈 바르미 압 마르치
압 브레비스 (4958 DA~)

타라틸랑넴 탈 바르미
압 산타 압 마루 탈 덩컨
(1991 DT/5000 DA~)

자르틸랑넴 탈 바르미
압 산타 압 마루 탈 덩컨
(5003 DA~)

마라틸랑넴 탈 바르미
압 산타 압 마루 탈 덩컨
(5003 DA~)

DA = 아더월드력
DT = 지구력